Knaur.

Über die Autorin:
Marianne Cedervall wurde 1949 geboren und wohnt im schwedischen Västerås. Sie arbeitet als Rechtsberaterin für die Schwedische Kirche. *Mit besten Wünschen* ist ihr Debütroman, der Anfang 2009 in Schweden sofort die Bestsellerlisten stürmte.

Marianne Cedervall

Mit besten Wünschen

Roman

Aus dem Schwedischen
von Nina Hoyer

Knaur Taschenbuch Verlag

Die schwedische Originalausgabe erschien 2009 unter dem Titel
»Svinhugg« bei Bokförlaget Natur & Kultur, Stockholm.

Besuchen Sie uns im Internet:
www.knaur.de

Deutsche Erstausgabe Juni 2010

Ein Unternehmen der Droemerschen Verlagsanstalt
Th. Knaur Nachf. GmbH & Co. KG, München.

Redaktion: Friederike Arnold
Umschlaggestaltung: ZERO Werbeagentur, München
Umschlagabbildung: Gettyimages; Kollektion
Lifesize: John Rensten
Satz: Adobe InDesign im Verlag
Druck und Bindung: CPI – Clausen & Bosse, Leck
Printed in Germany
ISBN 978-3-426-50491-8

2 4 5 3 1

Kajpe Kviar, Gotland
September 2008

Drei Grabsteine, dicht an dicht. Die gleiche Form. Die gleichen Symbole. Das Firmenlogo. Wirklich geschmacklos. Drei verschiedene Namen: Torsten, Per-Henrik und Ivan. Torsten ging als Erster, schon Anfang Juli 2006. Per-Henrik tat es ihm nach, fiel Ende desselben Monats um. Ivan hielt sich tatsächlich noch bis Mitte August. Vor allem das hatte sie viel Kraft gekostet – es war eine lange Durststrecke gewesen.

Die Kirchenglocken läuteten für die Gemeinde das Wochenende ein. Der mächtige Klang aus dem weißgekalkten mittelalterlichen Turm dröhnte über die Gräber und setzte sich weiter über die umliegenden Stoppelfelder und Höfe fort. Die Frau, die vor den drei Grabsteinen auf einer Bank saß, hüllte sich enger in ihr hellrotes Cape, schloss die Augen und lauschte. Sie saß ganz still, bis der letzte Ton verklungen war. In der Ferne, auf einem der alten Gehöfte, erstarb der Motor eines Traktors. Das

Tagewerk war vollbracht, nun war es Zeit, Feierabend zu machen. Ruhig erhob sie sich, trat an die Gräber und legte eine gelbe Rose auf Torstens Stein.

»Du warst der Niederträchtigste von allen«, flüsterte sie. Die nächste Rose, auch diese gelb, war für Per-Henrik bestimmt.

»Zwei Jahre ist es her, Per-Henrik. Das hast du verdient, du mieses Schwein.«

Die letzte Rose unterschied sich ein wenig von den anderen. Zwar war auch sie gelb, aber von einem satteren Farbton und die Ränder ihrer Blütenblätter rosa.

»Sorry, Ivan, wir hatten eine schöne Zeit zusammen, aber es musste sein.«

Sie hauchte einen leichten Kuss auf die Rose, bevor sie sie hinlegte.

Die Frau verharrte noch einen Augenblick vor den Gräbern, und ein Anflug von Wehmut trat in ihr Gesicht. Wenn doch bloß Hervor hier gewesen wäre! Hervor hätte ihr heiseres, herzliches Lachen angestimmt und gesagt: »Verflixt noch mal, Mirjam, es war ganz richtig von dir, sie um die Ecke zu bringen. Verdammt gute Arbeit!«

Knarrend öffnete sich die Kirchentür, und ein älterer Mann in kariertem Arbeitshemd und Jeans trat heraus und verschloss sie sorgfältig mit einem großen Schlüssel. Er packte ein klappriges blaues Fahrrad, das an die Kirchenmauer gelehnt war, und gerade, als er damit wegfahren wollte, merkte sie, wie sein Blick auf sie fiel. Er kniff ein wenig die Augen zusammen, wohl um sie besser sehen zu können. Vielleicht weckte die rote Farbe Erinnerungen – er hatte ihre Kleidung immer gemocht. Langsam steuerte er mit dem Rad auf sie zu. Als er ganz dicht vor ihr stand, hob sie den Kopf und sah ihn offen an. Er schenkte ihr ein herzliches, strahlendes Lächeln.

»Na, is' das nicht die Mirjam, die nach Kajpe Kviar zurückgekommen is'?«

Er betrachtete sie eingehend, ließ seinen Blick über ihre Gestalt wandern, um sie dann zu umarmen.

»Das muss ja Ewigkeiten her sein«, fuhr er fort.

Er sah immer noch so unverschämt jung aus, und sie musste feststellen, dass sie das reizte. Er fand bestimmt, sie sei alt und runzlig geworden. Andererseits musste er mittlerweile selbst auf die sechzig zugehen, und da war es wie bei ihr mit seinem Sehvermögen sicher auch nicht mehr zum Besten bestellt, so dass ihm vielleicht nicht alle Falten auffielen.

»Hallo Sylve«, antwortete sie. »Soso, du bist hier jetzt also der Küster?«

Er nickte, und sie dachte, darauf läuft es hinaus: Die Alten im Ort sterben, und die Jüngeren nehmen das Zepter in die Hand. Anstehende Aufgaben mussten erledigt, das Wochenende eingeläutet werden, jeden Samstag aufs Neue.

»'n komischer Sommer war das«, sagte Sylve und nickte zu den Grabsteinen hin. »Zwei Jahre is' es jetzt her. Dass sie einfach so starben, und fast alle zur gleichen Zeit.«

»Irgendwer hat sie wohl beseitigt«, murmelte sie.

Verflixt aber auch! Weshalb war ihr das bloß rausgerutscht? Manchmal schlüpften ihr die unmöglichsten Peinlichkeiten wirklich wie die Frösche aus dem Maul, und sie wünschte, sie könnte auch diese so einfach beseitigen.

»Was hast du gesagt?«

Sylve drehte sich zu ihr um und trug dieselbe lächerlich wirkende besorgte Miene zur Schau, die er früher schon aufgesetzt hatte, wenn er meinte, dass Mirjam mit irgendetwas nicht zurechtkam.

»Ich meinte, irgendwas hat sie wohl beseitigt. Stress, Gott, was auch immer. Die Leute sterben aus allen möglichen Gründen. Führen einen falschen Lebenswandel und so.«

Sylve lehnte sein Fahrrad gegen einen alten Grabstein, auf dem der Name verwittert und unleserlich war, und setzte sich zu ihr auf die Bank. So saßen sie nebeneinander, zwei reife Menschen, die die Gabe besaßen, gemeinsam schweigen zu können. Ein jeder in seine Gedanken versunken, die doch gleichwohl durch die gemeinsamen Erinnerungen und Ereignisse miteinander verwoben waren.

Die Septembersonne neigte sich dem Horizont entgegen, ein paar Schafe blökten auf einem angrenzenden Feld, und eine leichte Brise wehte über die Mauer, die den Kirchhof umschloss, und forderte ein paar frisch gefallene Blätter zum Tanz auf. Die hohen Eschen schüttelten sich, und Per-Henriks Rose kullerte vom Grabstein. Sylve stand auf und bekam sie zu fassen.

»Hast du die Rose da hingelegt, Mirjam?«

»Ja«, sagte sie. »Steck sie einfach in die Erde, dann hält sie sich.«

Er befolgte ihre Anweisung und schaute sie fragend an.

»Die anderen auch?«

»Egal. Steck sie einfach rein.«

»Weshalb hast du sie da hingelegt?«

Er hatte ihr den Rücken zugewandt, hockte vor den Gräbern und hantierte mit den Blumen herum.

Diesmal gelang es ihr, ihre eigenwillige Zunge im Zaum zu halten und nichts Unpassendes zu sagen.

»Ich war der Ansicht, man sollte ihnen die letzte Ehre erweisen«, sagte sie stattdessen völlig angemessen und korrekt. »Du hast recht, Sylve, das war ein komischer Sommer. Wirklich wundersam.«

»Du bist sehr lang weg gewes'n, Mirjam.«

»Länger, als ich dachte. Viel länger.«

Sie erhob sich und hakte sich bei ihm ein.

»Und du, wie geht's dir?«, fragte sie.

»Tja, das Übliche: Schweine, Schafe, Lämmer und bald is' es Zeit fürs Holzen.«

»Gibt's die Gastwirtschaft noch?«

Seine Miene hellte sich auf, und er tätschelte leicht ihren Arm.

»Den Pflug? Doch, doch, den wird's wohl immer geben.«

»Komm, lass uns hingehen«, entschied sie. »Lass uns hingehen, und dann werde ich dir von dem Sommer damals erzählen.«

Sommer 2006

1

Mirjam Nordergrav stand an Deck und schaute über die Ostsee. Der Wind war nicht stark, nur ein paar leichte Wellen kräuselten sich auf der Wasseroberfläche. Die helle Juninacht ging in die Morgendämmerung über, und am Horizont zeichnete sich ein schmaler Streifen Insel ab, der rasch an Größe zunahm. Die Fähre fuhr mit hoher Geschwindigkeit, von den Motoren war nur ein dumpfes Brummen zu hören. Das war damals, als sie als kleines Mädchen von der Insel aufs Festland hinübergefahren war, noch anders gewesen. Da hatten sie tief unten im Bauch des Schiffes in der Touristenklasse geschlafen, Wand an Wand mit den stampfenden Maschinen. Mittlerweile waren die Fähren moderner geworden, so dass die Überfahrt heute nur noch halb so lange dauerte.

So viele Male schon hatte sie an der Reling gestanden und war ihrer Heimatinsel entgegengefahren! Stets mit derselben Freude, demselben Kribbeln im Bauch. Es spielte keine Rolle, dass sie manchmal nur wenige Tage fort gewesen war, das warme Gefühl hatte sich auf jeden Fall eingestellt. Inzwischen war viel Zeit vergangen, seit sie zuletzt zu Hause gewesen war.

Mirjam zeichnete mit ihrem Blick den Umriss der Insel nach und konnte schwach das seltsam schief stehende Gebäude von Snäcks Freizeitanlage erkennen. Wie eine Klippe aus grauem Beton mit viereckigen Fenstern, die an die Löcher einer Höhle erinnerten. Ein paar Sturmmöwen kreischten und folgten im Fahrwasser des Schiffes, das auf den Hafen zusteuerte. Sie lehnte sich gegen die Reling, schloss die Augen und ließ in Gedanken die vergangene Woche Revue passieren.

Gemeinsam mit ihrer Freundin Hervor hatte sie in Dalarna eine Woche lang an einem ungewöhnlichen Kurs teilgenommen. Es hatte nicht eine langweilige Minute gegeben, im Gegenteil, sie als Schulmedizinerin hatte von einer Fülle neuer Erfahrungen profitieren können. Einer völlig neuen Sichtweise der Dinge. Durch die Kraft der Gedanken, mit Hilfe von Affirmationen, durch beharrliches Wiederholen und Bekräftigen. Die Methode schien Berge versetzen zu können, Krankheiten heilen zu können, die die klassische Medizin nicht zu beherrschen vermochte. Werde reich und glücklich. Die Kraft der Gedanken, die Kraft der Gedanken, die Kraft der Gedanken …

Hervor Isaksson schnaufte und erhob sich aus dem Schlafsessel auf dem Ruhedeck. Es war an der Zeit, Mirjam ausfindig zu machen. Soweit sie sehen konnte, legten sie schließlich bald an, und da sollten sie doch wohl demnächst zum Autodeck hinuntergehen? Sie stopfte die Zigarettenschachtel in die Tasche ihrer Tunika und strich über ihr graues, zu einem Zopf geflochtenes Haar, das auf ihren Rücken hinabfiel. So, das musste reichen. Sie brauchte eine Zigarette, und zwar auf der Stelle! Sie hatte wie eine eingequetschte Ölsardine in diesen sogenannten Schlafsesseln gelegen und immer wieder versucht, ein wenig zu dösen. Jede Klappliege wäre bequemer gewesen. Ihr Körper ließ sie spüren, dass er sich nicht richtig hatte ausstrecken dürfen. Wann Mirjam vom Sitz neben ihr verschwunden war, hatte sie allerdings nicht mitbekommen.

Hervor stieß ein paar passende Flüche aus und musste sich mit ihrem ganzen Gewicht gegen die Tür zum Außendeck stemmen, um sie aufzudrücken. Dann atmete sie die frische Morgenluft ein. Sie entdeckte Mirjam hinten an der Reling und winkte, aber Mirjam hatte die Augen geschlossen und bemerkte sie nicht. In einem geschützten Winkel zündete Hervor sich eine Zigarette an und blies, gemeinsam mit dem ersten Hustenanfall des Tages, den Rauch aus. Sie machte eine beschwichtigende Handbewegung zu Mirjam hin, die die Augen aufgeschlagen hatte, als sie das ihr so vertraute Husten hörte. Hervor wartete ab, bis der Anfall vorüber war, und rauchte dann in der Nische die Zigarette zu Ende. Sie mochte das Meer. Eine unendliche Weite, die den kargen, ausgedehnten Hochebenen ihrer Heimat glich, wo man stundenlang verweilen und darüber phantasieren konnte, was sich wohl hinter dem Horizont verbergen mochte. Es war gut, dass sie sich dafür entschieden hatte, Kuivalihavaara und Lappland zu verlassen und sich Mirjam anzuschließen.

Acht lange Jahre hatten sie wie Pech und Schwefel zusammengehalten. Die arme Mirjam, sie war ganz schön fertig gewesen, als sie nach Kuiva gekommen war. Wenigstens verdienten sie gut, diese Ärzte, aber so gehörte sich das schließlich auch! Wie sonst sollte man sie in die kleinen, beschissenen, gottverlassenen Dörfer im Norden Lapplands locken? Das würde Hervor gerne mal wissen! Aber eines war ihr klar: Mirjam sann auf Rache. Natürlich stellte sie das vehement in Abrede, aber Hervor las in ihr wie in einem offenen Buch. Ihre scharfen Bemerkungen, die schwarzen Augen und das weiße Gesicht, sobald die Rede auf diese drei Dreckschweine gekommen war.

Hervor hatte zwar eine ungefähre Vorstellung von ihnen, aber was genau passiert war, hatte sie noch nicht so richtig herausbekommen können. Aber Kaffeesatz und Karten hatten ihr deutlich gezeigt, dass etwas im Gange war.

Beispielsweise die Fahrt hierher. Eines Tages hatte Mirjam erklärt, dass es an der Zeit sei, sich nach Süden aufzumachen. Ob Hervor mitkommen wolle? Auf diese Gelegenheit hatte sie schon gewartet und sich insgeheim längst darauf vorbereitet. Und in Anbetracht dieser schönen Insel, der sie sich nun näherten, schien es keinen Grund zu geben, diese Reise zu bereuen. Sie warf die Kippe ins Meer und ging zu ihrer Freundin.

Die Stadt mit ihrer Stadtmauer und den drei stattlichen Türmen der Domkirche tauchten vor Mirjams Augen auf. Im Nordwesten färbte sich der Himmel langsam rosa, wie ein Spiegel der aufgehenden Sonne im Osten. Mirjam stieß Hervor in die Seite.

»Schön, nicht?«

»Ja, das kann man wirklich sagen. Wie ein Ölgemälde, verdammt, kaum zu glauben, dass das echt ist!«

Mirjam war mehr als zufrieden. Es war gewagt von ihr gewesen, Hervor zu bitten, ihr Dorf in Lappland zu verlassen und mit ihr nach Gotland zu kommen, aber sie war noch nicht dazu bereit gewesen, sich von ihr zu trennen.

In all den Jahren, in denen Mirjam zum Dienst an Kuivalihavaaras Ärztehaus verbannt gewesen war, zumindest hatte sie sich verbannt gefühlt, hatte Hervor sich als eine fabelhafte Freundin erwiesen. Jahre, in denen Mirjam geschuftet hatte, um über die Runden zu kommen und nicht erzählen zu müssen, weshalb sie sich in diesem Dorf versteckte. Sie hatten sich bei einer Vorsorgeuntersuchung kennengelernt. Die kräftige Frau mit dem strähnigen Haar und dem durchdringenden Blick war ohne Umschweife zur Sache gekommen und hatte sofort alles durchschaut.

»Sie haben großen Kummer, Frau Doktor. Vielleicht der Verlust eines Menschen, aber ich frage mich, ob es sich nicht eher um etwas Materielles handelt. Geld vielleicht? Aber ruhig Blut, Frau Doktor, das wird schon wieder. Hervor Isaksson heiße ich übrigens, aber man nennt mich meist nur die Lapplandhexe.«

Hervor hatte Mirjam kräftig die Hand gedrückt und irgendetwas über ihre Aura gemurmelt. Mirjam hatte weder gewusst, was eine Aura war, noch, dass man ihr das eigene Elend so deutlich ansah. Noch am selben Abend hatte Hervor sie zu Rentiersuppe eingeladen, und von da an waren sie unzertrennlich gewesen.

Es war in vielerlei Hinsicht eine eigenartige Freundschaft. Mirjam mit ihrer klassischen Ausbildung als Ärztin, mit ihrer unumstößlichen Überzeugung von der heilenden Kraft der Medizin und der Wissenschaft als Wurzel aller Erkenntnis. Und mit ihrem verinnerlichten ethischen Grundsatz, unter allen Umständen und unter vollem Einsatz Leben zu retten. Und daneben Hervor mit ihrem selbst erworbenen Wissen und den über Generationen vererbten Hexenkünsten. Wenn sie eine Blutung stillte, schwor Mirjam auf einen Druckverband. Wenn Mirjam versuchte zu vermitteln, schickte Hervor den Personen, die ihr nicht behagten, böse Flüche auf den Hals, die so garstig wie Hagelschauer waren. Sie braute aus den sonderbarsten Kräutern Tränke, die komischerweise halfen, wenn Doktor Mirjams Rezepte nicht die gewünschte Wirkung erzielten. Sie lebte sogar davon, den Leuten die Zukunft vorherzusagen, und unterhielt nicht zuletzt eine Kummerkasten-Kolumne in einer Illustrierten. Es hatte nicht lange gedauert, bis Mirjam ihrer neuen Freundin ihr Herz ausgeschüttet und ihr von ihrem Kummer und ihren tief vergrabenen Sorgen erzählt hatte.

Mirjam wandte sich für einen Augenblick von der schönen Aussicht auf Visby ab und drehte sich zu Hervor um.

»Hast du auf dem Ruhedeck ein bisschen schlafen können?«, wollte sie wissen.

»Nicht gerade viel, das sag ich dir! Just wenn ich eingenickt war, kläffte irgend so ein blöder Köter auf dem Hundedeck, und, wie ist das eigentlich, sollten die Gören nachts nicht schlafen? Was für ein verdammtes Geplärre!«

Mirjam lachte, sie wusste, dass Hervor nicht so griesgrämig war, wie sie klang. Meist plapperte sie nur so dahin und würzte das Gesagte mit allerhand Flüchen.

»Aber während ich mich hin- und hergewälzt habe, als ich gerade mal wieder nicht schlafen konnte, hab ich in der Tat über eine verdammt interessante Sache nachgedacht«, fuhr Hervor fort. Sie hatte eine listige Miene aufgesetzt und zwinkerte Mirjam zu.

»Ach, wirklich, dann lass mal hören! Was brütest du denn jetzt schon wieder aus?«

Weitere Passagiere waren an Deck gekommen, um eine Prise Morgenluft zu schnuppern. Hervor senkte ihre Stimme und versuchte ausnahmsweise diskret zu sein. Sonst posaunte sie immer alles hinaus, untermalt von lebhaften Gesten.

Mirjam rückte dichter an sie heran, um sie besser hören zu können.

»Also, es ist so: Ich habe mich gefragt, ob es mit Hilfe dieser Affirmationsgeschichte, die sie uns in dem Kurs beigebracht haben, nicht auch möglich wäre, jemanden umzubringen. Ich meine, das müsste doch eigentlich funktionieren, wenn man seinen Wunsch nur oft genug wiederholt.«

Mirjam riss die Augen auf. Im Grunde sollte es sie nicht weiter überraschen, Hervor hatte oft unkonventionelle Lösungen parat, was die Herausforderungen des Lebens betraf.

»Du meinst ganz einfach Mord?«, wisperte sie. »Mord durch Affirmation?«

Hervor verzog den Mund zu einem siegessicheren Lächeln.

»Exakt. Das perfekte Verbrechen. Hinterlässt keine Spuren.«

Mirjam stand völlig reglos da, total perplex von dem, was Hervor da eben über die Lippen gekommen war. Über ihnen kreischte eine Möwenschar. Die Mole kam näher. Man konnte jetzt ganz deutlich den Hafenpavillon und die modernen Mietshäuser erkennen, die sich an die Klippen schmiegten. Irgendwo da oben lag ihre alte Mutter im Pflegeheim. Aber darüber dachte Mirjam jetzt nicht weiter nach, sie war gedanklich noch vollauf mit dem beschäftigt, was sie soeben gehört hatte. Ein schriller Ton aus dem Lautsprecher riss sie aus ihrer Erstarrung.

»Guten Morgen, meine sehr verehrten Damen und Herren. Wir erreichen Visby in circa fünfzehn Minuten. Wir bitten unsere motorisierten Gäste, sich jetzt auf das Autodeck zu begeben. Bitte starten Sie den Motor erst dann, wenn grünes Licht gegeben wird.«

Mirjam schob Hervor zurück in den Salon. Sie suchten ihre Sachen zusammen und gingen die Treppe hinunter. Rasch bildete sich eine dichte Schlange, als die Tür zum Autodeck nicht so schnell entriegelt wurde, wie die gotländische Lautsprecherstimme verkündet hatte. Kinder quengelten vor Müdigkeit und stolperten auf der Treppe. Aschfahle Elterngesichter versuchten, sie mit allen Mitteln bei Laune zu halten. Ein Mann mit hochrotem Gesicht drängelte sich an der Schlange vorbei, fädelte sich direkt vor Mirjam ein und stank wie eine ganze Schnapsbrennerei. Mirjam hielt sich mit Daumen und Zeigefinger die Nase zu und blickte Hervor an.

»Hast du das ernst gemeint, was du gerade eben gesagt hast?«

»Na, klar doch! Stimmst du mir etwa nicht zu? Ich muss schon sagen, die Methode verspricht todsicher zu sein.«

Vom unteren Teil der Treppe drang ein Quietschen herauf, und die Schlange setzte sich in Bewegung. Die ersten Sommertouristen und ein paar Gotländer auf der Heimreise wurden in null Komma nichts von ihren Autos verschluckt und verschwanden in ihrer jeweiligen Stille, fern von Kindergeschrei und Schiffsgetöse. Mirjam fischte nach dem Funkschlüssel ihres nagelneuen roten Mercedes und öffnete die Wagentür.

»Aber«, sagte sie, als sie außer Reichweite von etwaigen neugierigen Zuhörern im Auto saßen, »das, worauf du vermutlich anspielst, ist uralt und längst überholt. Ich bin vollkommen darüber hinweg und renne nicht mit irgendwelchen Rachegelüsten herum.«

»Was du nicht sagst. Wer's glaubt, wird selig.«

Hervor ließ mit widerborstiger Miene den Sicherheitsgurt einrasten.

»Und außerdem sollen die Affirmationen nur in positiver Absicht angewendet werden, darauf hat die Kursleiterin, wie du weißt, extra hingewiesen. Ich muss wirklich sagen, es ist ganz schön boshaft von dir, so was auch nur zu denken.«

Hervor seufzte laut.

»Du bist so verdammt brav und pflichtbewusst, das war und ist dein Untergang! Hast du denn immer noch nichts aus deinem Leben gelernt, verflucht? Es kann ja wohl nicht schaden, es einmal zu probieren? Du könntest wenigstens einen kleinen Versuch starten.«

Mirjam verschränkte demonstrativ die Arme.

Natürlich hatte sie jede Menge gelernt, aber so weit zu gehen und zu morden, das würde sie gewiss nicht tun! Hervors Einfall fand sie äußerst unbehaglich, und sie wollte kein Wort mehr darüber verlieren.

»Bald sind wir da, Mirjam. Mensch, was hab ich für einen Kaffeedurst! Das wird spannend, deine alte Heimat kennenzulernen. Aber eine Sache versteh ich trotzdem nicht.«

»So?« Mirjam war noch nicht wieder ganz besänftigt nach dem Vorwurf, sie habe nichts aus ihren Fehlern gelernt.

»Was verstehst du denn nicht?«

»Wenn du nicht vorhast, diese drei Dreckschweine, die dir mehrere Jahre deines Lebens versaut haben, irgendwie zu punktieren, warum hast du dir dann ausgerechnet in der Gegend, wo sie wohnen, ein Haus gekauft?«

Hervor nagelte sie mit Blicken fest, während sie auf

eine Antwort wartete. Sie wusste natürlich, dass Mirjam sich etwas dabei gedacht hatte, wie hätte sie auch vor einem Menschen wie Hervor irgendetwas verbergen können? Hervor konnte schließlich geradewegs in andere Menschen hineinsehen, wenn ihr der Sinn danach stand. Doch Mirjam konnte ihr nicht die ganze Wahrheit sagen, noch nicht, denn die kannte sie noch nicht einmal selbst. Als die alte Kapelle auf Gotland zum Verkauf gestanden hatte, keimte ein erster Gedanke auf, aber was daraus werden sollte, darüber war Mirjam sich noch nicht im Klaren. Sie hatte nur diesen kleinen Schlüssel, den sie beim Putzen ihres verstaubten und erbärmlich vernachlässigten Büros gefunden hatte. Wie sie den überhaupt hatte vergessen können, war ihr gänzlich unbegreiflich!

2

Sylve Lagergren arbeitete auf seinem Bauernhof in Kajpe Kviar. Mit der Mistgabel schaufelte er große Mengen Schweinedung aus der Schubkarre und schmiss sie auf den Misthaufen. Bis es für Emilia an der Zeit war, Ferkel zu werfen, sollte es hier verdammt noch mal ordentlich aussehen. Und es war an der Zeit. Vermutlich um Mittsommer herum, und bis dahin waren es nur noch zehn Tage. Sauber und adrett, frisches Stroh auf den Boden, blieb nur noch, die Wärmelampe über der kleinen Schweinebox zu montieren, und die kleinen rosa Ferkelchen konnten eins nach dem anderen eintrudeln. So ein Kinderzimmer war wichtig, eine ungeschickte Sau konnte sonst leicht ihren Nachwuchs zu Tode quetschen, gar zu Tode beißen.

Sylve arbeitete mit nacktem Oberkörper. Obwohl es erst Anfang Juni und noch nicht sommerlich warm war, lief ihm der Schweiß über den Rücken. Seine Jeans war alt und abgetragen, und seine Stiefel hätte er schon längst in den Ruhestand schicken sollen, sie taugten nur noch für den Schweinestall. Dank seiner trainierten Arme ging Sylve das Mistschaufeln flott von der Hand. Noch schaffte er das, wenn er auch gelegentlich Schmerzen hatte, zumindest in den Knien. Aber es war das Beste, dem nicht zu viel Bedeutung beizumessen. Nachher konnte man sich dann vielleicht gar nicht mehr rühren! Nein, er wollte mindestens bis siebenundsechzig arbeiten, und da hatte er noch gut und gerne zehn Jahre vor sich. Sofern bei einem Landwirt überhaupt die Rede von einem Rentnerdasein sein konnte. Aber eigentlich fühlte er sich nach wie vor wie siebenundzwanzig. Wo waren die ganzen Jahre hier auf dem Hof bloß geblieben? Noch nicht einmal für Frau und Kinder war Zeit gewesen. Sicher, er hatte sich ein paarmal ein bisschen verliebt, aber es war nie eine dabei gewesen, mit der es ihm richtig ernst gewesen war. So gab es nur Mutter und ihn, und dabei würde es wohl auch bleiben.

Kurz darauf war er im Schweinestall fertig und merkte, dass es jetzt wirklich Zeit für ein Frühstück wurde. Er war früh aufgestanden, eine alte Gewohnheit aus der Zeit, als er noch Kühe hatte. Immer schon war er vor der Grütze draußen gewesen und war mit irgendetwas beschäftigt gewesen. Die Schafe mussten gefüttert werden und die Schweine und Hühner ebenfalls. Mittlerweile bekamen sie sowieso fast nur Kraftfutter.

Das geschmeidige Schnurren eines ihm unbekannten Automotors unterbrach ihn bei der Arbeit. Das war kein Auto aus der Nachbarschaft, deren Geräusche kannte er in- und auswendig. Hier handelte es sich um eine fremde Marke.

Er sah von seinem Mist auf. Verharrte mitten in der Bewegung. Blinzelte ein paarmal. Ein leuchtend roter, glänzender Mercedes bog in den kleinen Weg zwischen Sylves Misthaufen und der alten, verlassenen Kapelle ein. Glitt durch das viel zu hohe Gras vor der Kapelle und hielt vor dem Treppenaufgang. Der Motor verstummte. Sylve stand wie angewurzelt da, die Mistforke in der Hand.

Die Tür des Mercedes öffnete sich, und ein roter, hochhackiger Schuh wurde sichtbar. Ein Klecks Schweinedung rutschte von der Mistgabel und klatschte auf die Spitzen von Sylves Stiefeln.

Aus dem Wagen stieg eine Frau in einem roten Kleid. Sylves Forke landete mit einem schmatzenden Geräusch im Mist. Mit offenem Mund stand er da. Die Frau schüttelte ihr dichtes, lockiges, kupferrotes Haar und setzte sich einen weißen, mit Rosen geschmückten Strohhut auf. Dass es sich um Rosen handelte, daran bestand für ihn kein Zweifel, die wuchsen schließlich an der Wand seines Kuhstalls. Sie drehte sich zu ihm um und winkte fröhlich.

»Hallo!«

Sylve richtete sich auf und schüttelte sich gereizt den Mist von den Stiefeln. Er schob seine Kappe in den Nacken und hob die Hand zum Gruß. Linkisch, wie er fand. Ein leichtes Morgenlüftchen erfasste ihr Kleid, so dass es sich um ihren Körper schmiegte. Sie hatte eine sehr schöne Figur – und Hüften, die Sylve am liebsten sofort angefasst hätte. Ihr Lächeln enthüllte eine Reihe blendend weißer Zähne. Sie war ganz einfach wahnsinnig attraktiv! Heilige Maria, was wollte sie hier? Und warum musste er unbedingt heute Schweinedung hinauskarren? Und weshalb um alles in der Welt hatten seine Vorfahren ihren Misthaufen direkt neben der Kapelle anlegen müssen?

The lady in red öffnete den Kofferraum und lud das Gepäck aus, gleichzeitig quälte sich auf der Beifahrerseite eine zweite Person aus dem Auto. Langsam hob Sylve die Mistgabel wieder auf, ohne die Neuankömmlinge dabei aus den Augen zu lassen. Die andere war das glatte Gegenteil von der ersten, der hübschen. Aus dem Auto schob sich eine mollige Frau, die eine Art graues Zelt anhatte. Ihr strähniges Haar war im Nacken zu einem Zopf geflochten, und als Allererstes zündete sie sich eine Zigarette an. Er fragte sich ernsthaft, was die beiden wohl miteinander verband. Vermutlich waren es Mutter und Tochter. Aber so jung sah die Rothaarige eigentlich gar nicht aus. Nun, Alter ließ sich ja immer schwer schätzen.

Sylve kippte mit aller Kraft den restlichen Mist von der Schubkarre auf den Misthaufen. Dann verschwand er im Kuhstall, tauchte auf der anderen Seite beim Hauptgebäude wieder auf und ging schnurstracks ins Wohnhaus, wo seine Mutter Vendla vor dem Herd stand und im Grütztopf rührte. So wie sie immer da gestanden hatte, seit er klein gewesen war. Bisweilen überkam ihn der Gedanke, was er tun sollte, wenn sie einmal nicht mehr war. Aber meistens schüttelte er ihn ab, daran wollte er noch nicht denken.

Vendla nahm den Kaffeekessel vom Herd, und ein herrliches Aroma breitete sich in der Küche aus. Sie stellte den Topf mit der Grütze in die Tischmitte, schenkte sich eine Tasse Kaffee ein, rückte ihr Kopftuch zurecht und strich ein paarmal über ihr Alltagskleid. Ihre Füße steckten in bequemen Wollsocken und Holzschuhen. Sie setzte sich an den Tisch, nahm ein Stück Zucker, lutschte darauf herum und dachte bei sich, dass es ein schöner Morgen war. Aber der Junge war so schweigsam, das sah ihm gar nicht ähnlich, sonst machte er immer gleich nach dem Aufstehen den Mund auf. Sylve nahm sich eine riesige Portion Grütze und schmierte Butter auf eine große Scheibe des würzigen Gotlandbrots. Vendla griff nach einer halben Brotscheibe und tunkte sie in den Kaffee.

»Was is' mit dir, Jung'? Du sagst ja gar nichts. Is' doch wohl nichts geschehen?«

Sylve hörte einen Moment mit dem Grützeschaufeln auf und legte den Löffel beiseite.

»Mutter, wer zum Teufel hat die Kapelle gekauft?«

Sie schnaubte und schaute ihren Sohn missbilligend an.

»Wie du redest! Fluchst und krakeelst, dass es nicht mehr feierlich is'! Nun iss die Grütze auf und red' nicht so derbe daher.«

Sylve aß weiter, schob dann den Teller zur Seite, stand auf, ging zum Herd und holte sich Kaffee. Im nächsten Winter musste er wirklich die Küche instand setzen, sie sah ziemlich verwohnt aus, das war ihm bislang noch gar nicht aufgefallen. Vielleicht einen neuen Herd anschaffen, das würde seiner Mutter gefallen. Und vielleicht auch dieser Dame? Seine Wangen brannten, und er ärgerte sich über sich selbst. Er setzte sich wieder hin.

»Nun sag schon! Wer ist das denn nun?«

Er nahm sich ein Brötchen und stippte es in die Tasse, ohne dabei den Blick von seiner Mutter abzuwenden. Sie zögerte ihre Antwort hinaus, lutschte auf einem weiteren Stück Zucker herum und schlürfte ein bisschen Kaffee. Verflucht, sie konnte einen manchmal wirklich in den Wahnsinn treiben!

»Irgend so'n junges Ding vom Festland«, sagte sie endlich. »Das stand zumindest vor einiger Zeit in der *Gotlands Allehanda.*«

»Junges Ding? Nee, nee, das war eine richtige Dame auf der anderen Seite des Misthaufens.«

»Du kannst ja mal nachschau'n, ob wir die Zeitung noch hab'n, ich kann mich nicht mehr an ihren Namen erinnern.«

»Als ob ich Zeit hätt', nach der Zeitung zu suchen«, brummelte er.

»Und wieso, in Herrgotts Namen, ist unser Misthaufen ausgerechnet direkt neben der Kapelle?«

3

Mirjam drehte den Schlüssel im Schlüsselloch um. Die Tür der Kapelle gab mit einem Ächzen nach. Tote Fliegen rieselten vom Türsturz auf sie hinab. Blieben in Mirjams mit Rosen geschmücktem Hut hängen und verhedderten sich in Hervors Haarsträhnen. Erschrocken wichen sie zurück und klopften sich die Vieher aus dem Haar und von der Kleidung, bevor sie einen neuen Versuch wagten, das ehemalige Heiligtum zu betreten.

Muffige Feuchtigkeit schlug ihnen entgegen, ein Geruch von Einsamkeit und Tod. Ein gräuliches Licht sickerte durch die prächtigen, handgewebten Gardinen und ließ die Einrichtung erkennen. Die Reihen mit hellgrünen Holzbänken, die Altarschranke am Ende, das schlichte braune Holzkreuz an der Wand. Ein weißes, spitzengesäumtes Tuch lag auf dem Altar, den eine kleine Statue zierte. Jesus mit ausgebreiteten Armen. Seid willkommen, liebe Freunde! Mirjam hatte dieselbe kleine Figur schon oft in Kirchenkreisen gesehen.

»Halleluja!«, rief Hervor aus.

Ihr Freudenschrei drang bis in den hintersten Winkel des Raumes, dessen Decke mit Paneelen aus Sachsenstab verkleidet war.

»Halleluja!«, rief sie erneut. »Ein Gotteshaus soll meine Wohnung sein, ich armes, sündiges Weib! Dank sei Jesus!«

Sie bekreuzigte sich vor Thorvaldsens Statue.

»Du bist ja völlig übergeschnappt, Hervor! Wenn meine Eltern das gehört hätten, hätten sie dich bestimmt nicht als meine beste Freundin anerkannt, das kann ich dir versichern.«

Mirjam sandte ihrem Vater, dem geliebten Pastor, einen wehmütigen und ihrer Mutter, der strengen Pfarrersfrau, einen rebellischen Gedanken. Vorsichtig streichelte sie die Altarschranke.

Der Immobilienmakler hatte Mirjam erzählt, dass die Kapelle, obwohl sie eine kirchliche Einrichtung war, eine Entweihungszeremonie erhalten hatte, wodurch sie zu einem ganz alltäglichen, profanen Gebäude geworden war.

»Sie haben sie bestimmt ausgemustert«, hatte der Makler leicht abfällig gesagt. Danach war sie für schnöden

Mammon auf dem freien Markt zum Verkauf angeboten worden. Als Mirjam übers Internet von ihrer Ortslage erfuhr, schlug sie zu und konnte sie mangels Konkurrenz preiswert erwerben. Sie hatte sich gar nicht erst die Mühe gemacht, das Objekt einer genaueren Begutachtung zu unterziehen.

Ein waghalsiges Geschäft. Erneut. Aber inzwischen konnte sie sich das leisten.

Der Makler hatte ihr versichert, die Lage sei »heiß«. Sie konnte nur zustimmen, war sich aber nicht sicher, dass sie damit wirklich dasselbe meinten. Jedenfalls hatte sie ein charmantes, renovierungsbedürftiges Gebäude erworben, zwar ohne fließend Wasser und Kanalisation, aber dafür mit Plumpsklo auf dem Hof. Einen großen, luftigen Kapellenraum, einen Turm mit schmaler Treppe und Turmzimmer. Hinter der Wand mit dem Kreuz schloss sich eine Küche mit Holzofen an, in der der obligatorische Kirchenkaffee gekocht worden war und wo kleine Konfirmanden an dem großen Klapptisch die Bibel studiert und Pfadfinder Knoten geübt hatten. An der Wand hing ein hübsches kleines, weiß gestrichenes Schränkchen. Mirjam öffnete die Tür einen Spalt und entdeckte, dass es voller alter Gesangbücher war. Vorsichtig nahm sie eines der Bücher heraus und blätterte darin. Summte ein ihr bekanntes Lied aus der Sonntagsschule.

»Wunderbar!«, jubelte Hervor. »Hier muss geträllert und gesungen werden! Ich belege die Küche mit Beschlag, wenn du nichts dagegen hast. Brauche den Herd, um meine Absude darauf zu kochen. Verdammt, der Schornsteinfeger muss her, das ist so sicher wie das Amen in der Kirche! Es ist sicher besser, wenn ich meinen Hokuspokus nicht hier vorne veranstalte, oder? Schließlich ist es ja trotz allem eine alte Kirche.«

Mirjam brummte nur eine Antwort. Sie war mit dem Arrangement vollauf zufrieden und beanspruchte sogleich das Turmzimmer für sich. Mirjam stieg die kleine schmale Treppe hinauf, deren einst elfenbeinfarbene Lackierung von unzähligen Schritten abgenutzt worden war. Vorsichtig nahm sie die Gardine zwischen die Fingerspitzen und zog sie zur Seite, was schon genügte, um in das von der Sonne mürbe gewordene Gewebe ein Loch zu reißen. Vom Fenster aus konnte sie ihren neuen Fliederbusch sehen, dessen Zweige sich zu einer Laube wölbten, und schräg über den kleinen Weg ein Steinhaus mit einem schönen, verwilderten Garten. Ein paar Hühner liefen umher und pickten, und ein vorlauter, exotisch aussehender Hahn plusterte sich auf und fing mit stolzgeschwellter Brust zu krähen an. Direkt gegenüber, in unmittelbarer Nähe zur Kapelle, lag ein entzückendes gelbes Holzhaus mit einer hübschen blau gestrichenen Verandatür. Ungewöhnliche Farbzusammenstellung, sie hatte noch nie eine blaue Tür bei einem solchen Haus gesehen, meist waren sie dunkelrot, vielleicht auch mal grün. Was hatte sie noch gleich über blaue Türen gelesen? Hieß es nicht, dass sie einen reich machten? Ja sicher, so sagte man. Strich man die Tür blau, floss das Geld nur so, ohne dass man einen Finger krumm machen musste. Das sollte sie bei der Instandsetzung der Kapelle vielleicht im Hinterkopf behalten. Auch wenn sie mittlerweile eine stattliche Summe angespart hatte, konnte man schließlich nie genug auf dem Bankkonto horten. Ein angenehmer Gedanke, nach all den Jahren in bitterster Armut.

Die blaue Tür ging auf, und ein Mann trat heraus. Er musste sich ein wenig verrenken und schaffte es nur quer durch die Tür. Mirjam starrte ihn gebannt an, sie hatte ihn sogleich wiedererkannt. Ivan Pazic. Wie dick er geworden war, geradezu grotesk! Dabei war es erst acht Jahre her, dass sie sich zuletzt gesehen hatten. Mirjam hingegen hatte sich in die andere Richtung entwickelt und in der gleichen Zeit zwanzig Kilo verloren. Was sie betraf, so hatten sich die harten Jahre mit gesunder Ernährung und vielen Spaziergängen positiv auf ihre Gesundheit ausgewirkt.

Der Mann aus dem Haus mit der blauen Tür zog ein zerknittertes Taschentuch hervor und tupfte sich die Stirn ab. Er hielt mit festem Griff das Treppengeländer umklammert und watschelte dann den von Rosensträuchern gesäumten Kiesweg entlang, durch die Gartenpforte und verschwand hinter der schmalen Wegbiegung, auf der das erste Grün zu sprießen begann.

Von unten aus dem Saal hörte Mirjam ein wiederkehrendes Furzgeräusch. Hervor pumpte ihre Luftmatratze auf. Mirjam gähnte, sie sollte es ihr gleichtun. Alles war wie immer. Nach einer unbequemen Nacht auf der Gotlandfähre war der ganze Tag im Eimer. Ein kleines Nickerchen, und sie würde sich wieder wie dreiundzwanzig fühlen und all die Aufgaben in Angriff nehmen können, die vor ihr lagen. Erst als Mirjam die Gardine losließ, merkte sie, dass sie mit der anderen Hand die ganze Zeit fest den Schlüssel umklammert hielt, den sie an einem Samtband um den Hals trug.

4

Ivan Pazic trottete geradewegs zu seinem Auto und setzte sich hinein. Die Federung des BMWs quietschte beunruhigend und erinnerte ihn nicht zum ersten Mal an den gewaltigen Leibesumfang, den er mit sich herumschleppte. Seine Frau Julija hatte sich schon beklagt. Sie setzte sich nie selbst ans Steuer, sondern saß immer nur auf dem Beifahrersitz und behauptete steif und fest, das Auto auf der Seite des Fahrersitzes habe Schlagseite. »Richtig schief«, waren ihre Worte. Darüber hinaus beschwerte sie sich lauthals darüber, dass er so dermaßen fett war, dass es unmöglich war, eine Lebensversicherung abzuschließen. Sämtliche Versicherungsgesellschaften hatten, entweder taktvoll oder unverblümt, eingewandt, dass ihnen das Risiko einfach zu hoch war, wenn man all die Krankheiten in Betracht zog, die mit Fettleibigkeit in Zusammenhang standen. Ivan hegte diesem Wort gegenüber eine starke Abneigung. Das Unwort schlechthin. Aber Julija und der Kinder wegen musste er vielleicht wirklich versuchen abzunehmen. Wenn er eines schönen Tages sterben würde, wäre es doch ganz nett, wenn seine Familie Geld zu erwarten hätte und nicht nur damit beschäftigt war, die verschiedenen durch Übergewicht bedingten Krankheiten durchzuhecheln, die das Familienoberhaupt so unerbittlich ins Grab befördert hatten. Wie dem auch sei, er beabsichtigte die siebenhundert Meter zur Firma jetzt auf jeden Fall mit dem Auto zurückzulegen. Die Sonne stand bereits hoch am Himmel, und wenn er jetzt zu Fuß ging, würde er komplett durchgeschwitzt ankommen. Er bog auf die Schnellstraße 142. Durch das lichte frühsommerliche Laub schimmerte hinten bei der alten Kapelle ein rotes Auto. Wahrscheinlich Sommergäste. Das Gebäude stand schon lange verriegelt und verrammelt da, und das bereits, nach Per-Henriks Aussage, seit mindestens zehn Jahren. Sollte es wirklich jemanden geben, der es mit diesem alten Kasten aufnehmen wollte? Pittoresk war die Kapelle natürlich, aber entsetzlich heruntergekommen. Würde eine Menge Arbeit bedeuten, sie wieder auf Vordermann zu bringen. Aber so viel hatte er während seiner kurzen Zeit auf Gotland schon mitbekommen: Die Stockholmer kauften, was immer ihnen unter die Finger kam. Alte Kalksteinhäuser, deren Renovierung ein Vermögen kostete, oder kleinere, durch und durch morsche Holzhäuser. Julija und er hatten Glück gehabt, dass ihnen ein Haus in die Hände gefallen war, das so gut in Schuss war. Arme Freizeit-Gotländer, sie wussten nicht, worauf sie sich einließen.

Ihre Firma war, wie so vieles andere, was Care for Seniors betraf, weithin sichtbar. Ivan und seine Geschäftspartner waren immer bemüht, in jeder Hinsicht aufzufallen. Sei es auf Schildern, Briefbögen oder Visitenkarten – gute Werbemittel waren unbezahlbar. Dieses Jahr waren sie sogar im *Gotlandsturisten* vertreten, die einen sehr großen Leserkreis hatte. Es gab nicht einen Gast, dem sie die Zeitschrift nicht in die Hand drückten, sobald er die Fähre betrat. Und man konnte schließlich nie wissen, vielleicht war ein Verhandlungsbevollmächtigter darunter, dem ihr seriöses Inserat zwischen all den bunten Bildchen und fettgedruckten Überschriften mit Hinweis auf Unterhaltung, Restaurants und Erlebnistourismus ins Auge fiel.

Sie hatten Kajpe Kviars alten Laden übernehmen können, der in der Senke lag, wenn man von Visby kommend in den Ort fuhr. Die Schaufenster waren noch intakt und boten reichlich Plakatierfläche, um für ihr Unternehmen die Werbetrommel zu rühren, das gegenwärtig aus einem Ärztehaus und fünf Pflegeheimen bestand, eins in Danderyd, eins auf Lidingö, eins in Ivans alter Heimatstadt Västerås sowie auf Gotland und in Söderhamn.

Sehr weit verstreute Aktivitäten, könnte man meinen, aber so gestaltete sich nun einmal das Leben eines Unternehmers. Man musste die Arbeit machen, wo sie anfiel, und die moderne Telekommunikation nutzen. Unter der Woche befanden sie sich meist auf Geschäftsreise, aber die Sonntage waren auch für Care for Seniors heilig. Da trafen sie sich zu dritt in Kajpe Kviars altem Geschäft und tauschten sich über laufende und kommende Projekte aus. Nicht selten war so einer Besprechung ein entspannter Samstagabend im Pub vorausgegangen, aber das war für sie keine Arbeit. Das hatte eher etwas von einer After-Work-Party. Das Familienleben litt natürlich darunter. Zumindest Per-Henriks, Torsten war alleinstehend. Was ihn selbst betraf, so verbrachte er recht viel Zeit mit seiner Familie. Aber wie schon gesagt, Per-Henriks Frau und dessen Kinder bekamen ihr Familienoberhaupt nicht oft zu Gesicht. Heute allerdings war ein normaler Montag, und Ivan wusste, dass beide, Torsten und Per-Henrik, vor Ort waren und arbeiteten. Erst morgen mussten sie wieder auf Geschäftsreise gehen.

Er nahm routiniert die Abzweigung zur Firma und wäre beinahe mit einem dunkelblauen, auf Hochglanz polierten Audi zusammengestoßen, der aus der entgegengesetzten Richtung kam. Beide Wagen legten eine Vollbremsung hin und kamen, Stoßstange an Stoßstange, mit nur einer Handbreit Abstand voneinander, zum Stehen. Ivans Reifen quietschten auf. Er löste den Sicherheitsgurt und hievte sich schwerfällig aus dem Auto.

»Verzeihung«, schnaufte er, als er einem grimmigen Mann Auge in Auge gegenüberstand. »Ich war nicht darauf gefasst, hier jemandem zu begegnen, ich bitte vielmals um Entschuldigung.«

5

Mirjam, die sich mittlerweile von dem interessanten Ausblick, der sich ihr aus dem Turmzimmer bot, losgerissen hatte, trat auf die Pumpe ihrer Luftmatratze und philosophierte. Schon oft hatte sie darüber nachgedacht, dass die Entscheidungen, die man im Leben fällte, nicht immer selbstbestimmt waren. Manchmal spielte einem der Zufall einen Streich. So konnte es beispielsweise passieren, dass man eines Morgens zu einer anderen Zeit als gewöhnlich von zu Hause aufbrach. Vielleicht schlug man auch einen anderen Weg zur Arbeit ein als den gewohnten und vertrauten, oder einem wurde das Restaurant langweilig, wo man üblicherweise zu Mittag aß, und man entschied sich für jenes Restaurant, in dem man schon seit Jahren nicht mehr gewesen war. Nicht zuletzt hatte sie sich oft so ihre Gedanken über jenen Morgen vor vielen Jahren gemacht. Damals hatte sie einen anderen Weg als sonst eingeschlagen – eine Entscheidung, die ihr weiteres Leben maßgeblich beeinflussen sollte. Eine Weggabelung, die sie ins Verderben gestürzt hatte.

Sie war aufs Festland nach Stockholm gefahren, um übers Wochenende im Krankenhaus zu arbeiten, wo sie einen Zweitjob hatte. In der Nacht hatte es viel zu tun gegeben, und sie fühlte sich müde und ausgelaugt. Normalerweise nahm sie auf dem Nachhauseweg immer den Bus, aber nach der anstrengenden Nacht hatte sie das Gefühl, ein Spaziergang würde ihr guttun. Nicht nur die Kranken brauchten Fürsorge, zu ihren Pflichten gehörten auch Gespräche mit besorgten Angehörigen.

Ihre Joggingschuhe standen wie immer parat und schienen sie erwartungsvoll anzugucken, also schlüpfte sie hinein und ging raschen Schrittes zum Ring hinunter, bog an der Götgata ab und lief weiter. Passierte den Verkehrsknotenpunkt Slussen und blieb an diesem blassgoldenen Novembermorgen einen Moment lang stehen und schaute über das Wasser.

Die Stockholmer hetzten zur Arbeit. Mit dem Auto. Mit dem Fahrrad. Zu Fuß. Sie begann zu frösteln und setzte ihren Weg fort, durch die Altstadt, am Parlament vorbei, die Drottninggata entlang und steuerte den Hauptbahnhof an. Von dort konnte sie den Bus zum Flughafen Arlanda nehmen, mit dem Flugzeug nach Hause düsen und sich endlich eine Mütze wohlverdienten Schlaf gönnen. Warum habe ich keinen leichteren Job?, dachte sie. Und vor allem nicht nur einen? Das nimmt mich viel zu sehr mit. Ich muss mit diesem Zweitjob aufhören. Sie verdiente zwar gutes Geld, aber so schnell es auf dem Konto war, so schnell war es auch wieder runter. Anna verursachte nach wie vor Kosten. Sie ging mit einer gewissen planlosen Unentschlossenheit an ihr Hochschulstudium heran und war ständig pleite. Mirjam wollte ihr gerne helfen und gab ihr in regelmäßigen Abständen einen ordentlichen Betrag dazu. Das wäre ja auch alles schön und gut, wenn das Geld einer sinnvollen Ausbildung zugutegekommen wäre, aber ihre Tochter beharrte darauf, sowohl in die Kunstgeschichte als auch in Psychologie und Anglistik hineinzuschnuppern.

Mirjam schlängelte sich durch die Schwingtür des Hauptbahnhofs in die drängelnde und schubsende Menge verschlafener Pendler. Trat zur Seite und erhaschte einen Blick auf das Café. Bevor sie in den Shuttle-Bus stieg, wäre ein Kaffee jetzt nicht schlecht.

»Mirjam!«

Mit einem breiten Grinsen stand plötzlich Per-Henrik vor ihr. Umarmte sie. Nahm ihre Hände, trat ein Stück zurück und musterte sie.

»Mirjam, verdammt, ist das lange her!«

Doch, das sah man ihm wahrhaftig auch an. Es war schon ein paar Jährchen her, dass sie seine sogenannte Mentorin gewesen war. Damals, als er sein Medizinstudium begonnen und sie seinen Eltern versprochen hatte, während seiner Zeit in Stockholm für ihn da zu sein. Mirjams Eltern hatten stets engen Umgang mit seiner Familie gepflegt, die sich auch stark für die Kirchengemeinde engagierten.

Per-Henrik Bogren, ihr Schützling. Er war gut zurechtgekommen, und sie hatte ihn aus ihrer Obhut entlassen. Inzwischen war es einige Jahre her, dass sie miteinander gesprochen hatten.

»Mensch, Per-Henrik, wie schön! Wo treibst du dich denn jetzt rum? Doch nicht auf Gotland, oder?«

Er bedachte sie mit einem weiteren breiten Grinsen.

»Das ist eine lange Geschichte, weißt du. Lust auf Kaffee? Ich geb einen aus. Um der alten Freundschaft willen.«

Er zwinkerte ihr zu, legte ihr den Arm um die Schultern und schob sie auf einen Stuhl in dem Café neben dem alten Brunnen der großen Bahnhofshalle. Innerhalb kürzester Zeit hatte er Kaffee und zwei gleich aussehende Muffins auf den Tisch gezaubert.

Sie erfuhr, dass er mittlerweile bei einem neugegründeten Dienstleistungsunternehmen auf dem Gesundheitssektor mitmischte, das seinen Hauptsitz auf Gotland hatte. Sie beteiligten sich an Ausschreibungen für Pflegeheime, Altenheime und Ärztehäusern. Führten das Unternehmen zu dritt, konnten aber natürlich nicht alles selbst machen, bei der Menge an Arbeit, die in der Branche anfiel. Und man konnte Unsummen damit verdienen, aber darüber musste man selbstverständlich Stillschweigen bewahren. Wenn es nach den Steuerzahlern ging, durfte aus Alten und Kranken kein Profit geschlagen werden.

»Und da kommst du gerade wie gerufen, Mirjam!«

»Ich?«

Sie fegte mit der Serviette ein paar Muffinkrümel vom Tisch. Per-Henrik blickte ihr fest in die Augen.

»Ja, genau, du bist dafür wie geschaffen! Könntest unsere neue Subunternehmerin werden. Und Geld wie Heu verdienen. Hast du einen eigenen Betrieb?«

Sie musste schlucken und nahm einen großen Schluck Kaffee.

»Betrieb … nun ja, schon, ich habe tatsächlich etwas Derartiges auf Eis liegen, ich habe mich nie weiter darum gekümmert. Hatte mir wohl vor ein paar Jahren irgendetwas dabei gedacht, aber dann wurde nichts daraus.«

Sie hoffte inständig, dass er sich nicht nach dem Namen des Unternehmens erkundigen würde.

»Prima, Mirjam, prima! Die entstauben wir einfach ein bisschen, weißt du. Die Firma, meine ich. Wir haben einen neuen Auftrag in Arbeit, ein Pflegeheim in Danderyd. Todschick. Reiche alte Herrschaften, aber auch den einen oder anderen Durchschnittsbürger. Das könntest du übernehmen.«

»Ein Pflegeheim?«

»Sicher doch! Personal einstellen, dich um die Einrichtung kümmern, Kontakte aufbauen, Material beschaffen. Fertig! Der Job gehört sozusagen dir. Du verdienst das Geld, aber offiziell treten wir der Gemeinde gegenüber als Auftraggeber in Erscheinung. Wie heißt deine Firma denn?«

»Kalksteinservice«, gestand sie, und das schallende Gelächter, das darauf folgte, traf sie nicht ganz unerwartet. Zwei Bahnhofstauben, Untermieter im Bahnhof, flogen davon und ließen sich unter dem schützenden Bahnhofsdach nieder.

»Na ja, okay, das muss reichen. Scheißegal, wie sie heißt. Hauptsache, du mit deiner weitreichenden Kompetenz bekommst einen super Auftrag, und die Sache kommt ins Rollen. Das muss jetzt schnell gehen, am ersten Januar legen wir los.«

Die Vorstellung reizte sie. Jetzt war es Ende November, wie würde sie vorgehen? Im Hospital auf Gotland kündigen. Den Zweitjob im Stockholmer Krankenhaus aufgeben. Eine selbständige Geschäftsfrau werden. Elegant gekleidet in eine Bank hineinschneien und ein Darlehen aufnehmen. Es anpacken. Anna könnte ihr vielleicht helfen. Sie wusste ja eh nicht so recht, was sie mit ihrem Studium anfangen sollte. Und Danderyd, das war auch nicht das Schlechteste, oder?

»Aber es kostet doch sicher Unmengen von Geld, ein solches Projekt auf die Beine zu stellen?«

Per-Henrik beugte sich vor und sah ihr fest in die Augen.

»Selbstredend, mit der einen oder anderen Million Kronen musst du schon rechnen, aber langfristig zahlt es sich aus, Mirjam. Du wirst es doppelt und dreifach zurückbekommen, Pflegeheime werfen hohen Gewinn ab.«

»Die eine oder andere Million?«

Sie schnappte nach Luft. Wie sollte sie solche Unsummen auftreiben? Genau das fragte sie ihn auch. Er zuckte die Schultern.

»Tja, man muss einfach kreativ werden, du hast bestimmt ein paar Genossenschaftsanteile, die du als Kreditsicherheit zur Verfügung stellen könntest. Ein Rahmenkredit wäre ein weiterer Tipp, sprich einfach mal mit der Bank.«

»Aber wenn ich Personal einstellen muss, dann kostet das doch auch? Ich meine, jede Menge Sozialabgaben und so?«

Per-Henrik tätschelte beruhigend ihren Arm.

»Klar tut es das, aber den Dreh hast du schnell raus, Mirjam. Fünfundzwanzig, dreißig Angestellte braucht man schon, und noch ein paar bezahlte Aushilfen.«

»Aber was für eine Verantwortung! Und welche enormen Summen. Ich weiß nicht so recht …«

Per-Henrik lehnte sich im Stuhl zurück und setzte wieder sein breites Lächeln auf.

»Business, Mirjam, Business. Und du weißt, dass du mir vertrauen kannst, oder?« Sie nickte.

»Bekomme ich Bedenkzeit?«

Per-Henrik kippte den restlichen Kaffee hinunter und stellte die Tasse mit einem Knall auf den Tisch.

»Natürlich bekommst du Bedenkzeit. Bis morgen. Hier hast du meine Karte!«

Er holte sein Mobiltelefon hervor und warf einen Blick auf die Uhr.

»Du, ich muss jetzt los. Superklasse, dass wir uns getroffen haben. Wie konnte ich nur so ein Schwein haben? Du sagst doch ja?«

Sie lächelte ihm zu. Er war immer noch so jungenhaft charmant.

»Sonst bekommt jemand anderes die Chance«, sagte er und knuffte sie spielerisch in die Seite. »Viele lecken sich die Finger danach, für uns tätig zu werden, aber ich möchte gerne mit dir arbeiten, du bist die Beste.«

»Nur noch eins, Per-Henrik, wie geht es deiner Familie, Gitte, den Kindern?«

Er warf sich lässig den Schal über die Schulter und knöpfte den Mantel zu.

»Gut«, antwortete er kurz angebunden. »Uns geht's gut«.

»Okay, dann rufe ich dich morgen an und sag dir Bescheid«, sagte sie. »Grüß deine Familie und deine Eltern!«

Sie drückte prüfend auf die Luftmatratze. Nur noch ein kleines bisschen. Wie blöd von ihr, dass sie sich nicht eine dieser modernen Matratzen besorgt hatte, die man einfach aufblies, indem man einen Stecker in die Steckdose steckte. Strom war schließlich das einzig Moderne, was die Kapelle zu bieten hatte.

Du lieber Gott, wie hätte ihr Leben wohl ausgesehen, wenn sie an jenem Morgen Per-Henrik nicht über den Weg gelaufen wäre? Diesem Geschäftsmann, der nicht die Spur eines Gewissens besaß, ihrem alten Freund.

»Gut, natürlich«, sagte Hervor, die, ihren Schlafsack hinter sich herschleppend, hereinkam. »Gut, beschaulich und langweilig. Außerdem wärst du mir, dem wundervollen Hexenweib aus Lappland, nicht begegnet.«

Mirjam hielt mit dem Pumpen inne.

»Woher …?«

Hervor drehte und wendete ihren Schlafsack hin und her und musterte ihn kritisch.

»Deine Gedanken stehen dir auf die Stirn geschrieben«, sagte sie ruhig. »Und außerdem murmelst du vor dich hin.«

6

Ivan lächelte den Mann, dessen Wagen er vor dem Büro fast gerammt hätte, warm und herzlich an, aber er begegnete nur einem Paar kalten blauen Augen und einem verkniffenen Mund, der nicht breiter war als der Strich unter einer Subtraktion. Unter dem spitzen Kinn saß ein blaues

Hemd mit einem Priesterkragen. Darüber ein Jackett. Der betreffende Herr trug akkurat gebügelte Hosen und Schuhe, die ebenso auf Hochglanz poliert waren wie sein Audi. Ivan grübelte darüber nach, wie seine eigenen Schuhe wohl aussehen mochten, er hatte das Gefühl, sie seit vierzig Kilos nicht mehr gesehen zu haben. Das Einzige, was an diesem Mann anziehend ist, ist sein Haar, dachte Ivan. Dicht und lockig und mit einem wunderschönen rotbraunen Ton. Der Pfarrer schien so um die sechzig zu sein.

»Wie gesagt, ich habe Sie wirklich nicht gesehen.«

»Soso, natürlich nicht. Aber es kommt eben darauf an, vorsichtig zu sein, und vor allem, durchdacht und vorausschauend zu fahren.«

In seiner Stimme schwang keinerlei Wärme mit, wie man es von einem professionellen Prediger und Seelsorger eigentlich erwartete.

»Es tut mir wirklich leid.«

»Hm, nun gut. Ich werde versuchen, über diesen scheußlichen Zwischenfall hinwegzusehen. Vielleicht sind Sie ja stattdessen in der Lage, mir ein paar Auskünfte zu erteilen.«

Ivan begriff sehr wohl, dass dieser Pastor ganz und gar nicht daran dachte, seine Ungeschicklichkeit zu vergessen. Vor solch humorlosen Augen fand man keine Gnade. Wie konnte er bloß so kalt sein, wo er doch ein Amt innehatte, bei dem es auf ein liebendes Herz und ein großes Maß an menschlicher Wärme ankam? Darauf konnte Ivan sich wirklich keinen Reim machen.

»Selbstverständlich, womit kann ich dienen?«

Er probierte es mit einem weiteren warmen Lächeln,

was aber völlig für die Katz war. Dieselbe eisige Kälte schlug ihm entgegen.

»In dieser Firma hier … gibt es da einen Per-Henrik Bogren?«

Ivan atmete auf, als das Gespräch sich anderen Themen zuwandte und er sich nicht länger wie ein vom Schuldirektor ausgescholtener dummer Junge fühlen musste.

»Sicher doch, natürlich. Er dürfte jetzt eigentlich im Büro sein, schätze ich. Bitte sehr, hier geht's lang. Sie kennen sich?«

Der Pastor ignorierte die Frage. Lief einfach nur mit entschiedenen Schritten hinter Ivan her, der ihm höflich die Tür aufhielt.

Per-Henrik und Torsten waren in ihre Büroarbeit vertieft. Torsten war mit seiner alten, eifrig ratternden Rechenmaschine beschäftigt. Er weigerte sich einfach, sich eine neue, moderne anzuschaffen. Er saß weit vornübergebeugt, das Gesicht nur wenige Zentimenter von dem Gerät entfernt. Schon oft hatte Ivan vorgeschlagen, er solle sich eine bessere Brille und eine geeignete Schreibtischlampe anschaffen, doch es war zwecklos. Torsten war ein richtiger Geizhals, sowohl was ihn selbst als auch was andere betraf. Aber Geld für die Firma einheimsen, das konnte er, und das kam schließlich auch Ivan zugute.

Per-Henrik hatte seine Füße wie üblich auf den Schreibtisch gelegt und brütete über einem Stoß Papiere. Er fuhr sich ein paarmal mit der Hand durch den dichten blonden Schopf und schaute auf, als sich die Tür öffnete. Schnell schwang er die Beine vom Tisch und schoss aus seinem Bürostuhl hoch. Mit ausgebreiteten Armen ging er dem Pastor entgegen.

»Na, so was, grüß dich, Aron! Das muss ja Ewigkeiten her sein!«

Die beiden Herren umarmten sich brüderlich, traten ein paar Schritte zurück und musterten einander. Per-Henrik boxte den Pfarrer spielerisch gegen die Brust. Ivan war verblüfft, dass dieser alte Prälat überhaupt lächeln konnte, noch verblüffter war er allerdings, als er dann auch noch geräuschvoll lachte. Ein gekünstelter, glucksender Laut stieg aus seiner Kehle. Offenbar waren Per-Henrik und dieser Aron enge Bekannte. Per-Henrik drehte sich zu den anderen um.

»Ich sollte euch wohl vorstellen ... das ist Aron Nordergrav, ein alter Freund der Familie, kann man sagen. Unsere Eltern hatten öfter miteinander zu tun. Meine Geschäftspartner und Freunde, Torsten Utas und Ivan Pazic.«

Ivan hatte das Gefühl, als hätte er einen Büschel Brennnesseln gedrückt und nicht die Hand eines Pastors, und verschwand hinter seinem Schreibtisch, von wo aus er das Geschwätz der beiden ungestört verfolgen konnte.

»Was verschafft uns die Ehre deines Besuchs, Aron?«, fragte Per-Henrik. »Befindet sich deine Gemeinde nicht unten in Sudret?«

Aron Nordergrav steckte den Zeigefinger zwischen Priesterkragen und Hals und lockerte ein wenig seinen Kragen.

»Nein, nicht mehr. Ich hatte dort zwar meinen Pfarrbezirk, aber mittlerweile bin ich in der Stadt beim Bistum angestellt. In unmittelbarer Nähe des Bischofs, könnte man sagen. Nicht unbedingt ein schlechtes Gefühl, dass man ihm ab und zu zur Hand gehen darf.«

»Verdammt noch mal, äh, Verzeihung, du lieber Himmel, meinte ich natürlich! Magst du einen Kaffee?«

Ivan schüttelte bekümmert den Kopf. Mit dieser Wortwahl stieß Per-Henrik bei dem Pastor mit Sicherheit nicht auf Gegenliebe. Der Mund des alten Aron glich mehr denn je einem Minuszeichen. Er sprach ein gepflegtes Festlandschwedisch mit einem leichten Anflug von Gotländisch, den er nicht hatte ausmerzen können.

»Aber im Sommer werde ich hier in Kajpe Kviar den Gemeindepfarrer vertreten, deshalb dachte ich, ich sollte mich hier vielleicht ein wenig umschauen. Ich glaube, ich bin noch nie hier gewesen, aber soweit ich weiß, tut sich dieses Kirchspiel ja auch nicht gerade durch irgendetwas Besonderes hervor.«

Du kannst jederzeit einen Blick auf die Kalksteinmalereien in der Kirche werfen, du aufgeblasener Lackaffe, dachte Ivan. Oder auf die außergewöhnlichen Rosen in meinem Garten, sobald sie zu blühen anfangen. Ich habe mehrere, die sie hier auf Gotland »Bischofsgattin« nennen, eine sehr alte Sorte.

»Und da habe ich euer Firmenlogo gesehen«, fuhr der redegewandte Gottesmann fort, »und dachte, dass ich vielleicht mit dem einen oder anderen Gemeindemitglied Bekanntschaft schließen sollte. Über euch habe ich sogar etwas in der *Gotlands Allehanda* gelesen.«

Während sie weiterredeten, belauschte Ivan von seinem Platz aus ungeniert das Gespräch. Sollte dieser Scheißwichtigtuer im Sommer etwa Gemeindepfarrer in Kajpe Kviar sein? Wenn dem so war, würde Ivan einen großen Bogen um die Kirche machen. Und sich nicht einmal die Malereien anschauen.

Das konnte ihm im Grunde auch egal sein. Wenn Ivan und Julija an irgendeiner Messe teilnehmen wollten, fuhren sie sowieso zur katholischen Gemeinde nach Visby. Und das war eher selten der Fall.

Als der Pastor sich kurze Zeit darauf verabschiedet und das Büro verlassen hatte, kehrte Per-Henrik an seinen Platz zurück und legte erneut die Füße auf den Tisch.

»Ich glaub's ja nicht, der alte Aron wird hier im Sommer Pfarrer sein! Da wird sich Gitte dann mit etwas herumschlagen müssen, mit dem ist nicht gut Kirschen essen. Es braucht nur wenig, und er macht ein saures Gesicht.«

Ivan nickte beipflichtend, sagte aber nichts. Per-Henriks Frau war Kantorin in der Kirche, und Ivan hatte schon manchmal mitbekommen, wie sie sich über schwierige Pastoren beklagt und andere in den Himmel gehoben hatte.

Die Rechenmaschine verstummte. Torsten kniff die Augen hinter seinen dicken Brillengläsern zusammen.

»Wie hieß dieser Schäfchenhirte noch gleich?«

Torsten hatte mit Kirche und Klerus nicht viel am Hut. Ivan gegenüber hatte er konstatiert, dass er ums Verrecken nicht begreifen konnte, wie man nur an einen solchen Quatsch glauben konnte, der seiner Meinung nach reine Erfindung war. Ivan hatte ihn gefragt, weshalb er dann überhaupt in der Kirche war. Daraufhin hatte Torsten eine zutiefst beleidigte Miene aufgesetzt. Klar war er Mitglied, schließlich wollte er irgendwann einmal eine anständige Beerdigung haben, verdammt, aber das war auch schon alles. Jedes Mal, wenn er auf seiner Steuererklärung sah, wie viel Kirchensteuer ihm abgezogen wurde, grämte er sich.

Viel Geld, damit man eine müde, wenngleich feierliche

Beerdigung garantiert bekam, aber es war eine wohlüberlegte Entscheidung gewesen.

»Aron Nordergrav«, beantwortete Per-Henrik seine Frage. »Ja, kaum zu glauben, der alte Aron!«

Torsten kratzte sich am ergrauten Kopf, richtete seinen kleinen Körper auf und lehnte sich im Stuhl zurück. Ivan war schon immer davon fasziniert gewesen, wie klein Torsten in seinem Schreibtischstuhl wirkte.

»Nordergrav, wo zum Teufel hab ich diesen Namen schon mal gehört? Irgendwie kommt er mir bekannt vor. Auch nicht besonders gewöhnlich, der Name.«

»Nicht verwunderlich«, beantwortete Per-Henrik Torstens Frage. »Mirjam, diese Frau, die vor ein paar Jahren für uns arbeiten durfte, hieß Nordergrav, falls du dich an sie erinnerst.«

»Stimmt, ja! Zum Henker, was mussten wir hinter ihr aufräumen. Sind sie miteinander verwandt?«

Per-Henrik schlürfte den letzten Rest Kaffee aus seinem Becher und stellte ihn mit Nachdruck auf den Schreibtisch.

»Aron ist ihr Bruder.«

»Sie sind tatsächlich verwandt?«

»Das will ich meinen!«

Torsten starrte geradeaus ins Leere, sagte aber nichts mehr, sondern widmete sich wieder seinen endlosen Zahlenkolonnen.

Ah, dachte Ivan. Diese nette Frau. Daher auch die Haarpracht des Pfarrers. Aber davon abgesehen waren die beiden Geschwister wirklich so unterschiedlich wie Tag und Nacht. Mirjam war ausgesprochen charmant gewesen, und er vermisste sie sehr. Wie war es nur möglich, dass ihr Bruder ein solcher Langweiler war? Er versank in angenehmen Erinnerungen an Mirjam. Wäre er nicht so leidenschaftlich gerne mit Julija verheiratet gewesen, weiß der Geier, ob er dann nicht die schöne Mirjam umgarnt hätte! Als sie damals gezwungen wurde, das Unternehmen zu verlassen, war das längst nicht mehr so erfreulich gewesen. Dass sie rausgedrängt werden sollte, darin war er sich mit den anderen nicht einig gewesen. Ganz und gar nicht. Aber zum Wohl der Firma hatte er sich fügen müssen, und er hoffte, dass es ihr gut ergangen war.

»Hört mal, Jungs«, sagte Ivan, um die leicht düstere Stimmung zu verscheuchen, die sich eingestellt hatte, als die Rede auf Mirjam gekommen war, »ich glaube, wir haben neue Nachbarn bekommen. Ich hab bei der alten Kapelle ein rotes Auto parken sehen. Das wäre wirklich nett, wenn mehr Leute hierherziehen würden, finde ich.«

Torsten antwortete nicht. Per-Henrik riss das Telefon an sich und wählte. Ivan seufzte und begann, seine ellenlangen Bestandslisten zu prüfen.

7

Hervor hockte auf dem Plumpsklo und erleichterte sich. Die Brötchen und der Kaffee, die sie gestern Morgen nach ihrem Landgang zu sich genommen hatten, waren für den Magen nicht unbedingt das Beste gewesen. Und der Kaffee die reinste Plörre. Filterkaffee natürlich und kein normaler, starker Kaffee, der auf dem Herd gekocht wurde. Was für ein Glück, dass sie selbst anständigen Kaffee mitgebracht hatte! Ein paar Tage würde es aber sicherlich dauern, bis ihr Magen sich wieder ordentlich aufführte.

Hervors Meinung nach war dieses Plumpsklo ein verflixt gutes Plumpsklo. Zwei Löcher. In das eine konnte sie ihr Geschäft erledigen, und das andere diente ihr als Aschenbecher für die Zigarette, die sie sich gerade angezündet hatte. Sie nahm einen tiefen Zug und musterte die ungehobelten, ungestrichenen Wände. Gutes Holz, wenn sie nicht alles täuschte, aber ein bisschen freundliche Farbe würde den Brettern sicher nicht schaden. Vielleicht könnte man auch ein, zwei Bilder aufhängen. Kühe auf einer Sommerwiese oder König Gustav und Silvia. Bald würden wohl auch Prinzessin Viktoria und dieser Typ aus Ockelbo auf einem schwedischen Plumpsklo sitzen. Sie ächzte und stöhnte und unterzog das Klo einer näheren Betrachtung. Hier und da waren unanständige Symbole und Buchstaben ins Holz geritzt. Vermutlich gingen sie auf Generationen von Pfadfindern zurück, die sie dort an der Schwelle zum Erwachsensein und voller Neugier auf das, was das Leben an Spannendem zu bieten hatte, hineingekerbt hatten.

Hervor schnipste den Zigarettenstummel ins Kloloch. So verflucht spannend war es eigentlich nicht gewesen, erwachsen zu werden. Jedenfalls nicht für sie. Sie hatte Ingrid bekommen, noch bevor sie selbst richtig erwachsen werden konnte, aber sie hatte es geschafft. Zur Hölle mit dem Kindsvater! Charmant und gutaussehend hatte er vor ihr gestanden, als sie an einem Samstag zum Tanz gegangen war. Ein junger Revierförster aus Südschweden. Sie hätte besser auf der Hut sein, ihn durchschauen sollen, aber sie war jung gewesen und wollte doch nur etwas

Spaß. Er nahm sich, was er haben wollte, und verschwand aus dem Dorf. Sie aber hatte das kleine Mädchen wie einen kostbaren Schatz gehütet, bis es achtzehn war. Dann war Ingrid nach Amerika gegangen. Verdammt weit weg, und Hervor durchnässte monatelang jedes, aber auch jedes Taschentuch, bevor sie sich damit abfand. Aber ihr Mädchen hielt engen Kontakt, jede Woche telefonierten sie miteinander. Und außerdem hatte sie die richtige Gabe geerbt, wie es unter den Frauen in Hervors Familie üblich war. Sie war besonnen mit ihr umgegangen und hatte sie weiterentwickelt. Und jetzt verdiente sie in Boston ein Vermögen mit ihrer Hellseherei, von der Hervor in Schweden mehr schlecht als recht leben konnte. Dieses Geschäft hatte dort drüben einfach mehr Glamour. Enkelkinder hatte sie Hervor noch nicht geschenkt, aber das war eh egal, so weit, wie Boston entfernt war. Ingrids Mann war ein anständiger Kerl, sie hatten schon ein paar Sommer bei ihr in Kuiva verbracht. Von den Männern, mit denen Hervor bisher zu tun gehabt hatte, war er der Einzige, mit dem etwas anzufangen war. Zuerst hatte Hervor gedacht, dass Ingrid sich ihrer einfachen Herkunft wegen vielleicht schämen würde, aber da hatte sie sich gründlich in ihrem Mädchen getäuscht. Steve, Ingrids Ehemann, sagte nie auch nur ein einziges herablassendes Wort. Und ihre Tochter hatte ihr nur Freude gemacht, auch wenn anfangs alles so schiefgelaufen war.

Aber es war schwierig, Mirjam etwas über Ingrid zu erzählen. Bekam Hervor einen Brief oder einen Anruf aus Amerika, zog Mirjam sich in ihr Schneckenhaus zurück, griff nach einem Buch und tat so, als ob sie lesen würde. Hervor aber merkte, dass sie nicht eine Seite umblätterte.

Musste entsetzlich für sie sein, dass sie und ihre Tochter sich entzweit hatten. Hervor und Mirjam hatten sich natürlich ab und an darüber unterhalten. Dass ihre Töchter in Amerika lebten, war schließlich eine Gemeinsamkeit, auch wenn die Umstände ganz andere waren. Hervor konnte Mirjams Kummer und Schmerz so stark nachfühlen, dass sie ihr Bestes versucht hatte, um Visionen von Anna auf der anderen Seite der Welthalbkugel heraufzubeschwören. Und sie hatte genug gesehen. Hatte ein kleines Mädchen gesehen, das sich sehr grämte und sich entsetzlich nach ihrer geliebten Mama sehnte. Ein Mädchen, das bereute, dass sie ihrer Mutter in jugendlichem Unverständnis und Zorn den Rücken gewandt hatte, als es dieser so schlecht erging. Wieder und wieder versuchte Hervor, Mirjam dazu zu bewegen, den Schritt zur Versöhnung zu tun, aber nein, der Schmerz saß verdammt noch mal zu tief. Und genau das ist das Schlimmste an der ganzen Geschichte, dachte Hervor. Die Art, wie diese Missgeburten mit Mirjam umgesprungen waren, hatte schließlich indirekt dazu geführt, dass sie ihr einziges Kind verloren hatte. Grund genug, diese Schweine um die Ecke zu bringen.

Mirjam war zu ihrer besten Freundin geworden, und sie würde alles für sie tun. Verdammte Scheißkerle! Sie sollte ihnen einen Fluch auf den Hals hetzen. Mögen Regenwürmer in ihren Adern wüten!

Hervor hatte ihr Geschäft jetzt erledigt, blieb aber noch ein Weilchen sitzen. Die Tür hatte sie sperrangelweit geöffnet, mit Blick auf den herrlichen, verwilderten Garten. Mirjams alte Kapelle lag in üppiges Grün eingebettet. Die Büsche hatten sich ungehindert ausgebreitet, und im Gestrüpp, inmitten unzähliger Eschentriebe von verschiedensten Größe, wuchsen Weißdorn und Heckenrosen. Ein Stengel Geißblatt rankte sich um einen Schlehenbusch und verbreitete abends einen herrlichen Duft. Als wenn das nicht schon reichte, stand ein Jasmin im Garten und blühte unvergleichlich schön. Hervor hatte den gesamten ersten Abend in der Nähe dieses Busches verbracht, sie hatte noch nie etwas so Wunderbares gerochen. Das Gras stand hoch, und zuerst musste die Sense rausgeholt werden, bevor man mit dem Rasenmäher weitermachen konnte. Die ersten Blätter der hohen Eschen kamen heraus, an den sich verästelnden Zweigen, die sich bis weit über das Dach der Kapelle reckten, hingen noch die letzten klebrigen rotbraunen Knospen. Die Insel war schön, das fiel ihr nicht nur hier auf, sondern das hatte sie schon auf der Fahrt von Visby hierher feststellen können. An den Wegrändern gediehen Natternkopf und Akelei in Rosa, Weiß und Lila. Wildblumen, auf die Hervor noch nie zuvor gestoßen war. Was für ein verdammtes Glück, dass sie ihr geliebtes, vielbenutztes Bestimmungsbuch eingepackt hatte.

Sie sammelte die Zigarettenschachtel und das Feuerzeug ein und stopfte beides in die Tasche, zog ihre Unterhosen hoch und knallte den Klodeckel zu. Die Tür ließ sie offen stehen. Hier musste gelüftet werden!

Während Hervor auf dem Plumpsklo hockte, hatte Mirjam eine alte Sense aus dem Holzschuppen geholt und sich beherzt dazu entschlossen zu mähen. Sie hatte schon als Schulkind gelernt, wie man mit einer Sense umging, weil sie immer bei der Bereinigung der Pfarrwiese dabei sein durfte. Sie mochte diese Arbeit. Ihr Bruder Aron hingegen hatte immer ein untrügliches Gespür dafür bewiesen, ausgerechnet dann krank zu werden, wenn die Wiese gemäht und das Gras zusammengerecht werden musste.

»Soso, du willst also Heu machen«, stellte Hervor fest, während sie sich nach ihrem Klobesuch gründlich die Hände im Außenwaschbecken wusch. »Wenn du magst, kann ich dir gern beim Zusammenrechen helfen.«

»Super! Wir müssen das hohe Gras hier beseitigen. Die Zecken fühlen sich nicht so heimisch, wenn man das Gras kurz hält, und ich habe wenig Lust, meine Freizeit darauf zu verwenden, andauernd diese garstigen Biester rauszuoperieren.«

Sie schwang die Sense mit ausholenden, gleichmäßigen Bewegungen, und Gras und Hundekot beugten sich willig ihrer Klinge. Dabei versuchte sie ein paar einzelne, tapfere Schlüsselblumen auszusparen. Die konnten ruhig stehen bleiben, bis sie völlig verblüht waren.

Mirjam hatte lange über das, was Hervor über Affirmation als Mordmethode gesagt hatte, nachgedacht. Wenn es denn überhaupt funktionierte, was Mirjam stark bezweifelte, so wäre das eine unverzeihliche verbrecherische Tat. Als sie auf ihrem Kurs in Dalarna gewesen waren, hatte eine Frau sich sogar danach erkundigt.

»Können Affirmationen wirklich nie in negativer Absicht angewandt werden? Können sie nicht geradezu gefährlich sein, meine ich?«

Die Seminarleiterin hatte gestutzt, anscheinend war ihr diese Frage zuvor noch nie untergekommen, und sie gefiel ihr überhaupt nicht. Rote Flecken hatten sich auf ihrem Hals ausgebreitet, und sie presste ihren Kiefer zusammen. Während Mirjam atemlos auf eine Antwort gewartet hatte, hatte Hervor ein heiseres Lachen ausgestoßen.

»Nein«, hatte die Kursleiterin schließlich in scharfem Ton gesagt und dabei besonders Hervor streng angesehen. »Affirmationen sind niemals gefährlich. Erinnert euch daran, dass ihr nie Negationen benutzen dürft, also Wörter wie ›kein‹, ›nicht‹ oder ›nein‹. Die Worte einer gelungen formulierten Affirmation sollen enthusiastisch klingen, dann können sie euch zu ungeahnten Höhen führen! So, genug davon, jetzt wird gearbeitet. Jeder schreibt jetzt eine gute, positiv formulierte Affirmation auf!«

Mirjam hatte die Frage Frage sein lassen und sich weiter in der Kraft der Gedanken geübt. Und sie musste einräumen, dass die Sache Potenzial besaß. Sagte man beispielsweise täglich »Ich bin strahlend schön und glücklich« vor sich hin, so konnte man verflixt noch mal darauf wetten, dass man sich gerade hielt und nur so dahinschwebte. Autosuggestion nannte man das, und dann klappte es natürlich auch.

Sie machte eine Pause und streckte sich. Massierte sich einen Moment das Kreuz und stützte sich auf den Sensenschaft. Von weitem sah sie den Mann, den sie begrüßt hatte, als sie bei der Kapelle angekommen waren. Er verschwand in einem der Nebengebäude des Hofes. Sah nett aus, sogar ziemlich attraktiv. Hatte einen gutgebauten, braungebrannten Körper, den er natürlich durch die tägliche Arbeit als Landwirt bekommen hatte, und schönes, mit grauen Strähnen durchzogenes Haar, das früher anscheinend mal blond gewesen war. Ob sie ihn bei Gelegenheit zum Kaffee einladen sollte? Sie trocknete sich die schweißnassen Hände an der Jeans ab und schwang erneut die Sense.

Ob man durch die Kraft der Gedanken wohl auch andere beeinflussen konnte? Anna zum Beispiel? Schon während des Kurses hatte sie still und leise damit begonnen, Affirmationen zu formulieren, die auf eine Verbesserung ihres Verhältnisses abzielten.

»Anna und ich haben ein hervorragendes Verhältnis«, wiederholte sie mehrmals abends vor dem Schlafengehen. Was das betraf, würde sie nicht aufgeben. Im Leben nicht! Ihr war zwar bewusst, dass sie aufgrund ihrer Herkunft lieber die Hände hätte falten und Gott demütigst um Hilfe anflehen sollen. Die Methoden ähnelten sich, aber in der Welt der Affirmationen schien es keine höhere Macht zu geben, es war vielmehr so, als wandte man sich dem eigenen Ego zu. Wenn man die Kraft der Gedanken einsetzte, war es ausschlaggebend, dass man auch mehr oder weniger unbewusst danach handelte.

Wenn sie nun Hervors Rat Folge leisten und die drei Firmeninhaber zu Tode denken würde, müsste sie dann rein logisch betrachtet auch danach handeln und sie totschlagen? Sie erschauerte und ließ die Sense sinken. Sie wollte das nicht. Und doch hatte die Idee schon Wurzeln geschlagen und ließ sie nicht los. Vergeltung zu üben war reizvoll. Mirjam wollte sich irgendwie für das ganze Elend, das sie ihr eingebrockt hatten, an ihnen rächen. Wütend metzelte sie das Gras auf der Rückseite der Kapelle nieder. Per-Henrik, dieses miese Dreckschwein, was würde sie nicht dafür geben, ihm das Leben zur Hölle zu machen!

Nachdem Mirjam an jenem Morgen im November Per-Henrik am Bahnhof über den Weg gelaufen war, hatte sie nicht lange gefackelt. Schließlich stand Weihnachten vor der Tür, und das Pflegeheim sollte bereits am fünfzehnten

Januar seine Pforten öffnen. Besonnene Menschen hätten abgewartet, zumindest so lange, bis ein für alle bindender, wasserdichter Vertrag unterzeichnet gewesen wäre. Aber, *what the heck*, das war ihre Chance! Per-Henrik würde sie nie im Leben übers Ohr hauen. Wenn das der Fall wäre, würden seine Eltern die Wände hochgehen und sich vor Mirjams Vater, dem Gemeindepfarrer, zutiefst schämen. Nein, nein, Per-Henrik konnte sie voll und ganz vertrauen. Außerdem hatte sie die Nachtschichten und das ganze Krankenhaus gründlich satt. Ein eigenes kleines Unternehmen, wo man wusste, wofür man arbeitete und selbst frei über seine Zeit verfügen konnte, war wirklich verlockend.

Einen Tag später, nach der Begegnung mit Per-Henrik, stiefelte sie ins Krankenhaus von Visby und kündigte. Ihr Chef war natürlich stinkwütend, denn so kurz vor Weihnachten wuchsen die Ärzte schließlich nicht auf Bäumen.

»Wenn du mich so kurz vor den Weihnachtsfeiertagen im Stich lässt, kannst du getrost gleich gehen!«, brüllte er.

Das war Mirjam nur allzu recht. Nach zwanzig Dienstjahren machte sie die Tür des Krankenhauses hinter sich zu und ging durch die Stadt nach Hause.

Dann schmiedete sie Pläne. Erledigte Anrufe und ermittelte Preise. Sie musste sich um alles kümmern, in erster Linie um das Personal. Krankenschwestern, Hilfskräfte, Pförtner. Für die Betten und die übrige Ausstattung war die Gemeinde zuständig, aber die kleineren Anschaffungen waren Sache des Unternehmers. Mit Apotheken mussten Absprachen für Medikamente getroffen werden. Abschließbare Medizinschränke waren vonnöten. Geschirr, Windeln, Decken, Arbeitskleidung. Geld, du meine Güte, Geld! Sie musste augenblicklich zur Bank. Die Genossenschaftsanteile sollten als Kreditsicherheit reichen, auch wenn ihre Wohnung nicht in Visbys teuerster Gegend lag. Per-Henrik hatte ihr ja auch den Tipp mit dem Rahmenkredit gegeben, und sie selbst hatte gehört, dass es für Frauen, die ein eigenes Unternehmen gründen wollten, einen staatlichen Kredit gab.

Anna kam vom Fitnessstudio nach Hause geschlendert. Gut, dass sie sich neben all der Zeit, die sie über den Büchern verbrachte, noch in Form hielt. Mirjam warf ihrer zwanzigjährigen Tochter ein flüchtiges Lächeln zu.

»Was machst du, Mama? Du siehst ja ganz durcheinander aus.«

Mirjam ließ einen Moment lang von ihren Papieren und dem Pläneschmieden ab, hob den Kopf und blickte ihre Tochter an. Sie strich sich die Locken aus der Stirn und spürte, wie müde sie war. Eigentlich hätte auch sie ins Fitnesscenter gehen sollen. Und es hätte ebenfalls nicht geschadet, wenn sie sich ausgewogener ernährt und ein bisschen weniger gegessen hätte. Zu viel Gebäck in den Kaffeepausen und ungesundes Fast Food, wann immer sie pendelte, hatten ihre Spuren hinterlassen.

»Ein Volltreffer! Mir ist die Chance meines Lebens geboten worden. Mein eigenes Unternehmen. Ich soll ein Pflegeheim in Danderyd betreiben.«

»Auf dem Festland?« Auf Annas junger Stirn zeichneten sich ernste, kritische Falten ab.

»Ja, aber das wird kein Problem sein, man muss nicht ständig vor Ort sein. Hin und wieder ein wenig pendeln und so …«

»Aha. Hast du heute Abendessen gekocht, Mama, oder soll ich das tun? Ich kann dir übrigens an der Nasenspitze ansehen, dass du's nicht getan hast.«

Anna machte einen Schritt auf Mirjams Papierstapel zu und warf einen Blick auf die Zeilen und Buchstaben, die Mirjam hingekritzelt hatte.

»Aber das kann ich doch machen!«

Sie zeigte auf den Punkt, der den Einkauf von Material und Arbeitskleidung betraf.

»So etwas habe ich in der Oberstufe gelernt.«

»Meinst du das ernst?«

»Ja, klar. Du besorgst das Geld bei der Bank und siehst zu, dass du Personal auftreibst, du hast doch deine Kontakte. Ich kümmere mich um den Rest. Material, Rechnungen, Buchführung und so, du weißt schon, das ganze Verwaltungstechnische.«

Mirjam fuhr aus dem Stuhl hoch und umarmte ihre Tochter.

»Anna, du bist Gold wert! Weißt du das eigentlich? Klar werden wir das gemeinsam schaukeln!«

In jener Nacht blieben sie beide, in ihre Morgenmäntel gekuschelt, lange auf, entwarfen richtige Strukturen und stellten Zeitpläne auf. Teilten sich die Arbeit untereinander auf und errechneten ihren Gewinn. Die Investitionskosten waren hoch, aber sobald der Auftrag in zwei Jahren erledigt war, würden sie wohlhabend sein. Kein gänzlich unangenehmer Gedanke. Aber geschenkt wurde ihnen nichts. Sie würden hart arbeiten müssen.

Erschöpft von der körperlichen Arbeit und ihren alten Erinnerungen ließ Mirjam die Sense fallen, sank ins Gras und trocknete sich den Schweiß von der Stirn. Hervor rechte ein Stückchen entfernt das Gras zu Haufen zusammen. Mirjam summte der Kopf vor unterdrückter Wut. In ihrem Körper erwachte erneut das Gefühl der Ohnmacht, das sie vor acht Jahren verspürt und von dem sie geglaubt hatte, es sei vorbei. Wie hatte sie bloß so ahnungslos sein und auf Per-Henriks Angebot eingehen können?

Vielleicht konnte sie versuchen, die Dreckskerle in kleinerem Ausmaß zu sabotieren. Nicht, dass sie daran glaubte, aber sie konnte es ja einfach mal testen. Nicht schneiden, nur ritzen.

8

Sylve Lagergren fuhr Wasser zu den Schafen hinaus. Aufgeregt blökend kamen sie auf ihn zugesprungen. Die neugeborenen Lämmer hüpften und stolperten hinterher, ganz darauf bedacht, in der Nähe ihrer Mutter zu bleiben. Er hockte sich hin und kraulte einem zottig-grauen Schaf die Stirn. Ein anderes knuffte ihn, um Naschereien bettelnd, in die Seite.

»Ich habe heute leider nichts für dich dabei«, gestand er und schüttelte bekümmert den Kopf. »Daran ist nur diese Frau da schuld, weißt du.«

Die ganze Zeit über, seit der rote Mercedes bei der Kapelle angekommen war, war er aufgewühlt und fühlte sich aus der Bahn geworfen. Und er wusste nicht, weshalb. Geistesabwesend hob er ein Lamm auf seinen Schoß und tätschelte es, während er sein Handgelenk betrachtete.

Verflixt und zugenäht, was war seine Hemdmanschette doch verschlissen, das war ihm sonst noch gar nicht aufgefallen. Der Stoff war ausgefranst, und die Fäden hatten sich aus dem Gewebe gelöst. Da sah sein Kragen sicher auch nicht besser aus, er musste sich ein neues Hemd besorgen.

Er setzte das kleine Lämmchen ab, hob die Wasserkanister auf die Ladefläche des Traktors und fuhr zurück zum Hof. Im Schutz des Kuhstalls lugte er vorsichtig um die Ecke zur Kapelle. Da war sie und mähte das hohe Gras mit der Sense, das arme Mädchen. Erneut überkam ihn diese Unruhe. Was wollten diese Frauen hier? Insbesondere die hübsche. Er sollte mit seinem Mähdrescher hinfahren und ihr beim Mähen helfen. Das war wirklich keine Arbeit für eine Frau. Na ja, vielleicht für die andere. Sie sah robuster aus.

Er musste auch im Schweinestall vorbeischauen, aber zuallererst wollte er ins Haus und sich ein anderes Hemd und vielleicht auch ein neues Paar Jeans anziehen. Die Hose, die er trug, hatte ihre besten Tage schon hinter sich. Er schüttelte sich, die unsichtbare Spannung, die er zwischen seinem Hof und der Kapelle wahrnahm, beunruhigte ihn.

Er stand im Schweinestall und kraulte Emilia den Rücken. Sie bewegte sich schwerfällig, grunzte gutmütig und schien mit ihrer nagelneuen Schweine-Geburtsstation zufrieden zu sein. Wenn die Ferkel erst einmal da waren, würde Leben in die Bude kommen.

Sylve hörte nicht die leichten Schritte auf dem Stallboden.

»Hallo, darf ich Sie auf eine Tasse *outendagskaffi* einladen?«

Er fuhr zusammen und drehte sich mit einer heftigen Bewegung um. Da stand sie doch leibhaftig vor ihm. Und sie sprach Gotländisch und lud ihn zum Nachmittagskaffee ein. Heute war sie praktisch gekleidet, Jeans und ein normaler Pulli. Ihr dichtes Haar hatte sie zu einem Pferdeschwanz gebunden, auf ihrem Kopf saß eine Baseballkappe. Genauso flott wie neulich, als sie aus dem roten Benz gestiegen war. Ganz jung schien sie nicht mehr zu sein, ging wohl so auf die fünfzig zu, schätzte er, aber sie war so rank und schlank wie ein junges Mädchen.

»Ich dachte, Sie seien ein Mädchen vom Festland.«

Sie lächelte übers ganze Gesicht, so dass der ganze Stall erstrahlte. Emilia bummerte gegen ihren Verschlag, sie wollte gekrault werden und sich nicht diesen Quatsch anhören.

»Ein Mädchen vom Festland, tja, das bin ich 'ne Zeitlang gewesen. Ich stamm aus Hangvar, aber es is' schon Ewigkeiten her, dass ich dort gewohnt hab. Ich kann aber auch lupenreines Schwedisch red'n, wenn Ihnen das lieber is'?«

»Nein, nein, lieber Gotländisch.«

Er kam sich einfältig vor. Worüber sollte er sich mit dieser feinen Dame hier im Stall unterhalten?

»Ich heiße übrigens Mirjam«, sagte sie sanft und legte ihre feingliedrige Hand in Sylves kräftige Arbeitshand. Sie trat etwas näher an die Schweinebox und betrachtete Emilia, die sich schwerfällig auf dem Stroh hin- und herwälzte. Die Sau schnaubte und grunzte.

»Wird sie werfen?«

Er hatte wie vom Donner gerührt dagestanden, seit sie ihre Hand in seine gelegt hatte. Verfluchte Scheiße, er musste sich zusammenreißen.

»Ja, es kann jeden Moment losgehen. Ich muss auf sie achtgeben.«

»Sagen Sie Bescheid, wenn Sie Hilfe brauchen.«

Er betrachtete für einen Moment ihre roten Lippen und lächelte. Sympathisch, hoffte er.

»Kennen Sie sich denn mit so was aus?«

Er staunte nicht schlecht. Nach Sylves Einschätzung hatte sie so gar nichts mit einem Schweinestall gemeinsam.

»Kann schon sein. Na, wie sieht's jetzt mit einem Kaffee aus? Darf ich Sie in die Kapelle einladen?«

An den Höfen war die Zeit nicht spurlos vorübergegangen, erfuhr Mirjam, als sie kurz darauf auf den Treppenstufen der Kapelle saßen. Tja, die direkten Nachbarn natürlich, das waren immer noch dieselben. Die Schwiegertochter von Perssons hatte mittlerweile ein Puppengeschäft eröffnet, verkaufte Puppenschränke, alte Puppen, Anziehpuppen und Gott weiß was. Aber die Touristen kamen tatsächlich.

Und wenn sie schon einmal da waren, machten sie auch gleich noch einen Abstecher zu Hemlins, die eine Imkerei und einen preisgekrönten Garten hatten. Da deckten sich die Stockholmer für den ganzen Winter mit Honig ein. Und dann war da natürlich die Kapelle, die schon seit langem leer stand. Sylve war dort in die Sonntagsschule gegangen, genau wie die anderen Kinder aus der Gegend, auch die Pfadfinder.

»Und ein Stück weiter, hinter der alten Weggabelung?«,

fragte Mirjam und zeigte in die Richtung von Ivans Haus. »Wer wohnt da?«

»Tja, da hat die Zeit ihre Spuren hinterlassen«, sagte er und runzelte seine hellblonden Augenbrauen.

Ihr nächster Nachbar, bestätigte sich Mirjams Vermutung, war dieser Jugoslawe, wo immer er auch herkam. Kroate, Slowene oder wie das heutzutage hieß. Sylve grinste und schüttelte den Kopf. Sie wohnten noch nicht so lange dort, knapp ein Jahr. Eine große, laute Familie, die bis spät in der Nacht weit über die umliegenden Äcker zu hören war. Aber sie hatten irgendetwas mit den anderen beiden zu schaffen. Zumindest der Jugoslawe.

»Was denn? Und welche anderen?«

Mirjam hoffte, dass sie unschuldig und ahnungslos klang.

Nun, also, wenn Mirjam die zugewucherte alte Landstraße entlanggehen würde, käme sie bald darauf zur Kirche, erklärte Sylve. Direkt davor, im Schatten hoher Eschenbäume, lag ein kleines, düsteres Steinhaus. Da wohnte der Alleinstehende. Hatte irgendetwas mit dem Jugoslawen und diesem eingebildeten Laffen da zu tun, der in dem anderen Haus hinter der Kirche wohnte. Irgend so ein Unternehmen auf dem Gesundheitssektor. Eine Art private Krankenpflege, meinte Sylve, sie hatten anscheinend das Altenheim und das Ärztehaus in Roma übernommen.

Mirjam hielt den Atem an. Die Gegebenheiten waren so perfekt, wie sie es sich ausgemalt hatte. Besser noch. Sie sollte nachher wirklich einen Spaziergang machen, um alles etwas gründlicher auszukundschaften. Ivans Haus hatte sie dies von ihrem Turmzimmer aus immer im Blick, aber sie war auch ziemlich gespannt auf Torstens und Per-Henriks Haus.

Ihr entging nicht, wie kritisch Sylve ihre heruntergekommene Kapelle musterte. Die Farbe blätterte ab, und die Fenster waren mit Sicherheit vollkommen verrottet. Und drinnen? Sie konnte ihm ansehen, dass er Bedenken hatte, wie sie dies wohl mit ihrem charmanten Sanierungsobjekt bewerkstelligen würde.

Er hatte eine besorgte Miene aufgesetzt und hatte so einen Ausdruck in den Augen, als wollte er sagen: »Das arme Wesen kann einem leidtun«.

»Steht der Ofen noch?«

Mirjam nickte.

»An den erinnere ich mich noch aus der Sonntagsschule, mit dem kam man nicht besonders weit. Verdammt, was haben wir im Winter gefroren!«

Mirjam schenkte ihm ein aufmunterndes Lächeln.

»Nun ja, jetzt ist jedenfalls Sommer. Ich glaube nicht, dass ich mir im Moment unbedingt den Hintern abfrieren werde.«

Er nickte und wurde ernst.

»Wasser.«

»Was?«

Mirjam, die gerade einen Stein neben der Treppe aufgelesen und fasziniert eine Schar Kellerasseln beobachtet hatte, drehte sich fragend zu ihm um.

»Wasser, hier gibt's keinen Brunnen. An Feuchtigkeit mangelt es Ihnen anscheinend nicht, bei den ganzen Kellerasseln, aber Sie brauchen Trinkwasser, aber das können Sie sich selbstverständlich bei uns holen.«

Sie legte wieder vorsichtig den Stein auf die Kellerasseln, trank ihren Kaffee aus und stellte den Becher neben sich auf die Treppenstufen.

»Keine Sorge, Sylve, keine Sorge. Ich hab schon einen Termin mit einem Brunnenbauer, der kommt morgen. Sie werden schon sehen, dass hier Wasser fließen wird!«

Mirjam fand, dass er enttäuscht aussah.

»Ach so.«

Das alte Lied, dachte Mirjam, Männer meines Alters sind immer ein bisschen enttäuscht, wenn Frauen selbständig sind. Das galt anscheinend auch für Sylve. Aber er schien nett zu sein, hatte ihr sicher nur behilflich sein wollen.

»Und was ist mit den Bauernhöfen?«, fragte Mirjam, um das Gesprächsthema zu wechseln. »Mit den neuen Nachbarn scheinen Sie nicht so recht warm zu werden.«

»Stimmt, aber so ist es nun mal. Die alte Generation stirbt, und die junge will die Höfe nicht übernehmen. Es ist auf alle Fälle besser, wenn Fremde dort einziehen, als wenn sie leer stünden.«

»Aber haben Sie hier keine gleichaltrigen Freunde mehr?«

Er betrachtete die Spitzen seiner besseren Stallstiefel. »Nein, so isses nun mal. Ein paar wohnen in der Stadt, und andere sind aufs Festland gezogen. Aber Kennet, Kennet ist noch da, in Kränklingbo.«

»Kennet?«

»Ja, mein bester Freund.«

»Und gibt's eine Frau? Oder Freundin?«

Ihr schien, seine Wangen röteten sich leicht, und er gab ihr auch keine Antwort auf ihre neugierige Frage.

»So, jetzt muss ich aber wirklich die Schafe füttern. Danke für den Kaffee!«

Er stand auf und ging auf seine Seite des kleinen Weges. Mirjam schaute ihm hinterher. Schöner Körper, stellte sie erneut fest. Muskulöse Arme und ein aufrechter Gang.

Er drehte sich um und rief ihr zu:

»Kommt doch am Samstag mit in den Pub! Dann lernt ihr die anderen hier kennen. Ich komm so gegen acht vorbei und hol euch ab.«

Mirjam blieb noch auf der Treppe sitzen, nachdem Sylve gegangen war. Sie beobachtete die kleinen schwarzen Ameisen, die fleißig unter eine Rosenpflanze krabbelten und wieder herauskamen. Aus dieser Rose würde bestimmt nie etwas werden.

Dass sie wieder auf Gotland war, war einfach großartig. Endlich, nach all den Jahren in Lappland! Schon nach dem ersten Schritt hatte sie förmlich unter den Füßen gespürt, dass sie zu Hause war. Es spielte keine große Rolle, dass es nicht Hangvar, sondern Kajpe Kviar war. Die meisten Dörfer ähnelten einander. Eine schöne mittelalterliche Kalksteinkirche, größere und kleinere alte Bauernhöfe, ein Teil davon zu Sommerhäusern umfunktioniert, andere, auf denen sich noch Bauern wie Sylve abmühten.

Dazu gehörte in der Regel noch ein geschlossener Kaufmannsladen und eine ebensolche Dorfschule. Mirjam hatte als kleines Mädchen noch das Vergnügen gehabt, in so eine Schule gehen zu dürfen. Alle Kinder in einer Klasse, egal welchen Alters, mehr waren sie in ihrer Gemeinde nicht gewesen.

Der Kaufmannsladen von Kajpe Kviar war nicht zu übersehen gewesen. Care for Seniors' protzig-buntes

Logo, das draußen angebracht war, ließ auf dicke, erfolgreiche Unternehmer schließen. An und für sich war es eigentlich nur gut, dass der Laden wieder genutzt wurde, viele andere waren fortschreitendem Verfall ausgesetzt und warteten nur so auf den Todesstoß, oder bestenfalls auf irgendeinen enthusiastischen Freizeit-Gotländer, dem es in den Schreinerfingern juckte.

Ihre Gedanken wanderten zu ihrem Privatleben zurück. Wie hatte sie sich nach dem Tag gesehnt, an dem sie nicht mehr jede einzelne Krone umdrehen musste! Das war harte Arbeit gewesen. Zuerst die Begleichung ihrer astronomisch hohen Schulden beim Gerichtsvollzieher und dann der Aufbau neuen Kapitals. Seltsamerweise waren ihr die schweren Jahre sehr gut bekommen. Die Schuldenlast war drastisch gesunken und die Zinsen gestiegen. Aber das Problem Anna blieb bestehen. Ihre Tochter war zutiefst enttäuscht gewesen, als die Geschäfte nicht mehr liefen. Hatte geschrien und geheult und war abgehauen. Als Krönung des Ganzen hatte Aron Annas Partei ergriffen und dafür gesorgt, dass es ihrer Tochter an nichts fehlte. Mirjam hatte versucht, sie zur Einsicht zu bringen, aber Anna hatte sich taub gestellt. Sie schämte sich für ihre Mutter, und Mirjam hörte aus jedem Wort, das sie fallenließ, Aron heraus.

Annas Mutter war eine Schlampe und eine Schande für die Familie, über die man am besten kein Wort verlor. Aron hatte dafür gesorgt, dass Anna als Au-pair-Mädchen nach New Jersey in den USA ging, und dort hatte sie sich in einen jungen Mann verliebt und war dageblieben. Gelegentlich, allerdings sehr selten, kam eine Postkarte mit einem unpersönlichen Gruß von ihr, aber das war auch schon alles. Mirjam hatte lange Briefe geschrieben und versucht, alles zu erklären, aber Anna ließ sich nie auf diese Art von Diskussion ein. Hervor hatte sie nichts von den Briefen erzählt.

Mirjam seufzte und fing eine kleine Ameise in der Hand auf. Anna war ihre allergrößte Sorge. Hätte sie die Sache selbst ohne Arons Einmischung regeln können, wäre bestimmt alles anders gelaufen. Aber da er ihr das eine oder andere ins Ohr posaunt hatte und er es sich darüber hinaus leisten konnte, sie ab und zu mit Barem zu versorgen, hatte Mirjam nicht die geringste Chance gehabt. Ganz dreist hatte er ihr einfach die Tochter gestohlen. Der Trick war simpel gewesen: Geld. Oh, wie sie Aron für all das hasste! Er war schon von Kindesbeinen an stets gemein und überheblich gewesen.

»Weißte, Krabbelvieh, das wird schon wieder«, sagte sie, setzte das kleine schwarzglänzende Insekt ins Gras zurück und fragte sich dabei, wie sie verflixt noch mal bloß die Ameisen loswerden sollte, die ihr Haus bevölkerten.

Anna und sie mussten wieder Kontakt zueinander aufnehmen. Eines schönen Tages würde sie in die USA fahren, da war Mirjam sich ganz sicher. Diesen Wunschtraum hatte sie in einem unbedachten Moment zufällig Hervor gegenüber erwähnt, die sofort Feuer und Flamme gewesen war.

»Na klar!«, hatte Hervor gesagt. »Eines Tages fahren wir dorthin und erobern unsere Töchter im Sturm.«

Mirjam schlug mit der Faust auf die Stufen der Kapelle, um ihren Entschluss zu untermauern. So würde es kommen, aber zuerst hatte sie ein paar andere Aufgaben zu erledigen.

Mirjam ging wieder in die Kapelle. Aus der Küche drang ein entsetzliches Getöse und Geschepper.

»Was in Herrgotts Namen machst du da?«, fragte sie und blieb auf der Küchenschwelle stehen. »Welch ein Radau!«

Ein alter Klapptisch, der in der Kaufmasse enthalten gewesen war, war zur Seite geschoben worden, die Küchentür stand sperrangelweit offen, und Eimer und Scheuerlappen waren über den Boden verteilt.

»Stimmt schon, aber ich muss verdammt noch mal Wasser heiß machen und hier durchscheuern. Kann in diesem alten Dreck nicht leben, zum Kuckuck. Schau dir das bloß mal an!«

Hervor fuhr mit der Hand über die Fensterbank und wirbelte einen Staubfaden und ein paar alte Farbkrümel auf. Mirjam seufzte. Hauptsächlich wegen der Farbe und weniger wegen des Staubes. Hier war eine gründliche Renovierung vonnöten, um ihre Sommerbleibe in Ordnung zu bringen.

»Und dann wirf mal einen Blick in diesen Schrank! Weißt du, was das hier auf dem Boden für kleine schwarze Körner sind?«

Hervor deutete mit der Scheuerbürste darauf, und Mirjam bückte sich und spähte hinein. Sie schüttelte den Kopf.

»Hab ich's mir doch gedacht! So was hattet ihr natürlich nicht auf eurem Pfarrhof, als du klein warst. Mäusedreck, Freundchen! Mäusedreck! Und wie hier gescheuert werden muss!«

»Und das Wasser?« Mirjam fühlte sich wie ein alles nachahmender Papagei. Vor nicht einmal einer halben Stunde hatte Sylve sich darüber besorgt gezeigt, und sie hatte ihm ruhig erläutert, dass sich das schon regeln würde.

»Ja, du glaubst doch wohl nicht, dass ich auf einen Brunnenbauer warte? Ich bin zu Vendla geflitzt und habe in rauhen Mengen Wasser in großen Wasserkanistern geholt, die ich ausleihen durfte.«

»Vendla? Wer ist das?«

»Eine schrecklich nette Person. Wir haben einen großen Teil praktischer Fragen besprochen, während du mit ihrem Sohn geturtelt hast. Aber für so was hast du ja keinen Sinn, wie man weiß.«

»Geturtelt! Das hab ich mit Sicherheit nicht. Unterhalten haben wir uns, und ich habe jede Menge darüber erfahren, wer hier wohnt, und wir sollen abends bei Gelegenheit mit in den Dorfpub kommen.«

Hervor murmelte irgendetwas als Antwort, öffnete die Ofenluke und warf ein paar Holzscheite hinein. Mirjam fragte erst gar nicht, woher sie das Holz hatte. Sie sah nur gebannt zu und musste wieder einmal feststellen, dass Hervor ein sagenhaftes Talent hatte, mit den alltäglichen Dingen des Lebens fertig zu werden. Sie war ein Genie, was das Praktische anbelangte. Auf dem Herd stand ein großer Einmachtopf mit siedendem Wasser. Und ob hier gescheuert werden sollte!

Gegen Abend, als Küche und Turmzimmer blitzten und nach Seife rochen, sanken sie jeweils auf eine Bank im Saal. Hervor hatte ihre Putzorgie damit beendet, noch mehr Wasser zum Duschen zu erhitzen. Kein Provisorium der Welt konnte diesen Putzteufel aufhalten. Draußen an der frischen Luft, im Schatten der Kapelle, hatten sie sich lachend eingeseift und mit Eimern warmem Wasser übergossen. Ein sommerliches Vergnügen, es war einfach herrlich.

Sylve hatte ihnen ein paar Klappbetten herübergebracht, die sie behalten konnten, bis Mirjam ihre alten Möbel wiederhatte. Sie hatten das Angebot dankend angenommen, mussten sie dadurch doch nicht auf den unebenen Luftmatratzen liegen. Hervor klappte ihr Bett in der Küche aus, und Mirjams fand gerade eben so Platz im Turmzimmer, das gar nicht mehr so klein wirkte, nachdem sie es aufgeräumt hatte.

Die alten, zerschlissenen Gardinen im Kapellenraum hatten sie aufgezogen, und nun suchte sich die Abendsonne ihren Weg durch die Zweige und Fenster. Jetzt saßen sie vor dem Ofen, trockneten ihre Haare und tranken Tee.

»So, was steht als Nächstes auf dem Programm?«, wollte Hervor wissen und pustete über ihre Tasse. »Willst du deine Möbel herschaffen?«

Mirjam überlegte ein Weilchen, bevor sie antwortete. Ihre Möbel waren die schweren Jahre über in Visby eingelagert gewesen, und es wäre schön, all die Sachen wieder in Besitz zu nehmen. Andererseits, je mehr Zeit vergangen war, desto weniger hatte sie die Möbel vermisst. Es war schon irgendwie komisch, dass ihr diese liebgewonnenen Dinge nicht mehr so wichtig waren.

»Nun, das eilt ja nicht. Ich fände es am besten, wenn erst einmal die Handwerker hierherkämen. Die Jungs sind ja fix, und sie haben mir hoch und heilig versprochen, gleich nach Mittsommer anzufangen. Nein, zuallererst geht es darum, das kirchliche Inventar loszuwerden. Auch wenn ich jetzt über genügend Geld verfüge, spart man doch die eine oder andere Krone, wenn man selbst Hand anlegt, und daran ist ja nichts Schlechtes.«

»Aber sicher.« Hervor nickte und schlürfte ihren Tee.

»Hast du vor, die Altarschranke und den ganzen anderen Krempel rauszuschmeißen?«

Sie machte eine Bewegung mit dem Kopf zur Kanzel und zum Kreuz an der Wand.

»Das will ich meinen, ich finde nicht, dass wir das behalten sollten. Ich will ein Sommerdomizil und kein freikirchliches Museum haben. Morgen werde ich vom Kuhfuß Gebrauch machen!«

»Und das, was ich auf der Fähre gesagt habe, hast du darüber nachgedacht?«

Typisch Hervor, so direkt und ohne Vorwarnung zur Sache zu kommen. Mirjam wand sich ein wenig, das Thema widerstrebte ihr nach wie vor.

»Du meinst, die Affirmationen zu negativen Zwecken zu benutzen?«

Unbewusst hatte sie die Stimme gesenkt, obwohl sie wohl kaum jemand hören konnte.

»Ja, versuch's einfach mal. Es wäre doch spaßig, herauszufinden, ob's funktioniert!«

»Wäre es nicht spaßiger, auszuprobieren, ob es mit den positiven Affirmationen klappt? Beispielsweise zu wiederholen: ›Die Kapelle ist ein charmantes, funktionstüchtiges Sommerhaus‹, und das, sagen wir mal, so an die zehn Mal pro Tag. Dann würde sich vielleicht alles auf wundersame Weise automatisch erledigen. Die Tapeten kleben sich wie von selbst an die Wand, und es heißt nur noch einrichten.«

»Bitte, bitte, da hab ich nichts dagegen. Aber ich finde,

du solltest es trotzdem austesten, nicht zuletzt, damit es dir wieder bessergeht. Ich glaub nicht eine Sekunde, dass du diesen drei Untieren verziehen hast. So, wie du dich hast abmühen müssen!«

»Ja, das stimmt schon.«

»Du hast einfach nicht gelernt, deinen heiligen Zorn rauszulassen, das ist verdammt noch mal dein Problem.«

Mirjam schwieg und dachte nach. Hervor hatte nicht ganz unrecht. Während ihrer ganzen Kindheit hatte sie keinen Raum gehabt, um ihrer Wut freien Lauf zu lassen. Versuchte sie, eine Szene zu machen, wurde das sogleich im Keim erstickt. Sie war sehr geübt darin, ihre Wut für sich zu behalten und anderen Menschen ihre Übeltaten zu verzeihen. Aron hatte brüllen und schreien dürfen, mit den Fäusten auf den Tisch hauen, die ganze Familie tyrannisieren und in Angst und Schrecken versetzen dürfen, bis sie schwiegen. Seine Wutanfälle waren nicht einmal von besonders langer Dauer gewesen, weil er fast immer umgehend seinen Willen bekommen hatte.

»Mensch, wie still du auf einmal geworden bist.«

»Ja, ich habe über das nachgegrübelt, was du gesagt hast, und das ist gar nicht so falsch. Mir fällt es wirklich schwer, wütend zu sein und dem Ausdruck zu verleihen.«

»Das hast du auch nie so recht üben können, soweit ich weiß«, kommentierte Hervor.

Mirjam nickte zustimmend.

»Und dann natürlich meine christliche Erziehung, die spielt eine nicht ganz unbedeutende Rolle und lässt sich nicht so einfach abstreifen.«

»Na, die kann man sich ja wohl abgewöhnen, zum Kuckuck«, murmelte Hervor in ihre Teetasse.

»Was hast du gesagt?«

»Nichts, gar nichts. Red weiter.«

»Also, sich mit Affirmationen zu beschäftigen, egal, ob es funktioniert oder nicht, würden meine Eltern, denke ich, als Irrglauben bezeichnen, und das ist ganz und gar nicht in Ordnung.«

Hervor setzte die Teetasse auf der nächststehenden Bank ab und legte die Hände in den Schoß. Sie blickte ihr fest in die Augen.

»Deinen Vater kannst du nicht mehr fragen, weil er selig entschlafen ist, Friede seiner Asche. Aber mit deiner Mutter könntest du sprechen. Wer weiß, vielleicht heißt sie es ja sogar gut?«

Mirjam musste über Hervors Worte staunen.

»Mit Mama reden! Die weder weiß, was hinten und vorne, noch was oben und unten ist.«

Geistig verwirrt saß sie in Visby im Pflegeheim, und die letzten Male, als Mirjam bei ihr gewesen war, hatte sie nicht einmal ihre eigene Tochter wiedererkannt. Wie sollte sie ihr da eine Hilfe sein? Das war so absurd, dass es schon wieder zum Lachen war. Außerdem war ich nie ihr Liebling, dachte Mirjam, aber das erwähnte sie Hervor gegenüber nicht. Für Mama hieß es nur immer Aron hier, Aron da.

»Versuch's einfach!«, sagte Hervor. »Wenn dir so viel daran liegt, was deine Eltern dazu gesagt hätten, dann probier's. Ich habe so eine dunkle Ahnung, dass es das eine oder andere in Gang setzen könnte.«

Mirjam schwieg einen Augenblick und betrachtete das Grün vor dem Fenster. In der Ferne hörte man die Autos auf der Schnellstraße.

»Hast du den Rosenstrauch bei der Treppe gesehen, Hervor?«

»Dieses mickrige Ding, wo die Ameisen andauernd rein- und rausrennen?«

»Genau die Rose meine ich. Mit der ist doch kein Staat zu machen, oder?«

Tja, das musste Hervor zugeben. Sogar ihre Mutter hatte auf ihrem Hof in Kuivalihavaara schönere Pflanzen gehabt, obwohl der karge Boden nicht viel hergab und ein rauhes Klima herrschte. Schöne weiße Heckenrosen.

»Ich werde ihn kraft meiner Gedanken zum Blühen bringen«, sagte Mirjam. »Ich schwöre, ich werde ihm beharrlich jedes Mal, wenn ich an ihm vorbeigehe, ein paar passende Gedanken entgegenschleudern. Du wirst schon sehen, dass es nicht wirkt!«

Die Frühsommernacht senkte sich über das Dorf. Die Sonne ging über den Äckern im Westen unter und wurde von dem blassen Licht der Juninacht abgelöst. Rundum auf den Höfen in Kajpe Kviar erstarben die Geräusche. Der krähende Hahn und die gackernden Hühner des Nachbarn gingen schlafen. Die Schafe rückten in einer geschützten Ecke enger zusammen, und Sylves Sau lag schwer auf ihrem Strohbett und ruhte. Die Nachtigall brach als Einzige die Stille und sorgte mit ihrem stetigen schönen Trillern für Unterhaltung. Im Obergeschoss seines Hauses saß Sylve am Fenster und lauschte dem Vogel, während er die Kapelle betrachtete. Zum ersten Mal seit vielen, vielen Jahren leuchtete es dort in den Fenstern. Gemütlich war das, richtig gemütlich.

9

Im Grunde ist die ganze Idee verrückt, dachte Mirjam, als sie am Tag nach dem Gespräch mit Hervor aus dem Bett stieg. Ein törichter Gedanke, weil Mama sowieso nichts mehr begriff. Aber dennoch, sie könnte es trotzdem versuchen, wie Hervor gesagt hatte. Und ein Besuch in Visby konnte auch nicht schaden. Sie war schon lange nicht mehr in der Stadt gewesen.

Nach der notdürftigen Katzenwäsche im Waschbecken vor dem Haus und einem soliden Frühstück setzte sie sich ins Auto und fuhr los. Sie winkte Sylve, der an seinem Traktor herumbastelte, und nickte Hervor zu, die ihr in letzter Minute hinterherrief, dass es in ganz Kajpe Kviar nur so schallte.

»Kauf auch ein paar Flaschen Schampus! Man weiß nie, wann man sie braucht.«

Als sie an dem Hof vorbeifuhr, der Ivans Haus gegenüberlag, drang das warme und herzliche Lachen ihrer Nachbarin an ihr Ohr. Sie sollte bei Gelegenheit hinübergehen, sich vorstellen und einen Blick auf den lustigen Hahn werfen, der von morgens bis abends krähte. Wenn sie ihren Besuch in der Stadt erledigt hatte, würde sie das in Angriff nehmen.

Es war ein herrlicher Morgen, die große Hitze ließ noch auf sich warten, aber die Sonne schien, und der Himmel war strahlend blau. Nach Honig duftende Rapsfelder leuchteten gelb, und die Wegränder zierten hübsche Natternköpfe. Es dauerte nicht länger als eine halbe Stunde, nach Visby zu fahren. Mirjam parkte beim Einkaufszentrum Östercentrum, das genauso so klobig und hässlich wie immer war, allerdings einen wundervollen Ausblick auf das Meer und die Östergravar bot, eine parkähnliche Grünfläche vor Visbys Ringmauer. Sie nahm den Weg durch das Osttor. Noch waren die großen Touristenmassen nicht eingetroffen, man konnte immer noch die Adelsgata entlanggehen, ohne geschubst zu werden und ausweichen zu müssen. Nach Mittsommer würde es dann richtig eng werden. Als Anna noch im Kinderwagen gelegen hatte, war sie einmal so dumm gewesen, diese Straße Mitte Juli hinunterzuspazieren. Nahezu unmöglich. Nach dieser Erfahrung machte sie im Sommer lieber einen großen Bogen um die Stadt.

Mirjam machte einen Abstecher zur Methodistenkirche, die am Anfang der Straße lag, blieb kurz stehen und blickte über die Dächer und das Meer. Warum habe ich das damals bloß gemacht?, dachte sie. Warum habe ich die Insel bloß verlassen und bin auf Per-Henriks hanebüchenen Vorschlag eingegangen?

Im nahe gelegenen Café gönnte sie sich ein Eis, schlenderte weiter und schaute in der Einkaufsstraße in alle Schaufenster. Einige Läden hatten für den Sommer ihre Pforten geöffnet, und die Geschäfte, die das ganze Jahr über Betrieb hatten, fand man immer noch auf ihren angestammten Plätzen: die Buchhandlung Wessman & Pettersson, die heutzutage Bokia hieß und wo sie eifrig vor der Tür gestanden und gewartet hatte, dass geöffnet wurde, um die neu erschienenen Mädchenromane zu kaufen, dann Julia Hultgren, wo sie sich gegen ihre Mutter durchgesetzt und ihre erste Lee-Jeans gekauft hatte. Ihre Mutter war wegen der unanständigen Hosen rasend gewesen, ihr Vater allerdings hatte es ruhig hingenommen.

Am Ende der Adelsgata, genau da, wo sie in den Södertorg überging, weckte ein neues, schlichtes Geschäft ihr Interesse, das jeglichen Firlefanz vermissen ließ. Myrorna, die preiswerte Ladenkette der Heilsarmee, wie Mirjam mittlerweile nur zu gut wusste. Ein paar Jahre lang hatte sie ihren Ärger hinunterschlucken und sich, so gut es ging, mit Kleidung und Schuhen aus deren Sortiment ausstaffieren müssen. Einen Blazer konnte sie für siebzig Kronen erstehen, das Paar Schuhe für dreißig.

Aber selbst um so billige Kleidung kaufen zu können, hatte sie jeden Einkauf zweimal überdenken müssen. Die Zeit, in der sie arm gewesen war, war allerdings vorbei, und sie trauerte ihr nicht nach. Dennoch trat sie zögernd durch die Ladentür. Vielleicht würde sie ja irgendetwas Nützliches finden.

Eine Dreiviertelstunde später stand sie wieder mit zwei großen Tragetaschen von Myrorna auf der Adelsgata. Mit raschen Schritten spazierte sie zum Östercentrum zurück und stellte mit Freude und Erstaunen fest, dass das Systembolaget, der staatliche Wein- und Spirituosenhandel, zu einem Selbstbedienungsladen umgewandelt worden war, was den Einkauf von Sekt und einem Karton Rotwein für Hervor beträchtlich vereinfachte. Obwohl Mirjam sich fragte, ob Hervor nicht irgendwo einen geheimen Vorrat lagerte. Sie schaffte es immer, Alkoholisches hervorzuzaubern, wenn es nötig war oder ihr der Sinn danach stand.

In der Domusgalleria war es stickig und die Bänke bereits von Rentnern und dem einen oder anderen der Eintracht-Jägermeister besetzt. Mirjam kaufte eine Illustrierte und einen Schokoladenkuchen. Auf dem Parkplatz suchte sie einen Moment nach ihrem Auto, bevor sie die schweren Systembolaget-Tüten auf den Rücksitz legen konnte. Die Einkaufstüten von der Heilsarmee legte sie in den Kofferraum. Da konnten sie liegen bleiben, bis sie sie eventuell brauchte. Sie setzte sich hinters Steuer und fuhr rückwärts aus der Parklücke. Jetzt war es Zeit für den Besuch bei ihrer Mutter im kirchlichen Pflegeheim.

Ihre Mutter saß aufrecht in ihrem Stuhl. Ihr lilafarbenes Kleid hing lose und schlaff um ihren Körper, sie hatte abgenommen, seit sie sie zuletzt gesehen hatte. Ihre silbergrauen, dünnen Haarsträhnen waren ordentlich über den Kopf gekämmt, und ihre Hände, die für den dünnen Körper viel zu groß geworden waren, ruhten im Schoß. Ihre Miene hellte sich auf, als Mirjam das Zimmer betrat und sie artig umarmte.

»Schau an, die Diakonissin, wie nett!«

Ihre Mutter tätschelte ihr die Wange. Mirjam holte tief Luft und ergriff die kalten Hände ihrer Mutter.

»Nein, ich bin's, Mirjam, das siehst du doch, Mama?«

»Dass ich wieder Besuch bekomme, auf die Schwester ist doch immer Verlass. Wollen wir einen Psalm zusammen singen? Diesen mit der jungen Birke im Wald, genau so fühle ich mich.«

Mirjam nahm gegenüber ihrer Mutter auf der Bettkante Platz und starrte sie schweigend an. Was hatte sie erwartet? Dass ihre Mutter sie trotz allem wiedererkennen würde? Sie öffnete ihre Tasche und holte die Zeitschrift und den Schokoladenkuchen hervor.

»Bitte sehr, Mama, ich habe dir etwas Leckeres zum Essen und ein bisschen was Nettes zu lesen mitgebracht.«

»Dass die Kirche so mit Geld gesegnet ist, dass die Schwester mir Geschenke kaufen kann, so gnädig ist unser Herr.«

Unbeholfen riss sie die Verpackung des Schokoladenkuchens auf und stopfte Stück für Stück in sich hinein. Die Schokolade vermischte sich mit ihrem Speichel, der ihr in dünnen Fäden aus den Mundwinkeln rann. Mirjam holte Papiertaschentücher und wischte sie weg. Sie war es gewohnt, alle möglichen Patienten anzufassen, aber ihre Mutter auf diese Weise zu berühren fühlte sich fremd und ungewohnt an. Sie wollte es nicht, aber sie musste, um das gute Kleid zu retten.

»Mama«, nahm Mirjam einen neuen Anlauf, »du erinnerst dich doch daran, dass ich, Mirjam, deine Tochter bin? Dein und Pastor Nordergravs kleines Mädchen?«

Das Gesicht ihrer Mutter hellte sich auf. Von der Schokolade waren ihre Zähne schon ganz braun. Mirjam wurde übel.

»Pastor Nordergrav, was für ein feiner Gottesdiener! Diese Predigten! Wir, ich und mein Mann, gingen immer hin und hörten zu. Jeden Sonntag.«

»Aber Mama, du warst doch mit ihm verheiratet.«

»War ich das? Das hat mir aber niemand erzählt.«

Verärgert starrte sie Mirjam an.

»Nein, das kann nicht stimmen, wie entsetzlich!«

»Soso, und mit wem warst du dann verheiratet, Mama?«

Sie war sich im Klaren darüber, dass es gemein war, so zu fragen, sie hätte es ihr stattdessen geduldig erläutern sollen, aber sie konnte es nicht lassen. Atemlos wartete sie, während ihre Mutter weiterkaute und schluckte. Ihr

Hals war so dünn, dass Mirjam jedes einzelne Stück Schokoladenkuchen die Kehle hinunterrutschen sah. Dann lächelte ihre Mutter warm und knuffte Mirjam in die Seite.

»Na, aber das weiß die Diakonissin doch! Mein Mann ist der schneidige Aron.«

Mirjam gab es auf, das war einfach zu absurd. Stand ihr im Alter das gleiche Schicksal wie ihrer Mutter bevor? Würde sie auch dasitzen und jede Menge Stuss zusammenphantasieren und Anna darunter leiden lassen, nein, einen Scheißdreck würde sie tun! Sie pfiff auf ihre gute Erziehung und wechselte das Gesprächsthema und ihren Ton.

»Mama, ich habe vor, drei Männer umzubringen, was hältst du davon?«

Mirjam sprach mit gedämpfter Stimme, obwohl sie die Tür zum Gang zugezogen hatte, denn mit dem Gehör hatte ihre Mutter nie Probleme gehabt.

»Liebe Schwester, waren sie böse zu ihr?«

»Sehr böse. Sie haben mich um eine unfassbare Summe geprellt, mein Leben ist jahrelang eine verfluchte Hölle gewesen, und ich habe im Großen und Ganzen von der Hand in den Mund gelebt.«

Wie befreiend es war, trotzig zu sein und in Mamas Gegenwart zu fluchen! Dennoch spürte sie, wie ihr die Tränen in die Augen traten. Sie blinzelte einige Male und versuchte, sie zu unterdrücken. Auch wenn ihre Mutter nicht wusste, was sie sagte, so war es immerhin das erste Mal, dass Mirjam sich eingestand, wie es ihr gegangen war, und das kostete Kraft.

Witwe Nordergrav starrte ihre einzige Tochter wild an. Das Schmatzen hörte auf. Dann wurde ihr Blick wieder normal und nahm einen festen und bestimmten Ausdruck an.

»Ja, dann bring sie um! Beseitige sie! Sie haben kein Recht, das zu tun. So, jetzt bin ich müde.«

Mirjam wischte den Rest der Schokoladenschmiere ab, fasste ihrer Mutter mit festem Griff unter die Arme und half der alten Dame zum Bett. Sie breitete die Decke über sie und tätschelte widerstrebend den knochigen Körper.

»Kann die Diakonissin nicht doch etwas singen? Einen kleinen Psalm nur.«

Mirjam richtete sich auf und blieb schweigend stehen. Wartete ab. Innerhalb kürzester Zeit war ihre Mutter eingeschlafen. Das Schnarchen der Pastorenfrau klang wie leises Pfeifen und Schnorcheln.

»Nein, das werd ich verdammt noch mal nicht tun, Mama! Ich muss jetzt nach Hause und drei fiese Unternehmer beiseiteschaffen.«

An diesem Abend musste sie lange warten, bis Hervor daran dachte, zu Bett zu gehen. Hervor wollte aufbleiben und reden und alles über Mirjams Besuch in der Stadt erfahren. Am Ende gewannen aber endlich Müdigkeit und Rotwein die Oberhand, und sie legte sich schlafen.

Langsam schob Mirjam die Kapellentür zu und schlich von dannen, vorbei an der Fliederlaube. Sie hielt inne und lauschte den nächtlichen Geräuschen. Von Ivans Haus hörte man ausgelassene Stimmen, bei den Nachbarn von gegenüber war alles still und dunkel. Flink huschte sie auf den kleinen Weg und sog den Duft von Geißblatt aus Ivans Garten ein. Die weichen, lautlosen Chinaschuhe von der Heilsarmee wurden sogleich vom Tau durchnässt. Schwarze Kleidung, die sie im selben Geschäft gefunden hatte, bewahrte sie davor, entdeckt zu werden. Sie hatte sogar eine schwarze Baskenmütze ergattert, um ihr Haar darunter verbergen zu können.

Bei dem großen grauen Meilenstein, einziges Anzeichen dafür, dass das kleine Wegende einst Landstraße gewesen war, setzte sie sich hin und holte tief Luft. Einmal. Zweimal. Dreimal. Ruhig, ganz ruhig.

Die Dunkelheit hatte Mirjam schon immer wahnsinnige Angst eingejagt, das Unbekannte, das Schreckliche, das hinter den Bäumen und Sträuchern lauern konnte. Trotzdem musste sie es wagen, sie wusste nicht, warum. Musste es einfach versuchen, bevor sie sich dazu entschloss, Hervors verrücktem Einfall zu folgen.

Ihre Augen gewöhnten sich an das Halbdunkel. Sie konnte Schatten und Umrisse in unterschiedlichen Graunuancen erkennen. In den Sträuchern raschelte es. Das Geräusch kam näher. Hatte sie es nicht gewusst? Jetzt war es aus. Jemand hatte sie entdeckt. War ihr auf den Fersen. Verfolgte sie. Mirjam zog ihre nassen Füße hoch auf den Meilenstein und ließ die rundliche Stachelkugel vorbeischaukeln, bevor sie sich weiterwagte. Hinein ins tiefste Dickicht. Ihr Herz schlug, es gelang ihr nicht, sich zu beruhigen. Lächerlich, dass ein kleiner Igel sie so zu Tode erschrecken konnte. Sie wischte sich den Schweiß von der Oberlippe. Wollte am liebsten nach Hause rennen und die Tür doppelt verriegeln.

»Mirjam, du bist mutig«, beschwor sie die Kraft ihrer Gedanken, während sie ihren Weg fortsetzte. »Mirjam, du bist mutig. Geh einfach weiter den Weg entlang.«

Der von Gestrüpp überwucherte schmale Weg schien ihr endlos. Graue und schwarze Zweige streckten ihre knochigen, bösartigen Klauen nach ihr aus. Unsichtbare

Zweige peitschten ihr ins Gesicht. Sie hielt die Hände hoch, um ihnen auszuweichen. Da, dahinten war die Öffnung. Ein schwaches Licht war zu erkennen. Sie blieb einen Moment lang stehen und lauschte erneut, bevor sie auf dem Sträßchen weiterging, das die Gemeinde zwar notdürftig asphaltiert, aber mit keiner einzigen Laterne versehen hatte. Sie sah Licht in Torstens Fenstern brennen. Er war auch eine richtige Nachteule. Mirjam roch den muffligen Geruch eines Tümpels, wie es sie auf Gotland überall gab. Vorsichtig schielte sie in die Richtung. Gut versteckt zwischen Gestrüpp und Reisig lag ein kleiner Weiher, sie konnte hier und da Wasser aufblitzen sehen.

Sie schlich sich an dem Wasserloch vorbei zum Haus und stellte sich neben Torstens Fenster, das einen Spalt geöffnet war. Das Rauschen des Fernsehers sickerte hinaus. Äußerst vorsichtig stieß sie es ein bisschen weiter auf. Drinnen hörte sie Torsten herumwirtschaften. Dann bemerkte sie plötzlich eine von ihnen über sich, sie fürchtete sie am meisten. Lautlos und vogelähnlich. Sie hätte nicht gedacht, dass sie es jetzt schon gab. Nicht im Frühsommer. Fledermäuse. Reflexartig kauerte sie sich zusammen. Hob die Arme schützend über den Kopf. Panik kroch an ihr hoch und füllte sie ganz und gar aus. Ergriff von Mirjams zitterndem Körper Besitz. Der Schrei ließ sich fast nicht unterdrücken. Fest presste sie ihre Hände vor den Mund, so dass ihr nur ein seltsam erstickter, verängstigter Laut entfuhr. Schlagartig wurde das Fenster aufgerissen.

»Ist da jemand?«, schrie Torsten außer sich.

10

Hervor hatte ein paar Tage Urlaub von ihrem sonstigen Broterwerb genommen. Die Leute konnten ruhig ein Weilchen auf ihre Weissagungen und ihre Fähigkeit warten, Eheringe und andere liebgewonnene Dinge aufzuspüren. Stattdessen schrubbte sie aus vollem Herzen auch noch den letzten Winkel, wie es sich für eine ordentliche Norrländerin gehörte. Mirjam assistierte ihr, so gut sie konnte, was nicht immer auf Billigung stieß.

»Nicht, dass es eine große Rolle spielt«, brummelte Hervor. »Wir müssen sowieso alles rausreißen und reparieren. Aber mit seinem eigenen Dreck lebt es sich einfach gemütlicher, nicht?«

»Gewiss, gewiss«, sagte Mirjam und massierte sich ein paar schmerzende Körperregionen. Die Erkenntnis, dass ein Großputz derart höllische Schmerzen in Form von Muskelkater hinterlassen konnte, war ihr völlig neu.

»Ich muss mich ein bisschen bewegen«, sagte sie. »Es ist ein wirklich herrlicher Abend. Wollen wir nicht einen Spaziergang machen, während es noch so schön und hell ist?«

Abgesehen davon, dass alles, was sie über ihr Bedürfnis, sich zu bewegen, gesagt hatte, vollauf stimmte, wollte sie an diesem Juniabend einfach gerne mit Hervor spazieren gehen. Neulich nachts, als sie alleine draußen das Anschleichen geübt hatte, hatte sie sich zu Tode erschrocken. Als Torsten geschrien hatte, hatte sie sich so klein wie möglich gemacht, war am Haussockel entlanggekrochen und geduckt um die Hausecke verschwunden. Er hatte irgendetwas geschnaubt und das Fenster zugeknallt. Mirjam war so schnell sie konnte nach Hause gerannt. Gestürzt war sie natürlich auch und hatte sich die schwarzen Jeans von Myrorna aufgerissen. Und natürlich hatte sie keinen Gedanken mehr daran verschwendet, leise und unsichtbar zu sein. Der Schreck hatte sie vorwärtsgetrieben. Zum Glück war sie niemandem begegnet. Im Nachhinein konnte sie gar nicht verstehen, weshalb sie so dämlich und ängstlich gewesen war. Sie war in vielen Situationen selbstsicher und forsch, aber wenn es dunkel wurde, war sie ein echter Schisser.

Hervor stellte die Putzsachen in Reih und Glied und war bereit für den Abendspaziergang.

»Ich glaube«, sagte Mirjam, »wir könnten sogar eine richtige Runde gehen. Wenn wir unten an der Straße bei den Briefkästen beginnen und bei Sylves Hof abbiegen, könnten wir vermutlich das Rapsfeld überqueren, dann durch den Wald und kämen hinten bei der Kirche wieder raus.«

»Und du meinst, von da aus können wir unseren kleinen Weg zurück nach Hause gehen?«

»Ganz genau. Wir versuchen's einfach.«

»Apropos Briefkästen«, nahm Hervor den Faden wieder auf, als sie auf ihrem Weg an einer Ansammlung von drei einfallsreich gestalteten Postkästen vorbeikamen, »so einen musst du umgehend kaufen. Wie du weißt, lebt meine Arbeit von jeder Menge Briefverkehr.«

Mirjam nickte.

»Natürlich, ich wollte zum Landhandel in Hemse fahren, da gibt es so etwas bestimmt. Wir sollten auch eine Zeitung abonnieren, wo sollen sie *Gotlands Allehanda* denn reinstecken, wenn wir keinen Briefkasten haben?«

Sie bogen in einen überwucherten Feldweg hinter Sylves Hof ab und wanderten schweigend über das gelbe Feld. Über den ausladenden Kronen der Eschen- und Lindenbäume erhob sich der Kirchturm. Die Amseln tirilierten unaufhörlich und wunderschön. Mirjam hörte in der Ferne einen Kuckuck rufen und packte Hervors Ärmel.

»Hör mal! Ein Kuckuck. Ich habe ewig keinen mehr gehört.«

Gerade hatten sie das Wegende erreicht und kamen an einem Bauernhof mit einem hübschen Schild vorbei, auf dem der Name »Zum Pflug« prangte. Die Ortschaft Kajpe Kviar konnte mit einer eigenen Dorfkneipe aufwarten, genau wie Sylve gesagt hatte.

»Südlicher Kuckucksgesang – baldiger Todesklang«, murmelte Hervor, während sie sehnsuchtsvolle Blicke auf das Pub-Schild warf. »Ja, ja, die Rache wird fürchterlich sein, zumindest hier im Dorf.«

Sie verstellte ihre Stimme und ließ sie hohl und gespenstisch klingen.

»Da wir gerade davon sprechen«, sagte Mirjam und zeigte auf ein schönes, altes gotländisches Bauernhaus. Dreigeschossig, mit weiß verputztem Kalkstein und Giebeln, die auf einer Höhe mit dem Dach waren. Eine hohe Treppe führte zum Haupteingang des Hauses. Mindestens achtzehntes Jahrhundert, dachte Mirjam. Schön, gediegen und kostspielig zu beheizen.

»Wenn ich Sylve richtig verstanden habe«, fuhr sie fort, »dann wohnt hier Per-Henrik Bogren.«

»Allein?«

»Nein, nein. Er hat eine Frau und zwei Kinder. Der Nachwuchs dürfte gar nicht mal so alt sein, glaube ich.«

Hervor schüttelte bekümmert den Kopf.

»Arme kleine Kinder, bald werden sie vaterlos sein.«

Sie wischte sich eine nicht vorhandene Träne von der Wange. Mirjam gab ihr einen Klaps auf den Arm.

»Jetzt hör aber auf! Wie fies du bist! Das ist schließlich deine Idee gewesen und nicht meine.«

»Hübsche Kirche«, plapperte Hervor unbekümmert weiter und schneuzte sich, »aber was für jämmerliche Fenster, verdammt. Nicht ein schäbiges Loch auf dieser Seite. Echt armselig.«

Sie waren mittlerweile ein Stück von Per-Henriks prächtigem Hof entfernt und näherten sich Kajpe Kviars Kirche und dem Gemeindezentrum. Mirjam musste über Hervor lachen und hielt ihr einen Vortrag über gotländische Kirchen und den Grund für die fehlenden Fenster auf der Nordseite. Der Teufel und sein Gefolge sollten keine Gelegenheit bekommen, ins Heiligtum einzudringen, und man rechnete stets damit, dass das Böse aus dem Norden kam. Das Volk der Unterirdischen, an die man auf Gotland lange geglaubt hatte, galt es zu respektieren, und man musste versuchen, sich gut mit ihnen zu stellen.

»Was für eine Unverschämtheit! Aus dem Norden! Wo wir Norrländer doch solch nette Menschen sind! Ich glaube, ich fahre wieder nach Hause.«

Hervor stapfte weiter, und Mirjam sah, dass sie das Anschlagsbrett der Kirche entdeckt hatte und davor stehen blieb.

»Aha, morgen scheint Gottesdienst zu sein, nein, ich glaub, ich seh nicht richtig!« Sie holte die Brille aus ihrer tiefen Tasche und trat ein paar Schritte näher heran.

»Na also! Gottesdienst m. A., was soll das denn sein?

Um vierzehn Uhr, das ist aber eine verflucht seltsame Uhrzeit. Pastor Aron Nordergrav, der Name kommt mir irgendwie bekannt vor.«

Mirjam scherte sich nicht darum, auf sie zu warten, sondern ging weiter in Richtung Kapelle. Aber Hervor kam sofort mit flinken Schritten hinterher und zupfte sie am Ärmel.

»Aron Nordergrav? Ist das jemand, den du kennst, Frau Doktor? Oder gibt's den Namen hier auf der Insel wie Sand am Meer?«

Sie klang schroff. Mirjam riss sich los und blieb stehen. Erneut zeigte sie vorsichtig auf das geöffnete Fenster eines kleinen düsteren Kalksteinhauses, das viel zu große Fenster hatte. Das Häuschen duckte sich gleichsam unter seinem ausladenden Dach. In einem der Räume leuchtete eine Lampe, und sie konnten undeutlich eine kleine Person ausmachen, die sich da drinnen bewegte. Mirjam packte Hervors Arm.

»Sieh doch! Torsten Utas, wenn mich nicht alles täuscht«, wisperte sie.

»Ich muss schon sagen, das ist wirklich ein sehr informativer Spaziergang. Die Opfer der Vergeltung sind hier so zahlreich versammelt wie die Lemminge im Fjäll. Verflucht hohe Bäume übrigens. Irgendwie zu groß für die Hütte.«

Mirjam nickte. Vor dem gedrungenen Gebäude wuchsen drei hohe Eschen. Sicher, sie waren schön, aber hier unterstrichen sie nur, wie düster das Haus ohnehin schon war. Viel Sonne konnte nicht hineinscheinen.

»Man könnte diesen riesigen Bäumen ein paar Flüche senden«, brummte Hervor vor sich hin.

»Flüche?«

»Ja, das will ich meinen! Hab ich dir etwa nicht von der Birke zu Hause in Kuivalihavaara erzählt?«

»Nee, ich glaub nicht.«

»Also, einer meiner nichtsnutzigen Brüder hat einmal ausgerechnet vor dem Küchenfenster eine Birke gepflanzt. Er hat mich nicht einmal gefragt, ob ich sie da haben wollte.«

»Und das wolltest du nicht?«

»Um nichts in der Welt! Ich wusste schließlich, dass sie in ein paar Jahren den Ausblick auf den Fluss völlig versperren würde. Die Birke hätte alles völlig verdeckt, und ich hätte absolut nichts mehr vom Flusslauf sehen können.«

»Und was hast du dann gemacht?«

Hervor zwinkerte mit den Augen, presste die Lippen zu einem listigen Lächeln zusammen und wühlte in ihrer Tasche nach den Zigaretten.

»Nun sag schon, was hast du dann gemacht?«, drängte Mirjam sie.

»Ich hab der Scheißbirke einen Fluch gesandt«, flüsterte Hervor. »Einen saftigen Fluch. Der kleine Lump hat sich nie mehr davon erholt.«

»Ist das wirklich wahr?«

»So wahr, wie ich hier stehe. Mensch, wie hat mein Bruderherz sich den Kopf darüber zerbrochen, wie das bloß passiert sein mochte!«

Mirjam schüttelte den Kopf und ging weiter. Hervor war wirklich ungeheuer unterhaltsam. Die Birke war bestimmt aus einem ganz anderen Grund eingegangen, vielleicht erfroren.

»Aber, sag mal, dieser Pastor Nordergrav …«, hörte sie Hervors Stimme unmittelbar hinter sich.

Mirjam ballte in der Jackentasche die Hände zu Fäusten und ging weiter den Weg entlang, tief in Gedanken über ihren Bruder Aron versunken.

Sie hatte ihn zuletzt bei dem Begräbnis ihres Vaters vor knapp einem Jahr gesehen. Er hatte blass ausgesehen, hatte sein priesterliches Amt aber zu aller Zufriedenheit ausgeführt und seiner Mutter beim letzten Abschied von ihrem Ehegatten beigestanden. Ihre Mutter hatte da schon angefangen, ein wenig wunderlich zu werden, aber sie erkannte immerhin noch ihre nächsten Angehörigen und bekam mit, worum es ging. Mirjam ging nicht neben, sondern zwei Schritte hinter ihnen. Sie wollte sich alleine von ihrem Vater verabschieden. Der Mutter gefiel das nicht. Alles sollte nach außen hin ordentlich, korrekt und vorbildlich aussehen.

Die Hinterbliebenen des Pastors emeritus Nordergrav, in Trauer vereint.

Mirjam war außer sich vor Trauer um ihren geliebten Vater, aber das behielt sie für sich. Aron und ihre Mutter waren nicht ihre Vertrauten, und Anna hielt sich immer noch im Ausland auf. Falls Anna denn überhaupt jemals wieder die Vertraute Mirjams werden wollte. Es war schon schlimm genug, dass Aron sich mit Mirjams Tochter verbündet hatte, schließlich hätte er sich verdammt noch mal eigenen Nachwuchs anschaffen können, wenn er was zum Festklammern brauchte, statt Mirjam ihr einziges Kind zu rauben. Ihrem Vater hätte sie gerne erzählt, dass es ihr inzwischen gut ging, dass er sich keine Sorgen mehr zu machen brauchte. Sie hatte in Lappland ein kleines Vermögen verdient und war diese verheerenden Einträge im Schuldnerverzeichnis beim unbarmherzigen Gericht losgeworden.

Abwesend, aber höflich unterhielt sie sich während des Leichenschmauses mit den alten Damen vom Häkelkreis und den Chormitgliedern. Nickte, als sie sagten: »Er durfte in den Genuss eines hohen Alters kommen, der gute Herr Pastor, gewiss eine göttliche Gnade, Amen.« Tröstete ihre Schwägerin Gertrud, die meist umherlief und aussah wie eine vertrocknete Blumenzwiebel. Mirjam konnte nicht begreifen, weshalb Gertrud so beharrlich an Aron und dieser erbärmlichen, kinderlosen Ehe festhielt. Dass Aron die Kinderlosigkeit zuzuschreiben war, davon war sie fest überzeugt. Gott weiß schon, was er tut, dachte sie, er beschenkt nicht jeden mit eigenen Nachkommen.

Als alles überstanden war, schlich sie sich allein in die Kirche, zündete eine Kerze an und sprach mit ihrem Vater.

»Schade, dass du es nicht miterleben konntest, Papa, aber mir geht es jetzt gut. Sehr gut. Denk an mich da oben, ich werde auch an dich denken. Und lass es dir da oben im Himmel richtig gutgehen, hörst du!«

Ganz heimlich schlich sie sich aus der Kirche und fuhr mit dem Auto in die Stadt. Im Wisby Hotel hatte sie schon im Voraus ein schönes Zimmer gebucht. Sie ertrug ihr altes Mädchenzimmer auf dem Pfarrhof nicht. Und auch nicht die Gegenwart der restlichen Verwandten, ihrer Mutter, und erst recht nicht Aron.

Hervor und Mirjam setzten ihren Spaziergang fort, wobei sie sich immer wieder unter den Zweigen hinwegducken mussten, die über den kleinen Weg hingen. Die Sonne war untergegangen, und die sommerliche Dämmerung senkte sich herab. Genau hier war sie die Nacht zuvor entlanggerannt und hatte die Zweige, die ihr ins Gesicht peitschten, kaum gespürt. Gott, was hatte sie für eine Angst gehabt! Hervor hatte kein Wort über die Schrammen in Mirjams Gesicht verloren.

Der Laubtunnel lichtete sich, und sie hatten nur noch ein kleines Stück bis zur Kapelle vor sich. Bei ihren Nachbarn ging es hoch her. Fröhlich plappernde Kinderstimmen mischten sich mit geräuschvollem Gelächter, das ab und an von einem kraftvollen Brüllen unterbrochen wurde.

Der Duft von gegrilltem Fleisch zog durch die Bäume und Sträucher zu Mirjam und Hervor herüber und stieg ihnen in die Nase. Hinter dem gelben Holzhaus war eine dünne Rauchfahne zu erkennen. Die Veranda an der Vorderseite war mit allerlei Holzschnitzereien hübsch verziert, und dann war da noch diese blaue Tür, die so gar nicht hierherpasste.

»Scheint ja die reinste Grillorgie zu sein. Asado, oder wie das heißt. Verwundern tut mich das nicht«, sagte Mirjam.

»Sag bloß, wer wohnt denn da? Jemand von deinen alten Bekannten?«

»Genau. Das dritte Goldstück im Bunde, Ivan Pazic, samt Kinderschar und seinem Frauchen. Enkel hat er, glaube ich, auch schon. Würde mich nicht wundern, wenn die restliche Verwandtschaft auch da wäre.«

»Aber Mirjam«, wisperte Hervor, »was hast du dir denn dabei gedacht? Willst du sie tatsächlich ihres Ernährers berauben? Wovon soll die ganze Sippe dann leben?«

Mirjam verdrehte die Augen.

»Was du heute Abend für einen Mist redest, Hervor!«, fauchte sie.

»Jetzt hör endlich auf damit, diese Phantasien sind schließlich auf deinem Mist gewachsen und nicht auf meinem, das hab ich dir doch schon gesagt. Und um nichts anderes dreht es sich hier: um Phantasien!«

»Ja, Herrgott, was ich wieder rede! Aber angenehm, Herr Pazic, sehr angenehm.«

Hervor verneigte sich tief und höflich vor dem gelben Holzhaus, das sicher auch schon ein paar Jährchen auf dem Buckel hatte. Auch wenn es sich nicht mit Per-Henriks prachtvollem Haus aus dem achtzehnten Jahrhundert vergleichen ließ.

»Kannst du mir jetzt nicht endlich etwas über diesen Pastor sagen? Ist er nun ein Verwandter von dir oder nicht?«

Sie waren mittlerweile bei der Kapelle angelangt, und Mirjam schloss die in die Jahre gekommene Tür auf.

»Okay, er ist mein Bruder.«

»Dein Bruder? Mir schwante schon so was. Ja, wenn das so ist, dann hören wir uns selbstverständlich die Predigt an. Das Wort Gottes von einem Pastor kann nie schaden.«

Mirjam knipste das Licht an, und der Saal wurde in Licht getaucht. Sie starrte Hervor an.

»Nur über meine Leiche! Das solltest du eigentlich wissen, nach allem, was ich dir erzählt habe. Man kann sich seine Verwandten nicht aussuchen, Hervor. Aron ist aus dem Rennen. Er gehört nicht mehr dazu. Schließlich hat er mir Anna weggenommen.«

11

Als der Samstagabend kam, traf Sylve ein, und Hervor und Mirjam begleiteten ihn in den Pub. Ein warmer, leiser Frühsommerregen war durchgezogen, und die Tropfsteine der Natur hatten das Laub zum Funkeln gebracht. Auch wenn sie noch so sehr vor den Zweigen des halb überwucherten Weges den Kopf einzogen, entkamen sie nicht der Nässe, die Mirjam unerbittlich in den Nacken tropfte und in kleinen Bächen ihr Rückgrat hinunterrann. Hervor zog die Kapuze ihres alten Parkas hoch. An einen Regenschirm oder etwas anderes, das Schutz vor dem Regen versprach, hatte außer Sylve keiner gedacht. Sein uralter Südwester leistete ihm im Laubtunnel gute Dienste.

Direkt vor der Kirche und Torstens alter Hütte blieb er stehen und zeigte auf den Wildwuchs und das Gestrüpp. Mirjam zitterte wegen ihrer durchnässten Sportschuhe, aber auch wegen der Erinnerung an ihren nächtlichen Spaziergang vor einiger Zeit.

»Da dürft ihr keinesfalls hinuntergehen.«

Hervor trat näher.

»Na, und weshalb nicht? Was ist denn so verflixt Besonderes an diesem Gebüsch? Für mich sieht es eher danach aus, als müsste hier mal gerodet werden, und das gründlich.«

»Da liegt ein *brya*. Du weißt sicher, was das ist, oder, Mirjam?«

Mirjam nickte und presste die Lippen zusammen. Beinahe hätte sie verraten, dass sie ihn neulich nachts schon entdeckt hatte.

»Die gibt's hier wohl in jedem Dorf«, sagte sie stattdessen.

»Und nicht selten sogar auf den großen Bauernhöfen«, fügte Sylve hinzu, »ein Tümpel oder Löschteich. Meistens wurden sie angelegt, aber draußen im Wald kann man auch natürliche Tümpel finden.«

»Ist er tief?«, fragte Hervor.

»Nee, nee, nicht mehr als ein paar Meter.«

»Ich habe immer geglaubt, sie seien abgrundtief«, sagte Mirjam, »bodenlos und unheimlich.« Sie zitterte erneut. »Als ich klein war, wäre ich in Hangvar bei einem Freund sogar beinahe in so einem Weiher ertrunken. Brrr, nein, ich finde sie abstoßend.«

»Mag sein«, sagte Sylve, »aber sie sind von gutem Nutzen, wenn es irgendwo einmal zu brennen anfängt.«

Einladend flackerten die Teelichter im Fenster der Wirtschaft »Zum Pflug«. Sylve hielt ihnen die Tür auf. Das Schild, das draußen hing, erinnerte an die individuell gestalteten Pub-Schilder englischer Kleinstädte. Im Kamin brannte ein munteres Feuer und verbreitete im ganzen Lokal eine herrliche Wärme. Er wusste anscheinend, wie man sich seine Gäste angelte, dieser Gastwirt.

»Na, das ist ja eine Überraschung, herzlich willkommen!«, rief er und gab Sylve die Hand. »Und du wirst heute Abend gleich von zwei Damen begleitet, nicht schlecht.«

Er begrüßte Mirjam höflich und gab Hervor einen Handkuss. Machte dann eine ausholende Handbewegung und zeigte ihnen, wo sie sich niederlassen sollten, um den besten Tisch zu erwischen.

Mirjam schaute sich in dem Lokal um. Außer zwei

durchnässten Fahrradtouristen, die an einem der Tische verschnauften, war niemand da. Gerhard Klein, wie der Wirt hieß, parkte Sylve und seine Damen an einem Fenster mit Blick auf den Acker in einer gemütlichen, mit Schafsleder bezogenen Sofagruppe und nahm ihre Bestellung auf. Das Gewohnheitstier Hervor bestellte natürlich den obligatorischen Rotwein, ihr Lebenselixier. Sylve nahm ein Wisby Pils, und Mirjam entschied sich auch dafür.

Das originelle, schummrige Lokal war zweifelsohne eine wunderbare Oase inmitten dieser ansonsten ziemlich ereignislosen Einöde. Eine alte Tenne, die in einen Pub verwandelt worden war. Kies auf dem Boden, originelle Möbel und ein ländlicher Tresen, der aus flachen Kalksteinen gebaut war. Gerhard bereitete auch kleinere Gerichte zu. Hausgemachte Pies, österreichische Leckereien und, wenn man wollte, die besten Hamburger, die es auf der ganzen Insel gab. Ein Segen, dass ein Ausländer sich in diesem Teil Europas niedergelassen und eine ganze Portion Optimismus mitgebracht hatte. Im Sommer ist das mit den Gästen sicher kein Problem, dachte Mirjam, aber im Winter? Gelang es einem da tatsächlich, ein solches Lokal so zu betreiben, dass es sich rentierte?

»Sind hier immer so wenig Gäste?«, fragte sie Sylve.

»Ganz und gar nicht«, antwortete Sylve, »wart's nur ab. Heute ist Samstagabend, und bald wimmelt's hier nur so von Leuten.«

Mirjam hob ihr Glas an die Lippen und probierte das Bier. Der Schaum war ein klein wenig gesunken. Der Geschmack war nicht übel.

»Das hat richtig gutgetan!«

»Da kann ich dir nur zustimmen, Bier mit der richtigen

Temperatur, nicht zu kalt und nicht zu warm, das ist wirklich das Beste, was es gibt«, antwortete Sylve und wischte sich den Schaum von der Oberlippe.

»Was mich betrifft«, sagte Hervor, »so ist mir unbegreiflich, wie ihr wie zwei alte Saufkumpel Pils picheln könnt. Nein, für eine Dame wie mich muss es schon ein guter Rotwein sein!«

Mirjam lachte, Hervor war in jeder Hinsicht prima, aber »Dame« war nicht unbedingt das Attribut, das sie ihr gegeben hätte. Sie nahm noch einen Schluck Bier und betrachtete unterdessen über den Rand ihres Bierkruges hinweg das Treiben im Lokal.

Nach und nach trudelten die Gäste ein. Gerade kamen drei durch die Tür und schüttelten ihre Regenschirme aus. Der erste hatte Schwierigkeiten, er musste quer durch die Türöffnung gehen. Mirjams Hand flog zu ihrem Hals, und sie tastete nach ihrem kleinen Schlüssel. Armer Kerl, dachte sie, weshalb unternimmt er bloß nichts gegen seinen gewaltigen Leibesumfang? Der Dicke hob seinen zusammengefalteten Schirm und winkte Gerhard fröhlich zu. Sie wechselten ein paar unverständliche Sätze in einer Sprache, die wie das Italienisch der Alpenländer klang, und lachten herzlich. Direkt hinter ihm folgte ein ungewöhnlich kleiner Mann mit dicken Brillengläsern. Er nahm seine Brille von der Nase und trocknete die Gläser mit einem großen Taschentuch, das er aus seiner Hosentasche gezogen hatte, dann schneuzte er sich damit. Brummelte irgendetwas und setzte die Brille auf, die sofort wieder beschlug. Mirjam stellte ihr Bier ab und merkte, dass ihre Hand zitterte. Der Kleine rückte seinen unansehnlichen Körper ein wenig zurecht und hielt mit zusammengekniffenen Augen nach seinem Bekannten Ausschau, der ihm folgte. Groß und blond und mit einem gewinnenden Lächeln betrat er das Lokal. Mirjam fielen seine stark hochgezogenen Schultern auf, sie riss hastig das Bierglas an sich und nahm einen großen Schluck Pils.

»Da haben wir sie«, sagte Sylve, während er mit dem Glas auf sie zeigte, »die drei Kumpane, eure Nachbarn. Vielleicht solltet ihr sie ein wenig besser kennenlernen?«

»Pfui, bloß nicht«, brach es aus Hervor heraus, worauf Sylve sie verständnislos ansah.

Wenn der wüsste, dachte Mirjam und tauschte einen Blick mit Hervor aus. Ihre Freundin nickte fast unmerklich. Mirjam spürte ein Flattern in der Magengrube. Ob die drei sie wohl wiedererkennen würden?

Durchaus möglich, aber sicher nicht sofort. Sie war mittlerweile immerhin zwanzig Kilo leichter, hatte wieder ihre ursprüngliche Haarfarbe und etwas aus sich gemacht, ganz einfach wieder angefangen zu leben. Etwas, das sie jahrelang versäumt hatte. Per-Henrik würde sie womöglich wiedererkennen, er kannte sie schließlich schon von klein auf. Vielleicht auch Ivan, der immer eine Schwäche für sie gehabt hatte. Torsten hingegen konnte verdammt schlecht sehen, und das würde wohl noch eine Zeitlang so bleiben, bei solch beschlagenen Gläsern. Instinktiv wanderten ihre Gedanken zurück zu der Katastrophe, die ihr Leben verändert hatte.

Blauäugig und unerfahren war sie gewesen. Hatte sich darauf eingelassen, Subunternehmerin für Care for Seniors zu werden, statt auf eine gleichberechtigte Partnerschaft zu bestehen. Immer und immer wieder hatte sie darauf gedrungen, dass die drei den Vertragsentwurf unterschreiben mussten, den sie ihnen geschickt hatte. Das war ungeheuer wichtig, falls etwas schiefgehen sollte.

»Sicher doch, selbstverständlich«, sagte Per-Henrik, »er ist unterwegs. Ich werde ihn mir anschauen und ihn dir dann rüberschicken.«

Es kam kein Vertrag. Und der Job beanspruchte ihre ganze Kraft. Stunden und Tage verrannen. Die Arbeit zu unterbrechen, bis der Vertrag unter Dach und Fach war, schien unmöglich, die Verantwortung, die sie gegenüber ihren Auftraggebern, der Gemeinde und den Alten im Heim übernommen hatte, wog schwerer und war wichtiger.

Mirjam war diejenige mit der meisten Erfahrung und den besten Kontakten, die eigens fähige Mitarbeiter aussuchte und sich abrackerte, um rechtzeitig mit allem bis zur Eröffnung des Pflegeheims fertig zu sein. Per-Henrik musste das gewusst haben. Es war nicht so, dass er keine Ahnung davon hatte, welcher Einsatz vonnöten war. Von den anderen beiden konnte man keine Kenntnisse der Pflegeberufe verlangen. Ivan war im Grunde genommen Betriebswirt, und Torsten behauptete, er sei Stationsleiter auf der Psychiatrie gewesen, aber Mirjam hatte herausgefunden, dass das erstunken und erlogen war. Torsten war längst nicht so erfolgreich, wie er andere gern glauben machen wollte. Er hatte als Krankenpfleger in der psychiatrischen Klinik Sankt Olof gearbeitet und war mit der harten Arbeit als Pfleger nicht klargekommen. Mehrmals hatte er Verhältnisse mit weiblichen Patientinnen angefangen, und am Ende hatte er die Arbeit kurzerhand aufgeben müssen.

Obwohl er sich gut in der Pflege auskannte, betrachtete Per-Henrik es nicht als seine Aufgabe, seine Zeit mit den praktischen Anforderungen zu verbringen, sondern hatte die Rolle des leitenden Geschäftsführers und ewig lächelnden Marketingmannes übernommen. Ganz selten kam er in Danderyd vorbei, und dann nickte er zustimmend. Er sah entspannt und braungebrannt aus.

»Woher nimmst du bloß die Zeit, ins Solarium zu gehen?«, scherzte Mirjam. »Das ist doch wahnsinnig viel Arbeit, für so eine Einrichtung alles auf die Beine zu stellen. Ihr müsstet eigentlich jede Menge zu tun haben, bei all euren Aufträgen.«

Er lachte über sie und inspizierte dabei den Inhalt des Medizinschrankes, den sie gerade ordentlich einräumte.

»Das ist schlicht und einfach eine Frage der Prioritäten, weißt du. Hängt davon ab, wie man die Arbeit delegiert.«

Ja, das wusste sie wohl, die Männer waren schließlich zu dritt. Torsten kümmerte sich seltsamerweise um das Kaufmännische, und Ivan verantwortete den Einkauf von Material, mietete die Örtlichkeiten und war für den Klatsch zuständig und dafür, alle bei Laune zu halten, auch wenn noch so viel zu tun war.

Mirjams und Annas Arbeitstage wurden immer länger, ihr Nachtschlaf dafür umso kürzer. Bald hatten sie vier nette Stationen mit jeweils acht Plätzen eingerichtet. Kompetentes Personal würde beizeiten eintreffen. Anna hatte die flotte Arbeitskleidung für sie ausgesucht und mit viel Energie die Stationen wohnlich eingerichtet. Das Pflegeheim sollte perfekt sein, und allen sollte es dort gutgehen, darüber waren sie sich völlig einig. Bevor Mirjam und Anna losgelegt hatten, hatten sie einem der anderen Heime, die Care for Seniors betrieb, einen Besuch abgestattet und waren sich danach über eines im Klaren gewesen: So armselig und trist sollte das Pflegeheim in Danderyd nicht aussehen, dort sollte es schön sein, und die Bewohner sollten sich wohl fühlen. Keiner sollte Grund zur Beschwerde haben.

Auch wenn der Anfang mühsam war, hatten sie ihren Spaß und malten sich aus, was sie mit dem Gewinn, den sie erzielen würden, alles machen könnten. Wenn der Vertrag für ihren sagenhaften Auftrag in zwei Jahren ausgelaufen war. Eine herrliche Weltreise vielleicht, schöne Kleidung kaufen, gutes Essen genießen. Möglicherweise würden sie auch in eine schickere Wohnung umziehen, die innerhalb der Stadtmauern von Visby lag, statt in der Dreizimmerwohnung aus den fünfziger Jahren zu bleiben, in der sie jetzt wohnten und die zugleich Büro und Zuhause war. Die Wunschliste nahm kein Ende, wenn sie von einer Welt ohne finanzielle Sorgen träumten.

Doch schon nach zwei Monaten begannen sich die Zahlungen von Care for Seniors zu verspäten. Nur um ein paar Tage, aber nichtsdestotrotz war das beunruhigend. Mirjam musste Torsten mehrfach erinnern. Nach zwei weiteren Monaten intensiver Arbeit mit Einzahlungen und Auszahlungen, Gehältern und Hin- und Herpendeln zwischen der Insel und dem Festland flossen gar keine Beträge mehr. Mirjam wurde immer unruhiger und nachdenklicher. Nur ein paar Tage Verspätung, und sie würde selbst Probleme bekommen, noch hatte sie keinen Puffer. Das Finanzamt saß ihr im Nacken, sie warteten nicht lange auf die Lohnsteuerzahlungen; ebenso mussten die Lieferanten rechtzeitig für ihre Waren bezahlt werden und die Gehälter an die Angestellten raus, für die Mirjam verantwortlich war. Wenn ihr etwas heilig war, dann waren es die Gehälter, und dafür brauchte sie wirklich das Geld von Care for Seniors. Wieder und wieder versuchte sie, ihre drei Geschäftsfreunde telefonisch zu erreichen. Schließlich gelang es ihr, Ivan zu erwischen, der nichts von den fehlenden Abrechnungen wusste.

»Liebste, beste Mirjam, du musst dich nicht ängstigen. Ich werde sehen, ob ich Torsten zu fassen kriege, ist doch klar, dass sich das regeln lässt. Wann kommst du uns besuchen, Herzchen, dann können wir essen gehen und ein kleines Schwätzchen halten.«

Er gab sein inniges, herzliches Lachen von sich und konnte Mirjam für den Moment beruhigen.

Ein paar Tage darauf, sehr spät am Sonntagabend, rief endlich Per-Henrik an und gurrte wie üblich charmant in den Hörer. Sie erinnerte sich noch so gut daran, dass der Himmel, wie im Frühling so häufig, ganz klar gewesen war und sie das Gefühl gehabt hatte, dass alles wieder ins Lot kommen würde. Alles war bestimmt nur ein Missverständnis. Nur ein paar freundliche Phrasen, und schon tappte Mirjam wie eine kleine zitternde Maus geradewegs in Per-Henriks heimtückische Falle. Und als sie endlich festsaß, da zog er sie heraus und ließ sie am Mäuseschwanz baumeln.

»Wir finanzieren deinen Gewinn, Mirjam. Das geht so nicht.« Sprachlos zappelte sie und kam nicht frei. Seine Finger waren unerbittlich. Wo war der nette junge Mann geblieben, dessen Mentorin sie während seines Medizinstudium gewesen war? Diese metallene Stimme kannte sie überhaupt nicht wieder. Ihren Gewinn finanzieren, was wollte er damit sagen?

»Nun ja, Mirjam, es ist so, wir haben kein Geld mehr, mit dem wir dich bezahlen können.«

Sie keuchte. Begriff nicht. Setzte das kleine Mäuseherz nicht sogar für einen kurzen Moment aus?

»Aber ich verstehe nicht … wollt ihr mich denn nicht weiterbeschäftigen?«

Leer und tückisch klaffte die Falle unter ihr. Hatten sie wirklich nicht vor, sie für ihre Arbeit zu entschädigen?

»Also, im Klartext, wir haben kein Geld.«

»Aber meine Abrechnungen, ich brauche das Geld doch«, piepste sie, »ich muss Gehälter und Sozialabgaben ausbezahlen.«

Für einen Augenblick dachte sie sogar, dass er die Wahrheit sagte, und verspürte einen Anflug von Mitleid. Hatten sie wirklich kein Geld? Ein so großes Unternehmen?

»Kapierst du nicht? Es gibt nichts mehr. So einfach ist das.«

Per-Henrik ließ los.

Es klickte im Telefonhörer. Sie fiel geradewegs hinunter. Die harte Stahlfeder der Mausefalle schnappte zu. Endgültig. Es sollte lange dauern, bis sie begriff, was tatsächlich geschehen war. Dass das die brutale Geschäftsmethode der drei war. Sobald die Geschäfte liefen, wie sie sollten, wurde sie hinausgeworfen. Bis über beide Ohren verschuldet und – ohne rechtskräftigen Vertrag – mit keinerlei Aussicht auf Rehabilitation.

Mirjam schüttelte sich vor Unbehagen und kehrte wieder in die Wirklichkeit zurück.

»Das ist wirklich mal ein gemütlicher Abend«, sagte Hervor, die gerade von draußen von ihrer Zigarettenpause wiederkam. »Nett, einen Blick auf die nächsten Nachbarn zu werfen.«

»Du scheinst ja ganz weit weg zu sein«, sagte Sylve und wedelte mit der Hand vor Mirjams Augen hin und her.

»Komm zurück! Hier sind wir.«

Kein Wort kam über ihre Lippen. Alte Gefühle angesichts dessen, was die drei Herren ihr angetan hatten, stritten und rangen in ihrem Inneren miteinander, machten ihr das Atmen schwer. Ihr Kopf fühlte sich an wie mit Watte gefüllt, unfähig, auch nur einen einzigen klaren Gedanken zu fassen.

»Sie sitzen samstags abends fast immer hier«, erläuterte Sylve. »Trinken ein paar Bier und reden über Geschäftliches, denke ich mir. Und der Blonde da, der Blonde kippt meist Whiskey. Na, so was, grüß dich, Kennet!«

Sylve unterbrach das Gespräch und begrüßte fröhlich einen kräftigen, gutgenährten, munteren Mann in einem rotkarierten Flanellhemd.

»Das ist Kennet aus Kräklingbo«, erklärte Sylve. »Wir kennen uns schon seit der Entbindungsstation. Mindestens. Oder, Kennet?«

»Na, und ob wir das tun.« Kennet ließ ein polterndes Gelächter vom Stapel, das bis in die hinterste Ecke des Schankraums drang. Das Trio am Tisch drehte sich um. Glotzte wütend. Fühlte sich wohl bei seiner Besprechung gestört.

Sylves Freund aus Kindheitstagen ließ sich zwischen Mirjam und Sylve auf dem Sofa nieder.

»Soso, Sylve, du hast also ein paar neue Mädchen mitgebracht, na, das wurde aber auch langsam Zeit.«

Mirjam schloss den hochgewachsenen Kennet sofort ins Herz, allein deshalb, weil er die Sicht zwischen ihr und ihren ehemaligen Geschäftsfreunden versperrte, so dass sie einen Moment entspannen konnte.

Nach ein paar weiteren Gläsern Bier und munterem Geplauder, bei dem sie nahezu alles aus Kennets und Sylves Schulzeit, ihren Erinnerungen an die Zeit beim Militär und von ihrer Verbitterung über die EU erfuhren, reichte es Hervor und Mirjam.

»Zum Henker, Mirjam«, flüsterte Hervor quer über den Tisch, »ich hab eine Buddel Wein zu Hause. Lass uns gehen und Ränke schmieden.«

Sie stand auf und bahnte sich einen Weg zwischen den Tischen hindurch zum Ausgang. Mirjam folgte dicht hinter ihr.

Als Mirjam an dem Tisch vorbeikam, an dem Torsten, Per-Henrik und Ivan saßen, versuchte sie so neutral wie möglich zu wirken. Am liebsten wäre sie unsichtbar. Wenn sie doch einen Tarnumhang wie im Märchen hätte. Aber die drei Männer unterbrachen ihre Diskussionen und musterten sie eingehend. Anscheinend wurden nicht jeden Samstag im Pub weibliche Neuzugänge gesichtet. Schweigend und unverfroren ließen sie ihre Blicke über sie schweifen.

Sie hüllte sich enger in ihre Jacke und schlüpfte aus der Tür, die Hervor ihr aufhielt. Kurz bevor sie zufiel, vernahm Mirjam Ivans Stimme.

»Wer waren die denn?«

Plötzlich ritt sie der Teufel. Sie öffnete erneut die Tür und steckte ihre Nase hinein.

»Ich bin's, Ivan. Mirjam! Guten Abend!«

12

Hervor betrachtete Mirjam, die, den Schlafsack um sich geschlungen, in der Kapelle auf einer Bank saß und wie Espenlaub zitterte. Sie war bis auf die Knochen durchgefroren. Schlimmer als je zuvor in Kuivalihavaara, und das bereitete der gutherzigen Hervor Sorgen.

»Das war schrecklicher, als ich dachte«, brachte Mirjam zähneklappernd hervor. Die Zunge schien ihr auch nicht mehr gehorchen zu wollen.

»Als ob mein Körper sich an das ganze Elend erinnert hat«, fuhr sie fort.

»Ist ja klar, so mies wie die drei sich dir gegenüber benommen haben. Was du brauchst, ist ein Grog! Schön heiß! Diese furchtbare Kälte, die dich so schlottern lässt, kommt von innen.«

Mirjam nahm ein paar tiefe Schlucke von dem heißen, würzigen Getränk, das Hervor zubereitet hatte. Wenn es sich wärmend in ihrem Körper ausbreitete und Bauch und Herz beruhigte, dann würde sie wenigstens aufhören zu frieren. Der Grog hatte die beabsichtigte Wirkung, und ihr Körper im Schlafsack kam zur Ruhe. Stattdessen flossen ihr die Tränen in Strömen über das Gesicht. Sie schluchzte herzzerreißend.

»Ich schaff das nicht, Hervor. Wie soll ich kleines Würmchen mir Hexenkünste zunutze machen und drei Männer mit der Kraft der Gedanken in den Tod schicken? Ist das Ziel nicht ein bisschen hochgesteckt?«

Sie schneuzte sich, heulte noch mehr und nahm dankbar ein neues Taschentuch entgegen. Hervor ließ sie weinen. Wusste, wie gut es tat, sich richtig auszuheulen, das reinigte gewissermaßen. Vieles wurde dadurch besser. Sie selbst hatte im Großen und Ganzen mit dieser Sache aufgehört. So, als ob ihre ganzen Reserven aufgebraucht worden waren, ehe sie das Erwachsenenalter erreicht hatte.

Sie stand auf, ging zum Ofen und legte ein paar Holzscheite nach. Ganz nebenbei bereitete sie noch mehr Grog zu, den Mirjam schneller und schneller hinunterstürzte. Sie fing ein bisschen zu nuscheln an, was nach Hervors Dafürhalten wohl nicht allein am Weinen lag. Die Tränenflut nahm ab. Plötzlich knallte Mirjam das Glas auf die Bank und starrte Hervor an.

»Einen Scheißdreck werd ich! Verflixte Irrlehren!«

Hervor seufzte tief auf.

»Jetzt klingst du schon wieder so fromm«, sagte sie und zauberte eine kleine Flasche teuren Cognac aus ihrer Tunika. »Wie du willst. Wir können es auch mit Voodoo versuchen. Kleine Puppen herstellen, Nadeln hineinstechen und sie in diesen Ofen hier schmeißen. So wie die Holzscheite.«

»Jaaa!«

»Aber dann musst du auch darauf gefasst sein, dass Torsten in dem Moment aufheulen wird, sobald er fühlt, wie die spitzen Nadeln in seine Augen stechen. Brrr, nicht lustig.«

»Ach nein, Gott, wie entsetzlich!«

»Per-Henrik wird das Gefühl haben, als ob ihm geradewegs ein Messer ins Herz gestoßen wird. Ein scharfes Messer. Lässt sich schön umdrehen.«

»Ohhh, wie eklig!«

»Ivan, dein kleiner Liebling, wird sehen, wie sein ganzer ausufernder Wanst platzt und die Eingeweide aus seinem Körper quillen. Ziemlich unangenehm.«

»Ja, aber, das geht doch nicht.«

»Und wenn wir die Holzscheite oder die Voodoo-Puppen ins Feuer werfen ... werden drei alte, schöne Häuser gleichzeitig in lodernden Flammen aufgehen«.

»Aufhören!«, flehte Mirjam. »Aufhören, bitte! Ich will nicht, dass sie derart schrecklich gequält werden.«

»Sicher, es kann dir ja auch scheißegal sein. Lass es einfach. Lass dir den Rest deines schönen, reichen Lebens von dem vermiesen, was diese Mistkerle dir angetan haben. Acht Jahre der Erniedrigung.«

»Mittellosigkeit«, feuerte Mirjam dazwischen. »Armut.«

»Genau, so war das. Eigentlich gehören dazu nicht weniger als sieben verdammte Flüche.«

»Flüche?«

»Ja, aber das ist schwierig. Man muss sozusagen in direkten Kontakt mit ihnen kommen.«

»Direkten Kontakt?«

Hervor nickte.

»Ja, ein Schubser, ein Blick, eine Berührung oder so was.«

Mirjam streckte Hervor ihr Glas hin und bekam einen Schuss Cognac, den sie in einem Zug hinunterkippte. Danach plumpste sie sternhagelvoll geradewegs auf die Bank.

Hervor versank in alten Erinnerungen. In sehr alten.

Es war ein paar Tage vor Weihnachten gewesen, als Hervors Mutter ihr zum ersten Mal gezeigt hatte, was ihre Kräfte wirklich vermochten. Hervor war zu jenem Zeitpunkt nicht älter als fünf Jahre gewesen, aber sie erinnerte sich noch so gut daran, als ob es erst gestern gewesen wäre. Sie hatte mitgeholfen, Weihnachtswürste zu machen, hatte den Fleischwolf kurbeln dürfen, während ihre Mutter die Wurstpelle festhielt und darauf achtgab, dass die richtige Menge von dem durchgedrehten Fleisch in den Darm gestopft wurde. Ihre Mutter war so genau, weil die Würste die Weihnachtstafel im Pfarrhof zieren sollten, die Pfarrersfrau hatte sie eigens bei ihr bestellt. Zwei riesige Platten waren schon voll mit den langen grauen, platten Würsten. Wenn die Pfarrersfrau sie dann kochte, würden sie aufquellen und schön gleichmäßig rund sein, in Stücke geschnitten und mit hausgemachtem Senf gegessen werden. Hervor und ihre Mutter hatten ungestört arbeiten können und kamen gut voran. Ihre großen Brüder hielten sich unten am Fluss auf, und das Nesthäkchen schlief schon. Bald würden sie fertig sein und aufräumen können, hätten Gelegenheit, einen Schluck Kaffee zu kochen, sich zu setzen und einen Moment miteinander zu reden. Vielleicht würde ihre Mutter die Tasse auch ausschütten und Hervor im Kaffeesatz die Zukunft vorhersagen. Das tat sie oft, wenn sie guter Dinge war.

Hervor stopfte das restliche rohe Fleisch in den Fleischwolf und kurbelte. Da waren mit einem Mal Schritte auf dem Anleger zu hören. Ihr Vater trampelte sich den Schnee von den Stiefeln und redete laut vor sich hin. Pfiff ein Liedchen. Hervor warf ihrer Mutter einen raschen Blick zu. Sah die Beunruhigung in ihren Augen.

»Los, Hervor, beeil dich. Vater kommt, wir müssen noch aufräumen. Er mag es nicht, wenn wir alles herumstehen lassen. Nicht, wenn er getrunken hat.«

Hervor hatte das schon früher miterlebt. Ihr Vater war heimgekommen und fürchterlich wütend gewesen. Sie flüchtete dann normalerweise immer in die Rumpelkammer und versteckte sich. Saß in der Dunkelheit, ließ einen kleinen Türspalt offen stehen und sah seine Stiefel in die Küche stolpern. Spürte den kühlen Luftzug, bevor die Außentür ins Schloss fiel.

»Was zum Teufel, Weibsstück ...!«

»Pscht, du weckst die Kinder. Setz dich, dann bring ich dir Kaffee.«

Ihre Mutter versuchte, mit fester und ruhiger Stimme zu sprechen.

»Kaffee, verfluchte Scheiße, ich will keinen verdammten Kaffee! Schnaps muss auf den Tisch!«

Ihre Mutter antwortete nicht. Hervor sah, wie sie den Fleischwolf abschraubte und zur Spüle trug. Einen Lappen ausspülte. Den Tisch abwischte. Zurück zur Küchenbank ging. Ihr Vater hob ein lange Wurst hoch und ließ sie in seiner Hand baumeln. »Für wen machst du Wurst, verdammt noch mal?«, brüllte er.

Ihre Mutter drehte sich zu ihm um.

»Ist ja schon gut, die sind nur für den Pfarrhof. Für die Weihnachtsfeier.«

Er legte die Wurst wieder hin, zog eine Flasche aus der Tasche und trank ein paar Schlucke. Ihre Mutter ging zu ihm und stemmte ihre Hände in die Seiten.

»Ich kann vieles ertragen, hörst du! Aber hier im Haus wirst du keinen Schnaps trinken, darüber solltest du dir völlig im Klaren sein.«

Hervor begann zu zittern. Sie wollte nichts mehr davon hören, nichts sehen. Wünschte sich, dass ihr Vater wieder hinausging, dass sie auf Mamas Schoß sitzen durfte und sie ihr den Kaffeesatz las. Sonnige, fröhliche und lustige Tage sollte ihre Mutter ihr prophezeien.

»Jetzt hab ich aber die Faxen dicke, verflucht! Für diesen Scheißpfarrer machst du die verdammten Würste, und ich soll nicht einmal Schnaps trinken dürfen?!«

Er nahm jeweils eine Handvoll Würste aus der Schale, stand auf und schmiss sie mit voller Wucht an die Wand. Die Fleisch-Farce lief die Wand hinunter. Hervor sah, wie ihre Mutter die Hände vor den Mund presste. Die ganze Arbeit – umsonst.

Ihr Vater packte die Arme ihrer Mutter und drückte sie gegen die verschmierte Wand. Hielt sie mit seinem ganzen Körpergewicht fest. Legte seine groben Hände um ihren Hals. Hervor wollte nichts mehr sehen. Musste trotzdem hingucken. Ihre Mutter hatte die Augen zusammengekniffen. Wimmerte.

»Jetzt wirst du sterben, verfluchtes Hexenweib!«, schrie er. »Ich trinke in meinem eigenen Haus so viel Schnaps, wie ich will. Werde sowieso mit dir zur Hölle fahren!«

Da öffnete ihre Mutter die Augen. Den Blick, den sie ihrem Vater zuwarf, sollte Hervor ihren Lebtag nicht vergessen. Ein fester Blick. Ein durchdringender, böser Blick.

Wie durch ein Wunder ließ ihr Vater augenblicklich den Hals ihrer Mutter los. Stand einen kurzen Moment da und schaute vor Schreck wie gelähmt seine Frau an. Ohne ein Wort riss er die Flasche an sich, ging und knallte die Tür hinter sich zu.

Als der Kirchendiener sich am Tag vor Heiligabend auf den Weg machte, um auf dem Friedhof Schnee zu schieben, fand er ihren Vater in einer Schneewehe. Halbnackt. Erfroren.

Hervor betrachtete Mirjam, die in einer unbequemen Stellung auf der Bank in der Kapelle lag und schnarchte. Männer waren ganz einfach ein verfluchtes Pack. Diese drei, die ihrer besten Freundin so Schlimmes angetan hatten, sollten spüren, wie richtige Rache schmeckte. Dass Mirjam das nicht einsehen wollte!

Sie hob Mirjam mit ihren starken Armen hoch und trug sie zu dem unbequemen und provisorischen Bett im Turmzimmer. Mirjam wog zwar nicht sonderlich viel, aber wiederum auch nicht so wenig, dass es einfach war, sie die schmale Treppe hochzubekommen.

»Verflixt aber auch, wir müssen endlich dieses Haus auf Vordermann bringen«, brummelte Hervor.

Sie breitete eine Decke über Mirjam und zündete in ihrem Fenster einen Kerzenleuchter an. Die Flamme loderte und vervielfältigte sich in den alten Fensterscheiben aus Buckelglas. Hervor ließ sich auf einem Stuhl neben dem Bett nieder. Mirjam schlief tief und fest.

»Mirjam, Mirjam«, setzte sie mit melancholisch klingendem Singsang an. »Deine Kräfte sind groß, du besitzt die Gabe. Du wirst diese drei einen nach dem anderen vernichten. Erinnere dich an meine Worte, diese drei wirst du vernichten. Mirjam, mögest du die Kraft finden, deine Taten zu vollbringen.«

Die Töne ihres einsam klingenden Sprechgesangs hallten noch lange vibrierend im Kapellenraum nach.

Nachdem Mirjam die Pubtür hinter sich geschlossen hatte, verstummte die Unterhaltung an dem Tisch, um den die drei Firmeninhaber saßen. Per-Henrik war zunächst viel zu geschockt, um auch nur irgendetwas Intelligentes von sich zu geben, aber jetzt machte er endlich den Mund auf.

»Mirjam?«, sagte er und hörte selbst, dass er mehr als einfältig klang.

»Mirjam Nordergrav?«, ergänzte Torsten.

»Mirjam!«, tönte Ivan, lächelte warm und herzlich und schlug sich mit den Händen auf seine dicken Schenkel. »Das war Mirjam, habt ihr das gehört? Ich kann's kaum glauben!«

Per-Henrik fühlte sich, als ob ihm jegliche Kräfte schwanden. Was zur Hölle tat Mirjam in Kajpe Kviar? Und wie gut sie aussah, sie schien wirklich etwas aus sich gemacht zu haben. Irgendwo in seinem tiefsten Inneren nagte die Unruhe an Per-Henrik. Er hatte Mirjam verraten, die ihm eine gute Freundin und Lehrmeisterin gewesen war, als er gerade frisch sein Examen in der Tasche gehabt und die ersten unsicheren Schritte gemacht hatte. Warum musste er an Judas denken?

Sylve hatte für einen Moment sein Geplauder mit Kräklingbo-Kennet unterbrochen und ging auf dem Weg zur Toilette an dem Tisch der drei vorbei.

»Sie wohnt hier«, sagte er und ging weiter.

Die Firmeninhaber von Care for Seniors versanken in Schweigen. Eben noch waren sie in eine lebhafte Diskussion über den Gewinn, der beim letzten Rechnungsabschluss herausgekommmen war, vertieft gewesen. Per-Henrik leerte seinen Whiskey bis auf den letzten Tropfen und spülte sogleich mit Bier nach. Torsten trank sein Glas in kleinen Schlucken aus, innerlich kochend vor Wut. Ivan saß da und gluckste leise, dass sein Bauch nur so hin- und herwackelte.

Per-Henrik betrachtete seine Kompagnons mit einer gewissen Abscheu. Wie hatte er sich bloß mit diesen beiden einlassen können, zum Teufel? Ivans wabbelnder Schmerbauch trieb ihn noch in den Wahnsinn! Und der Kerl machte nicht mal was dagegen, obwohl Per-Henrik ihm noch und nöcher Ernährungstipps gegeben und sein Gewicht kontrolliert hatte. Nett war er ja, dagegen war grundsätzlich nichts einzuwenden, aber er besaß Eigenschaften, die sich kaum für einen Geschäftsmann eigneten. Das Geld, das er bei der Gründung ihrer Firma eingebracht hatte, hatte natürlich über die Teilhaberschaft entschieden, und der Typ war in seinem Heimatland wirklich so etwas wie ein Betriebswirt gewesen, auch wenn ihm das bisher in Schweden nicht viel genutzt hatte. Aber damals, als sie in einem Schulungszentrum in der Nähe von Västerås anlässlich einer exklusiven Zigarrenverkostung miteinander ins Gespräch gekommen waren, waren sie voneinander angetan gewesen. Zu jener Zeit hatte Ivan seine eigene kleine Buchhaltungsfirma gehabt, obwohl es überwiegend Verwandte und Freunde gewesen waren, denen er mit der Steuererklärung und Ähnlichem geholfen hatte.

Torsten war in Per-Henriks Augen eigentlich ein Versager. Zwar wusste Per-Henrik von seiner missglückten Anstellung in der Psychiatrie, aber darauf gab er einen Scheißdreck. Frauengeschichten, welcher Mann hatte die nicht? Aber es hatte schließlich auch Gerüchte über Diebstähle gegeben, Patienten waren bestohlen worden. Das war wohl auch der eigentliche Grund dafür gewesen, dass er seine Stellung verloren hatte. Torsten war jedoch willens, es mit den Dingen nicht allzu genau zu nehmen, und konnte, wenn nötig, aufdringlich sein. Er konnte einem Kunden oder Subunternehmer alles Mögliche versprechen und sie in völliger Sicherheit wiegen. Wenn die betreffende Person dann das Zimmer verlassen hatte, hatte Torsten seine leeren Versprechungen völlig vergessen und setzte stattdessen ungehindert seine Arbeit für die Interessen von Care for Seniors fort. Diese Eigenschaften waren es gewesen, die Per-Henrik anziehend gefunden hatte, und dieses Talent hatten sie sich zunutze machen können, als sie die dumme, naive Mirjam loswerden wollten.

»Man könnte sich natürlich fragen«, sagte Torsten, »ob sie aus einem bestimmten Grund hierhergekommen ist.«

»Und was sollte das deiner Meinung nach für einer sein?« Per-Henrik signalisierte Gerhard, dass er noch mehr zu trinken haben wollte. »Wir haben doch wohl keine Rechnung mehr mit ihr offen?« Sein Magen krampfte sich zusammen, und sein Herz fing zu flattern an. Er holte eine mitgenommene Tablettenschachtel aus der Tasche und drückte eine Magentablette aus der Verpackung, die er eilig hinunterschluckte.

»Ja, da hast du natürlich recht. So verschlagen ist sie nicht. Aber mir gefällt es nicht, sie in der Nähe zu wissen. Absolut nicht.« Er strich über seine eine Schulter, so als ob er lästige Schuppen abbürsten wollte. »Ich hatte bloß so ein Gefühl, dass sie uns zum Besten hält.«

»Zum Besten hält?«, sagte Ivan. »Was heißt das?«

Per-Henrik fand nicht die Kraft zu antworten. Konnte dieser Mensch denn noch nicht einmal ordentlich Schwedisch sprechen?

»Wenn du damit meinst, sie könnte uns schaden wollen, irrst du dich«, fuhr Ivan fort. »Mirjam doch nicht. Sie ist ein lieber, guter Mensch, nur eben nicht so gut im Geschäftemachen. Aber ich frage mich allen Ernstes, was sie hier macht.«

Sylve kam im selben Moment von der Toilette zurück, als Ivan seinen Satz beendete.

»Mirjam wohnt hier, hab ich doch gesagt«, teilte er ihm mit. »Sie hat die alte Kapelle gekauft.«

13

Mirjam stöhnte und trank literweise Wasser, das Hervor ihr fürsorglich neben das Bett gestellt hatte. Wie in Gottes Namen hatte sie gestern bloß so viel trinken können? Unglaublich, so etwas tat sie sonst nie. Aber das war natürlich die Reaktion auf den Schock gewesen. Sie hätte nie im Leben gedacht, dass es sie immer noch so aufwühlen würde, diese drei Typen wiederzusehen. Als ob die Spannung nach all den Jahren letztendlich ihren Höhepunkt erreicht hatte. Ihr Zustand glich der Diagnose, die sie selbst ab und an auf den Krankschreibungen vermerkt hatte: »Posttraumatisches Belastungssyndrom.« Eine richtig niederschmetternde Diagnose für ein armes Individuum, das nicht zur rechten Zeit hatte trauern dürfen. Eine Spätfolge, die noch Jahre nach einem schlimmen Erlebnis auftreten konnte. Kein Wunder, wenn sie jetzt selbst davon betroffen wäre. Sie hätte schon vor langer Zeit in ein tiefes Loch fallen können. Schon damals, als alles den Bach runterging.

Torsten war schonungslos gewesen, als sie zuletzt getrennte Wege gegangen waren. Im Endstadium war er es gewesen, der ihr den Todesstoß versetzt hatte. Per-Henrik war selbstverständlich zu feige gewesen, der hinterhältige Schlappschwanz. Nach seinem schrecklichen Anruf hörte sie nie wieder etwas von ihm. Immer wieder versuchte sie, ihn zu erreichen, aber ohne Erfolg. Was Ivan betraf, so war er zu Mirjam nie auf solch eine Art unfreundlich. Er hatte ein ungeheures Talent, zwischen Geschäftlichem und Privatem zu balancieren, mischte sich nie in Auseinandersetzungen ein. Lachen und Schäkern waren seine Überlebensstrategie.

Am letzten Tag ihrer Zusammenarbeit führten sie endlose schriftliche Verhandlungen. Fragen, Antworten, Vorschläge und wüste Beschimpfungen wurden vom Fax gefressen und wieder ausgespuckt. Mirjam kämpfte um ihr Geld, um ihre Existenz, um Anna. Am Ende ging ihr mit aller Deutlichkeit auf, dass alles nur noch viel schlimmer werden würde, wenn sie nicht mit sofortiger Wirkung ihre gemeinsame Geschäftsbeziehung aufkündigte. Das Finanzamt hatte bereits von sich hören lassen und auf Antwort gewartet, was denn nun mit den Lohnsteuerbeträgen sei. Der Gerichtsvollzieher war schon bedrohlich nah, und das bedeutete für Mirjam die größte Schande.

So langsam dämmerte es ihr: Care for Seniors hatte eigentlich Geld, um sie zu bezahlen, aber sie wollten sie schlicht und einfach loswerden. Ihre und Annas Leistungen ausradieren und alles an sich reißen, jetzt, wo sie Geld investiert und den Laden zum Laufen gebracht hatte. Die Katastrophe war eine Tatsache.

Am Ende nahm sie den Hörer in die Hand und wählte

widerstrebend die Nummer von Care for Seniors. Torsten meldete sich.

»Ich steige aus. Mit euch kann man nicht zusammenarbeiten.«

Er holte tief Luft. Vor Erleichterung, vermutete Mirjam.

»Jetzt handelst du meiner Ansicht nach endlich mal vernünftig, Mirilein«, sagte er, »sehr vernünftig. Vielleicht ist es jetzt dafür noch zu früh, aber irgendwann wirst du es einsehen.«

Für diese Bemerkung hätte sie ihn erwürgen können.

»So einen Mist muss ich mir von dir nicht anhören«, antwortete sie kalt und legte den Hörer auf. Das war das Ende ihrer Unternehmerkarriere gewesen.

Mirjam stürzte ein weiteres Glas Wasser hinunter und quälte sich langsam aus dem Bett. Sie zog die Gardinen zur Seite und betrachtete mit halb geschlossenen Augen die Umgebung von Kajpe Kviar. Die Sonne stand schon hoch am Himmel. Ihr Kopf dröhnte fürchterlich, und ihre Zunge fühlte sich trocken an, obwohl sie so viel Wasser getrunken hatte. Heute auch nur irgendetwas anzupacken konnte sie vergessen. Sie krabbelte ins Bett zurück und zog sich die Decke über den Kopf.

Damals, vor acht Jahren, hatte Mirjam mehrere Tage lang im Bett gelegen und an die Decke gestarrt. Ihre Arme und Beine hatten sich wie gelähmt angefühlt. Ihre Gedanken kreisten darum, entweder ins Ausland zu fliehen oder ihre gesamte Zukunft darauf zu verwenden, auf immer und ewig die Wände anzustarren und billigen Rotwein zu kippen. Schweren Herzens hatte sie mit Anna sprechen müssen.

»Aber was sollen wir denn machen, Mama? Das darf nicht sein!«

Darauf hatte Mirjam keine Antwort parat, konnte ihr aber nur von ganzem Herzen zustimmen.

»Anna, ich muss das Ganze hier regeln, vielleicht die Wohnung verkaufen, mir Arbeit suchen, die Dinge in Ordnung bringen.«

»Die Wohnung verkaufen!«, schrie Anna. »Das kann doch nicht dein Ernst sein! Verdammt, Mama, ich hab hier fast mein ganzes Leben lang gewohnt. Das Zuhause meiner Kindheit, das kannst du nicht machen, Mama!«

Mirjam hätte in dieser Situation einwenden können, dass es für Anna sowieso an der Zeit war, auszuziehen, aber sie wusste, dass so eine Bemerkung unpassend gewesen wäre. Sie selbst schämte sich einfach nur und fühlte sich schuldig. Wie hatte sie Anna und sich bloß in diese Lage bringen können?

Enttäuscht flüchtete Anna sofort zu den Großeltern. Mirjam konnte ihrer Tochter noch so viel erklären, sie wollte die Gründe für das Scheitern der Firma nicht verstehen. Annas Zukunftsträume lagen in Trümmern, und das reichte ihr.

Mirjam war niedergeschlagen über die Haltung ihrer Tochter, aber in dieser Situation spielte es eigentlich keine Rolle, dass Anna nicht da war, denn nun konnte Mirjam wenigstens in Ruhe in Selbstmitleid versinken. Seufzen, weinen, sich ängstigen, fluchen und sich ganz allein auf der Welt fühlen. Auf diese Weise lag sie die ganze Zeit da, bis der Tag kam, an dem es sich nicht mehr vermeiden ließ, dem unbarmherzigen Gericht einen Besuch abzustatten. Die Gläubiger hatten sie eingeholt.

Die kahlen grauen Wände und tristen Plastikmöbel beim Gerichtsvollzieher verschafften ihr die Gewissheit, dass so und nicht anders das Wartezimmer des Todes aussehen musste, wenn man sich in seinem irdischen Dasein wahrhaft versündigt hatte. Der Vorhof zur Hölle. War das die Zukunft, die sie erwartete? Sollte sie wie Sisyphus ihre ewige Strafe erhalten und wieder und wieder den Stein den Berg hinaufrollen? Wenn dem so war, fände sie das eine himmelschreiende Ungerechtigkeit, das Leben hatte bisher schließlich schon genügend Prüfungen für sie bereitgehalten.

Sie schaute sich in den Räumlichkeiten um. Große Plakate posaunten unübersehbar ihre Botschaft hinaus: »Haben Sie einen Schuldnereintrag bekommen? Machen Sie sich klar, dass diese bei Unternehmern mindestens fünf Jahre und bei Privatpersonen drei Jahre bestehen bleiben.«

Mirjam wurde in das Besucherzimmer hineingerufen, das eher den Namen Verhörzimmer verdient hätte, ein Verschlag, der sie nur durch gewöhnliche Glaswände vom Wartezimmer des Todes abschirmte. Ein jeder konnte sehen, wer dort saß. Privatsphäre interessierte hier keinen. Was Mirjam betraf, so war das unerheblich, in ihrem Bekanntenkreis gab es sowieso niemanden, der derart tief gesunken war, dass er beim Gerichtsvollzieher gelandet war.

Ein junger Sachbearbeiter mit antrainiert grimmiger Miene empfing sie.

»Ich bin hier noch nie gewesen«, flüsterte Mirjam mit heiserer Stimme. Er sollte sich nicht einbilden, dass das

Teil ihres alltäglichen Lebens war. »Und außerdem finde ich, dass sich das ganz furchtbar schrecklich anfühlt.« Sie räusperte sich unaufhörlich. Verflixt aber auch, dass ihr die Stimme gerade jetzt versagen musste!

Der junge Sachbearbeiter nahm keine Notiz von ihrem Gemütszustand, sondern forderte sie stattdessen auf, das Formular auszufüllen, das er vor sie hingelegt hatte. Sie sollte deklarieren, was sie besaß und nicht besaß. Fernseher, Silber, Schmuck, Antiquitäten, Aktien, Autos, Kunst. Das meiste gehörte ihr nicht. Eigentlich waren nur ihre Genossenschaftsanteile von Wert, und ihr dämmerte, dass sie nicht nur arm werden würde, sondern vermutlich noch obdachlos dazu.

»Wie viel Bargeld besitzen Sie?«, fragte der Gerichtsvollzieher, als sie das Formular des Amtsgerichts durchgegangen waren.

Mirjam schaute ihn verständnislos an.

»Wollen Sie etwa damit sagen, dass ich hier und jetzt meine Brieftasche öffnen soll?«

Das wollte er tatsächlich damit sagen und erfuhr darauf, dass Mirjams zerknitterte Geldscheine und klirrende Münzen sich auf dreihundertzwölf Kronen und fünfzig Öre beliefen, was er sorgfältig notierte.

»Läuft das jetzt auf einen Schuldenvermerk hinaus?«, fragte sie vorsichtig. Er drehte den Stift in der Hand und heftete den Blick auf die graue Betonwand.

»Das lässt sich nicht vermeiden. Möglicherweise kommen noch weitere hinzu, das wird sich zeigen, wenn die ganze Sache untersucht und eindeutig ist.«

Dann hieß es, auf Ehre und Gewissen das Formular zu unterzeichnen. Während sie mühselig schrieb, teilte sie dem Gerichtsvollzieher mit, dass sie es bedauere, nicht Selma Lagerlöf zu heißen. Sie hatte ein kleines bisschen ihre Fassung zurückgewonnen und fühlte sich sicher genug, um sich wie jeder normale Mensch zu unterhalten. Vielleicht konnte sie es sogar wagen, einen etwas leichteren Ton anzuschlagen? Das täte ihrem kümmerlichen Selbstwertgefühl mit Sicherheit gut.

»Selma Lagerlöf, so? Und weshalb?«

Sie stellte fest, dass er unsicher wurde und mit flackerndem Blick zur Glasscheibe schielte.

»Nun ja, Selma war schon zu Lebzeiten weltberühmt und steinreich.«

»Hmm«, sagte der Gerichtsvollzieher.

»Sie bekam viele Bettelbriefe, hat aber nie Geld verschenkt.«

»Nicht?«

»Nein, stattdessen antwortete sie höflich auf die Briefe und unterschrieb sie selbstredend mit ihrem berühmten Namen. Sie wusste nur zu gut, dass das Autogramm verkäuflich war. Man müsste berühmt sein.«

Der Sachbearbeiter verzog einen Mundwinkel zu einem zögerlichen Lächeln. Man lachte nicht lauthals beim unbarmherzigen Gericht. Mirjam sah ein, dass das nicht ganz passend gewesen wäre.

Der Besuch beim Gerichtsvollzieher brachte Mirjam trotz allem wieder auf die Beine. Sie war vor Schreck wie gelähmt gewesen, aber das Schlimmste war jetzt überstanden. Die Demütigung, die sie durch Care for Seniors hatte erleiden müssen, war für den Augenblick vorbei. Nun galt es, ums Überleben zu kämpfen, wenn sie mit der Situation fertig werden wollte. Abgesehen vom Gerichtsvollzieher gab es Bankkredite, mit denen sie sich herumschlagen musste. Hohe Bankkredite. Und sie würde kein Geld haben, um diese abzutragen. Die Kredite würden unausweichlich an ein Inkasso-Unternehmen weitergeleitet werden.

Zügig und effizient fuhr sie mit Staubtuch und Staubsauger durch ihre Wohnung. Leerte den Kühlschrank und entsorgte altes, schimmliges Essen. Bezog das Bett mit einem frischen Laken. Lief mit den Mülltüten zur Mülltonne hinunter. Kochte eine Tasse starken Kaffee und ließ sich neben dem Telefon nieder. Und nur ein paar Stunden später hatte sie sich eine Vertretungsstelle inklusive Dienstwohnung als Bezirksärztin in Lappland besorgt und sich schlaugemacht, wo sie ihre Möbel einlagern konnte. Die Wohnung übergab sie selbst einem Makler, denn sie hatte nicht vor, als Opfer einer Zwangsversteigerung, veranlasst durch das unbarmherzige Gericht, in der Zeitung in Erscheinung zu treten. Zufrieden legte sie den Hörer auf und kramte zerstreut in ihren Sachen auf ihrem nun aufgeräumten Schreibtisch herum. Auf dem Boden des Stiftköchers fand sie einen kleinen Schlüssel. Dass sie den vergessen konnte! Mirjam holte ein dünnes, kirschrotes Samtband aus ihrem alten Nähkasten hervor, band den Schlüssel sorgsam daran fest und hängte ihn sich um den Hals. Ivan, dachte sie, wie mochte es ihm jetzt wohl ergehen?

Sie seufzte bei den Gedanken an die Vergangenheit tief auf, schlug die Bettdecke zur Seite und hievte ihre Beine über die Bettkante. Zwei Paracetamol aus ihrem Medizinvorrat und die aufgestaute Wut hatten einen Entschluss in ihr reifen lassen. Die drei Herren sollten nicht ganz ungeschoren davonkommen. Sie konnte ihnen ruhig ein wenig Schaden zufügen. Neulich, als sie das Gras gemäht hatte, hatte sie ja schon darüber nachgedacht. In der Nacht hatte sie einen Traum gehabt, der jetzt nur noch verschwommen war und ihr entglitt. Vergebens versuchte sie, ihn wieder einzufangen, aber es wollte ihr nicht so recht glücken. Es waren irgendwelche eigenartige Worte in einem Lied. »Vernichten«, daran erinnerte sie sich, aber das war es auch schon. Nein, es wollte ihr nicht gelingen, sich an den Traum zu erinnern. Sie zog sich eine Jeans und einen Pulli an und schlenderte die Treppe hinunter. Hervor schrieb, während sie die Worte, die sie mühsam zu Papier brachte, laut vor sich hin murmelte.

»Ich sehe deinen Ring in einer kleinen Schachtel. Ja tatsächlich, die Schachtel liegt in einer größeren Schublade eines Schrankes, ganz oben in einem Haus. Ich glaube nicht, dass es dein Haus ist, vermutlich das eines älteren Verwandten.« Sie unterbrach ihre Tätigkeit und schaute zu Mirjam hoch.

»Besser?«

»Sehr viel besser! Danke für das Wasser und deine Fürsorge, das war lieb von dir. Ich führe mich normalerweise nicht so auf, das weißt du doch? Kann mich nicht mal mehr daran erinnern, wie ich ins Bett gekommen bin.«

Hervor winkte ab.

»Ach was, so was passiert in den besten Familien. Nichts, über das man noch ein Wort verlieren müsste. Das ist Geschichte, Mirjam. Geh und iss was, und du wirst dich wie neugeboren fühlen. Ich muss ein bisschen arbeiten.«

»Was machst du?«

»Ich beantworte bloß ein paar Fragen. Suche Sachen, die andere verloren haben. Die Illustrierte braucht übermorgen den Text, deshalb eilt es ein wenig. Verdammte Scheiße, ich sollte dieses Puterzeugs lernen.«

»Computer heißt das, Hervor. Ich kann es dir beibringen.«

»Kannst du so was?«

Hervor sah aufrichtig erstaunt aus.

»Das ist ganz einfach. Sogar Kleinkinder kriegen das hin.«

»Was du nicht sagst.«

»Bestimmt. Du schreibst alle Antworten auf dem Computer, und dann mailen wir sie an die Redaktion. Du musst noch nicht einmal zum Briefkasten laufen. Das lernst du im Handumdrehen.«

»Glaubst du wirklich? Aber das kann ich bestimmt nicht, das funktioniert doch nicht.«

»Okay, wir machen einen Deal«, sagte Mirjam. »Wenn du das Tippen und Mailen lernst, dann verspreche ich, dass ich es mit den Affirmationen versuchen werde.«

»Sie umbringen?«

Hervors Augen blitzten.

Mirjam lachte.

»Nun ja, schau'n wir mal. Aber ich hab mich jetzt entschieden. Sie sollen nicht ungeschoren davonkommen, allerdings beabsichtige ich, klein anzufangen. Wenn es nichts nützt, werde ich dir zumindest beweisen können, dass es nicht funktioniert.«

Hervor strahlte bis über beide Ohren.

»Ich muss schon sagen, das sind wirklich erfreuliche

Neuigkeiten! Die fromme Pfarrerstochter hat vor zu konservieren.«

»Meinst du vielleicht konvertieren?«

»Ach, scheißegal, wie das heißt. Wir müssen feiern! Vielleicht mit Sekt darauf anstoßen?«

Mirjam hob abwehrend die Hände.

»Nein danke, ich bin gerade erst den Guttemplern beigetreten, als ich mit Alkoholvergiftung im Bett lag. Ich werde wohl noch eine Zeitlang Mitglied bleiben. Und du hast ja auch einiges zu erledigen. Das machen wir ein anderes Mal, ich muss jetzt erst einmal nachdenken und Pläne schmieden.«

14

Es war zwar Sonntag, aber da sie sich sowieso gottlos benehmen würde, konnte sie genauso gut arbeiten. Mirjam band ihre Haare zu einem Pferdeschwanz, setzte die Baseballkappe auf und bewaffnete sich mit Vorschlaghammer und Kuhfuß. Behutsam vorzugehen war eigentlich nicht möglich, aber sie versuchte trotzdem, so vorsichtig wie wie es eben ging, die Altarschranke aus der Verankerung zu lösen.

In ihrer Schlichtheit war sie schön. Ein stabiler Sockel war im Boden verankert, und die gedrechselten Streben schlossen mit einem Geländer ab, das von all den gefalteten Händen unzähliger Jahre ganz glatt und abgewetzt war. Es war sorgsam aus kleineren Stücken zusammengefügt worden und so aneinandergesetzt, dass sich eine harmonische Rundung bildete. Eine elfenbeinfarbene Schranke vor Gottes Altar.

Sie schlug den Vorschlaghammer auf den Rand des Geländers, das erstaunlich leicht nachgab. Stück für Stück schlug sie weg, das eine kürzer, das andere länger. Viele alte Herrschaften mussten hier gekniet haben. In stiller Andacht versunken. »Christi Leib für dich gegeben.« Hostien wurden in die Münder gelegt. Die kleine Orgel spielte getragene und ernste Töne. »Christi Blut für dich vergossen.« Willige Münder nahmen den Wein entgegen und schluckten. Der Kelch wurde weitergereicht, abgewischt, weitergereicht und wieder abgewischt. »Christi Blut für dich vergossen.«

Mirjam schlug die letzten Teile des Geländers ab, und die gedrechselten Streben schwebten frei, nur vom Sockel gehalten.

Sie sah vor sich, wie die Frauen und Männer sich erhoben, manche mit Mühe, schmerzgebeugt vom harten Leben als Bauern, und wie sie, die kleine Mirjam, drei, vielleicht vier Jahre alt, mit großen Augen zusah, wie ihre Mutter und die anderen Frauen vor ihrem Papa, dem Pastor, einen Knicks machten. »Der Friede des Herrn sei mit euch.«

Sie widmete sich wieder den Streben und löste eine nach der anderen aus der Verankerung. Sie würde die Streben behalten, entschied sie, als Erinnerung an dieses gesegnete Haus. Vielleicht könnte sie sie für ein neues Treppengeländer verwenden.

Eine lustige Melodie verkündete aus der Küche, dass Hervors Handy klingelte. Mirjam wollte nicht zuhören, dennoch entging ihr nicht, dass es Ingrid war, Hervors erfolgreiche Tochter aus Boston. Sie spürte einen heftigen Stich in der Brust und beneidete sie um ihr Geplapper auf Tornedalfinnisch, in das sich herzliche Lachsalven mischten. Wenn das doch bloß ihre geliebte Tochter Anna gewesen wäre! Es hätte nicht so verkehrt und verrückt laufen dürfen. Anna, die glaubte, dass sie eine hundsmiserable Mutter war, die es nicht geschafft hatte, die Situation in den Griff zu bekommen. Aron, der seine Chance gesehen und sie genutzt hatte. Sich des Mädchens angenommen und es ihrer Mutter entrissen hatte. Dass so jemand wie er sich Christ nennen und Gott dienen durfte! Mirjam fiel es schwer, das mit den Evangelien und der Bibel in Einklang zu bringen.

Sie stapelte die hübschen Streben auf einen Haufen und schlang eine kräftige Schnur um sie. Zurrte den Knoten fest, auf den selbst ein Pfadfinder stolz gewesen wäre, und musste an die drei Firmeninhaber denken, die Wurzel allen Übels. Und wie sie die in die Zange nehmen würde!

Mirjam machte weiter und manövrierte den abgewinkelten Teil des Kuhfußes unter den Sockel und trat kräftig mit dem Fuß darauf. Es gelang ihr, einen kleinen Spalt aufzuhebeln, der es ihr ermöglichte, den Sockel weiter aus der Verankerung zu lösen. Wo hatten die drei Männer eigentlich ihre Schwachstellen? Wenn sie sich darauf konzentrierte, konnte sie vielleicht an diesen Punkten ansetzen. Was Per-Henrik betraf, fiel es nicht schwer zu erraten, dass sein Herz angesichts des Bauches, den er bekommen hatte, und seiner darüber hinaus fast schon gefährlichen Trinkgewohnheiten bereits einiges mitgemacht haben musste. Gestresst schien er auch zu sein, da sprachen seine hochgezogenen Schultern eine deutliche

Sprache. Vermutlich nahm er blutverdünnende Medikamente und Beta-Blocker ein. Sein Herz war sicherlich sein schwächster Punkt – in mehr als einer Hinsicht.

Der Sockel gab um ein weiteres Stück nach. Aber das war ja nicht auszuhalten, Himmel und Hölle, wie fest er im Boden verankert war! Sie stampfte auf das Brecheisen, dass es nur so knackte und knirschte. Kräftige Nägel traten aus dem Holz, als es nachgab.

Ivans größte Schwäche war zweifelsohne sein Übergewicht. Meine Güte, wie dick der Mann war! Wie viel mochte er wohl wiegen? Hundertfünfzig Kilo? Mit Sicherheit. Vor vielen Jahren einmal hatte er Mirjam bei irgendeiner Gelegenheit anvertraut, dass die Versicherung sich geweigert habe, mit ihm eine Lebensversicherung abzuschließen, so dermaßen fett sei er.

Es knirschte in den Fugen zwischen Sockel und Boden, die breiten Fußbodenbretter gaben noch ein weiteres Stückchen nach. Sie riss weiter und stöhnte. Hinein mit dem Kuhfuß, mittenrein. Stück für Stück. Als Ärztin war sich Mirjam natürlich völlig im Klaren darüber, wie es sich mit Fettleibigkeit und Lebensversicherungen verhielt. Ivan war kommunikativ und unbefangen, aber an dieser Sache – mit den durch Fettleibigkeit bedingten Krankheiten – hatte er schwer zu knabbern gehabt. Das Herz, das Lungenvolumen, der Blutzucker, sie konnte sich das alles nur allzu gut vorstellen. Mit der Lust auf Sex war es sicher auch nicht weit her. Wie lange würde seine lebenslustige, hübsche Julija das wohl noch aushalten?

Siehe da, jetzt hob sich die halbe Altarschranke und hing frei schwebend in der Luft. Sie hieb mit dem Vorschlaghammer darauf ein. Hebelte mit dem Kuhfuß. Ivan zu vernichten war im Grunde eine Kleinigkeit. Vielleicht konnte sie ihn zu Tode stressen, wenn sie ihn mit einer ganzen Serie von Affirmationen bedachte, die auf sein Sexualleben abzielten, aber ihr schien es so unglaublich öde, ihre Gedanken Ivans nicht vorhandener Lust zu widmen. Essen hingegen war aller Voraussicht nach ein Selbstläufer. Und viel, viel abwechslungsreicher. Mirjam würde ihn zweifelsohne dazu bringen können, noch mehr zu essen. Eine Methode, die sicher eher Früchte trug als Hervors verrückter Vorschlag.

So, jetzt musste sie nur noch ein kleines Stück wegbrechen. Sahnehaltige Soßen. Jawoll, auf geht's, nur noch ein paar Schläge! Fetttriefende Quiches. Jetzt aber, verflixt und zugenäht! Kopenhagener, sie musste lernen, wie man Kopenhagener backte. Torten. Sie setzte mit ganzer Kraft das Brecheisen an. Ah, endlich! Die gesegnete Altarschranke gab klein bei und war weg.

Mirjam fuhr sich mit ihrem Pulliärmel über die Stirn. Hervors Telefongespräch war beendet, und sie kam zu ihr in den Kapellenraum.

»Rechnest du mit deiner Vergangenheit ab?«

»Denkste. Ich arbeite mit körperlichem und geistigem Einsatz. Grübele über die Schwächen der Kerle nach. Scheint mir sinnvoll, da anzusetzen. Was meinst du?«

»Du meinst, Affirmationen zu nutzen?«

»Ja. Obwohl ich nicht daran glaube, wie du weißt.«

»Ja, ja.« Hervor machte eine abwehrende Handbewegung. »Doch, das klingt einleuchtend. An was hast du gedacht?«

Mirjam berichtete von ihren ideenreichen Gedankengängen.

»Nur für Torsten fällt mir nichts ein«, sagte sie, »ich kenne ihn einfach nicht gut genug.«

Hervor stimmte ein heiseres Lachen an.

»Dieser lächerliche kleine Mickerling! So winzig wie Fliegenscheiße. Aber überleg mal, du hast doch erzählt, dass er kaum sehen kann, verdammt, daran musst du denken! Du, als Ärztin und überhaupt, hättest wirklich darauf kommen können. Seine größte Schwäche, nun ja, die kennen wir vielleicht nicht so genau, aber eine seiner größten Schwächen ist mit aller Sicherheit seine schlechte Sehkraft, das ist dir doch wohl klar?«

Natürlich, darauf hätte sie selbst kommen können. Er hatte bei irgendeinem Anlass einmal erwähnt, dass seine Kurzsichtigkeit erblich bedingt war. Darüber hinaus litt er an einem Glaukom, ein Erbe mütterlicherseits. Ob das ein Ansatzpunkt für ihre Affirmationen war? Grüner Star konnte erwiesenermaßen zu Erblindung führen, falls er nicht behandelt wurde. Sie könnte versuchen, den Prozess ein wenig zu beschleunigen, nur um zu testen, ob die Affirmationen wirkten. Wie verflucht arrogant er sich an jenem Tag aufgeführt hatte, als sie einen Schlussstrich unter ihre gemeinsame Geschäftstätigkeit gezogen hatte! Unsympathischer Typ, dieser Torsten. Sie sollte wirklich ihn zuerst in die Mangel nehmen.

Entschlossen sammelte sie verbogene Nägel und unbrauchbare Holzstückchen auf und fegte alles sauber. In diesem Haus hatte es sich um den Tisch des Herrn ausgefeiert.

Hervor kehrte in die Küche zurück und machte Anstalten, eine Pirouette zu drehen. Ballte die Hände zu Fäusten, hielt sie siegessicher in die Luft und kicherte vor sich hin. Donnerwetter, ihr kleines nächtliches Manöver war geglückt! Nur ein kleines, erfundenes Liedchen und schon hatte sie Mirjam auf die richtige Spur gebracht. Scheißmannsbilder! Mögen Mörderschnecken ihre Bettwäsche befallen!

»Ich freu mich so, ich glaube, ich werde heute Abend einen Speckpfannkuchen fabrizieren«, brummelte sie. »Und wenn's zehnmal Sonntag und Sommer ist, Speckpfannkuchen ist und bleibt Speckpfannkuchen.«

Vor sich hin summend verschwand sie nach draußen zu dem kleinen Erdkeller, um die Zutaten für den Pfannkuchen zu holen. Jetzt konnte Kajpe Kviar sich auf etwas gefasst machen!

15

Das Wochenende war vorbei, und Sylve beschäftigte sich wieder mit seinen alltäglichen Pflichten. Er stand in Emilias Stall und kraulte das Schwein zwischen den Ohren. Die Sau grunzte gutmütig.

»Willst du denn nicht endlich deine Ferkelchen bekommen? Weißt du nicht, wie sehr ich darauf warte?«

Emilia antwortete mit einem erneuten Grunzen. Sie knickte die Vorderläufe ein und sank schwerfällig ins Stroh. Sylve ging in die Hocke und fuhr fort, ihr den Rücken zu kraulen. Die Haut hatte kleine Höcker, und die spärlichen Borsten waren hart.

Er dachte über Mirjam nach. Sie war am Samstagabend

so schnell aus dem Pub verschwunden. Hatte sich vielleicht wegen Kennets und seinem Gerede zu Tode gelangweilt.

Er musste wohl einen neuen Anlauf nehmen. Sie war einfach wunderbar, dass es einem nicht in den Kopf wollte. Und dann roch sie auch noch so gut. Wo war sie bloß sein ganzes bisheriges Leben gewesen?

»Weißt du was, Emilia? Sie riecht so gut, dass es kaum zu glauben is'. Das kann man von dir wirklich nicht behaupt'n.«

Emilia schien das nicht zu kümmern. Das Leben im Schweinestall sagte ihr sowieso deutlich mehr zu als das Leben im Pub.

In ein paar Tagen war Mittsommer, vielleicht konnte er Mirjam zum Mitkommen bewegen? Beide, sie und Hervor, hatten versprochen, am Grillfest des Heimatvereins auf der Pfarrwiese teilzunehmen.

Hervor hatte sogar gesagt, sie wolle eine Ecke einrichten, wo sie allen, die Lust hatten, die Zukunft vorhersagen würde. Das würde dem Mittsommerabend vielleicht einmal eine etwas andere Note verleihen.

Er würde versuchen, sich Mirjam gegenüber so galant wie nur möglich zu verhalten. Es war lange her, dass er zuletzt eine Frau gehabt hatte, mehrere Jahre, und es hatte auch nie länger gehalten. Keine von den Frauen, die er getroffen hatte, waren mit Mirjam zu vergleichen gewesen. Sie war etwas ganz Besonderes.

Während Sylve mit der Sau schmuste, setzte Mirjam sich auf dem Fußboden des Turmzimmers zurecht und versuchte, so gut es ging, den Lotossitz einzunehmen. Vor dreißig Jahren war es eine ihrer leichtesten Übungen gewesen, die Knie so dehnen, dass sie auf dem Boden auflagen, aber mittlerweile ziepte es böse in den Leisten und Hüftgelenken. Sie drückte die Knie Stück für Stück nach unten und verzog das Gesicht. Den Rücken aufrecht, die Hände auf den Knien geöffnet und die Daumen zueinander zeigend. Bequem war das nicht gerade, aber sie musste sich das wohl wieder antrainieren. Wehe dem, der sich gehen ließ!

Die Affirmationsformel hatte sie sich schon im Voraus ausgedacht und sprach sie nun zögerlich laut vor sich hin.

»Torsten, dein Leben ist ewiges Dunkel. Deine Augen sind geschlossen.«

Entsetzlich, wie unbeholfen ihr dieser Satz über die Lippen kam. Sie versuchte es aufs Neue. Das war lächerlich. Komplett lächerlich!

»Torsten, dein Leben ist ewiges Dunkel. Deine Augen sind geschlossen.«

Keine Negationen, genau wie sie es im Kurs gelernt hatte. Ein Schauder durchfuhr ihren Körper. Es war unheimlich und magisch zugleich, diese Worte laut auszusprechen. Ihre Zunge wollte noch nicht so recht, und die Wörter verhielten sich widerspenstig. Sie setzte zu einem weiteren Versuch an und sprach die Worte viel deutlicher aus als zuvor. Siehe da, das war schon besser! Nach sieben Wiederholungen schienen die beiden Sätze im Mund einen bequemen Platz eingenommen zu haben und strömten ihr wie ein sprudelndes Frühlingsbächlein über die Lippen.

»Torsten, dein Leben ist ewiges Dunkel. Deine Augen sind geschlossen.«

Der Duft von gebratenem Fisch stieg ihr in die Nase, und Hunger machte sich bemerkbar. Gestern, mitten im Sommer, hatte Hervor sogar Speckpfannkuchen gezaubert. Verlässliche Hervor! Und jetzt stand sie wieder in der Küche und kochte leckeres Essen, wie schon so oft in Kuivalihavaara.

Mirjam streckte die Beine aus, die bedenklich knackten, und legte sich in eine entspannte Rückenlage.

Gott hatte ihr Hervor gesandt, davon war sie überzeugt. Hervor war anspruchslos und erwartete keine teuren Vergnügungen. Sie lud die »Frau Doktor« gerne zu einem einfachen Abendessen ein und teilte das, was sie besaß. Ebenso gerne unternahm sie lange Gratisspaziergänge in sternklaren Winternächten, in denen Mirjam ihr ihr Herz über die Sehnsucht nach Anna ausschüttete und eingestand, dass ihr Selbstvertrauen wegen dieses Firmenskandals stark angekratzt war, und zwar so sehr, dass sie sich kaum mehr zutraute, einfach nur Blutdruck zu messen.

Im Sommer legte Hervor im Fluss Netze aus und gab Mirjam lautstarke Kommandos, wie sie rudern sollte, und wenn der Fang eingeholt war, lud sie Mirjam zu frisch gegrillten Äschen und Forellen ein. Im Spätsommer brachte sie Mirjam bei, im Wald Beeren zu sammeln. Im Gefrierfach stapelten sich Preiselbeeren und Blaubeeren dicht an dicht neben goldgelben Moltebeeren. Sie bewegte Mirjam dazu, sie zu unterschiedlichen Rentierzüchtern zu begleiten, wo sie Fleisch kaufte, es dann pökelte und trocknete. Zu allen möglichen und unmöglichen Jahreszeiten kam sie mit frischem Elchfleisch an, von dem Mirjam lieber nicht wissen wollte, woher es stammte. Sie hatte es sich nicht leisten können, abzulehnen, selbst wenn es gewildertes Fleisch gewesen wäre.

Man kann nicht mit jedem X-Beliebigen zusammen arm sein, dachte Mirjam. Nicht jeder kann das nachvollziehen. Ihre ehemaligen Kollegen und ihr alter Freundeskreis hätten nie verstanden, weshalb sie aufgehört hatte, ins Theater zu gehen, in das sie so vernarrt war, oder warum sie ihren Lieblingssport, das Reiten, aufgegeben hatte.

»Komm doch mit auf eine Weinreise nach Frankreich, Mirjam! Wollen wir einen Wanderurlaub in der Toskana machen? Wie toll! Christian wird fünfzig, da kratzen wir doch jeder ein paar hundert Kronen zusammen, oder?«

Am gesellschaftlichen Leben teilzunehmen kostete Geld, es hatte keinen Sinn, in solchen Kreisen zu verweilen, und sie hatte rasch eingesehen, dass sie flüchten musste, sich verstecken und darauf hoffen, dass niemand ihrer großen Schmach auf die Schliche kam. Stattdessen musste sie den Anschein erwecken, dass sie sich erholen musste und gleichzeitig Geld verdiente. Musste durchblicken lassen, dass sie von diesem entlegenen Winkel, dem Dorf Kuivalihavaara, das sich zwischen zwei Bergen duckte, ganz hingerissen war, auch wenn ihr die ganze Zeit über nur danach zumute war, zu packen, wieder nach Süden zu fahren und alles hinzuschmeißen.

Mit einer Person bei Care for Seniors war sie nach wie vor in Verbindung geblieben. Schwester Lena und Mirjam waren seit Schulzeiten Freundinnen gewesen und hatten sich nie aus den Augen verloren, auch wenn der Kontakt mittlerweile sporadischer war. Aber auf jeden Fall eine Weihnachtskarte und hier und da ein Telefongespräch. Lena war sogar während der Osterferien zwei Wochen lang in Kuiva gewesen und bei glitzerndem Schnee und Sonnenschein Ski gefahren. Lena berichtete bereitwillig Klatsch aus der Heimat, und auf diese Weise hielt Mirjam sich über Per-Henrik, Torsten und Ivan auf dem Laufenden. Sie erfuhr auch, dass der blöde Torsten Lena den Kontakt zu Mirjam untersagt hatte.

»Das steht nicht in meinem Arbeitsvertrag«, hatte Lena bloß geantwortet, und daraufhin hatte er nicht weiter darauf gedrängt.

Nichts zeigen, nichts zugeben. Nur schuften und das Leben in zwei Hälften teilen. Eine Hälfte die versierte und scheinbar wohlhabende Bezirksärztin im Ärztehaus, die andere Hälfte die traurige und arme Frau, die jede Öre mehrmals umdrehen musste. Letzteres entwickelte sich regelrecht zu einem Sport, und in einem Schuhkarton bewahrte sie ellenlange Listen mit Berechnungen auf, wie sie meinte, Herr ihrer Lage zu werden. Um überhaupt überleben zu können, setzte sie sich selbst strikte Ziele, sie musste ein Ende vor Augen haben. Ein unerschütterlicher Plan, nach dem es zu leben galt. Es war ihr geglückt, ihre Wohnung zu verkaufen. Sie hatte zwar nicht genug bekommen, um all ihre Probleme zu lösen, aber es hatte ihre Leidenszeit immerhin um ein Jahr verkürzt. Das Geld hatte sie nie zu Gesicht bekommen, es war direkt an den Gerichtsvollzieher geflossen und hatte so die Schuldenlast verringert, was natürlich gut gewesen war. Sie verdiente nicht schlecht, das konnte man nicht sagen, aber bis auf die Miete und knapp viertausend Kronen für den täglichen Lebensunterhalt ging alles an das unbarmherzige Gericht. Dazu gehörte auch, dass sie nicht beliebig mit Geld um sich warf. Sie kicherte, als sie sich daran erinnerte, dass sie die Zahncremetube aufgeschnitten hatte, um jeden wirklich noch so kleinen Rest zu verwerten. So hatte sie handeln müssen: alles verwerten, alles aufbewahren, nichts verschwenden.

Mirjam öffnete die Augen und erhob sich.

»Torsten, du Dreckschwein«, sagte sie, »dein Leben ist ewiges Dunkel! Und jetzt werde ich hinuntergehen und nachsehen, was meine sagenhafte, gute Freundin zum Abendessen gezaubert hat.«

»Geht's dir gut? Du hast wieder Farbe in den Wangen und siehst munterer aus. Gar nicht mehr so verkatert wie gestern.« Hervor richtete die frisch gebratenen Heringsfilets auf dem Teller an und häufte Kartoffelbrei und zerlassene Butter darauf.

»Verkatert, pfui, wie gemein!«

»Ja, mag sein, aber ich finde nun mal, man sollte die Dinge beim Namen nennen. Aber das kann mir ja schnuppe sein …«

Mirjam ließ das freundschaftliche Geplänkel Geplänkel sein und nahm sich von dem herzhaften Essen.

»Tja, was soll ich sagen, wie es mir geht. Ich habe damit angefangen, die Kraft der Gedanken zu beschwören, nur so zum Spaß. Ist wirklich entsetzlich gewöhnungsbedürftig, sich damit zu beschäftigen. Irgendwie unheimlich.«

»Du wirst dich schon noch daran gewöhnen, wart's nur ab. Bald ratterst du die Affirmationsformeln so einfach herunter wie die Psalme in der Vorschule. Wer von den dreien ist zuerst an der Reihe?«

Mirjam schnitt ein Stück Hering ab und dachte, dass das ein prima Essen für Ivan wäre. Es triefte nur so vor zerlassener Butter. Sie grübelte einen Moment über die Frage nach.

»Das muss ich dir nicht erst erzählen. Du mit deinen Fähigkeiten weißt das sowieso schon längst.«

Hervor nickte und legte ihre Hand auf Mirjams Arm.

»Behalt es ruhig für dich, das ist in Ordnung. Ich finde, wir sollten uns nach dem Essen einen richtig schönen Kaffee gönnen.«

Mirjam berührte ihren Arm an der Stelle, wo Hervor sie eben angefasst hatte. Dort glühte eine seltsame Hitze nach.

16

Am Tag vor Mittsommer hatte sich die Führungsriege von Care for Seniors in ihrem Hauptquartier versammelt. Sie hatten ihre Schreibtische verlassen und hatten stattdessen auf der exklusiven Designer-Sitzgruppe Platz genommen, auf deren Anschaffung Per-Henrik bestanden hatte. Er sah mitleidsvoll in Ivans Richtung. Der groteske Mann war in den Sessel gesunken, aber Per-Henrik wusste genau, dass er ihm später wieder hochhelfen musste. Bei allen Geistern, der Dickwanst könnte wirklich mal etwas dagegen unternehmen!

Die Kaffeekanne stand auf dem Tisch, und Ivan nahm sie und schenkte jedem einen Becher voll ein.

»Ich finde«, sagte Torsten, »wir sollten herausfinden, was diese Frau vorhat.«

»Wieso das denn?« Ivan kleckerte etwas Kaffee neben seinen Becher und schaute völlig verständnislos drein.

»Na, das versteht sich doch von selbst! Wie blöd kann man eigentlich sein?«

Torsten klang wütend. Er zog ein häufig benutztes Taschentuch aus der Hosentasche, nahm die Brille ab und putzte damit die Gläser. Dann rieb er sich die Augen und setzte die Brille wieder auf.

»Ist ja wohl sonnenklar, dass sie irgendetwas im Schilde führt, warum sollte sie sich sonst ausgerechnet hier niederlassen?«

Per-Henrik saß schweigend da und bog eine Büroklammer auf und zu, bis sie abbrach. Er schmiss sie vor sich auf den Tisch.

»Mirjam ist schließlich Gotländerin«, sagte er. »Ich finde es nicht verwunderlich, dass sie wieder auf der Insel gelandet ist.«

Er griff nach einer neuen Büroklammer und fing an, sich damit die Nägel zu säubern.

Torsten ließ nicht locker.

»Aber weshalb gerade hier, wo wir wohnen? Habt ihr dafür eine Erklärung? Soweit ich weiß, gibt es zweiundneunzig Ortschaften auf dieser Insel, und sie wählt ausgerechnet Kajpe Kviar, ein kleines Drecksdorf mitten auf der Insel, das kein Schwein kennt.«

»Aber, mein Lieber, das Gebäude stand doch zum Verkauf«, sagte Ivan. »Vielleicht hat sie nicht einmal gewusst, dass wir auch hier wohnen. Was ist übrigens mit deinen Augen los?«

Er sah Torsten voller Besorgnis an.

»Ach, vergiss es, da ist nichts. Per-Henrik, glaubst du wirklich, dass es nur ein Zufall ist, dass Mirjam sich hier in unserer Nähe niedergelassen hat?«

Per-Henrik fummelte planlos an einigen Reklameblättchen herum, die auf dem Tisch lagen. Natürlich war es unangenehm, dass Mirjam ihnen so nah auf die Pelle gerückt war. Er wollte gar nicht daran denken, geschweige denn mit Torsten und Ivan darüber sprechen. Von seinen Eltern hatte er gehört, dass sie lange in Lappland und angeblich völlig pleite gewesen war. Wie verrückt hatte sie arbeiten müssen, um wieder auf die Beine zu kommen. Mirjams Tochter hatte Zuflucht bei Aron gesucht, und der gute Pastor hatte dafür gesorgt, dass das Mädchen in die USA kam. Jedenfalls konnte man im Augenblick bei Mirjam keine Spur von derlei Problemen erkennen, deshalb war das alles sicher nur leeres Gerede. Sie wirkte gut situiert und war darüber hinaus irritierend attraktiv. Widerwillig musste er zugeben, dass sie jetzt jünger als damals aussah.

»Jetzt vergesst einfach mal dieses Gewäsch über Mirjam, wir haben anderes zu tun. Es liegt eine Ausschreibung für ein Ärztehaus in Jämtland vor. In Bräcke, glaube ich. Schreibst du das Angebot, Torsten?«

Sie vertieften sich in die Ausschreibung. Eineinhalb Stunden lang waren jegliche Gedanken an Mirjam wie weggewischt, und sie rechneten, diskutierten und planten. Wie konnte man ein Ärztehaus mit so wenig Personal wie möglich betreiben, ohne sich dafür schämen zu müssen, und so führen, dass es so viel Kohle wie möglich abwarf? Und wer könnte ihnen in der Anfangsphase helfen? Kannten sie jemanden aus der Gegend? Sie gingen ihren Bekanntenkreis durch.

»Doch, ich weiß jemanden«, sagte Per-Henrik, nachdem er einen Moment nachgedacht hatte, »ich kenne eine Frau, die in Östersund arbeitet, vielleicht beißt sie an. Kein Vertrag natürlich, wenn die Sache läuft, fliegt sie raus, so wie immer. Ich werde mich mit ihr in Verbindung setzen.«

»Ich weiß nicht, ob ich das gut finde«, murmelte Ivan, nachdem er sich mit Per-Henriks Hilfe aus dem Sitzmöbel erhoben hatte und an seinen Schreibtisch zurückgekehrt war.

Per-Henrik nahm keine Notiz von seiner Bemerkung, und auch Torsten schien das nicht zu interessieren. Nachdem er verschiedene Nummern durchprobiert hatte, hatte er die Frau endlich an der Strippe. Kerstin Andersson aus Östersund wurde die Chance ihres Lebens geboten, und es würde ihr vermutlich schwerfallen, abzulehnen.

Es dauerte nicht länger als einen Tag, und Mirjam hatte ihren ausgeprägten Widerwillen gegen die Irrlehren überwunden und angefangen, sich richtiggehend an die Affirmationen zu gewöhnen. Wenn sie morgens aufwachte, musste sie sogar häufig kichern und konnte gar nicht schnell genug damit beginnen. Was immer sie gerade tat, wisperte sie die Worte, ratterte sie gedanklich vor sich hin oder saß abgeschieden im Turmzimmer und sprach sie laut aus. »Torsten, dein Leben ist ewiges Dunkel. Deine Augen sind geschlossen.«

Dazwischen nutzte sie die Zeit, um in der Kapelle klar Schiff zu machen und alles für die Ankunft der Handwerker nach Mittsommer vorzubereiten. Es würde Spaß bringen, dieses Haus Gottes in ein gemütliches Sommerdomizil zu verwandeln.

Mirjam lehnte eine Leiter neben das braune Holzkreuz an der Wand. Sie schälte sich aus einem ihrer Pullover und band sich ein Kopftuch um. Drückend heiß war es nicht, stattdessen angenehme zwanzig Grad. Wenn sie Glück hatten, würde es morgen ein richtig schöner Mittsommerabend werden. Sylve hatte sie überredet, zu der Feier auf der Pfarrwiese mitzukommen, wenn die Mittsommerstange geschmückt und Lamm am Spieß gegessen wurde. Sylve war nett, und auch nicht ganz unattraktiv, sondern richtiggehend charmant und gutaussehend. Hätte sie Zeit gehabt, hätte sie vielleicht ein wenig mit ihm geflirtet. Aber für so etwas hatte sie wirklich keine Zeit. Eine Liebelei ließ sich nicht mit dem ernsten Auftrag in Einklang bringen, den zu erledigen sie sich vorgenommen hatte. Und damit meinte sie sowohl die Renovierung als auch die Affirmationen.

Sprosse für Sprosse kletterte sie vorsichtig die Leiter hinauf. Hervor strich gemeinsam mit Vendla in den Wiesen umher, um Vergissmeinnicht und Akeleien für die Mittsommerstange zu pflücken, sie hatte also niemanden, der ihr hätte helfen und die Leiter halten können. Mirjam litt ein bisschen unter Höhenangst, biss aber die Zähne zusammen und schaute nicht hinunter. So gefährlich hoch saß das schlichte Kreuz eigentlich nicht, drei bis vier Meter vielleicht.

Sie nahm es von den drei kräftigen Haken ab und ließ es die Wand hinunter zu Boden rutschen. Weil sie versprochen hatte, es dem Gemeindezentrum zu schenken, durfte es nicht kaputtgehen. Erleichtert kletterte sie von der Leiter und verschnaufte einen Moment. Sie ging in die Küche und nahm einen Schluck aus dem Wasserhahn, bevor sie in den Hauptraum der Kapelle zurückkehrte. Das Ende ihrer persönlichen Via Dolorosa war in Sicht.

Fünf Jahre hatte es gedauert, alle Schulden abzubezahlen, und danach war es ihr gelungen, neues Sparkapital aufzubauen. Als sie alles hinter sich gebracht hatte, war ihr, als hätte sie eine richtige Großtat vollbracht. Aber ganz frei war sie trotzdem noch nicht. Es dauerte noch drei weitere Jahre, bis die Schuldnereinträge formell aus dem Schuldenregister gelöscht waren, was sie als zutiefst ungerecht empfand. Drei zusätzliche Jahre Haft, so kam ihr das vor. Erst dann würde sie wieder eine Mitbürgerin sein, mit der man rechnen konnte. Keine schlampige Schuldnerin, eine Kandidatin für den Gerichtsvollzieher, ein B-Mensch, rechtlos an den Rand der Gesellschaft gedrängt. In jenen Jahren hatte sie viel Radio gehört, weil Fernsehen in ihrer von Armut gezeichneten Welt ein unerschwinglicher Luxus gewesen war. Bei einer dieser Gelegenheiten war die Stimme des Staatsministers direkt in ihr Dasein gedrungen. Der Reporter fragte ihn, was er von Personen halte, die Schuldenvermerke hatten.

»Wer Schulden macht, ist nicht frei«, predigte er mit gebieterischer Stimme. »Ein Bürger, der Schuldnereinträge hat, setzt seine ganze Zukunft aufs Spiel.«

Es hätte nicht viel gefehlt, und sie hätte das Radio aus dem Fenster geschmissen! Dem werde ich's zeigen, dachte sie stattdessen. Ich werde dem Staatsminister, dem schwedischen Volk, Anna und der ganzen Welt zeigen, dass ich es schaffe. Meine Zukunft wird nicht für immer auf dem Spiel stehen!

Als am Ende alle Schulden beglichen und alles erledigt gewesen war, hatte sie darüber nachgedacht, alle Unterlagen zu verbrennen: Schriftverkehr, Zahlungsaufforderungen und eigens verfasste Bittbriefe, in denen sie um ihre

Existenz gekämpft hatte. In denen sie Bereitwilligkeit zum Schuldenabbau gezeigt und endlose Erklärungen abgegeben hatte. Aber dann besann sie sich eines Besseren und sammelte alles in einem hübschen Karton, den sie fest mit Klebeband verschloss. Darauf schrieb sie mit Großbuchstaben: »Für Anna, damit du verstehst, dass es sich nicht so verhielt, wie du angenommen hast«.

Irgendwann einmal musste Anna die ganze Wahrheit wissen. Es verging kein Tag, an dem Mirjam nicht mit Kummer und Sehnsucht an ihr Kind dachte. Anna musste irgendwann erfahren, dass Mirjam nicht schlampig gehandelt hatte, sondern auf rücksichtsloseste Art und Weise von Care for Seniors ausgebootet worden war und dass dies zu deren üblichen Geschäftsgebaren zählte. Und dass Mirjam niemals aufgegeben, sondern beharrlich weitergekämpft und nach Jahren der Demütigung wieder Fuß gefasst hatte.

Sie trug das Kreuz aus der Kapelle, stellte es auf die Treppe und schloss die Tür. Schielte zu der kümmerlichen Rose hin. Noch immer krabbelten die Ameisen in die Erde hinein und wieder heraus. Sie baute sich vor der Pflanze auf und sah sie scharf an.

»Ich habe eine einzigartige, schön blühende Rose«, beschwor sie die Kraft ihrer Gedanken und machte sich, mit dem Kreuz über der Schulter, auf den Weg.

Das saftige Grün hatte nun voll ausgeschlagen, und der kleine Weg glich einem dichten grünen Laubtunnel. Die Zweige bogen sich zur Seite, und bald erreichte sie mit dem Kreuz die andere Seite.

Sie hielt einen Moment inne und setzte das Kreuz ab.

Rieb sich ihre schmerzende Schulter. Via Dolorosa. Jetzt waren nicht mehr viele Schritte zu gehen. Der Tümpel neben Torstens düsterem Haus glitzerte schwarz und geheimnisvoll durch das Laub. Er sei einige Meter tief, hatte Sylve gesagt. Auf sie wirkte er bodenlos. Torstens triste kleine Bude lag im Schatten der hohen Eschen. Wenn er ein paar Bäume fällen würde, sähe das Leben bedeutend heller aus.

Aber vielleicht würde das bald gar keine Rolle mehr für ihn spielen?

»Torsten, dein Leben ist ewiges Dunkel. Deine Augen sind geschlossen«, flüsterte sie und bog zum Gemeindehaus ab.

Die Vorsitzende des Kirchenvorstands, eine fröhliche und dankbare Dame, stand auf den Stufen der Treppe. Mirjam wurde erwartet. Das Kreuz wurde erwartet. Sie setzte ihre Last eine Spur zu unachtsam ab. Herrliches Golgatha! Es ist vollbracht.

Die Dame vom Kirchenvorstand hatte in ihrem Korb Kaffee und Safranbrötchen dabei und zwitscherte, wie nett es doch von Mirjam sei, das Kreuz der Gemeinde zu schenken! Und Mirjam sei natürlich außerordentlich willkommen, am Mittsommertag am Gottesdienst teilzunehmen! Sie wisse doch bestimmt schon, dass sie im Sommer einen neuen Pastor hätten?

Mirjam wand sich und brummelte irgendetwas Unverständliches. Aber ja doch, er sei sehr gut, habe viel Erfahrung und würde während des Mittsommerwochenendes einen Freiluftgottesdienst abhalten. In Gottes freier Natur, mehr könne man sich nicht wünschen! Mirjam lächelte, schluckte das Brötchen hinunter und bedankte sich.

Sagte, dass sie eventuell kommen würde, wenn es sich machen ließe.

Da Mirjam nun schon einmal hier war, konnte sie genauso gut einen Blick in die Kirche werfen. Kein Auto war davor geparkt, das Risiko, auf Aron zu treffen, war also gering. Er kam darüber hinaus sicherlich auch nur zu den Gottesdiensten und hielt sich ansonsten zu Hause in seinem Arbeitszimmer auf.

Sie drehte den riesigen Schlüssel um und schob die Kirchentür auf. Von der Kirchenorgel waren ruhige und sanfte Töne zu hören und verrieten, dass der Kantor da war und übte. Nun gut, Mirjam würde nicht stören, wollte nur einen Augenblick dasitzen und ihre Gedanken zur Ruhe kommen lassen. Leise glitt sie auf eine Bank inmitten der kleinen Kirche und betrachtete die Malereien ringsum an den Wänden. Auf der Südseite befand sich ein kleines Fenster, auf dem ein Glaskünstler seine dramatische Schilderung der Feuersbrunst verewigt hatte, die in den dreißiger Jahren über die Kirche hereingebrochen war. Im Chor über dem Altar war das weitverbreitete Friedenssymbol, das Lamm Gottes, zu sehen. Auf dem Altar standen zwei Vasen mit schönen Wildblumen.

Sie mochte die alten Kirchen aus dem Mittelalter sehr. Es war beruhigend, den zarten Tonfolgen zuzuhören, und Mirjams Gedanken wanderten in ihre Kindheit zurück. Obwohl die schöne Musik sie eigentlich an gute Dinge hätte erinnern müssen, waren es wie üblich die Streitigkeiten mit Aron, die ihr ins Bewusstsein kamen. Als sie noch klein waren.

Ihm war immer wieder etwas anderes eingefallen, um von sich Aufhebens zu machen. In der Familie war es normaler Alltag geworden, seinen Terror zu ertragen. Aber erst als er ihre Tochter ganz und gar für sich einnahm, gelangte sie zu der Überzeugung, dass irgendetwas mit Aron nicht stimmen konnte. Bei ihm saß schlicht und einfach eine Schraube locker – welche es genau war, vermochte sie nicht mit Bestimmtheit zu sagen.

Aron hatte immer viel Geld gehabt. Mirjam umso weniger, obwohl sie vermutlich mehr verdiente als ihr Bruder als Pastor. So war das schon immer gewesen.

Sie erinnerte sich an jene Begebenheit Ende der fünfziger Jahre, als sie beide mit ihrem Vater in Visby unterwegs gewesen waren. Es war der Samstag vor dem zweiten Advent, und sie durften Weihnachtsgeschenke einkaufen. Beide Geschwister hatten jeweils zehn Kronen von dem Vater und zehn Kronen von der Mutter bekommen. Ganz gerecht.

Mirjam war vor Freude ganz außer sich, ob all der Herrlichkeiten, die sie bei Tempo in der Hästgatsbacken würde erstehen können. Alle würden über Mirjams Geschenke selig sein.

Sie gingen vom Hafen hinunter zum Donners Plats. Mitten auf dem Platz vor der Post war ein grauer durchnässter Zettel im Schnee liegen geblieben und flatterte munter im leichten Wind. Direkt vor Mirjams Füßen.

»Guckt mal«, sagte Mirjam. »Zehn Kronen!«

Aron warf sich flink wie ein Wiesel zu Boden und schnappte sich den Geldschein.

»Meiner«, stellte er mit triumphierendem Blick fest.

Mirjam biss in ihren Handschuh, und die Tränen flossen ihr in Strömen über die kalten Wangen.

»A… aber ich ha… hab ihn zuerst gesehen! Papa, ich war's!«

Sie hob ihren Kopf, und ihr kleines verzweifeltes Gesicht begegnete dem ratlosen Blick des Pastors. Aron stopfte sich den Schein einfach in die Tasche und tätschelte zufrieden seine Jacke.

»Wir sollten ihn vielleicht bei der Polizei abgeben«, sagte der Pastor nachdenklich, »der Schein gehört ja weder dir, Aron, noch Mirjam. Jemand anderes hat ihn verloren und vermisst ihn bestimmt, vielleicht auch ein Kind, das genau wie ihr Geschenke dafür kaufen wollte.«

»Nee«, sagte ihr großer Bruder forsch. »Erst wenn es mehr als zehn Kronen sind, geht man zur Polizei, sonst darf man es behalten. Das hat die Lehrerin gesagt.«

»Na, wenn das so ist.« Der Pastor gab, um die Autorität der Lehrerin nicht zu untergraben, zögernd nach, und meinte, dass Aron und Mirjam dann aber gerecht teilen müssten. Jeder sollte fünf Kronen bekommen.

»Im Leben nicht!«, brüllte Aron. »Ich hab ihn schließlich aufgesammelt.«

»Aber ich war es doch, die ihn gesehen hat«, protestierte Mirjam, »Papa, ich hab ihn schließlich zuerst gesehen, und dann hat Aron ihn einfach genommen.«

»Aber ich hab ihn aufgesammelt, du kleine Laus! Ich muss mehr dafür kriegen, weil ich ihn aufgehoben hab. Sieben Kronen und fünfzig Öre will ich haben. Zwei Kronen fünfzig fürs Aufsammeln.«

Ihr Vater brachte den Jungen nicht zur Vernunft, stattdessen holte er seufzend die Brieftasche hervor und wechselte den Zehner. Er gab Aron sieben Kronen fünfzig und Mirjam zwei blanke Kronenmünzen und ein Fünfzig-Öre-Stück. Aus dem Notenfach nahm er einen braunen Fünfkronenschein und drückte ihn Mirjam ebenfalls in die Hand.

Es gab keinen Sieger, aber auch keine Moralpredigt für Aron. In jenem Moment war Mirjam zufrieden gewesen, aber sie hatte in ihrem tiefsten Inneren gespürt, dass Aron hätte nachgeben müssen. Er hatte nicht immer das Recht, sich selbst zu bedienen, immer mehr zu fordern, sich auf Mirjams Kosten Raum zu schaffen und sie in die Ecke zu drängen.

Das Brausen der Orgel steigerte sich, und ein plötzlicher, kräftiger Akkord katapultierte Mirjam aus ihren Tagträumen zurück auf die Kirchenbank in Kajpe Kviar. Die Musik hörte abrupt auf. Sie meinte, ein Schluchzen zu hören, aber konnte das sein? Sachte erhob sie sich von der Bank und ging zögernd bis in den hintersten Teil der Kirche zur Orgel. Die Schluchzer nahmen zu. Da weinte jemand. Mirjam wagte sich hinter die Orgel.

»Hallo«, sagte sie vorsichtig.

Eine blasse Frau schaute erschrocken zu ihr hoch. Ihre Augen waren gerötet, und ein paar Tränen kullerten ihr die Wangen hinab. Rasch trocknete sie sich das Gesicht mit dem Handrücken.

»Meine Güte, haben Sie mich erschreckt! Ich hab gedacht, ich sei allein.«

Ihre Stimme klang unsicher und ein bisschen belegt.

»Ich wollte Sie wirklich nicht erschrecken«, sagte Mirjam, »aber Sie haben sich so traurig angehört, dass ich es für das Beste hielt, einmal nachzusehen. Ich hab hier lange gesessen und Ihrer schönen Musik gelauscht.«

Die Frau versuchte zu lächeln und hätte sicher richtig hübsch ausgesehen, hätte sie nicht einen so jämmerlichen Eindruck gemacht. Mirjam erkannte sie wieder.

»Aber sind Sie nicht Gitte Bogren?«

Die Frau nickte und guckte Mirjam fragend an.

»Ich bin Mirjam«, erklärte sie. »Wir haben uns früher öfter gesehen, als Per-Henrik noch Assistenzarzt war.«

»Oh, Mirjam, jetzt erinnere ich mich. Du warst doch so was wie Per-Henriks Beschützerin, oder?«

»So könnte man sagen«, sagte Mirjam.

Sie war zufrieden, dass sie Gitte zumindest ein wenig zum Lächeln gebracht hatte, grübelte aber trotzdem weiterhin darüber nach, weshalb sie in der Kirche vor sich hin geweint hatte. Sie entschloss sich, geradeheraus zu sein.

»Aber weshalb sitzt du hier so traurig herum? Kann ich dir irgendwie helfen?«

Gittes Tränen begannen von neuem zu fließen, sie konnte sie nicht zurückhalten.

»Geht's um Per-Henrik?«

Gitte nickte zaghaft.

»Ja, Per-Henrik«, presste sie hervor. »Er ist nie zu Hause, und wenn, dann sitzt er da, kippt Whiskey und brüllt die Kinder an. Ich glaube, er kann uns überhaupt nicht mehr leiden!«

Es strömte alles aus ihr heraus, Mirjam hatte ihren wunden Punkt getroffen. Sie empfand tiefstes Mitleid für die Frau. Per-Henrik war wirklich in jeder Hinsicht ein Schuft. Wenn er auch Mirjams Leben zerstört hatte, so war es um nichts in der Welt gerechtfertigt, auch noch das Leben seiner eigenen Familie zu ruinieren. Sie verspürte eine unheimliche Wut auf ihren ehemaligen Schützling. Das sollten bloß seine Eltern erfahren, die stets so große Stücke auf ihren geliebten Sohn gehalten hatten und immer so stolz auf ihn gewesen waren!

»Wie lange geht das schon so?«, fragte Mirjam und reichte Gitte ein Taschentuch, das sie aus ihrer Tasche genommen hatte.

»Lange«, antwortete Gitte und putzte sich die Nase. »Es fing alles mit seiner verflixten Firma an, und dann ist es immer schlimmer geworden. Ich glaube, er trifft auch andere … er fasst mich gar nicht mehr an.«

Mirjam dachte nach, während Gittes Tränen verebbten. Was hätte Hervor in dieser Situation gesagt? Sie selbst hätte unter normalen Umständen sofort die Nummer einer Eheberatungsstelle herausgesucht und Gitte dorthin gefahren. Ihr alter Groll auf Per-Henrik ließ sie jedoch anders handeln, ein Schachzug, der auch ihren eigenen Interessen zum Vorteil gereichen könnte.

»Du solltest ihn verlassen«, sagte sie geradeheraus und gnadenlos, »zumindest für eine Weile, so dass er es endlich kapiert. Dieser Mistkerl verdient dich gar nicht. Du darfst nicht zulassen, dass er, auch wegen der Kinder, alles kaputt macht.«

»Ich weiß«, sagte Gitte und schneuzte sich.

»Kann ich irgendwas für dich tun? Er schlägt dich doch hoffentlich nicht?«

Gitte antwortete nicht. Stattdessen packte sie ihre Noten zusammen und stopfte sie in die Aktentasche. Sie schlüpfte von der Orgelbank und bewegte sich rückwärts auf die Kirchentür zu.

»Danke für das Gespräch. Du bist nett. Erzähle keinem davon, hörst du! Keinem! Das ist das Einzige, was du für mich tun kannst.« Und ehe Mirjam sichs versah, verschwand Gitte durch die Kirchentür, die mit einem dumpfen Schlag hinter ihr ins Schloss fiel.

17

Gleich kommt jemand«, sagte Hervor. »Es ist ein Mann, aber es dauert noch ungefähr eine Viertelstunde, du hast also genügend Zeit, dich schick zu machen.«

Sie saß auf einer der Bänke im Kapellenraum und hatte Mirjams Laptop auf dem Schoß. Langsam und konzentriert drückte sie eine Taste nach der anderen.

Mirjam stand auf der Leiter und sah sie verständnislos an. Sie versuchte beharrlich, die festsitzenden Haken, an denen das Kreuz gehangen hatte, herauszuziehen, und schwankte dabei gefährlich hin und her. Während sie an den Haken riss und zerrte, ließ sie vor ihrem inneren Auge noch einmal die Geschehnisse des vorherigen Tages, als sie Gitte in der Kirche getroffen hatte, an sich vorbeiziehen. Was für ein mieses Schwein Per-Henrik doch geworden war! Jetzt wandte sie sich von diesen Gedanken ab und schaute zu Hervor hinunter.

»Was meinst du damit, dass gleich jemand kommt? Am Mittsommerabend! Wie kannst du dir da so sicher sein?«

Hervor unterbrach ihre intensive Schreiberei und blickte auf. Irgend so ein Horoskop, auf das eine Frau aus Arvika dringend wartete, wie Mirjam wusste. Hervor hatte versprochen, es nach Mittsommer abzuliefern.

»Jetzt hast du wieder vergessen, dass ich die Zukunft vorhersagen kann. Es kommt jemand, sage ich! Gleich. Aber das mit dem Schickmachen war bloß Spaß, ich glaub nicht, dass du das für diesen Mann brauchst.«

Mirjam schnaubte über Hervors Bemerkung.

»Ich habe gar keine Zeit für irgendwelche Kerle, und

abgesehen davon glaube ich auch nicht immer an deine Prophezeiungen. Du wusstest bestimmt schon vorher Bescheid.«

»Wir werden ja sehen«, sagte Hervor.

Mirjam zog mit aller Kraft und schaffte es, unter Zuhilfenahme einiger stiller Flüche den ersten Haken herauszubekommen. Blieben noch zwei. Sie drehte und zerrte und hebelte. Gerade als es ihr gelang, den einen ein winziges Stück zu lockern, klopfte es an der Tür.

»Na, hab ich's nicht gesagt?«, tönte Hervor. »Da hast du's!«

»Herein!«, rief Mirjam.

Die Tür öffnete sich, und ein altbekanntes, freundliches Gesicht zeigte sich. Bedauerlicherweise war der Eingang der zweiflügeligen Kapellentür sehr schmal, und für den Besucher war es nicht möglich, um nicht zu sagen ein Unmögliches, hindurchzugelangen. Mirjam kletterte die Leiter hinab und eilte zu Hilfe. Dieser bedauernswerte Mensch, dass er nichts gegen seinen Zustand unternahm!

»Ivan! Hallo!«

Sie riss einen Schraubenzieher an sich und bekam mit einiger Mühe diskret die Haken des zweiten Türflügels auf, so dass der Eingang doppelt so breit wurde und es für Ivan möglich war hindurchzugelangen. Er musste aber trotzdem immer noch seitwärts durch die Tür gehen. Seine Bronchien gaben ein pfeifendes und röchelndes Geräusch von sich. Er zog ein Taschentuch aus der Hosentasche und tupfte sich die schweißbedeckte Stirn ab.

Freudestrahlend kam er mit ausgebreiteten Armen auf Mirjam zu und umarmte sie. Sie spürte die flatternde Unruhe in ihrer Magengegend, aber dachte zugleich an den Schlüssel, den sie um den Hals trug. Sie konnte es sich nicht leisten, ihm feindselig zu begegnen, sie musste das Spiel mitspielen. Wenn sich die Gelegenheit ergab, würde sie ihm schon die eine oder andere Wahrheit darüber entlocken, was aus ihrem gemeinsamen Geheimnis geworden war.

»Ich musste einfach herkommen und dich persönlich begrüßen, Mirjam! Wie schön, dass du nach Kajpe Kviar gekommen bist!«

»Nun ja, so denkt vielleicht nicht jeder, aber es freut mich, dass du es zu schätzen weißt. Warte mal ..., es ist jetzt acht Jahre her, oder ...?«

Ivan nickte.

»Acht Jahre und zwei Monate.«

»Und du bist schöner als jemals zuvor«, schmeichelte er ihr.

»Wie eine Rose in meinem Kräutergarten!«

Mirjam musste lachen.

»Das ist süß von dir. Du siehst auch richtig flott aus«, flunkerte sie und hielt hinterm Rücken die Finger gekreuzt.

»Na ja, ich müsste eigentlich abnehmen. Das sagt Per-Henrik zumindest. Seine stinklangweiligen Ratschläge, du weißt schon. Nur Mohrrüben. Gar nichts Leckeres mehr.«

»Ach, kümmere dich nicht um Per-Henriks dumme Ratschläge. Du siehst gut aus, Ivan. Komm, wir setzen eine Tasse Kaffee auf. Wenn mich nicht alles täuscht, dann hat meine zauberhafte Freundin Hervor sogar einen Bienenstich gezaubert, und wenn du nett zu ihr bist, gibt's vielleicht sogar noch einen Likör dazu.«

Ivan begrüßte Hervor, die ihm gnädig und eher widerstrebend zunickte, aber trotzdem ihre Schreibereien zur Seite legte und mit ihnen in die Küche kam. Mirjam sah, dass sie sogleich begriffen hatte, worum es ging.

»Einen Bienenstich habe ich allerdings nicht gebacken«, sagte sie mit todernster Miene.

Ivans zuvor so joviales Lächeln erlosch.

Hervors düstere Miene machte einem breiten Lachen Platz.

»Aber ich hab den ganzen Morgen über den Rührlöffel geschwungen und eine herrliche Mittsommertorte gemacht. Baiserboden mit Walnüssen. Gekrönt von Schlagsahne und Erdbeeren. Wär das vielleicht was?«

Ivan leckte sich die Lippen und sank auf einen alten Sprossenstuhl, der unter seinen Kilos bedenklich ächzte. Mirjam kochte Kaffee, und Hervor tischte ihre leckere sommerliche Kreation auf.

Währenddessen machte Mirjam weiter Smalltalk mit Ivan und erkundigte sich eingehend, wie es Julija ging und was die Kinder machten, und schenkte ihm ein liebesvolles Lächeln, als die Rede auf das letzte Enkelkind kam. Ebenso wie sie es geschickt vermied, Per-Henrik und Torsten zu erwähnen, unterließ sie es, über die schweren Jahre zu reden, die Ivan und seine Teilhaber ihr aufgebürdet hatten.

Sie schenkte Kaffee ein, während Hervor Ivan ein riesiges Stück der unwiderstehlichen Torte hinstellte. Er aß und aß. Einige Baiserkrümel verschwanden in den zahlreichen Falten seines Doppelkinns und auf seinem Hemd, ein Großteil aber brav im Mund.

Nachdem er den Teller gründlich saubergekratzt hatte, legte er den Kopf schief.

»Darf ich noch ein Stück haben? Das hat sagenhaft geschmeckt!«

Hervor schob ihm die Tortenplatte hin.

»Na, sicher doch! Essen Sie nur, es darf nichts übrig bleiben! Baiser wird schon innerhalb kürzester Zeit so verdammt matschig.«

Nachdem er Tortenstück Nummer zwei verspeist hatte, wagte Mirjam es, ihm eine Frage zu stellen. Sie kroch ein bisschen dichter an ihn heran und streichelte hinterlistig seinen Arm.

»Sag mal, Ivan«, setzte sie mit weicher Stimme an, »du hast doch sicher nicht unser Geheimnis vergessen?«

Er schaute sie erstaunt an. Hervor schenkte ihm ein wenig Pflaumenlikör ein und prostete ihm zu. Gierig schluckte er den Inhalt in einem einzigen Zug hinunter.

»Hmm. Schmeckt wie in meiner Heimat. Kann man noch ein bisschen mehr davon kriegen?«

»Das Geheimnis, Ivan? Unser persönliches, du weißt schon«, fuhr Mirjam fort und nickte Hervor zu, ihm noch ein Glas einzuschenken.

Da wandte er ihr sein Gesicht zu und lächelte.

»Liebstes Mirilein, natürlich hab ich das nicht vergessen! Es ist sicher verwahrt.«

»Und wo?«

Ihre Anspannung wuchs, das spürte sie.

»Wir reden ein anderes Mal darüber.«

Abwartend schaute er zu Hervor, die überaus beschäftigt damit war, irgendetwas durch das Küchenfenster zu beobachten.

»Sicher. Wir besprechen das ein anderes Mal.«

Sie zwinkerte ihm zu. Ivan unterdrückte einen Rülpser.

»Komm mich besuchen, Mirjam. Meine Familie fährt Anfang Juli nach Kroatien. Komm einfach rüber, dann können wir über das Geheimnis reden und es uns gemütlich machen.«

Fürs Erste war sie zufrieden. Auf jeden Fall war es nicht aussichtslos. Offenbar hatte er es noch. Aber völlige Gewissheit konnte es erst geben, wenn sie es mit eigenen Augen gesehen hatte. Und dafür würde sie schon sorgen.

18

Mirjam wickelte die dicke Wolldecke enger um die Beine. Auch dieser Mittsommerabend fiel mal wieder nicht besonders warm aus. Der Wind hatte sich gelegt, als die Dämmerung einsetzte, und nur nachmittags hatte es einen kleinen Schauer gegeben, gerade, als alle mitgeholfen hatten, die Mittsommerstange auf der Pfarrwiese aufzurichten. Seitdem hatte es immerhin nicht mehr geregnet. Oben in Kuivalihavaara hatte sie wahrlich schlimmere Mitsommernächte erlebt – sie hatte sich den Hintern abgefroren, manchmal hatte es sogar geschneit. In einem Jahr hatte Hervor sogar einfach selbst eine kleine Stange fabriziert, sie in die Küche getragen und in den Weihnachtsbaumständer geklemmt.

»In Lappland sollte man Mittsommer nur im Haus feiern, das ist nicht nur praktisch, sondern auch garantiert mückenfrei«, hatte sie damals gesagt.

Der Mittsommer in Kajpe Kviar war gar nicht so übel. Die Pfarrwiese war ein idealer Platz für Volksfeste, eine typisch gotländische Wiese, mit Haselsträuchern und kleinen Eichen. Zwischen den Laubbäumen erhob sich der eine oder andere Wacholder kerzengerade in die Höhe. Im Frühling blühten reichlich Buschwindröschen. Jetzt war die Wiese sauber gemäht, das Gras zusammengerecht und wegtransportiert worden.

Es zeigte sich, dass Ivan ein Profi darin war, eine Glut anzufachen, und ihm alleine war das wunderbar gegrillte Lamm zu verdanken. Seine Söhne und Enkelsöhne assistierten ihm, ein jeder war seinem Alter gemäß mit einer bestimmten Aufgabe betraut. Die Hierarchie am Grill war beinhart. Ivan selbst war der oberste Grillmeister. Hervor und Mirjam hatten gemeinsam mit den anderen Frauen und deren Kindern Kränze geflochten. Dabei hatten sie mit ihren unmittelbaren Nachbarn geplaudert, jenen, die gegenüber von Ivan wohnten. Ein nettes Paar im mittleren Alter mit einer niedlichen, fröhlichen Enkeltochter.

Die Männer hatten lange Tische und Bänke hinausgetragen und zusammengestellt, diese Arbeitsteilung entsprach der Tradition und war praktisch. Jeder wusste, was er zu tun hatte. Die Pettsons vom Nachbarhof waren für das selbstgebraute Bier, auch *Gotlandsdrickan* genannt, zuständig, aber das schmeckte noch nicht einmal Hervor. Sie und Mirjam hielten sich zur Feier des Tages an einen besseren Rotwein.

An einem der langen Tische saß Gitte, die Kantorin, und hämmerte zu einer spontanen Gesangseinlage, an der sich alle beteiligen konnten, auf ihre Ziehharmonika ein. Sie singen gar nicht schlecht, dachte Mirjam, ganz und gar nicht. Aber sie hatten ja auch Verstärkung von den Mitgliedern des Männerchors aus Kränklingbo bekommen. Kennet, Sylves Kumpel, war einer von ihnen, wie sie an dem Emblem auf seinem Pulli und an der weißen Sängermütze sah. Viele der Melodien kannte Mirjam und fiel mit ein. »Jetzt kommt der Sommer« natürlich und »Trallalallala«. Sie kannte sogar noch den Text zu »Wenn die Bettelleute tanzen«, der ganz schön schwierig war.

Sogar Torsten und Per-Henrik hatten sich dazu herabgelassen, an den Mittsommerfeierlichkeiten teilzunehmen, aber sie trugen nicht gerade zum geselligen Beisammensein bei, sondern saßen ins Gespräch vertieft allein an einem der anderen Tische. Mirjams Anwesenheit schienen sie keine Beachtung schenken zu wollen. Sie war Luft für sie. Per-Henrik bemerkte noch nicht einmal, wie seine eigenen Kinder versuchten, seine Aufmerksamkeit auf sich zu lenken. Er hat sich wirklich verändert, dachte Mirjam, und zwar zum Schlechteren. Früher hatte er ein gutes Verhältnis zu seinen Eltern, und wenn sie sich trafen, war er nett und umgänglich. Als Assistenzarzt hatte er sich hervorragend gemacht, und Mirjam hatte als seine Mentorin eine leichte Aufgabe gehabt. Dann hatte er Gitte geheiratet, und ihre Wege hatten sich getrennt. Irgendetwas musste in seinem späteren Leben passiert sein, und augenscheinlich sprach er auch viel zu sehr dem Alkohol zu. Torsten schien in diesem Punkt besser maßhalten zu können.

»Torsten«, sprach sie leise die Beschwörungsformel vor sich hin, »bald wird dein Leben ewiges Dunkel sein.« Gerade als sie die Worte aussprach, schaute Torsten auf, und über die Tische hinweg begegneten sich ihre Blicke. Es gelang ihr nicht, den Blick abzuwenden. Für einen Moment sah er ängstlich aus. Dann nahm er seine Brille ab und rieb sich mit dem Handrücken die Augen, bevor er sie erneut aufsetzte. Ja, ja, dachte Mirjam, so kann's einem ergehen.

Sie schielte zu den Haselsträuchern hinüber, wo Hervor in einem Partyzelt Hof hielt. Dort sagte sie denen, die wollten, eine rosige Zukunft voraus, und die Schlange davor war lang.

Hervor betrachtete ihre nächste Kundin mit äußerster Sorgfalt. Jemanden unter die Lupe zu nehmen war mindestens ebenso wichtig wie das Kartenlegen und das Gespräch über die Zukunft. Aus der Körpersprache eines Menschen konnte Hervor eine ganze Menge herauslesen. Das aschblonde Haar der Frau fiel ihr nachlässig auf die Schultern, von Frisur keine Spur. Die Schultern hingen herab, und ihr Brustkorb war leicht eingefallen. Sie war ziemlich mager. Von ihrer Haltung, Brust und Beckenbreite zu schließen würde Hervor ihren Hut darauf verwetten, dass sie schon ein paar Kinder geboren hatte. Die Brüste waren in Mitleidenschaft gezogen, das Becken war breiter, als wenn sie keine Kinder geboren hätte, und über dem Bauch war jene kleine Wölbung zurückgeblieben, die man nach einer Schwangerschaft so schwer loswurde. Wie alt mochte sie wohl sein? So um die vierzig vielleicht. Schwer zu sagen.

»Hallo«, sagte die Frau schüchtern. »Würden Sie mir die Zukunft weissagen?«

Hervor konnte beim besten Willen nicht behaupten, dass die Frau, die vor ihr stand, das Leben wunderbar fand. Aus ihren Augen sprach Kummer, auch wenn ihr Mund ein klein wenig lächelte.

»Willkommen. Jetzt schauen Sie doch nicht so verstört, ich werde Ihnen schon nicht mit dem Jüngsten Gericht drohen. Sie entscheiden, was wir herausfinden wollen.«

Die Frau setzte sich vorsichtig vor Hervor auf die äußerste Kante des Stuhls und legte die Hände in den Schoß.

»Ich heiße Gitte«, sagte sie, »und ich möchte wissen … ähm … mein Mann …«

Ihre Stimme ließ sie einen Moment lang im Stich, und sie räusperte sich und nahm einen neuen Anlauf.

»Mein Mann ist ein vielbeschäftigter Mensch. Fast nie zu Hause. Ich weiß nicht, wie … ich weiß wirklich nicht, wie ich all das bewältigen soll. Auch die Kinder …«

Sie blickte sich scheu um und rückte flüsternd mit ihrem Kummer heraus.

»Ist ja gut«, sagte Hervor beruhigend und legte der Frau ihre Hand auf den Arm.

Jetzt galt es, behutsam vorzugehen, damit dieser Gitte wieder leichter ums Herz wurde und sie auf dem Mittsommerfest nicht völlig zusammenbrach.

»Wohnen Sie hier im Ort?«, fragte Hervor, während sie flugs ihr Kartenspiel mischte und aufdeckte.

Gitte nickte.

»Ich spiele in der Kirche. Bin hier und in ein paar anderen Gemeinden Kantorin.«

Eine Zehntelsekunde nur und Hervor war klar, was »in der Kirche spielen« bedeutete. Das also war Per-Henriks kleines Frauchen! Dieser Schweinehund hatte ein kleines, treues Mauerblümchen daheim. Offenbar wusste er seine Frau nicht so zu schätzen, wie sie es verdiente. Unfassbar, dass das Verhalten des männlichen Geschlechts, Gottes

Gabe an die Frau, überall auf das Gleiche hinauslief! Auch wenn seine Ehefrau ein wenig fade war, begriff dieser Kerl denn nicht, dass sie etwas anderes brauchte? Ein Leben? Offenbar nicht. Hervor hatte das schon wer weiß wie viele Male erlebt. Die Angst vor einer Trennung war wie eine Bremse, die Angst, einsam und ungeliebt zurückzubleiben.

»Also, Sie spielen in der Kirche. Dann kennen Sie sicher auch den Pastor?«

Die Frau lächelte schwach.

»Aron? Natürlich. Er ist auch nicht gerade ein Ausbund an Fröhlichkeit. Auweia, jetzt hab ich bestimmt zu viel gesagt.«

Sie hielt sich erschrocken die Hand vor den Mund.

Hervor schüttelte den Kopf und fing an, systematisch einen Stern auf dem Tisch auszulegen.

»Bei mir herrscht über alles Schweigepflicht, das ist Ehrensache. Aber jetzt wollen wir mal in die Karten schauen. Nanu, es sieht ganz danach aus, als würde Ihnen Abenteuerliches bevorstehen! Eine Trennung. Gucken Sie, hier, Kreuz sechs, das steht für eine unerwartete Reise. Ich muss schon sagen, es ist lange her, dass ich so gute Karten gesehen habe!«

»Du bist so still heut' Abend«, sagte Vendla, die Mirjam gegenübersaß und von dem selbstgebrauten *Gotlandsdrickan* trank.

Mirjam rückte den Mittsommerkranz auf ihrem Haar zurecht.

»Was? Ach so. Nee, ich hör nur zu. Bin 'n bisschen müd'. Das mit der Kapelle is' anstrengend.«

Sie bemühte sich, Gotländisch mit Vendla zu sprechen. Wusste, dass das positiv aufgenommen wurde, dadurch kamen sie sich gewissermaßen näher.

Vendla drehte sich um und ließ den Blick über die Wiese schweifen. Nahm ihren Plastikbecher und leerte ihn in einem Zug.

Mirjam betrachtete Hervor, die gerade aus ihrem Zelt kam. Auch sie hielt einen Plastikbecher in der Hand – mit Wein. Ihr Blick wanderte über die Menschenmenge fröhlich kreischender Kinder und lärmender Erwachsener. Der Alkohol hatte seine Wirkung getan. Hervor schien denjenigen, den sie gesucht hatte, gefunden zu haben und schritt geradewegs auf ihn zu. Torsten. Zufällig saß er gerade allein am Tisch. Mirjam konnte nur Hervors Rücken sehen, während sie ihrerseits Torsten fest im Blick hatte. Das versprach spannend zu werden, was heckte Hervor wohl aus?

Musik und Gesang hörten auf, die Leute klatschten. Gläser erklangen. Hervor prostete Torsten zu und ging dann schnell davon.

»Versteh nicht, wo der Jung' abgeblieb'n is'. Hast du ihn gesehen?«

Mirjam zuckte zusammen. Torsten hatte ängstlich dreingeschaut, fand sie. Hervor musste etwas Drastisches gesagt, ihm eine Heidenangst eingejagt haben. Vendla hatte schon eine Zeitlang weitergeredet, aber Mirjam hatte nicht zugehört. Jetzt wandte Mirjam sich ihr zu.

»Sylve?«

»Ja.«

Mirjam ertappte sich dabei, dass auch sie Sylve plötzlich vermisste. Es war gemütlich, mit ihm zusammenzusitzen und zu plaudern. »Nee, hab ich nicht. Vielleicht is' er bei Hervor und lässt sich die Zukunft von ihr les'n.«

Vendla verzog den Mund zu einem breiten Lächeln, dann brach sie in ein herzhaftes Gelächter aus, wodurch sich ihr ernstes, wettergegerbtes Gesicht in tausend Falten legte.

»Sich die Zukunft vorhersagen lass'n? Mein Sylve? Nee, nee, da müsst' vorher erst der ganze Kuhstall zusammenbrechen. Das würd' er nie im Leben tun! Na, da kommt er ja.«

Mirjam spürte eine feste Hand auf ihrer Schulter.

»Komm«, flüsterte Sylve.

»Was ist denn?«

»Es ist so weit.«

Er sah resolut aus. Mirjam konnte ihm nicht ganz folgen.

»Was ist so weit?«

»Emilia wirft ihre Ferkel. Du musst mitkommen.«

Endlich schaltete sie. Sie stand auf und befreite sich von der Decke. Mopste eine Flasche Rotwein auf Vorrat, kehrte dem Festlärm und der Musik den Rücken und eilte hinter Sylve her zum Schweinestall.

Auf zitternden, müden Beinen erhoben sich Mirjam und Sylve im Schweinestall vom Stroh. Das elfte und letzte Schweinchen hatte sich auf den Weg ins Leben gemacht und war zu Emilias beeindruckender Milchbar gewackelt. Jetzt saugten alle gierig an ihren Zitzen, während die Mutter auf der Seite lag und nur hier und da ein leises Grunzen von sich gab. Nachdem die Kleinen getrunken hatten, konnten Sylve und Mirjam sie behutsam in ihre eigene

Box hinüberheben, damit sie nicht Gefahr liefen, zu Tode gequetscht oder, schlimmer noch, zu Tode gebissen zu werden.

»Du liebes bisschen, wie du aussiehst«, lachte Mirjam und zog Sylve ein paar Halme aus dem Haar.

Sie war müde, aber glücklich. Das Erlebnis, dem sie eben hatte beiwohnen dürfen, war großartig und für sie eine ganz neue Erfahrung.

»Tja, dich kann man auch nicht gerade eine Schönheit nennen. Du müsstest dich bloß mal sehen!«

Er wagte es, mit einem einigermaßen sauberen Daumen einen Fleck von Mirjams Kinn wegzuwischen. Mirjam betrachtete ihre dungverschmierten, blutigen Hände. Einem der Ferkel hatte sie auf die Sprünge helfen müssen. Emilia hatte sie gewähren lassen, sie war eine alte, erfahrene Sau. Mit einer Erstgebärenden musste man hingegen vorsichtig umgehen, sie konnte sowohl Menschen als auch ihren neugeborenen Nachkommen gegenüber aggressiv werden.

»Mein Gott, ich muss nach Hause und mich waschen!«

Sylve winkte ab. Mirjam konnte jetzt nicht nach Hause gehen, wo sie die ganze Prozedur mit Wasser holen und erhitzen in Kauf nehmen und sich dann auch noch im Garten waschen musste. Das war nach ihrer nächtlichen Hebammentätigkeit nun wirklich zu viel verlangt. Nein, Sylve hatte eine bessere Idee.

»Ich hab hier ’nen Duschraum im Kuhstall. Da kannst du duschen, solange du willst, ich besorg dir was zum Anziehen und koche Kaffee. Handtücher liegen in dem alten Schrank dort, und du kannst die Seife da drüben nehmen.«

Er verschwand, und Mirjam zog sich ihre verdreckte Stallkleidung aus und schmiss sie nacheinander durch den Türspalt. Sie hob die Flasche mit der flüssigen Stallseife auf und musterte sie. Der Geruch erinnerte sie sogleich an den Pubabend mit Sylve. Sie kicherte, bediente sich großzügig und seifte damit ihren schweißnassen, müden und vor Dreck starrenden Körper ein.

In einem viel zu großen Hemd und einer viel zu großen Hose, die sie mit einem Gürtel von Sylve zusammenhielt, saß sie anschließend neben ihm in der Luke des Heubodens, trank Kaffee und sah die Sonne im Osten aufgehen. Es war die Zeit zwischen Sommernacht und Tagesanbruch, und sie fragte sich, ob sie jemals etwas so Schönes gesehen hatte. Mirjam schüttelte leicht ihren dichten Haarschopf, aus dem immer noch das Duschwasser tropfte. Sie biss gierig in das würzige Gotlandbrot und spülte es mit Kaffee hinunter. Spürte Sylves kräftige Hand an ihrer Wange. Eine Liebkosung als Dank, aber auch etwas anderes.

Sie wich nicht aus. Er strich ihr über den Nacken und ließ die Hand weiterwandern. Tastete ein bisschen an dem Samtband herum, das sie um den Hals trug. Mirjam saß ganz still. Schauer liefen ihr den Rücken hinunter. Wann hatte sie so etwas zuletzt gespürt? Hatte sie überhaupt jemals so etwas gespürt? Ihre Brustwarzen versteiften sich unter dem Flanellhemd, das Sylve ihr geliehen hatte. Hör nicht auf, mich zu streicheln, bitte, ich brauche es. Knöpf das Hemd auf. Nimm mich …

Als ob er ihre Gedanken gelesen hätte, zog er sie dichter an sich, und sie krochen tiefer in den Heuboden hinein. Im Schutz der Dunkelheit zog er ihr die Kleidung aus, und kurz darauf lag sie nackt zwischen Timotheusgras und Klee. Sie lauschte seinen Atemzügen und folgte der Hand, die vorsichtige Entdeckungsreisen über ihre Brüste, ihren Bauch und ihre bebenden Schenkel machte. Sie liebkoste seinen durchtrainierten Brustkorb und umklammerte seine Oberarme.

Danach konnte sie nicht sagen, dass sie es unbedingt bedauerte – Sylve war sehr gut zu ihr gewesen. Aber sie wusste, dass es Schwierigkeiten mit sich bringen würde. Eine Liebesbeziehung konnte sie zurzeit wirklich überhaupt nicht gebrauchen.

19

Nur noch zwei Tage, und dann war der Juni zu Ende. Torsten setzte sich in seinem alten Lieblingssessel zurecht, den er immerhin schon durch drei Ehen geschleppt hatte. Vieles andere, das er in die Frauen investiert hatte, hatten sie sich wie rücksichtslose Raben unter den Nagel gerissen. Verdammte Frauenzimmer! Völlig unnötig war er ihnen jedes Mal wieder auf den Leim gegangen. Wie dem auch sei, jetzt war er sie zumindest los, und das Einzige, was noch blieb, waren ein paar Jahre Unterhaltszahlungen für die jüngste Tochter. Sie war an ihrem letzten Geburtstag sechzehn geworden und hatte nach der Neunten die Schule beendet. Die beiden Jungs waren schon seit längerem volljährig.

Er öffnete ein Dosenbier und goss das Glas bis oben hin voll. Aus seiner verschlissenen Aktentasche holte er seinen Kalender hervor. Pläne und Einkünfte machten einen Großteil des Lebens aus – zwei Faktoren, die eng miteinander verknüpft waren und eigentlich das Einzige, dem Torsten in seinem Leben Interesse entgegenbrachte. Wuchs das Bankkonto an, ging es ihm ausgezeichnet. Natürlich kam es gelegentlich vor, dass eines von den Kindern anrief und ihn um einen Groschen anbettelte. Nicht, dass Torsten sich sogleich weigerte, aber er erkundigte sich eingehend, wofür es gebraucht wurde. Man konnte nie wissen, woran man mit den Kindern war, so gut kannte er sie schließlich nicht. Vielleicht warfen sie das Geld auch für unnötigen Kram zum Fenster hinaus. Wenn er dann letztendlich nachgegeben und eingewilligt hatte, fühlte er sich, bevor er das Geld von seinem Konto überwies, als sollte ihm ein Bein amputiert werden. Meist mussten die Kinder ihn sowieso ein- oder zweimal anrufen und ihn daran erinnern. Aber das war mehr als gerechtfertigt, oder? Er war schließlich kein Goldesel.

Er blätterte ein bisschen in seinem Kalender. Auf diesen Mittsommerabend hätte man getrost verzichten können. Lärmende Menschen, die sangen und ausgelassen schwedische Schnapslieder und altgotländische Volksweisen grölten. Gerade so, als seien sie mit diesem uralten Dialekt aufgewachsen. Lächerlich. Und dann noch diese Mirjam Nordergrav, die ihn angestarrt und gelacht und sich amüsiert hatte. Charakterlose Kreatur. Das hatte er eh schon vom ersten Augenblick an gedacht. Ganz zu schweigen von diesem Ungetüm, das sie im Schlepptau gehabt hatte. Das Weib sah aus, als wäre sie direkt dem Hexenwald entsprungen. Als die Feierlichkeiten in vollem Gange gewesen waren, war sie einfach auf Torsten zugegangen, hatte sich ganz dreist direkt vor ihm aufgebaut und ihren Pappbecher mit Wein, oder was das auch immer war, erhoben.

»Du hast besondere Augen, Torsten. Auf die musst du gut achtgeben.«

Sonst nichts. Und dann hatte sie ihn auf so eigenartige Weise angestarrt. Ihn geradezu mit dem Blick festgenagelt. Verflixt unangenehm, diese Alte. Ganz so, als hätte sie ihn vollkommen durchschaut. Er hatte niemandem etwas von dem Zwischenfall erzählt. Nicht einmal Per-Henrik wusste davon, denn er war zu dem Zeitpunkt gerade in den Büschen verschwunden, um zu pinkeln.

Torsten schüttelte sich, nippte an seinem Bier und blätterte weiter den Kalender durch. Der Juli war leider ausgesprochen stressfrei, es waren kaum Termine vorgesehen. Er könnte sich sogar einen Urlaub gönnen, aber das reizte ihn nicht besonders. Auf alle Fälle würde er nicht den ersten August vergessen. Da fand in der Kirche von Roma der jährliche Altschwedendorfbewohner-Tag statt. Tradition blieb Tradition, auch wenn er an dem Tag seinen Geschwistern begegnen musste. Aber es reichte, sich gegenseitig zuzunicken, irgendeinen engeren Umgang miteinander pflegten sie schließlich nicht. Schon vor langer Zeit, als er in der Psychiatrischen Klinik aufgehört hatte, hatten sie den Kontakt zu ihm abgebrochen, aber das war ihm völlig schnuppe. Das, was die Zeitungen über die Diebstähle geschrieben hatten, war alles erstunken und erlogen, das hätten sie eigentlich wissen müssen. Aber bitte, er konnte gut und gerne auf Geschwisterliebe verzichten.

Jedes Jahr am ersten August kam Torsten alles wieder zu Bewusstsein. Sie waren weder richtige Schweden noch richtige Ukrainer. Sie waren schlicht und einfach Altschwedendorfbewohner, eine schwedisch-ukrainische Minderheit hier wie dort, die nur wenige kannten. Jedenfalls auf dem Festland. Die Gemeinde in Roma bestand unter anderem aus den Geschlechtern Knutas und Utas, Hannas, Hoas und Buskas und all den Nachkommen, die heute kaum noch wussten, worum es überhaupt ging. Diese dahergelaufenen Halbblüter, was wussten sie schon von ihrer Herkunft von der Insel Dagö oder dem Todesmarsch von 1781 in die Ukraine? Man konnte nicht einmal darauf wetten, dass sie etwas über die russische Revolution und all die Entbehrungen, die ihre Vorfahren deshalb hatten durchmachen müssen, aufgeschnappt hatten. Vielleicht hatten sie etwas über die Rückführung der Minderheit nach Schweden 1929 gehört. Genau am ersten August waren sie, Torstens Eltern, aus der Ukraine nach Schweden zurückgekehrt, zusammen mit neunhundert anderen Altschwedendorfbewohnern. Seine Eltern hatten ihr Leben lang ihr altertümliches Schwedisch bewahrt, obwohl sie schon als Teenager nach Gotland gekommen waren. Torsten erinnerte sich noch deutlich an den Akzent seiner Eltern, wenn diese miteinander gesprochen hatten.

Er schob einen Mittelfinger unter die Brille und rieb sich das Auge. Vielleicht sollte er sich doch dazu durchringen, einen Termin zu vereinbaren und es erneut richtig untersuchen lassen, er hatte jetzt schon eine Zeitlang Beschwerden. Wie war das noch gleich bei seiner Mutter gewesen, als es sich verschlechtert hatte? Hatte es nicht mit Juckreiz und Brennen angefangen? Der Gedanke daran erschreckte ihn und schlug ihm auf den Magen, so dass er schnell einen großen Schluck Bier nahm. Erbärmlich war es seiner Mutter gegangen, nachdem sie blind geworden war. Sagte immerzu, dass sie dennoch dankbar war, am Leben zu sein, aber es war die reinste Hölle, das entging Torsten nicht. Sie tastete sich vorwärts und brauchte bei fast allem Hilfe. Ihr Leben war ohne Würde gewesen. Diese verfluchte Dankbarkeit, wo hatte sie die bloß hergenommen? Er würde es als eine grobe Beleidigung empfinden, wenn er blind werden würde. Er musste wieder an Mirjam denken, wie sie umherstolziert war und so verdammt vergnügt und dankbar ausgesehen hatte. Und das sollte sie auch sein, das sollte sie wirklich sein! Hätte er sie nicht aus ihrer Geschäftsbeziehung herausgedrängt, wie hätte sie dann heute dagestanden? Natürlich bettelarm, und das konnte ja ein Blinder sehen, dass sie das ganz und gar nicht war. Zwar hatte Per-Henrik nebenbei erwähnt, dass sie es schwer gehabt hatte, aber das war bloß Gerede, was sonst. In seinen Augen schien es ihr ausgezeichnet zu gehen, und sie hatte wirklich allen Grund, ihm verdammt dankbar zu sein, statt wie eine aufgeblasene Kröte durch Kajpe Kviar zu stolzieren. Diese Frauenzimmer waren doch alle gleich, und er hatte wirklich die Nase voll von ihnen!

Er legte den Kalender zur Seite und tastete auf dem Tisch nach der Fernbedienung. Eine kühle Abendbrise wehte durch das halboffene Fenster. Torsten stand auf, um es zu schließen. Er blieb auf halbem Wege stehen – plötzlich war alles dunkel.

»Was zum Teufel …?

20

Sylve hatte sich ein Bier im Pflug gegönnt und war auf dem Nachhauseweg. Zwischen Bäumen und Büschen zog plötzlich wieder dieser herrliche Duft entlang, und sofort erwachten Lust und Freude in ihm. Ein völlig neues Gefühl keimte in seinem Inneren auf. Die Frau, die so unerwartet in Kajpe Kviar aufgetaucht war, war die schönste, die er jemals getroffen hatte. Sie war immer in seiner Nähe und doch so entsetzlich weit weg. Jetzt musste sie ebenhier vorbeigegangen sein, denn ein Hauch ihres Parfüms hing noch in der Luft. Ganz und gar kein intensiver, schwerer Duft, sondern ein leichter, frischer. Wie anmutig und wunderbar sie doch war! Sylve staunte über sich selbst, er hatte gar nicht gewusst, dass er all diese schönen Worte in sich trug. Er, der sich nie über etwas anderes Gedanken gemacht hatte als darüber, ob die Schafe und Schweine ihr Futter bekommen hatten oder ob der Regen die Herbsternte zunichtemachen würde. Erst seit Mirjam hier aufgekreuzt war, fielen ihm die passenden Worte ein, die seinen Gedanken Ausdruck verliehen. Sie war an Mittsommer auf dem Heuboden so warm, gut und hingebungsvoll gewesen. Das war jetzt alles erst ein paar Tage her. Offen und liebevoll. Sie waren einfach so miteinander verschmolzen. Seither hatte sie sich nicht mehr blicken lassen, war distanziert und wich ihm aus. Nicht, dass sie unfreundlich war, überhaupt nicht, aber sie wollte nicht mehr mit ihm allein sein.

»Noch nicht, Sylve«, hatte sie gesagt. »Ich bin noch nicht bereit. Vielleicht eines Tages, wenn wir Rentner sind.«

Er verstand nichts von solchen Dingen, aber er war auch nicht der Typ, der gleich aufgab. So wahr er Sylve hieß, er würde ihr zeigen, dass er der Richtige für sie war, jetzt erst recht!

Der Duft war jetzt stärker. War sie vielleicht ganz in der Nähe? Im Pflug hatte er sie nicht gesehen, aber sie konnte natürlich trotzdem einen Abendspaziergang unternommen haben. Gerade als er sich Torstens Haus näherte, war ein Fensterquietschen zu hören. Torsten lüftete anscheinend noch einmal vor dem Schlafengehen. Aber halt, was war das? Sylve erstarrte und blieb mitten auf dem Weg stehen. Unter dem geöffneten Fenster konnte er einen dunklen Schatten erkennen. Waren das etwa Einbrecher? *Gotlands Allehanda* hatte häufiger darüber geschrieben, dass man die Fenster zur Nachtzeit nicht offen stehen lassen sollte, weil die Diebe so dreist waren, einfach hereinzuspazieren, wenn die Leute schliefen. Sylve wollte schon den Mund öffnen, um eine Warnung zu rufen, als in dem Moment wieder Mirjams Duft an ihm vorbeischwebte. Diese Frau würde ihn noch in den Wahnsinn treiben! Leise schlüpfte er hinter einen dichten Haselstrauch und wartete. Vorsichtig schob er ein paar Zweige auseinander, um besser sehen zu können. Wenn es sich wirklich um einen Einbrecher handelte, wollte Sylve ihn auf frischer Tat ertappen. Noch hatte er Kraft in den Armen.

Es war der siebte Abend in Folge, dass Mirjam draußen vor Torstens Fenster stand. Abend für Abend hatte sie sich hinausgeschlichen, in der Dunkelheit vor seinem Fenster gestanden und wieder und wieder ihre Beschwörungsformeln aufgesagt. Ihre Angst vor der Dunkelheit und den harmlosen Fledermäusen hatte so allmählich nachgelassen. Geübt schob sie den Fensterflügel gerade so weit auf, dass sie hören konnte, was im Haus vor sich ging. Das Geplapper und Rauschen der Spätnachrichten drang leise durch den Fensterspalt hinaus in den dunklen Garten. Mirjam wartete. Wenn nicht heute, wann dann? In dem Fall wäre ihre ganze Mühe umsonst. Sie hörte, wie eine Bierdose geöffnet wurde und das gluckernde Geräusch, als Torsten sich einschenkte. Aus Richtung des Wassertümpels war ein Rascheln zu vernehmen. Sicher wieder nur ein Igel, wie schon beim ersten Mal.

Lange stand sie unter dem Fenster. So lange, dass ihr Rücken ermüdete und ihre Knie nachgaben. Sie stützte sich an der kalkverputzten Wand ab und schloss die Augen. Wohl dem, der schlafen durfte, die Nachtschicht raubte ihr alle Kräfte. Langsam glitt sie in einen seligen Schlummerzustand hinüber. Torstens feste Schritte in Richtung Fenster rissen sie jedoch augenblicklich aus ihrem Dämmerzustand.

»Mist«, fluchte Mirjam still vor sich hin. »Warum muss sich der Vorhang ausgerechnet vor dem großen Finale schließen?«

Sie spitzte die Ohren.

»Was zum Teufel …?«

Mirjam hielt den Atem an.

»Verdammt, wer hat das Licht ausgeknipst?«

Torsten brüllte sowieso immer nur. Seine Stimme drang durch den Fensterspalt nach draußen, und Mirjam konnte problemlos jedes einzelne Wort verstehen.

»Verdammt, ich seh überhaupt nichts mehr! Da muss eine Sicherung durchgebrannt sein.«

Ein Möbelstück wurde umgeworfen, und sie hörte, wie er im Zimmer herumirrte. Da war wohl für immer eine Sicherung durchgebrannt.

Torsten hatte sich jetzt anscheinend zum Lichtschalter vorgetastet. Er schaltete ihn ein. Aus. Ein. Aus. Mirjam kicherte. Ja, war denn das die Möglichkeit? Hatte sie wirklich Erfolg gehabt? Klein Torsten, schalte du ruhig das Licht ein, so viel du willst, es wird trotzdem nicht heller werden – zumindest nicht für dich. Für dich ist jetzt ewiges Dunkel. Und das war ganz und gar unglaublich! Sie schlich um die Hausecke und wagte sich durch die unverschlossene Haustür hinein. Hörte, wie Torsten versuchte, sein Mobiltelefon zu bedienen.

»Aber die Fünf liegt doch in der Mitte, zum Henker! Dann muss die Zwei direkt darüber und die Eins links davon sein.«

Sie beobachtete ihn ungeniert von ihrem Platz im Flur. Seine Hände bebten, aber er hatte es begriffen. Eins, eins, zwei. Einhundertzwölf, der Notruf.

»Hallo! Hören Sie mich? Ich kann nichts sehen!«

Seine Stimme klang wie ein verzweifeltes Gebrüll aus einer tiefen Schlucht.

»Aber so helft mir doch, bitte, verdammt, ich sehe nichts. Hört ihr nicht? Nichts! Ich bin alleine, ganz alleine!«

Torstens Schrei der Verzweiflung wurde von einem traurigen Schluchzen erstickt. Mirjam widerstand der Versuchung, hineinzugehen, ihn zu trösten, alles wiedergutzumachen. Die Ärztin zu sein, die hilft und rettet. Aber nicht dieses Mal. Heute Nacht spielte sie die Rolle der Rächerin. Torsten verdiente sein bitteres Schicksal, er war der Schlimmste von allen gewesen. Er hatte letztendlich die erbärmlichen Verhandlungen geführt, als sie aus der Firma gejagt worden war.

»Du wirst schon noch verstehen, dass alles nur zu deinem Besten ist, mein Herzchen«, hatte er gesagt. So eine Unverschämtheit! Was bildete er sich ein? Torsten, der ihr letzten Endes den Todesstoß versetzt und sie zu den entsetzlichen Jahren der Armut verdammt hatte.

Das erste Jahr, bevor Mirjam sich so richtig an ihr neues Leben gewöhnt hatte, war besonders hart gewesen. Jeden, aber auch jeden Tag stürzte sie in ein seelisches Tief. Ein Brief oder irgendetwas anderes, das mit der Firma zu tun hatte, ließ sie sofort in trübselige Finsternis versinken. Jeder x-beliebige Brief, der an Kalkstein-Service adressiert war, löste Angst aus und blieb lange liegen, bevor sie es wagte, ihn in Angriff zu nehmen. Öffnete sie ihn abends, wurde sie womöglich in jener Nacht um den Schlaf gebracht, und öffnete sie ihn, bevor sie zur Arbeit ging, konnte sie sich noch nicht einmal darauf konzentrieren, das Stethoskop richtig zu halten. Wenn sie sich schließlich überwand und mit einem Tischmesser als Brieföffner zur Tat schritt, hoffte sie immer, dass es sich nur um eine Werbesendung handelte, was nicht immer sofort am Umschlag zu erkennen war. Jeder dieser Anlässe war eine schwere Prüfung, bereitete ihr Herzrasen und erschöpfte sie bis aufs äußerste.

Wenn sie in der kleinen Ortschaft Kuivalihavaara unterwegs war, litt sie bisweilen unter Wahnvorstellungen. Die Leute sehen mir sicher an, dass ich Schulden habe, dachte sie. Es war, als würde sie mit einer Jacke mit Werbeschriftzug umherlaufen, auf deren Vorderseite ein riesiges Emblem mit dem Wort »Pfandsiegel« prangte, während auf dem Rücken der verwegene Schriftzug stand: »Ich bin Kunde beim Kuckuckskleber! Und du?«

Und in all diese von Angst durchsetzten Gedanken mischte sich das tiefe Gefühl des eigenen Verschuldens und damit der Scham. Landete man in den Netzen des Gerichtsvollziehers, war man ein Nichtsnutz und ein Bürger dritter Klasse.

Wie hatte sie sich bloß so dermaßen übers Ohr hauen lassen können? Unfassbar, bei der Ausbildung, die sie genossen hatte. Aber sie hatte ihnen vertraut, insbesondere natürlich Per-Henrik. War von dem ausgegangen, was man sie zu Hause gelehrt hatte, dass man für seine Freunde da ist, dass Freunde die Wahrheit sagen und man immer sein Bestes gibt. Wie war sie doch betrogen und darüber hinaus dafür bestraft worden, dass sie in gutem Glauben die Sonntagsschule besucht hatte!

Als das Taxi kam, um Torsten abzuholen, war sie schon durchs Dickicht hindurch auf dem Heimweg. Mirjam, die Mörderin? O nein, noch war er nicht tot. Nur blind. Wie hatte das bloß funktioniert? So einfach konnte es doch gar nicht sein! Sie beschleunigte ihre Schritte. Bog die Zweige zur Seite, um ihr Gesicht zu schützen. Er musste ganz einfach mit seinen Augentropfen geschlampt haben. Sollten ihre eintönigen Affirmationen etwa eine solche Kraft besitzen? So leicht konnte es einfach nicht sein!

Sylve hörte Lärm und Rufe des Erstaunens in Torstens Haus. Der Schatten unter dem Fenster war immer noch da. Das Licht wurde eingeschaltet, ausgeschaltet und wieder eingeschaltet. Die Rufe klangen verzweifelt. Der dunkle Schatten löste sich von der Hauswand und schlich sich die Treppe hoch und durch die Haustür. Dann war es also tatsächlich ein Einbrecher, Jesus Maria! Was sollte er tun?

Verdeckt von den Haselsträuchern, wartete er ab. Er konnte ihn überraschen, wenn er zurückkam, ihn überwältigen und festhalten, bis Hilfe eintraf. Er tastete nach seinem Handy in der Hosentasche. Der Dieb kam rasch wieder heraus. Ging durch die Gartenpforte und zum Weg. Von drinnen war Torstens Schluchzen zu hören.

Der Duft! Da war er wieder. Stärker diesmal. Näher. Ein paar Meter entfernt auf seiner Höhe. Er sah die Gestalt durch das Laub. Eine Frau mit schönen Hüften. Mirjam! Er wollte ihren Namen rufen, zu ihr hingehen und die Arme um sie legen, aber er brachte nicht einen Ton heraus. Was trieb sie sich hier draußen herum wie ein nächtlicher Dieb? Hatte sie etwa irgendetwas mit Torsten zu schaffen?

Nachdem sie sich ein Stück entfernt hatte, folgte er ihr. Hielt Abstand, verlor sie aber nicht aus den Augen. Als sie bei der Kapelle war, schaute sie sich um. Sylve schlüpfte schnell hinter einen Schlehenbusch. Er sah, wie sie die Tür der Kapelle öffnete, die Mütze abnahm und sich das dichte Haar ausschüttelte. In dem Lichtschein, der heraussickerte, war sie deutlicher zu erkennen. Sie war von Kopf bis Fuß in Schwarz gekleidet.

21

Mit dem Juli kam die Hitzewelle, und Hervor und Mirjam erlebten ein paar tropische Nächte, die über zwanzig Grad warm waren. Mirjams Nachtschichten brachten eine körperliche Unruhe mit sich, die es ihr schwermachte, Schlaf zu finden. Schon morgens um fünf saß sie auf der Kapellentreppe und leistete der rasch aufgehenden Sonne Gesellschaft. Betrübt betrachtete sie die kleine Rose neben den Stufen. Jeden Abend gab sie ihr Wasser, trotzdem zeigte sich nicht einmal ansatzweise eine Knospe zwischen den Blättern.

»Ich habe eine einzigartige, schön blühende Rose«, murmelte sie und sah die kleine Pflanze scharf an.

Ein Türquietschen verkündete, dass Hervor ebenfalls wach geworden war.

»Du meine Güte, man kann ja kaum atmen«, sagte Hervor, als sie herauskam. »So muss es in den Mittelmeerländern sein. Pfui Teufel, war mir heute Nacht heiß! Und man kann nicht mal das Fenster öffnen, wegen all dieser verflixten Fliegen und nächtlichen Flugkörper.«

»So *ist* es in den Mittelmeerländern«, lachte Mirjam. »Ein bisschen anders als in Lappland, könnte man sagen.«

Hervor zog einen Flunsch.

»Na, dir ist es da doch wirklich gut gegangen. Behaupte ja nicht das Gegenteil.«

»Ja, natürlich, dessen bin ich mir auch vollkommen bewusst. Vor allem hast du mich als treue Freundin unterstützt und bist meine Lebensretterin gewesen. Ich mag

Kuiva, aber ein klein wenig Abwechslung kann auch nicht schaden. Acht Jahre waren vielleicht ein bisschen zu lang.«

»Hm«, ließ Hervor nur verlauten.

Auch nur andeutungsweise schlecht über Hervors Heimat zu sprechen kam nicht gut an, das wusste Mirjam wohl. Sie musste sich jetzt irgendetwas einfallen lassen, um sie wieder milde zu stimmen. Sie grübelte im Stillen einen Moment darüber nach, während sie ihren Morgenkaffee trank.

»Du, Hervor, heute ist Saunatag. Das hab ich auf einem Zettel beim Supermarkt gesehen. Hast du Lust, mitzukommen?«

Der Vorschlag war genau das Richtige. Hervor strahlte über das ganze Gesicht.

»Sauna? Wirklich? Gott, wie herrlich! Endlich! Natürlich komme ich mit. Wann?«

Das Klingeln von Mirjams Mobiltelefon unterbrach sie. Was war denn das für ein Frühaufsteher? Das Herz schlug ihr bis zum Hals. Irgendetwas musste passiert sein. Vielleicht Mama.

»Hallo, hier ist Mirjam. Na, so was, grüß dich, Lena!«

Mirjam atmete auf und ging im Garten umher, während sie sprach.

Hervor nahm keine Notiz davon. Sie wusste, dass diese Lena, die gerade anrief, eine alte Bekannte von Mirjam war. Arbeitete auch für diese zwielichtigen Gestalten von Care for Seniors. Hervor hatte Lena ein paarmal getroffen, als sie Skiferien in Lappland gemacht hatte.

Hervor genoss ihren Kaffee und die Ruhe. Die Zimmermänner, die nach Mittsommer mit der Arbeit angefangen hatten, hatten heute frei, weil Samstag war. Die Vögel waren nach Mittsommer fast alle verstummt, und in den Büschen war es still. Nur der Hahn des Nachbarn war in regelmäßigen Abständen laut und deutlich zu hören, das gehörte eben zu den Annehmlichkeiten des Landlebens. Hervor zog ihre Tunika ein Stück hoch, streckte die Beine aus und ließ ihre Schenkel von der Sonne wärmen. Wenn das so weiterging, würde sie so braun wie ein Pfefferkuchen werden. Mirjam war in den beiden letzten Tagen bedenklich still gewesen, so dass Hervor schon darüber nachgegrübelt hatte, weshalb. Sie hatte sich aber dafür entschieden, Mirjam nicht zu fragen. Stimmten ihre Vermutungen, dann hatte dieser glubschäugige Hanswurst bekommen, was er verdiente.

Mirjam kam wieder und setzte sich auf die Treppenstufen.

»Das war Lena.«

»Ja, das habe ich gehört. Wie schön für dich. Und, wie geht's ihr?«

Mirjam blickte sich um und schielte zu Sylves Hof hinüber. Er bastelte wie üblich an irgendetwas auf dem Platz vor dem Kuhstall herum und schien außer Hörweite. Mirjam senkte auf alle Fälle trotzdem die Stimme.

»Rate mal, was sie erzählt hat.«

»Wer? Lena?«

»Ja.«

»Hm, gib mir einen Moment, um mich zu konzentrieren und meine hellseherischen Fähigkeiten herbeizurufen ..., warte mal ..., es hat irgendwas mit dem Krankenhaus zu tun.«

Hervor legte die Stirn in tiefe Falten.

»Jemand ist schwer krank?«

Mirjam lachte und boxte sie in die Seite.

»Im Krankenhaus sind jede Menge Leute schwer krank, das stimmt, aber in diesem Fall handelt es sich um etwas Außergewöhnliches und ist streng geheim.«

»Also, los, erzähl doch endlich! Ich sterbe vor Neugier! Besonders, wenn's geheim ist.«

»Torsten ist heute Nacht ins Krankenhaus eingeliefert worden. Lena hat dort noch einen Nebenjob. Er ist völlig erblindet, und es lässt sich nichts dagegen unternehmen. Sein Glaukom muss im fortgeschrittenen Stadium gewesen sein.«

»Glakom?«

»Glaukom, grüner Star. Damit ist nicht zu scherzen.«

Hervor stellte ihre Kaffeetasse ab und starrte Mirjam an.

»Da hol mich doch der Teufel! Unglaublich, was für eine Wahnsinnskraft deine Affirmationen haben!«

»Hervor«, sagte Mirjam und sah ihrer Freundin fest in die Augen. »Es gibt eine ganz natürliche Erklärung dafür. Torstens Arzt hatte ihm selbstverständlich eine Kombination aus Beta-Blockern und Prostaglandin-Analoga verschrieben. Hätte Torsten das regelmäßig eingenommen und es nicht versäumt, den Augeninnendruck messen zu lassen, dann wäre gar nichts passiert.«

Hervor steckte sich eine Zigarette an und stieß eine riesige Rauchwolke aus.

»Ich war mir, verdammt noch mal, nicht ganz sicher, ob es wirklich funktionieren würde«, sagte sie, ohne auch nur irgendeine Notiz von Mirjams wissenschaftlichen Ausführungen zu nehmen.

Mirjam wedelte mit der Hand und hüstelte diskret. Es musste sich genau so zugetragen haben, wie sie es Hervor gepredigt hatte. Torsten war nachlässig gewesen. Sie musste allerdings zugeben, dass es schon eigenartig war, dass Torstens Erblindung genau in den Zeitraum fiel, in dem sie sich intensiv mit den Affirmationen beschäftigt hatte. Sie verspürte ein Flattern in der Magengegend.

»Meine Güte, Hervor! Wenn das dieses Mal tatsächlich funktioniert hat, dann kann ich sie ja vielleicht wirklich mit Hilfe der Affirmationen über den Jordan schicken, oh Gott, was für eine entsetzliche Vorstellung!«

»Das glaub ich kaum«, antwortete Hervor. »Dafür sind übernatürliche Kräfte, Waffen oder so etwas nötig. Aber, warum nicht, probier es einfach aus, das hab ich doch schon die ganze Zeit gesagt. Man soll die Hoffnung nie aufgeben.«

Sie drückte die Zigarette aus und stand auf, um nach der Zeitung zu sehen.

Dass Männer ein elendiges Pack waren und bekommen sollten, was sie verdienten, davon war Hervor schon seit ihrer Jugend fest überzeugt. In jenem Sommer, als sie mit einem Haufen anderer Jugendlicher für einen Aufforstungsbetrieb gearbeitet hatte, war sie gerade erst fünfzehn gewesen. Der schneidige Revierförster aus Südschweden war ihr Vorarbeiter gewesen, ein Sommerjob, den er in Vertretung seines Großvaters übernommen hatte. Er war aufmerksam und höflich, so ganz anders als die Jungs in Kuivalihavaara. Lachte und scherzte mit ihnen, so dass alle Mädchen sich in ihn verliebten, aber es war Hervor, die er sich herauspickte.

»Gib gut acht«, sagte ihre Mutter. »Du bist nicht nur schön, sondern intelligent dazu, und das kann böse ausgehen.«

Wie recht ihre Mutter gehabt hatte, aber daran hatte Hervor in jenem wunderbaren Sommer natürlich keinen Gedanken verschwendet. Der Revierförster nahm sich, was er wollte, verschwand in den Süden und ließ nichts mehr von sich hören. Als es Herbst wurde, begriffen Hervor und ihre Mutter, was Sache war. Im Jahr darauf kam Ingrid auf die Welt, und der gutaussehende Papa wurde zur Vaterschaft verurteilt, obwohl er sie bestritt. Weder Hervor noch ihre Tochter hörten jemals wieder etwas von ihm.

Ausnahmsweise gönnten sich Mirjam und Hervor einen ruhigen Samstag und taten einfach mal gar nichts.

»Wir können ja nicht jeden Tag in der Kapelle schuften«, sagte Hervor, was Mirjam nur bejahen konnte.

Gegen Nachmittag fuhren sie ans Meer und saunierten in der Strandsauna. Die Idee war simpel: Man legte Geld in eine Box und durfte dann so lange das Heißwasser und die Sauna nutzen, wie Damensaunazeit war.

»Man kann sagen, was man will, aber hier vertrauen die Leute noch einander«, kommentierte Hervor und steckte ein Zehnkronenstück in die Kassenbox.

Die Algenblüte, die manchmal sehr störend war, hielt sich glücklicherweise noch in der südlichen Ostsee, zwischen Blekinge und Polen, weshalb sie sich zur Abwechslung zwischen den Saunagängen ein kurzes Bad im Meer gönnen konnten. Das kühle Meerwasser umschloss Mirjams übermüdeten Körper und ließ sie frisch und munter werden.

»Hat Lena irgendwas darüber gesagt, wann er wieder aus dem Krankenhaus entlassen wird?«, fragte Hervor, als sie erneut auf den Saunabänken saßen und Wasser auf die Steine schöpften.

Sie waren allein und konnten sich daher bedenkenlos über lebensgefährliche Affirmationen unterhalten. Mirjam duckte sich vor den Dampfschwaden, die ihr entgegenschlugen und sich wie ein warmer Umhang über ihren Rücken legten. Sie keuchte auf und kroch einen Augenblick lang feige auf die unterste Bank.

»Nein«.

»Nichts? Nicht einmal ein klitzekleiner Hinweis, wann er entlassen wird?«

»Du weißt doch, wie das im Gesundheitswesen ist, sie werden ihn nicht länger als unbedingt notwendig dabehalten. Es wird wohl zunächst ein Pflegeplan erstellt. Und wenn er nach Hause kommt, hilft ihm vielleicht ein ambulanter Pflegedienst. Er muss sich erst einmal an die neue Situation gewöhnen.« Hervor schüttelte sich vor Lachen.

»Ja, ja, wie der Herr, so 's Gescherr, könnte man sagen.«

Hervor war schon von Geburt an eine geübte Saunagängerin und schien gar nicht mehr aufhören zu wollen, so kam es Mirjam zumindest vor, aber als Hervor endlich genug von der Hitze hatte, schlug Mirjam vor, ein kleines, nur im Sommer geöffnetes Restaurant zu besuchen, wo sie wenig später geräucherte Schollen und Bier bestellten.

»Zum Kuckuck, trink du ruhig ein richtiges Bier«, sagte Hervor großzügig. »Ich kann nachher nach Hause fahren.«

Mirjam staunte nicht schlecht über Hervors Angebot

und sah zu, wie ihre Freundin Grimassen schneidend das alkoholreduzierte Bier hinunterschlürfte.

»Fades Zeug«, stellte Hervor fest und widmete sich stattdessen aus vollem Herzen dem Herauspulen der Gräten aus dem Plattfisch.

Gerade als Mirjam an einem leckeren Bissen Flunder kaute, klingelte wieder ihr Handy. Hervor schaute sie fragend an, ihr schien es schwerzufallen, sich einen Reim auf das bruchstückhafte Gespräch zu machen.

»Ja.«

»Wirklich.«

»Okay.«

»Ja, zum Geier.«

»Gut zu wissen. Danke.«

»Du auch. Tschüs.«

Mirjam klappte ihr Mobiltelefon zusammen und ließ es in die Tasche gleiten.

»Er wird übermorgen entlassen«, sagte sie und steckte sich einen weiteren Bissen geräucherte Flunder in den Mund.

22

Sylve saß in seiner Kammer und schaute aus dem Fenster. Es war Samstagabend, und vorhin hatte er gesehen, wie Mirjam und Hervor in Mirjams kleinem Mercedes nach Hause gekommen waren. Sie hatten gelacht und sich lautstark unterhalten, während sie ihre Handtücher auf der Wäscheleine zwischen der Laube und der Kapelle aufgehängt hatten.

Der sommerliche Nachthimmel war wunderschön. Nicht mehr so hell wie im Juni, aber auch nicht dunkel, sondern herrlich anzuschauen. Die Farben wechselten je nach Witterung und je nachdem, wie spät es war. Natürlich fand er es großartig, wenn die Sonne unterging und der Himmel im Westen ein Farbenspiel aus Gelb, Rot und Orange war.

Doch zu anderen Jahreszeiten konnte der Himmel mindestens genauso schön sein – mit grauen, lilafarbenen und blauen Farbschattierungen. Im Herbst und im Winter saß er oft an ebendieser Stelle und blickte hoch in den Sternenhimmel. Nirgends leuchteten die Sterne so klar wie in Kajpe Kviar in einer Septembernacht, davon war Sylve überzeugt. Millionen und Abermillionen kleine und große Himmelskörper, die sich zu Sternbildern formten, wenn man nur ein gewisses Maß an Phantasie und eine Sternenkarte besaß. Sylve besaß beides und konnte den Großen Wagen und den Gürtel des Orions und noch einige weitere entdecken, die sein alter Herr ihm als Kind gezeigt hatte. Es faszinierte ihn, dass man früher nach den Sternen navigiert hatte. Was für ein Können! Das setzte aber natürlich auch voraus, dass der Himmel nicht allzu bedeckt war.

Es ging schon auf Mitternacht zu, und eigentlich hätte er längst zu Bett gehen sollen. Morgen war wieder ein normaler Arbeitstag, und Sylve musste wie üblich zeitig aufstehen. Er hatte zwar keine Kühe mehr, die mit prall gefüllten Eutern darauf warteten, dass sie gemolken wurden, damit war seit dem EU-Beitritt Schluss. Aber die Angewohnheit, zeitig aufzustehen, saß fest, und den Schafen und Emilia war es auch zur Gewohnheit geworden, ihr Futter in aller Herrgottsfrühe zu bekommen. Die Hühner waren ebenfalls erpicht darauf, dass er die Klappe des Hühnerstalls öffnete, sobald die Sonne aufging.

Sylve gähnte und rieb sich die Augen. Er war zwar müde und hatte auch schon versucht zu schlafen, kam aber irgendwie trotzdem nicht zur Ruhe. So hatten die Abende in letzter Zeit öfter ausgesehen, und das war einzig und allein Mirjams Schuld. Warum, verdammter Mist, hatte er solche ungeheuren Gefühle für diese Frau entwickelt? Sie war so schön, dass er noch verrückt wurde! Sie war verheißungsvoll, und er noch nie zuvor so glücklich gewesen. Aber jetzt war es einfach nur schwierig. Jedes Mal wenn er sie sah, durchfuhr ihn ein ziehender Schmerz. Sie schien sich auch zu freuen, wenn sie sich begegneten, aber richtig nahe kam er ihr nicht. Einige wenige Augenblicke hatte er in der Mittsommernacht mit ihr allein sein dürfen, doch dann hatte sie einfach nur gesagt, dass er ihr gefiel und sie ihn gern hatte, sie aber jetzt keine Zeit für ihn fand. Oder dass sie nicht bereit war. Nicht bereit, was sollte das heißen? War man verliebt, dann war man es eben und konnte sich nicht einfach anders entscheiden, ob man nun wollte oder nicht. Das fand zumindest Sylve. Er hatte so intensiv über das Problem nachgegrübelt, dass er sogar unter allergrößter Geheimhaltung ein Treffen mit Hervor ausgemacht hatte. Sie war mit ihrem Kartenspiel zu ihm gekommen, und sie schlossen sich im Getreidespeicher ein, wo sie ihm die Zukunft prophezeite. Auf dem Boden hatten sie gesessen, und Hervor hatte ihre eigenartigen Karten auf der Waage ausgelegt, auf der er normalerweise die Getreidesäcke wog. Sylve war nervös und kam sich furchtbar albern vor. Hervor musste ihm hoch und heilig versprechen, dass sie niemandem verriet, was sie hier taten. Das sei doch Ehrensache, hatte sie gesagt, und er glaubte tatsächlich nicht, dass sie es irgendjemandem erzählt hatte. Es war direkt unheimlich gewesen, wie recht die Karten gehabt hatten, als Hervor sie deutete.

»Du trägst einen Schmerz mit dir herum«, hatte sie gesagt. »Aber es ist ein schöner Schmerz, weil es Liebe ist.«

Er saß wie vom Donner gerührt da und vermochte nicht zu antworten.

»Momentan läuft es für dich nicht so glatt, aber hab nur Geduld.«

Immer noch gab er keinen Mucks von sich. Hervor musterte eingehend die Karten.

»Es scheint so, als hättest du vor, jemandem einen Heiratsantrag zu machen, ja, ich sehe hier einen Heiratsantrag, aber verdammt, das ist noch ganz schön lange hin. Vorher wird noch viel Wasser den Berg hinunterfließen, und die Rückschläge werden sich häufen, aber, wie schon gesagt, Geduld ist eine Eigenschaft, mit der du dich rüsten musst.«

»Aber was ist, wenn ich keine Geduld habe?«, fragte er. »Wenn ich es nicht schaffe, zu warten? Was passiert dann?«

Hervor las noch einmal die Karten und sah ihn scharf an.

»Du wirst schon die Geduld aufbringen«, antwortete sie. »Denn diese Person bedeutet dir so viel, dass es für dich ein Ding der Unmöglichkeit ist, eine Alternative zu finden.«

Er hatte so tief und inbrünstig aufgeseufzt, dass die Karten von der Waage geflattert waren.

»Kannst du sehen, ob sie mich liebt?«, traute er sich zu fragen.

Hervor zögerte und zündete sich eine Zigarette an. Sylve brummelte etwas von Brandgefahr, aber sie nahm das nicht weiter zur Kenntnis.

»Schwer zu sagen«, meinte sie schließlich und sammelte die Karten ein. »Leider kann ich das nicht so genau sehen.«

Sylve war ganz und gar nicht zufrieden. Er wollte hier und jetzt lieben. Das Leben lief ihm davon, man konnte ihn wirklich nicht mehr jung nennen und Mirjam auch nicht. Wenn es denn überhaupt Mirjam gewesen war, die Hervor in ihren Karten gesehen hatte. Trotzdem fühlte sich das Leben nach Hervors Weissagung ein wenig leichter an. Ein Trost war zumindest, dass er nicht aufgeben sollte. Niemals! Mirjam war für ihn bestimmt, und er würde warten und ihr behutsam seine Aufwartung machen, ohne sie zu verschrecken.

Sylve legte das Fernglas weg und ging zu Bett. Bevor er einschlief, dachte er über die geheimnisvolle Mirjam nach, die nachts schwarzgekleidet umherschlich. Wer war sie wirklich?

23

Torsten erhob sich aus seinem Sessel und tastete sich die Wände entlang, um den Weg in die Küche zu finden. Wie konnten sie ihn bloß einfach so alleine lassen, verdammt!

Am späten Montagnachmittag hatten sie ihn in einem Krankenwagen nach Hause gefahren. Es war eine Erniedrigung gewesen, als sie ihm zuerst auf die Toilette geholfen hatten. Seither saß er in seiner Dunkelheit grübelnd im Sessel. Das Gesundheitswesen heutzutage ließ zu wünschen übrig, aber das war ihm ja schon bekannt. Hätte Care for Seniors das Krankenhaus in Visby betrieben, wäre er gewiss nicht so schnell nach Hause geschickt worden. Dann hätte er noch bleiben können und ein Einzelzimmer und einen persönlichen Assistenten zugeteilt bekommen.

Er strauchelte über die Teppichkante – verfluchte Scheiße! Ein Pflegedienst sollte zu ihm kommen, hatte dieser Pflegedienstleiter bei der Erstellung eines Pflegeplans gesagt. Der Pflegedienst würde erst morgen früh kommen, früher war es nicht zu regeln gewesen. Torsten schnaubte und tastete sich weiter. Machte ein paar Schritte durch den kleinen Flur und gelangte in die Küche. Mit der einen Hand strich er die Wand entlang und mit der anderen tastete er sich vor. Da musste der Küchentisch sein. Er packte die Tischkante. Dann dürfte es jetzt nur noch ungefähr einen halben Meter bis zum Kühlschrank sein. Er musste irgendetwas zu trinken haben. Endlich spürte er die glatte Oberfläche des Kühlschranks unter seinen Händen und öffnete die Tür.

»Ein Pflegedienst, verdammt«, knurrte er. »Als ob man ein alter Greis wäre.«

Er wühlte auf dem untersten Bord herum, wo, wie er wusste, die hochprozentigen Getränke standen. Er brauchte jetzt einen ordentlichen, starken Schnaps. Die Flaschen mit den Spirituosen standen hinter den Reihen mit Bierdosen. Polternd fielen ein paar Dosen um und landeten auf dem Fußboden.

»Mist!«

Völlig zwecklos, in dieser Dunkelheit nach ihnen zu suchen. Stattdessen schnappte er sich eine Flasche, zog den Korken heraus, schnupperte daran und sog den Geruch ein. Das schien Schnaps zu sein. Er verschloss die Flasche wieder und suchte weiter. In seinem erbärmlichen Zustand brauchte er etwas Besseres. Endlich fand er seinen irischen, nach Naphthalin riechenden Maltwhiskey und schloss seine Faust darum. Mit der anderen Hand grabschte er sich eine Bierdose. So ausgestattet tastete er sich zurück zu seinem Lieblingssessel und leitete seinen elenden, finsteren Abend damit ein, direkt aus der Flasche und der Dose zu trinken.

Die Dunkelheit war so plötzlich gekommen. Als ob jemand einfach einen Schalter umgelegt hatte. Er hätte schon früher zum Arzt gehen müssen.

Sicher, er war mit den Tropfen nachlässig gewesen. Hatte auch nicht regelmäßig den Augeninnendruck kontrollieren lassen. Das war ihm einfach zu blöde gewesen. Jetzt befand er sich in derselben erbärmlichen Situation wie seine Mutter. Sollte er wirklich den Rest seines Lebens in dieser Hölle verbringen? Die Firma konnte ja wohl kaum einen blinden Betriebswirt gebrauchen? Er würde nicht einmal mehr seine ihm ans Herz gewachsene alte Rechenmühle benutzen können.

Der Alkohol brachte rasch Linderung. Torsten brummelte vor sich hin, lallte ein wenig. Ob er Per-Henrik anrufen sollte? Oder vielleicht Ivan? Nein, er wollte nicht, dass sie ihn in dieser beschämenden Verfassung sahen.

»Gib gut acht auf deine Augen«, hatte diese grässliche Hexe an Mittsommer gesagt.

Er schluchzte auf. Das war einfach zu schrecklich. Nicht sehen zu können. Was hatte seine Mutter noch gleich gesagt? Er kippte sich noch ein bisschen mehr von dem Maltwhiskey hinter die Binde und spülte ihn mit Bier hinunter.

»Man hat mehrere Sinne, von denen man Gebrauch machen kann«, hatte sie gemeint. »Wenn ich schon nichts sehen kann, dann kann ich mich wenigstens über das Gezwitscher der Vögel freuen.« Sein Mamachen, dumm und dankbar. Er wurde sentimental, zog sein gigantisches Taschentuch aus der Hosentasche und schneuzte sich. Das Gezwitscher der Vögel, wie pathetisch.

Torsten stand schwankend auf und öffnete ein Fenster. Als Kind hatte er sich für Vogelstimmen interessiert, weshalb er sehr wohl wusste, dass die meisten Vögel nach Mittsommer verstummten. Das Frühjahr und der Frühsommer waren die goldene Zeit, in der Amseln und Lerchen zu hören waren. Auch die Nachtigallen waren fleißig zugange, jedenfalls hier auf Gotland.

Er wölbte eine Hand über sein Ohr und lauschte. Irgendein kleiner, verfluchter Piepmatz könnte sich ja wohl mal bemerkbar machen, wo er jetzt doch so ein armer Hund war, der nichts sehen konnte. Ein paar Grillen zirpten unten am Haussockel, und ja, da hinten im Gestrüpp sang tatsächlich ein Buchfink. Plötzlich hörte er das Tschilpen der Schwalben und ihren raschen Flügelschlag. Sie flogen wie Verrückte zwischen Nahrung und Nest hin und her, eifrig dabei, ihre Jungen zu füttern.

Er musste raus. Er wollte wenigstens die Kohlmeisen

hören und im Gebüsch stehen, wenn die Schwalben über sein Haus fegten. Vielleicht würde auch ein heimischer Vogel wie die Amsel einmal aus der Art schlagen und im Juli tirilieren? Nur, um ihm eine Freude zu machen.

Torsten ließ die Flasche auf dem Tisch stehen und tastete sich durch das Zimmer zur Haustür. Trat ein paarmal daneben und musste seine ganze Kraft aufbieten, um sich zu konzentrieren. Was für ein Glück, dass er schon länger in diesem Haus wohnte, so wusste er zumindest, in welche Richtung er gehen musste. Vorsichtig und schwankend bewegte er sich die Treppe hinunter und tastete sich an der Hauswand entlang zum Dickicht.

Jetzt ist es so weit, dachte Mirjam. Eine zweite Chance werde ich nicht bekommen. Und ich werde sie nutzen. Aufregung ergriff sie. Sie stand an Torstens Gartenpforte und sah seine Umrisse im Gestrüpp. Der Mond verkroch sich hinter eine Wolke. Die Dunkelheit nahm zu. Was Torsten betraf, so spielte das keine Rolle, er wusste nichts davon, würde den Unterschied nicht bemerken. Er ging langsam durch seinen verwucherten Garten. Er stolperte über die alte im Zement eingelassene Werkstattgrube und verlor das Gleichgewicht. Rappelte sich auf und rieb sich die Stirn, die einen Schlag abbekommen hatte, und tappte weiter, hinein ins tiefste Dickicht. Sie hörte, wie er lallend mit sich selbst redete. Der Kerl musste betrunken sein. Bis zum Tümpel waren es nur noch ein paar Meter. Er tastete sich vorsichtig vorwärts, hielt sich an den mannshohen Erlentrieben und Haselsträuchern fest. Bog die Zweige zur Seite, um vorbeizukommen. Wimmerte kläglich, als sie ihm brutal ins Gesicht und auf die Arme klatschten.

Sie schlich lautlos hinter ihm her. Schritt für Schritt. Wenn er einen tat, tat sie es ihm nach. Wohin ihn seine Schritte führten, ahnte er glücklicherweise nicht. Nur noch einen Meter. Er kehrte nicht um, schlug keine andere Richtung ein. Murmelte wieder irgendetwas Unverständliches. Es klang, als lockte er jemanden mit einer hellen Kinderstimme. Suchte er etwa die Amseln? Da war er aber spät dran.

Sie trat vorsichtig mit den Füßen auf, damit das alte Laub nicht raschelte. Er zögerte nicht. Unfassbar, er schien direkt seinem Untergang entgegenzugehen. Roch er denn nicht das stille, modrige Wasser? Dieser Idiot. Tappte geradewegs darauf zu. Näherte sich immer mehr dem Wassertümpel. Jetzt, dachte sie. Jetzt könnte ich ihn warnen. Seinen Arm packen. Leben retten, wie ich es mir zur Lebensaufgabe gemacht habe. Torsten hatte das schwarze, bodenlose Loch erreicht. Ich könnte ihn jetzt natürlich auch hineinstoßen. Mich auf die Seite des Bösen stellen und nachhelfen. Es war nicht mehr nötig. Ahnungslos tat er selbst den Schritt. Wasser schwappte über seinen kleinen, leichten Körper. Der Vollmond glitt wieder hinter einer Wolke hervor. Sie sah, wie Torsten kämpfte. Umhertastete. Eigentlich hätte er sich hochziehen können, schlug in seiner Blindheit aber die falsche Richtung ein und trieb hilflos mit den Armen fuchtelnd hinaus auf den Teich, statt den Rand zu erreichen. Er versuchte irgendetwas zu schreien, doch sein Mund füllte sich erbarmungslos mit Wasser. Schwarzem Wasser. Sie rührte sich nicht vom Fleck. Antwortete nicht. Er ging unter, kam wieder hoch und wurde dann hinabgezogen. Für immer. Die Sommernacht verstummte. Meine Zeit ist tatsächlich gekommen, dachte sie.

Schnell und ebenso leise, wie sie hergeschlichen war, machte sie sich wieder davon. Er hatte sich seine Strafe selbst zuzuschreiben, das Einzige, was sie getan hatte, war, Zeugin seines Untergangs zu werden. Mirjam, die Ärztin, hatte einem Menschen in Not nicht geholfen. Sie hatte den blinden Mann beiseitegeschafft.

Sylve atmete durch das angelehnte Fenster die Luft ein. Die Nacht war warm, und er erinnerte sich an jenen Abend, als er vom Pflug nach Hause gegangen war und ganz deutlich Mirjams Parfüm gerochen hatte. Damals, als er gedacht hatte, dass bei Torsten eingebrochen worden sei. Aus heiterem Himmel war sie auf einmal wie ein schwarzer Schatten vor ihm auf dem Weg aufgetaucht. Wie jemand, der nicht gesehen werden wollte. Des Nachts, ganz allein auf weiter Flur. Leise war sie vorwärtsgeschlichen, und er hatte lange darüber nachgegrübelt, was wohl der Grund dafür gewesen sein mochte. Er war ihr in angemessenem Abstand gefolgt. Auch wenn Mirjam eine Meisterin im Schleichen war, wurde sie von Sylve noch darin übertroffen, denn das hatte er schon seit frühester Kindheit bei der Jagd auf gotländische Wildkaninchen gelernt. In der Kunst, so lautlos zu gehen, dass nicht ein Zweig knackte oder er über einen Stein stolperte, hätte er sich mit einem Indianer messen können. Ein paar Tage später hatte er erfahren, dass dieser Torsten Utas erblindet war, er hatte irgendeine erbliche Augenkrankheit gehabt. Irgendwie hatte Sylve das Gefühl, dass das etwas mit Mirjam zu tun hatte, aber in welcher Hinsicht, darauf konnte er sich keinen Reim machen. Immerhin hatte er ihren Schatten vor Torstens Haus gesehen. Sie war in das Haus hineingegangen und wieder herausgekommen. Torsten hatte das Licht an- und ausgeschaltet, und dann war Mirjam auf leisen Sohlen nach Hause geschlichen. Nein, es machte keinen Sinn. Dass Mirjam dort umhergeschlichen war, musste reiner Zufall gewesen sein, und außerdem war Sylve sich keineswegs sicher, dass Torsten just in diesem Augenblick blind geworden war.

Er schüttelte sich und gähnte ein weiteres Mal. Griff nach dem Fensterhaken und wollte soeben das Fenster zuziehen, als er einen vertrauten Schatten erblickte. Eine schwarze Gestalt kam den kleinen Weg entlang. Blieb stehen. Drehte den Kopf. Sylve hielt den Atem an. Seine Hand ruhte nach wie vor auf dem Fensterhaken. Das Zimmer lag im Dunkeln. Soweit er sehen konnte, drehte der Schatten seinem Haus das Gesicht zu. Dann regte er sich wieder, und er sah, wie die Gestalt die restlichen Meter zur Kapelle schlenderte. Die Tür wurde geöffnet. In dem Licht, das von innen herausdrang, konnte er sekundenlang etwas aufschimmern sehen. Genau wie beim letzten Mal. Sie streifte sich die Mütze vom Kopf und ließ die kupferroten Locken über ihre Schultern fallen.

24

Mirjam sank in ihrem Turmzimmer auf die Knie.

»Danke, lieber Gott, dass du bei mir warst, die Kraft der Gedanken hat funktioniert, danke dir von ganzem Herzen, ich bin so zufrieden,« leierte sie herunter. »Du bist die ganze Zeit bei mir gewesen, guter Vater, hast mir durch alle Schwierigkeiten geholfen, neben mir gestanden und zugesehen, als Torsten seinem Schicksal begegnete.«

Langsam öffnete sie die Augen und sah hinab auf ihre gefalteten Hände. Es war, als ob sie sie zum allerersten Mal sah. Die gepflegten Arzthände mit kurzgeschnittenen, sauberen Nägeln. Jetzt waren sie krampfartig gefaltet, gerötet und zerkratzt von all den Büschen und Zweigen. Sie löste ihre verkrampften Hände. Wie einfältig sie doch war. Wie konnte sie allen Ernstes glauben, dass Gott jemals die Tat, die sie begangen hatte, befürworten würde? Ihr Kindheitsglaube besagte, dass man weder in Gedanken noch mit Worten oder Taten sündigen durfte. Und sie hatte in Gedanken und mit Worten auf sehr bewusste Weise gesündigt. Hatte sich von Gott und dem Christentum abgewandt und sich mit der Kraft der Gedanken dem schwersten aller Verbrechen schuldig gemacht. Du sollst nicht töten, Mirjam! Obwohl Torsten sich selbst ertränkt hatte; sie hatte mit keinem Wort seinen Tod heraufbeschworen. Aber sie, die gottlose Mirjam, hatte auch keinen Finger gerührt, um sein Leben zu retten.

Verzweifelt öffnete sie ihre Hände und und ließ die Tränen auf sie hinabfließen. Für sie gab es kein Zurück mehr, sie war zur anderen Seite übergetreten und hatte für immer und ewig ihre Vergangenheit hinter sich gelassen. Ihren Kindheitsglauben, den sie wohl nicht genügend gepflegt hatte. Aus Sünde und Schuld war sie gekommen, Sünde und Schuld würden sie für immer und ewig begleiten.

Für einen kurzen Augenblick hatte sie an ihre wichtigste Aufgabe als Ärztin gedacht: Leben zu retten. Immer zu versuchen, Leben zu retten. Eine ausgestreckte Hand, eine menschliche Stimme nur, und sie hätte Torsten hochziehen können. Oder sie wäre ins Wasser hinabgestiegen, der Tümpel war nicht tief. Wäre mit wenigen Zügen zu Torsten hinausgeschwommen und hätte ihn an das mit Gestrüpp bewachsene, rettende Ufer gelotst. Hätte das Wasser aus seinen Lungen gepumpt. Sie hätte einen Notruf absetzen, Hilfe holen und damit ein Leben retten können.

Nichts von alldem hatte sie getan, sondern nur ruhig seinen immer verzweifelter werdenden Atemzügen gelauscht. Hatte diagnostiziert, dass die Hirnfunktion und damit sein Urteilsvermögen nachließ. Fast hätte sie auswendig den Ablauf aus den Lehrbüchern heruntergebetet. Sie hatte es unterlassen, beruhigend auf ihn einzureden, und ihn nicht dazu gebracht, ruhiger zu atmen. Hatte nicht versucht, Leben zu retten. Auf der anderen Seite: Torsten war so abscheulich zu ihr gewesen. Immer wieder war sie unangenehmen Situationen ausgesetzt gewesen, weil Care for Seniors sie rausgeworfen hatte. Zum Beispiel bei dieser Geschichte mit dem Mietwagen.

Nach einigen Wochen Dienst in Kuivalihavaara sollte das gesamte Personal zu einer Konferenz nach Luleå. Der Chef des Ärztehauses hatte entschieden, dass sie zwei Minibusse mieten sollten, um gemeinsam die fünfzig Kilometer dorthin zu fahren. Mirjam und Schwester Lisa boten sich als Fahrer an und holten deshalb die bestellten Mietwagen in Kiruna ab.

Froh, wenigstens mal einen Tag aus dem Dorf herauszukommen, stieg Mirjam zusammen mit Schwester Lisa in den Bus und fuhr die fünfzig Kilometer in die nächstgelegene Stadt. Es war Ende November, und es hatte schon strenger Frost geherrscht. Sie spazierten die verschneiten Straßen vom Busbahnhof bis zur Autovermietung hinunter. Dort setzten sie sich jeweils in einen Besucherstuhl und versuchten, ihre eingefrorenen Gesichter wieder aufzutauen, während der Inhaber der Autovermietung auf seinen Computer einhämmerte.

»Ausgezeichnet!«, rief er lebhaft aus und wandte sich an Schwester Lisa. »Sie haben eine weiße Weste und keine Einträge im Schuldenregister, Sie können die Autos mieten.«

In dem Moment blieb für Mirjam die Zeit stehen – das war's. Sie begriff augenblicklich, was das hieß. Sie atmete beinahe lautlos. Vor dem lieben Gott konnte sie ihre Schulden bekennen, aber ganz gewiss nicht vor Schwester Lisa oder den anderen Kollegen des Kuiva-Ärztehauss. Niemand durfte davon erfahren, niemand hatte Zutritt zu ihrem geheimsten, schändlichsten Raum.

»Können Sie das auf dem Computerbildschirm sehen?«, brachte sie krächzend hervor.

»Sicher doch!«, behauptete der Typ von der Autovermietung und riss ein dickes Buch an sich, das auf dem Schreibtisch gelegen hatte, und blätterte darin herum.

»Sehen Sie, hier«, fuhr er fort. »Dieses Buch ist voll von Leuten, die einen Schuldnereintrag haben. Können Sie sich das vorstellen? Das ganze verfluchte Buch! Und kleingedruckt ist es auch noch.«

Triumphierend wedelte er energisch mit dem Buch vor ihrer Nase herum, und in Mirjams Augen verwandelte er sich in den Teufel höchstpersönlich. Er kapiert gar nichts, dieser fette, rotgesichtige Unternehmer, dachte sie. Kapiert nicht, wie schnell man in der Schuldenfalle landen kann. Und er kapiert auch nicht, dass dieses Buch Tausende menschliche Tragödien beinhaltet, was verdammt noch mal nicht rechtfertigt, deshalb auch noch schadenfroh zu sein. Nun tut sich mit Sicherheit ein Abgrund vor mir auf, und wie soll es dann nur weitergehen? Die Gedanken wirbelten ihr im Kopf herum. Sie würde abhauen müssen, erneut umziehen. Wie sollte sie das Schwester Lisa erklären? Die Zeit blieb stehen. Die Computertastatur klapperte. Einen Moment lang hörte Mirjam auf zu atmen.

»Da haben wir's«, sagte der Autovermieter schließlich. »Bei Ihnen gibt es auch nichts zu beanstanden.«

Mirjam seufzte tief und hörbar auf. Ihre Schutzengel hatten offenbar auch bei der Leihwagenfirma geparkt. Vielleicht waren noch nicht alle Angaben vollständig eingetroffen? Oder aber dieser engstirnige Unternehmer war an ein schlechtes Kreditauskunftsunternehmen gekoppelt.

Als Mirjam den geliehenen Minibus nach Kuiva fuhr, war sie zutiefst erschüttert und wütend. Sollte es noch nicht einmal möglich sein, ein Auto auf Rechnung des Arbeitgebers zu mieten, nur weil man einen Schuldenvermerk hatte? Sie mietete die Autos schließlich nicht für sich selbst. Jetzt war es ja noch einmal gutgegangen, aber die persönliche Freiheit wurde nach und nach eingeschränkt, die Welt wurde eng und klein. Sie musste lernen, gründlicher nachzudenken, bevor sie irgendetwas tat. Unannehmlichkeiten dieser Art führten dazu, dass sie sich wie eine Verbrecherin fühlte, und das war es nicht wert.

Sie schweifte zu den erschütternden nächtlichen Ereignissen an Torstens Löschteich ab. Auch wenn er selbst schuld an seinem Tod war, fühlte sie sich schmutzig. Dreckig. Entschlossen stand sie auf und stolperte die Treppe des Turmzimmers hinunter. Stürmte in die Küche und riss ein Badelaken an sich, das über einem Stuhl hing. Eilig stopfte sie es in eine Plastiktüte.

Hervor gähnte, blickte erstaunt von ihrem Morgenkaffee auf und verfolgte Mirjams wildes Treiben. Die halbe Nacht lang hatte sie sie dort oben im Turmzimmer schluchzen und murmeln gehört, sie aber taktvoll mit ihrer Qual in Ruhe gelassen. Jetzt hatte Mirjam eine Bürste und eine Shampooflasche herausgekramt. Und rein in die Tüte damit.

»Wo willst du denn in dieser Herrgottsfrühe hin?«

Mirjam hielt eine Sekunde lang inne und starrte Hervor wild an.

»Ich will zum Strand und baden, verstanden? Ich muss mich waschen. Alles abwaschen, den ganzen Körper. Alles. Es muss weg!«

»Was ist denn bloß passiert?«

Mirjams Augen flackerten. Sie wischte sich eine Träne aus dem Augenwinkel. Ihre Stimme klang brüchig.

»Er ist ertrunken, Hervor. Ganz von selbst. Oder aber es liegt an diesen verfluchten Affirmationen! Tot! Verstehst du? Tot!«

Hervor fing sich und schloss sich ihr wortlos an.

Mirjam fuhr einen Waldweg entlang zu einem einsam gelegenen Strand, den nicht viele aufsuchten. Hervor schwieg. Es war am besten, Mirjam in Frieden zu lassen. Dennoch – kaum zu glauben, wie wirksam Verwünschungen sein konnten! Dieser Mistkerl hatte ihrer besten Freundin Schaden zugefügt. Möge er in glühender Lava umherpaddeln!

Als sie am Meer waren, riss Mirjam sich die Kleider vom Leib und watete in der Morgendämmerung, so wie Gott sie geschaffen hatte, hinaus ins kühle Nass. Ließ das Salzwasser ihren sündigen Körper umspülen. Tauchte mit dem Kopf unter, obwohl sie solche Angst davor hatte. Hinfort mit der Schuld! Alles musste weg. Sie leerte die halbe Shampooflasche und schäumte Haar und Körper damit ein. Tauchte wieder in die See. Stolperte über einen kleinen Stein, der ihr in die Fußsohle schnitt. Jaulte auf. Gut, so sollte sich das anfühlen! Sie verdiente den Schmerz. Sie schwamm geradeaus, dem Horizont entgegen.

Hervor watete, die Tunika in den Gummibund ihrer Unterhose gestopft, an der Wasserkante entlang. Das salzige Wasser schwappte über ihre nackten, braungebrannten Füße. Verflixt und zugenäht, wie schwer Mirjam Torstens Tod nahm. Sie hatte schließlich nichts getan, verdammt. Ihm die ganze Zeit nur zugesehen. War Zeugin seines unglückseligen Todes oder besser gesagt seines wohlverdienten Todes gewesen. Das hatte dieser Lümmel verdient! Es war nur gerecht, dass er von der Bildfläche verschwunden war. Wollte die überspannte Mirjam etwa bis nach Finnland schwimmen? Diese Mühe war der Kerl nun wirklich nicht wert. Sie schirmte ihre Augen mit der Hand ab und ließ den Blick übers Meer schweifen.

Da sah sie, wie Mirjam mit kräftigen, unermüdlichen Schwimmzügen zurückkam. Mirjam stieg aus den Wellen, raffte ihr Haar zusammen und wrang es aus. Watete ans Ufer und schenkte Hervor ein breites Lächeln.

»Fühlst du dich jetzt besser?«, fragte Hervor.

Mirjam hatte sich in ihr großes Frotteehandtuch vergraben und fröstelte leicht in der morgendlichen Brise.

»Viel besser. Schrecklich, solche Unfälle. Ich begreife immer noch nicht, dass das wirklich passiert ist.«

Hervor sammelte ein paar Steine und Schnecken vom Strand auf und studierte sie eingehend.

»Er hat bekommen, was er verdient hat. Wer anderen eine Grube gräbt, fällt selbst hinein, wie du weißt.«

»Ja, da ist schon was Wahres dran«, sagte Mirjam und schlüpfte in die Jeans. »Ich muss einfach unschuldig sein, ich muss! Das ist mir da draußen im Meer klargeworden, anders kann es gar nicht sein.«

»Glaubst du. Ich bin mir da nicht so sicher.«

»Du bist eine garstige Hexe, Hervor. Solche wie dich hat man im Mittelalter auf dem Scheiterhaufen verbrannt, du alte Schreckschraube.«

Sie gab ihrer Freundin einen freundschaftlichen Klaps auf den Arm.

»Teufel aber auch«, antwortete Hervor, »jetzt fahr'n wir nach Hause und holen den Sekt und die Schnittchen raus.«

25

Vermutlich ist er reingestolpert. Freiwillig oder unfreiwillig.«

Polizeiinspektor Anders Klintvall von der Polizei in Visby wischte sich den Schweiß von der Stirn und musterte den Leichnam, der vor ihnen lag. Die Feuerwehr hatte ihn geborgen, und jetzt lag der Tote auf einer Bahre, damit der Notarztwagen ihn abtransportierte.

Camilla Persson betrachtete abwechselnd ihren Kollegen und die tragische Leiche.

Sie hatte Glück gehabt, dass sie gleich nach ihrer Ausbildung eine Anstellung als Polizeiassistentin in Visby bekommen hatte. Mit Klintvall ließ es sich gut zusammenarbeiten, und Gotland war im Gegensatz zu Stockholm, wo sie vorher gewohnt hatte, echt in Ordnung.

»Wer ist er?«, fragte sie.

»Anscheinend der Bewohner dieses heruntergekommenen Häuschens. Der Typ vom Pflegedienst glaubt, dass er Torsten Utas heißt, war sich aber nicht sicher. Das war alles, was ich aus ihm herausbringen konnte. Er scheint völlig verstört zu sein.«

»Hat er ihn gefunden?«

»Nein, ein paar Kinder, wenn ich ihn richtig verstanden habe. Er hat mit ihnen Schere, Stein, Papier gespielt, seit sie die Leiche gefunden haben.«

Anders Klintvall schüttelte bekümmert den Kopf.

»Arme Kinder, so etwas mit ansehen zu müssen.« Camillas Stimme war voller Mitleid.

Klintvall tippte ein paar Nummern in sein Telefon ein, trat zur Seite und sprach eine Weile. Camilla nahm die Gelegenheit wahr, um den Leichnam ein bisschen genauer unter die Lupe zu nehmen.

Es war nicht das erste Mal, dass sie einen ertrunkenen Menschen sah, aber besonders groß war ihre Erfahrung diesbezüglich auch nicht. Nach ihrer Einschätzung konnte er nicht besonders lange im Wasser gelegen haben. Der Körper war immer noch in gutem Zustand und nicht aufgedunsen und unförmig. Die Fingerspitzen waren natürlich schrumpelig, das geschah nun mal, wenn sie ein paar Stunden im Wasser gelegen hatten, und an den Fingerknöcheln waren ein paar Kratzer zu sehen, die er sich offenbar zugezogen hatte, als er über den Grund geschrammt war. Das Gesicht hatte den charakteristischen straffen und angespannten Ausdruck, nur auf der Stirn prangte eine unschöne kleine Wunde.

Klintvall kehrte zurück.

»Persson, ich habe mit der Pflegedienstleitung Rücksprache gehalten, weil der Typ sagte, dass er für den Pflegedienst arbeiten würde. Sie glauben auch, dass es Torsten Utas sein könnte, und haben mir noch den Tipp gegeben, im Krankenhaus anzurufen. Torsten Utas war anscheinend gerade erst entlassen worden. Er war blind.«

»Blind? Dann ist es nicht besonders erstaunlich, dass er reingefallen ist. Hast du das Krankenhaus erreicht?«

»Ja. Aber nicht den entsprechenden Arzt. Wir müssen noch ein bisschen warten.«

»Schau dir diese Wunde an«, sagte Camilla. »Wäre es nicht besser, die Kriminaltechnik einzuschalten, damit sie sich hier einmal genauer umschaut?«

»Denkst du, dass ihm jemand absichtlich eine verpasst hat, um ihn dann in diesen Tümpel zu schubsen?«

Sie biss die Zähne zusammen. Fühlte sich unerfahren und ein wenig dumm, aber noch konnte man schließlich nichts ausschließen.

»Ja. Es muss ja nicht zwangsläufig Selbstmord gewesen sein.«

»Na ja, sieh dir noch einmal die Wunde an. Ich finde eher, dass es so aussieht, als hätte er sich an irgendeinem dieser fiesen Zweige geritzt, als er versucht hat, hier runterzukommen. Das Gestrüpp ist verdammt dicht hier, und alles ist voller Dornen. Wenn wir Glück haben, ist ein Arzt an Bord des Notarztwagens und kann das bestätigen.«

Anders Klintvall sperrte das Gebiet mit blauweißem Band ab und deckte Torstens leblosen Körper barmherzig mit einer Decke des Rettungsdienstes zu.

Camilla musste sich auf die jahrelange Erfahrung ihres älteren Kollegen verlassen und ging stattdessen ins Haus, um mit dem jungen Mann vom Pflegedienst zu sprechen.

Er saß in der Küche und starrte ins Leere. Am Tisch saßen auch die drei Kinder, die aus irgendeinem Grund ebenfalls anwesend waren. Alle schwiegen.

»Hallo«, sagte Camilla. »Ich koche uns einen Tee, Sie frieren ja.«

Er nickte stillschweigend.

»Möchtet ihr einen Saft haben, Kinder?«, fuhr sie betont fröhlich fort. »Ich finde sicher welchen im Kühlschrank.«

Drei ernste Augenpaare sahen sie an und nickten. Wie alt mochten sie wohl sein? Das blonde Mädchen mit dem rot gepunkteten Kleid sah aus, als wäre sie ungefähr neun Jahre. Der blonde Junge, genauso blond wie sie und vermutlich ihr kleiner Bruder, konnte seiner Größe nach nicht älter als fünf sein. Und dann war da noch ein kleines Mädchen mit glatten dunklen Haaren, in Shorts und Hemd gekleidet, die auch nicht viel älter als fünf aussah. Warum mussten diese armen Kinder ausgerechnet so eine Erfahrung machen, die sie ihr ganzes Leben lang mit sich herumschleppen würden?

»Wir haben ihn entdeckt«, sagte das älteste Mädchen plötzlich. »Wir haben den Mann im Wasser gesehen.«

»Der Onkel schwimmt nicht«, sagte ihr kleiner Bruder mit einem Mal, »man muss schwimmen, sonst ertrinkt man.«

»Hm«, war das Intelligenteste, was Camilla dazu einfiel. Sie fing stattdessen an, im Kühlschrank zu kramen, und fand eine Packung Apfelsaft, die sie an die Kinder ausschenkte. Ihr entging nicht der enorme Alkoholvorrat, und sie goss dem jungen Mann einen Schnaps ein, den sie ihm mit dem Tee reichte. Klintvall würde vermutlich meckern, dass das gegen die Vorschriften verstieß, aber das kümmerte sie einen Dreck.

»Wie heißt du?«, fragte sie.

»Patrik«, sagte er und stürzte den Schnaps hinunter. »Zum Kotzen ist das alles. Können Sie nicht dafür sorgen, dass die Kinder nach Hause zu ihren Eltern kommen?«

Er schaute sie eindringlich an. Sein langes blondes Haar war zu einem schmucken Pferdeschwanz zusammengebunden, und in einem Nasenflügel trug er einen Silberring.

Camilla nickte und baute darauf, dass das älteste Mädchen sich auskannte. Sie wusste bestimmt, wie sie hießen und wo sie wohnten, und mit Hilfe des Mobiltelefons konnte man rasch eine aufgeregte Mutter herbeirufen, die alle drei Kinder abholte.

»Also«, sagte Camilla zu Patrik, »jetzt erzähl mal, was du gesehen hast.«

Patrik fing zögernd an, aber als er erst einmal in Schwung gekommen war, sprudelten die Informationen nur so aus ihm heraus.

»Ich sollte hierherfahren und dem Alten helfen. Eigentlich büffle ich gerade fürs Examen, aber zurzeit habe ich einen Sommerjob beim Pflegedienst und habe mehrere

Leute hier im Ort, denen ich helfe. Aber er hier, er war neu für mich. Ich wusste nur, dass er erblindet war und gestern vom Krankenhaus nach Hause gekommen ist.«

»Bist du zuerst reingegangen?«

»Na klar. Ich bin in diesem scheißdunklen Kasten rumgelaufen und hab nach ihm gesucht, aber keine Spur von ihm, deshalb bin ich rausgegangen, dachte, er würde vielleicht im Garten sitzen oder so. In dem Moment hab ich die Kinder entdeckt, sie waren so merkwürdig still. Irgendwie unnatürlich. Sie standen einfach nur so da.«

»Und dann bist du zu ihnen gegangen?«

»Ja, ich dachte, dass die Kinder gefährlich nahe an diesem Löschteich standen, und das wollte ich ihnen sagen. Ja, und dann haben wir die Bescherung gesehen. Ich hätte gern noch einen Schnaps, wenn's geht, Auto kann ich heute sowieso nicht mehr fahren.«

Camilla goss ihm noch einen ein und merkte, dass es einen beruhigenden Effekt auf den armen Kerl hatte.

»Und dann hast du den Notruf abgesetzt?«

»Nicht unten am Tümpel. Ich habe die Kinder ins Haus geschickt, um sie von diesem Alptraum wegzuholen, dann habe ich Alarm geschlagen. Ich habe eine Ewigkeit Schere, Stein, Papier mit ihnen gespielt, verdammt. Etwas anderes ist mir nicht eingefallen.«

Er versuchte zu lächeln, aber es gelang ihm nicht besonders.

»Du hast getan, was nötig war, Patrik, prima. Du kannst jetzt nach Hause fahren. Gibt es jemanden, der dich abholen könnte?«

»Ich kann meine Freundin anrufen, ihre Familie hat ein paar Kilometer von hier entfernt ein Sommerhaus.«

Camilla ließ Patrik erst allein, als seine Freundin aufgetaucht war, dann ging sie zurück zu Klintvall, der sich die Umgebung rings um den gefährlichen Löschteich anschaute. Der Leichnam lag immer noch da, bereit für den Abtransport. Das blauweiße Band flatterte im Wind.

Ein Mann kam vom nahe gelegenen Pub auf sie zu. Er hatte scharf geschnittene Züge und dichtes dunkles Haar mit ein wenig Grau an den Schläfen.

»Gerhard Klein«, stellte er sich in gutem, wenn auch nicht ganz akzentfreiem Schwedisch vor. »Ich will nicht neugierig erscheinen, aber ich habe das Polizeiauto gesehen und wollte nur wissen, ob ich helfen kann. Ich bin hier gleich nebenan der Gastwirt.«

Er zeigte mit der Hand zum Pflug.

»Warum nicht«, sagte Klintvall und schlug die Decke zurück, die den Körper verhüllte. »Können Sie diesen Mann hier identifizieren?«

Camilla dachte, dass sie den armen Gastwirt erst einmal ein wenig darauf vorbereitet hätte und nicht wie der Kollege so direkt zur Sache gekommen wäre. Gerhard schreckte zurück, er war schwerlich auf den Anblick, der sich ihm bot, gefasst.

»Mein Gott! Aber das ist ja Torsten Utas!«, brach es aus ihm heraus. »Die arme Seele, wie tragisch!«

Er bekreuzigte sich.

Polizeiassistentin Persson machte sich Notizen auf ihrem Block. Klintvall trat näher an Gerhard heran.

»Gut«, sagte er.

»Gut? Das ist überhaupt nicht gut. Schrecklich! Wie sollen die beiden anderen bloß damit zurechtkommen? Die Ärmsten!«

Klintvall räusperte sich.

»Nun ja, ich meinte nicht in dem Sinne gut. Schwamm drüber! Sind Sie sich ganz sicher, dass es sich hier um Torsten Utas handelt?«

»Kein Zweifel! Er ist doch einer meiner Stammgäste. Kommt jede Woche gemeinsam mit seinen Geschäftspartnern und trinkt ein oder zwei Bierchen. Ich werd doch wohl meine Stammgäste wiedererkennen!«

Anders Klintvall setzte eine besonders verständnisvolle Miene auf. Camilla schrieb weiter mit.

»Die beiden anderen, wen meinen Sie damit?«

Gerhard stellte sich als eine unerschöpfliche Informationsquelle heraus. Noch bevor das Gespräch beendet war, hatten Klintvall und Persson sich ein vollständiges Bild gemacht. Torsten Utas war Teilhaber bei Care for Seniors gewesen, der Firma, über die zumindest Klintvall schon einmal etwas in der Zeitung gelesen hatte. Die anderen beiden waren Per-Henrik Bogren und Ivan Pazic. Anders Klintvall hatte keine Ahnung, wer dieser Pazic war, aber Per-Henrik Bogren kannte er. Wenn er sich recht erinnerte, waren sie zur gleichen Zeit in Säve zur Schule gegangen, wenn auch nicht in dieselbe Klasse, auf jeden Fall hatten sie im selben Jahr Abitur gemacht. Gerhard zeigte ihnen, wo die beiden wohnten, und beschrieb, wo die Firma Care for Seniors lag.

»Wissen Sie, ob Torsten Utas Angehörige hat?«, fragte Camilla und sah von ihrem Notizblock auf. »Familie?«

»Davon weiß ich nichts«, sagte Gerhard. »Er wohnt … wohnte jedenfalls allein in dieser … in dieser Bruchbude da.« Gerhard bedachte das Haus mit einem mitleidigen Blick.

Gerhards Einladung auf einen Imbiss und eine Tasse Kaffee nahmen die beiden Polizisten gerne an und begleiteten ihn, nachdem die Ambulanz mit Torsten weggefahren war. Ein Arzt war nicht dabei gewesen, und ein Verbrechen konnte man natürlich nicht ausschließen, auch wenn das meiste darauf hindeutete, dass der kleine Mann von selbst hineingefallen war. Oder sich das Leben genommen hatte. Nun gut, die Obduktion würde Antworten darauf geben, dachte Camilla. Bis auf weiteres mussten sie wohl erst einmal seine nächsten Angehörigen informieren.

»Willst du Kontakt zu seinen Geschäftspartnern aufnehmen, oder soll ich das machen?«, fragte sie.

»Wir nehmen uns jeder einen vor«, schlug Klintvall vor. »Ich kenne Per-Henrik ein wenig. Versuch du diesen Pazic zu erreichen. Morgen können wir uns dann hier auf den Höfen umhören. Vielleicht hat irgendjemand etwas gesehen. Wenn nicht, können wir sie aus unseren Ermittlungen streichen.«

26

Huhu!«

Mirjam drehte sich im Bett um. Wollte nicht aufwachen. Vergebens versuchte sie, weiterzuschlafen.

»Huhu!«

Verflixt, wie dieses Weib nervte! Mirjam wollte weiterträumen. Den Traum von Anna. Sie spielten irgendwo. Am Wasser. Nein, nein, im Meer war es. Schwammen zusammen. Wo war es noch gleich gewesen? Ach ja, türkisblaues Mittelmeer. Wie weich und leicht es sich anfühlte. Anna kicherte und lachte und schlug einen Purzelbaum, sie war so munter wie ein kleiner Fisch im Wasser.

»Huhu, Mirjam! Aufwachen! Es ist schon später Nachmittag.«

Widerwillig ließ sie den Traum verblassen und öffnete die Augen. Erinnerte sich mit einem Mal, dass sie sich ganz und gar nicht im Urlaub am Mittelmeer befand. Es war der Tag nach Torstens tragischem Tod durch Ertrinken, und sie hatte die Schuld von sich heruntergeschrubbt und war danach Hals über Kopf ins Bett geplumpst. Nicht verwunderlich, war sie doch die ganze Nacht zuvor wach gewesen.

Sie zog das T-Shirt aus und suchte einen dicken roten Rollkragenpulli heraus, weil es sie ein wenig fröstelte.

Dennoch ist Torstens Tod mysteriös, dachte sie, als sie vor dem Spiegel stand und versuchte, ihre Locken mit der Haarbürste zu entwirren. Mirjam hatte wirklich nicht eine einzige Affirmation ausgesprochen, die davon handelte, dass er sterben sollte, und dennoch war der blöde Heini geradewegs in den Löschteich gerannt. Unmittelbar vor ihren Augen. Zuerst war es entsetzlich gewesen, aber jetzt fühlte sie sich seltsamerweise ausgeglichen und zufrieden.

Sie schlenderte die Treppe hinab.

»Na, da bist du ja endlich!«, rief Hervor aus. »Ich hab ein Fest vorbereitet. Sozusagen eine klitzekleine, bescheidene Party organisiert. Hatten wir uns nicht darauf geeinigt?«

Mirjam blieb in der Mitte des alten Kapellenraums wie angewurzelt stehen. Auf dem Tisch standen silberne Tabletts. Wo zauberte Hervor das bloß immer alles her? Auf den Platten thronten kunstvoll angerichtete Häppchen. Aus einem Aluminiumbehälter, randvoll mit Eiswürfeln, ragte eine Sektflasche. Hervor stand da, die Arme vor der Brust verschränkt, und folgte Mirjams Blick. Sie sah außerordentlich zufrieden aus.

»Ich hab noch mehr gekühlte Flaschen.«

»Was du nicht sagst. Meinst du nicht, eine Flasche sollte für uns reichen?«

»Na ja, nur für den Fall, dass Gäste kommen.«

Der Saal war mit grünen Zweigen, prächtigen Blättern und Blüten geschmückt. Hellblaue Zichorien, sonnengelber Wiesen-Pippa, Wilde Möhre, so filigran wie Spitze, und zartlila Skabiosen-Flockenblumen. Alle erdenklichen Wildblumen, die Gotland im Juli zu bieten hatte.

»Hervor, du bist phantastisch, hab ich dir das schon mal gesagt?«

»Ach, papperlapapp, schließlich haben die Affirmationen funktioniert. Und wir wollten doch feiern. Bitte sehr!«

Hervor schenkte Mirjam einen großzügigen Schluck perlenden Sekt ein und deutete mit einer einladenden Geste auf die Schnittchen, die mit allerhand Leckereien kunstvoll verziert waren. Mirjam griff begeistert zu, mittlerweile war sie richtig hungrig.

»Hervor«, sagte Mirjam mit vollem Mund, »etwas ist seltsam an dieser ganzen Sache mit Torsten.«

Hervor zog die Augenbrauen hoch, während sie einen Schluck von ihrem Sekt trank.

»Was denn? Das Dreckschwein ist schließlich tot und, ich muss schon sagen, das hat er wirklich verdient.«

»Ja, sicher, aber ich habe wirklich keine Affirmationen ausgesprochen, die auf seinen Tod abzielten. Nur, dass er erblinden sollte.«

»Tatsächlich? Tja, da kannste mal sehen, wie verflucht stark die Kraft der Gedanken ist. Das nächste Mal musst du verdammt noch mal vorsichtiger sein. Man kann schließlich nie wissen, wohin diese Verwünschungen führen.«

»Verwünschungen?«

»Scheißegal! Verwünschungen oder Affirmationen, das kommt doch aufs Gleiche raus. Hauptsache, er ist jetzt dort, wo er hingehört. Friede sei mit ihm.«

Mirjam schauderte es. Im selben Augenblick klopfte es an der Tür. Sie stellte das Glas ab und starrte Hervor an.

»Wer kommt denn jetzt, zum Kuckuck? Was sollen wir sagen?«

Hervor legte beruhigend eine Hand auf Mirjams Unterarm.

»Oh, ich hab nur ein paar eingeladen. Kommt rein!«, rief sie.

Die Tür zur Kapelle wurde geöffnet, und Vendla und Sylve tauchten im Türrahmen auf.

»Willkommen! Seid willkommen und feiert meinen Geburtstag mit uns!«

Hervor zog die beiden Nachbarn zur Tür herein und drückte jedem von ihnen ein Glas in die Hand.

»Aber du hast doch noch gar nicht Geburtstag«, fauchte ihr Mirjam ins Ohr.

Ihre Freundin zuckte nur die Schultern.

Sylve und Vendla nahmen bereitwillig von den Schnittchen. Sylve schluckte ein paar Bissen hinunter und ergriff dann das Wort.

»Ich finde, wir sollten singen«, schlug er vor. »Lasst uns ›Hoch soll sie leben‹ anstimmen.«

Seine rauhen Arbeiterhände passten so gar nicht zu dem zierlichen Champagnerglas. Nachdem sie den Toast ausgebracht hatten, leerte er sein Glas auf einen Zug.

Mirjam machte gute Miene zum bösen Spiel und betrachtete wohlwollend Hervor, die mit einer Schüchternheit, die ihr gut zu Gesicht stand, die Gratulationen entgegennahm.

»Wie alt bist du denn geworden?«, fragte Vendla.

»Oho«, antwortete Hervor, »danach fragt man doch nicht ein altes Weibsstück! Nun nehmt euch von den Leckerbissen. Langt ordentlich zu, hier darf nichts übrig bleiben!«

Sylve zündete in dem kleinen Kamin ein Feuer an, und sie setzten sich drum herum und tranken noch mehr Sekt. Für den Moment vergaß Mirjam die Wirklichkeit und die Qualen, die sie nach Torstens Tod, dessen Zeugin sie geworden war, erlitten hatte. Vendla fragte Hervor, wie es kam, dass sie die Gabe besaß, unbekannten Personen, die ihre Hilfe suchten, die Zukunft vorherzusagen. Konnte sie auch Kummer und Sorgen weissagen? Ein wenig neidisch geworden, flocht Sylve ein, dass es in Stånga fünfundfünfzig Millimeter geregnet habe, in Kajpe Kviar hingegen sei nicht ein Tropfen im Regenmesser gelandet. Ob Hervor nicht den Himmel um ein paar Tropfen Regen anflehen könne? Er hatte sich neben Mirjam niedergelassen und legte, angetrunken vom Sekt, den Arm um ihre Schultern.

»Du siehst mitgenommen aus«, sagte er plötzlich ohne Vorwarnung. »Kannst du nachts nicht schlafen?«

Sie zuckte zusammen und leerte das Glas bis auf den letzten Rest.

»Schlafen? Aber sicher! Wie ein Baby.«

»Du läufst also nicht draußen herum?«

Peng! Das Glas fiel ihr aus der Hand und zerschellte auf dem Kapellenboden. Ihr stieg die Hitze ins Gesicht, und sie wusste, dass ihre Wangen blutrot geworden waren.

»Wo gefeiert wird, da fallen Scherben!«, jauchzte Hervor, eilte mit Handbesen und Schaufel herbei und fegte alles nach Art der zupackenden Norrländer in einem einzigen Rutsch auf. Resolut baute sie sich vor Vendla auf.

»Reich mir die Hand, Vendla, ich prophezeie dir die Zukunft.«

Vendla streckte erstaunt ihre Hand aus.

»Potzblitz, eine so gut durchblutete Handfläche habe ich nicht mehr gesehen, seit ich der Landrätin in Luleå die Zukunft vorhergesagt habe!«

27

Am nächsten Morgen trottete Hervor frühmorgens zu ihrem Briefkasten unten an der Straße. Schon von weitem hörte sie das aufgeregte Geschnatter der Nachbarsfrauen.

»Hu, wie schrecklich!«, rief Vendla aus, als sie *Gotlands Allehanda* aus dem Postkasten herausfischte. »Mann ertrunken, und das hier in Kajpe Kviar! Wer kann das sein?«

Die fettgedruckten Buchstaben auf dem Titelblatt hatten sofort ihre Aufmerksamkeit gefesselt, obwohl der Rest der Titelseite von einem Farbfoto zweier Schauspieler dominiert wurde, die in einem örtlichen Theaterstück Erfolge gefeiert hatten.

»Aber hast du denn noch gar nichts davon gehört?«, fragte Frau Pettson, die daneben stand und ihren Briefkasten durchforstete. »Das ist der Typ, der dahinten bei der Kirche wohnt, der Kleine.«

Frau Pettson blätterte die Zeitung durch und hielt sie Vendla vor die Nase.

»Schau hier, es ist Torsten Utas.«

»Utas? Wo ist er denn untergegangen? Hier gibt's doch gar keinen See, oder?« Vendla sah ehrlich nachdenklich aus.

»In der *brya*, du weißt schon. Der Tümpel direkt am Haus, man sieht ihn vom Weg aus kaum.«

»Ach so … ja, den, ja, den hatte ich vergessen, wie traurig. Tja, ich kannte ihn natürlich nicht näher, aber er kann einem auf jeden Fall leidtun. Sylve hat gar nichts davon erwähnt, und er weiß meist über alles Bescheid.«

Hervor trat näher zu ihnen heran. Sie hatte der Einfachheit halber nur ein Paar Gummistiefel und einen Morgenrock angezogen. Ihr von grauen Strähnen durchzogenes Haar hatte sie zu einem Pferdeschwanz zusammengebunden, der ihr über den Rücken baumelte.

»Was plappert ihr denn so fröhlich? Habt ihr interessanten Klatsch zu berichten?«

Vendla erzählte leise, was geschehen war, und deutete auf den Zeitungsartikel.

»Und dabei war es gestern so nett bei euch. Und da war er schon mehrere Stunden mausetot.«

»O mein Gott«, klagte Hervor. »Das ist ja wirklich tragisch. Tja, ich kannte ihn nicht, aber ich habe ihn selbstverständlich schon gesehen. Er saß oft mit den anderen im Pflug. Meine Güte, ist das ein Winzling gewesen! Schier unglaublich eigentlich. Schönen Tag noch, Mädels!«

Sie stiefelte den kurzen Weg zur Kapelle zurück.

»Sie haben den Halunken rausgezogen«, teilte sie Mirjam mit und pfefferte die Zeitung auf den Frühstückstisch. »Seit heute weiß es die ganze Insel.«

Mirjam überflog den Artikel.

»Brrr, wie unheimlich! Der arme Kerl. Und die armen Kleinen, die das mit ansehen mussten.«

»Ja, ja, da kann man nichts machen, so was passiert täglich und zu jeder Tageszeit. Die Menschen stolpern da einfach hinein. Freiwillig oder unfreiwillig.«

Mirjam hob die Frühstückstasse an den Mund und lächelte Hervor an. Sie vertieften sich schweigend in die Zeitungslektüre.

»Weißt du, was ich heute Morgen gemacht habe?«, sagte Mirjam nach einer Weile.

Hervor riss sich von den Nachrichten los und schaute auf.

»Nee. Was Nützliches?«

»Ob man das so nennen kann, weiß ich nicht, aber ich kann dir nicht sagen, wie oft ich die Kraft der Gedanken beschworen habe, dass die Rose Blüten treiben soll. So viel ist klar: Es klappt nicht.«

»Das meinst du.«

»Das ist nur dummes Zeug, Hervor. Verstehst du das denn nicht? Sowohl die Rose als auch Torsten! Es gibt nichts, was darauf hindeuten würde, dass es funktioniert.«

Hervor rückte ihre Brille zurecht und zuckte die Schultern.

»Die Zukunft wird es lehren«, sagte sie und las weiter.

Später am Nachmittag klopfte jemand höflich an die Tür, die fast immer weit offen stand. Hervor schrieb an ihrer wöchentlichen Kolumne für die Zeitschrift, vollauf mit der Suche nach verlorengegangenen Wertgegenständen, mit Gedanken an den Zukünftigen und der Kontaktaufnahme zu verstorbenen Verwandten beschäftigt. Langsam und sorgfältig bewegten sich ihre Finger auf Mirjams Computer. Sie hatte rasch begriffen, wie man ihn bediente, aber zu lernen, wie man schneller schrieb, dauerte seine Zeit.

Sorgfältig und vorsichtig klebte Mirjam eine Tapetenbahn an die Wand. Sie ärgerte sich über das komplizierte Muster, aber hübsch sah es schon aus, nachdem sie sich in einem Anfall von Romantik für eine Rosentapete entschieden hatte.

Beide nahmen sich nicht die Zeit, einen Willkommensgruß zu rufen.

»Hallo! Jemand zu Hause?«

Hervor, die unten im Hauptraum saß, reagierte zuerst und ließ widerstrebend vom Computer ab. Mirjam trat ans Treppengeländer. Ein Polizist, oder vielmehr eine junge Polizistin, stand abwartend in der Tür. Sie trug eine hellblaue Bluse und lange Hosen. Ihr blondes Haar war zu einem schlichten Pferdeschwanz gebunden.

»Hallo, Entschuldigung, dass ich störe. Ich heiße Camilla Persson, Polizei Visby.«

Sie hielt ihren Polizeiausweis hin. Hervor nahm ihn feierlich mit beiden Händen entgegen und musterte ihn lange und ausgiebig, bevor sie ihn zurückgab.

»Du lieber Scholli, so einen Ausweis sieht man nicht alle Tage. Bitte sehr, kommen Sie doch herein und nehmen Sie auf einer Kapellenbank Platz.«

Mirjam stand wie angewurzelt an der Treppe, in der Hand die Tapezierbürste. Ihr wurde auf einmal ganz heiß.

»Sie können mich gerne Camilla nennen«, sagte die junge Polizistin, »das ist völlig in Ordnung.«

»Aber ja, gerne«, antwortete Hervor und lächelte. »Ich heiße Hervor Isaksson.«

Camilla nahm ihren Notizblock zur Hand.

»Hier in der Nähe ist es zu einem Unglück gekommen«, erläuterte sie, »und ich wollte mich ein wenig bei Ihnen umhören.«

»Ach so, ja, ja, fragen Sie nur. Ich werde, so gut es geht, antworten.«

»Wohnen Sie hier allein?«, fragte Camilla.

Mirjams Tapezierbürste fiel zu Boden. Ihr war, als donnerte es in der ganzen Kapelle.

»Wie Sie hören, nicht«, antwortete Hervor.

Sie drehte den Kopf zur Treppe und brüllte:

»Komm, Mirjam, wir haben hohen Besuch aus der Stadt!«

Mirjam wischte sich die Hände an der Arbeitsjeans ab, strich sich eine Haarsträhne aus der Stirn und ging zögernd die Treppe hinunter. Sie grüßte, murmelte ihren Namen und sank schwer auf eine Bank.

»Soso, Sie renovieren also, das wird sicher hübsch. Was für ein herrliches Haus, und so hohe Räume.«

Camilla Persson sah sich anerkennend in der Kapelle um.

Mirjam starrte sie wie verhext an.

»Ein Unglück, haben Sie gesagt.« Hervor holte eine Zigarette heraus und steckte sie an. »Stört Sie der Rauch?«

Camilla schüttelte den Kopf und ließ mit keiner Miene erkennen, dass sie Rauchen in Wirklichkeit zutiefst verabscheute. Leider schien es etwas zu sein, mit dem man sich in ihrem Job abfinden musste.

»Ja, wir haben bedauerlicherweise einen Mann gefunden, der ein kleines Stück von hier entfernt in einem Löschteich ertrunken ist, und wir wollten einfach nur wissen, ob Sie vielleicht etwas gesehen oder gehört haben.«

»Wie furchtbar tragisch! Oder, Mirjam?«

Mirjam nickte bloß stumm.

»Wer war es?«, fragte Hervor unschuldig.

»Torsten Utas heißt er. Kennen Sie ihn?«

Mirjam holte tief Luft und öffnete endlich den Mund. Langsam fing sie an zu sprechen.

»Wir sind erst kürzlich hierhergezogen, aber ich kenne ihn. Vor etlichen Jahren hatten wir öfter miteinander zu tun, aber seitdem gar nicht mehr. Ist er ertrunken? Wie furchtbar. Wie um Himmels willen konnte das passieren?«

Sie meinte ihre letzte Frage ganz aufrichtig. Nach wie vor war sie unsicher, was wirklich die Wahrheit war, auch wenn ihr die Vernunft sagte, dass sie kaum etwas damit zu tun haben konnte. Aber sie war immerhin vor Ort gewesen.

»Oje, oje«, murmelte Hervor und inhalierte einen tiefen Zug. »Verdächtigen Sie jemanden, ihn gestoßen zu haben?«

»Ganz und gar nicht. Es scheint, als sei es ein reiner Unfall gewesen«, sagte Camilla.

»Ja, so muss es sein«, platzte Mirjam heraus.

Polizeiassistentin Persson und Hervor sahen sie überrascht an.

»Er ist vor nicht allzu langer Zeit erblindet«, fuhr Camilla fort, »und hat sich vermutlich zu diesem Tümpel hin verirrt, aber es kann sich natürlich auch um Selbstmord handeln. Ich wollte nur wissen, ob Sie ihn gesehen haben. Vorgestern Abend zum Beispiel?«

Mirjam schüttelte den Kopf und hielt dabei die Finger über Kreuz. Mann, wie leicht das Lügen doch war. Hervor schüttelte ebenfalls den Kopf.

»Leider nicht«, sagte Mirjam. »Ich glaube, wir haben ihn seit Mittsommer nicht mehr getroffen. Seit dem Fest. Aber wir versprechen, Ihnen Bescheid zu sagen, wenn uns etwas einfällt, nicht, Hervor?«

»Klar wie Kloßbrühe«, pflichtete Hervor ihr bei.

»Sie wissen nicht zufällig, ob er unter Depressionen litt oder so?«

Hervor und Mirjam schüttelten gleichzeitig den Kopf.

»Auf dem Mittsommerfest sah es jedenfalls nicht danach aus«, sagte Hervor. »Vielleicht war er ein bisschen ernst, aber nicht depressiv, nein. Da war nur diese Sache mit den Augen. Er schien Beschwerden zu haben.«

»Nein, wie gesagt«, meinte Mirjam, »wir haben schon sehr lange nichts mehr miteinander zu tun gehabt. Sprechen Sie mit seinen Kindern. Ich meine, mich zu erinnern, dass er welche hatte, aber ich habe keine Ahnung, wie sie heißen. Er war auf jeden Fall geschieden, das hat er einmal erwähnt.«

Beunruhigt fragte sie sich insgeheim, wie die Kinder wohl die Nachricht vom Tod ihres Vaters aufnehmen würden, und sie spürte einen Anflug von schlechtem Gewissen.

Camilla Persson, die nicht so aussah, als sei sie sehr viel weitergekommen, klappte ihren Notizblock zu. Als sie ging, schloss sie die Tür hinter sich.

»Schenk mir einen ordentlichen Cognac ein!«, wisperte Mirjam. »Ich glaub, ich fall gleich in Ohnmacht.«

Sie nahm einen großen Schluck von dem beruhigenden Getränk und schielte durch die Fensterscheibe nach draußen. Das Polizeiauto rauschte davon und fuhr weiter zu Sylves Hof. Wenn die Polizei beabsichtigte, Torstens Tod derart gründlich zu untersuchen, dann hatte sie schlechte Karten. Die Fußabdrücke von ihren Chinaschuhen, die sie im Laden der Heilsarmee gekauft hatte, könnten sie überführen. Sie hatte schon im Fernsehen gesehen, wie eifrige Kriminaltechniker umhergestiefelt waren und die kleinsten Hautpartikelchen rausgepickt und zur DNA-Analyse geschickt hatten. Du lieber Gott, was sollte sie bloß tun?

»Mach Feuer im Kamin, Hervor!«

»Jetzt? Es ist doch scheißwarm hier, zum Teufel, um die siebenundzwanzig Grad.«

»Ganz egal, ich muss allen möglichen Plunder verbrennen. Tapetenreste, ich kann diesen ganzen Müll hier nicht gebrauchen.«

Eine halbe Stunde später knisterte ein munteres Feuer im Kamin.

»Igittigitt, stinkt dein verfluchter Tapetenkleister nach Gummi«, beschwerte sich Hervor, als das Feuer heruntergebrannt war.

28

Camilla Persson steuerte das Auto an den Straßenrand und parkte halb im Graben an einem kleinen Ackerstück, das direkt an Sylve Lagergrens Bauernhof grenzte. Sie hatte sich mittlerweile daran gewöhnt, dass es Aufsehen erregte, wenn der Polizeiwagen zwischen den alten grauweißen Gebäuden aus dem achtzehnten Jahrhundert, den rot gestrichenen Kuhställen und den unzähligen Schafzäunen auftauchte. Stets flatterte hinter den Fensterscheiben irgendeine Gardine, und man sah ein neugieriges Gesicht dahinter auftauchen.

Der Landwirt, der, wie sie annahm, Sylve Lagergren hieß, war vollauf damit beschäftigt, die Heuballen aufzuschichten. Er saß auf dem Traktor und hatte ein Fuder Heu im Schlepptau. Camilla wartete, bis er eine Runde gedreht hatte und direkt neben ihr anhielt. Er stellte den Motor aus und stieg vom Traktor. Attraktiver Mann, dachte sie. Muskulös und braungebrannt, wenn auch nicht mehr ganz jung. Er war mit Sicherheit doppelt so alt wie sie, und sie war erstaunt über sich selbst, dass sie einen älteren Mann attraktiv fand. Sie zeigte ihren Ausweis und stellte sich vor.

»Sylve Lagergren, nehme ich an?«

»Ja, stimmt, was ist denn so wichtig, dass die Polizei geradewegs zu mir auf den Acker kommt?«

Er lächelte, und sein Lächeln gefiel ihr. Ein sympathischer Mensch mit ehrlichen Augen.

»Nun, wir untersuchen einen Todesfall. Sie wissen bestimmt schon, dass hier in Kajpe Kviar jemand ertrunken ist?«

Sylve nickte.

»Ja, ich hab davon gehört. Ganz und gar nicht schön.«

»Nein, so was ist natürlich immer schrecklich.«

»Aber weshalb haben Sie eine Untersuchung eingeleitet? Sie denken doch nicht etwa, dass es ein Verbrechen war?«

Camilla schüttelte leicht den Kopf und hoffte, dass es auch ihr gelang, vertrauenerweckend auszusehen.

»Eigentlich nicht. Wir untersuchen die Angelegenheit hauptsächlich, um ein Verbrechen auszuschließen. Ich möchte nur wissen, ob Sie etwas gehört oder gesehen haben. Der Besitzer der Gastwirtschaft sagte, dass Sie einer derjenigen sind, die öfter auf dem Rückweg von der Kneipe an dem Löschteich vorbeikommen, wo er gefunden wurde.«

Sylve nickte nachdenklich.

»Ja, das stimmt tatsächlich. Zumindest einmal die Woche, aber mehr auch nicht. Man kann abends nicht so lange unterwegs sein, wenn man Tiere hat, das hält man nicht durch.«

Camilla konnte das gut nachvollziehen. Ihr Großvater hatte einen Bauernhof in Västergötland, und als Kind hatte sie jeden Sommer bei ihm verbracht. Mit den Hühnern aufzustehen und zu Bett zu gehen war an der Tagesordnung, die Tiere standen an erster Stelle.

»Waren Sie vorgestern Abend in der Gastwirtschaft?« Sie kam direkt zur Sache, so, wie sie es auf der Polizeischule gelernt hatte.

Sylve schob seine Kappe in den Nacken und überlegte. Einen kurzen Augenblick später schüttelte er den Kopf.

»Haben Sie an jenem Abend irgendetwas gesehen oder

gehört, das anders war als sonst? Ich meine, Sie gehen gewiss raus und schließen die Tiere ein. Gab es irgendwas, das vom Gewohnten abwich?«

Sylve legte die Stirn in Falten und focht einen inneren Kampf aus. Sollte er Mirjam schützen oder nicht, das war hier die Frage. Er hatte sie ja tatsächlich in der Dunkelheit gesehen – und das nicht zum ersten Mal.

»Nee, nicht soweit ich mich erinnern kann«, sagte er letztendlich, »jedenfalls war nichts anders als sonst.«

»Wussten Sie, dass Torsten Utas blind geworden war?«

Sylve schaute sie an. Mitleidig, wie sie fand.

»Wissen Sie, das ist Kajpe Kviar. Wenn etwas passiert ist, verbreitet sich das Gerücht hier wie ein Lauffeuer. Das kann man in vielerlei Hinsicht gutheißen, man fühlt sich geborgen, aber nicht immer.«

Logisch, so war das. Das hätte sie sofort wissen müssen.

»Und auf dem Hof? Sind Sie da vielleicht jemandem begegnet?«

»Nee, niemandem. Hab nur einen Abstecher zum Hühnerstall gemacht und überprüft, ob bei den Hühnern alles zu ist. Dann hab ich natürlich auch noch 'nen Blick auf die Ferkel geworfen, genau, aber dann, nee, dann bin ich ins Bett gegangen.«

Damit musste sie sich wohl zufriedengeben. Er genoss schließlich höchstes Ansehen hier im Dorf und war wohl kaum jemand, der einen anderen ertränken würde.

»Eines nur noch. Würden Sie sagen, dass Sie Torsten Utas kannten?«

»Das kann man nicht gerade behaupten. Klar, wir haben

uns gegrüßt und so, aber ich glaub nicht, dass ich jemals ein ernsthaftes Wort mit dem Mann gewechselt hab. Ich fand ihn nicht besonders unterhaltsam. Er hat auch noch nicht so schrecklich lange hier gewohnt. Ich wusste nur, dass er und die anderen beiden zusammen eine große Firma haben, aber damit habe ich ja nichts zu tun.«

»Kennen Sie die beiden anderen? Ivan Pazic und Per-Henrik Bogren?«

»Diesen Jugoslawen kenne ich genauso wenig wie Torsten Utas. Wir haben uns nur gegrüßt, nie ein Wort miteinander gewechselt. Per-Henrik kenne ich besser. Er war oft hier, als er noch ein kleiner Junge war. Nun, er ist sehr viel jünger als ich, wir haben nicht zusammen gespielt, aber ich kannte ihn. Er wohnt auf dem Hof seines Opis.«

Camilla fand, dass es richtig niedlich klang, wie er »Opi« sagte, ein bisschen kindlich. Schade nur, dass dieser durch und durch sympathische Mann so furchtbar alt war. Sonst hätte sie wohl versucht, ihn sich zu angeln. Es wurde langsam ein wenig öde, allein zu leben.

»Okay«, sagte sie. »Vielen Dank für die Auskünfte, Sie sind eine große Hilfe gewesen.«

Sie streckte ihm die Hand hin, die fast völlig in seiner Pranke verschwand.

»Lassen Sie von sich hören, falls Ihnen noch etwas einfällt.«

»Ja, mach ich, aber viel mehr werde ich Ihnen wohl nicht sagen können.«

Sylve ließ ihre Hand los, rückte seine Kappe zurecht und kletterte wieder auf den Traktor. Camilla stand einen Moment lang da und schaute ihm nach, bevor sie das Auto auf den Weg zurücksetzte.

29

Polizeiinspektor Anders Klintvall klopfte an die Tür des schönen alten Hauses, das nur einen Steinwurf von Torsten Utas' heruntergekommener Hütte entfernt lag. Der Gastwirt hatte ihm gesagt, dass Torstens Geschäftspartner, Per-Henrik Bogren, dort wohnte. Anders seufzte, seine Aufgabe war nicht gerade erfreulich, aber wenigstens hatte er die Todesnachricht nicht selbst überbringen müssen. Der hilfsbereite Gastwirt hatte sich am Tag zuvor von sich aus darum gekümmert. Torstens tragisches Schicksal war im Pub sicher das Gesprächsthema des Tages.

Als die Tür geöffnet wurde, wusste er, dass er hier richtig war. Er erkannte Per-Henrik sofort. Genauso blond wie früher, aber fülliger um den Bauch herum. War ja auch schon gut zwanzig Jahre her, dass sie zusammen in Säve zur Schule gegangen waren. Per-Henrik hingegen sah ihn fragend an, und Anders stellte sich ihm als Polizist vor.

»Können Sie sich nicht mehr an mich erinnern?«

Per-Henrik sah verwirrt aus.

»Nein, nicht wirklich. Sollte ich?«

»Ich bin mir nicht ganz sicher, aber sind Sie nicht auch in Säve zur Schule gegangen? Naturwissenschaftlicher Zweig?«

»Allerdings.«

»Ich nämlich auch, allerdings habe ich den sozialwissenschaftlichen Zweig belegt. Ich glaube, wir haben gleichzeitig unseren Abschluss gemacht.«

Per-Henrik ging nicht darauf ein, kein Zeichen des Erkennens leuchtete in seinen Augen auf. Anders ließ das Thema fallen und ging wieder dazu über, Polizist zu sein.

»Wir untersuchen den Tod Ihres Geschäftspartners Torsten Utas. Darf ich Ihnen als Erstes mein Beileid aussprechen?«

Per-Henrik tat die Höflichkeitsbekundung mit einer Handbewegung ab.

»Ja, ja, kommen Sie zur Sache. Wozu das Unglück untersuchen, Torsten ist tot. Scheiß drauf. Jemand anders muss jetzt seine Arbeit machen, und wer, glauben Sie, wird das wohl sein? Ganz genau, ich höchstpersönlich! Auf Ivan kann man nicht bauen, der Fleischklops kann ja nicht einmal rechnen, zumindest keine Kalorien.«

Per-Henrik begann merkwürdig zu kichern, und Anders fragte sich, ob er vielleicht an der Grenze zu einem Zusammenbruch stand.

»Vielleicht dürfte ich erst einmal hereinkommen?«, sagte er. »Ich denke, es wäre besser, wenn wir das in Ruhe besprechen.«

Per-Henrik bat ihn unwillig ins Wohnzimmer und wies auf das Sofa. In der einen Zimmerecke stand ein großer Flügel, der mit Notenblättern übersät war. Auf dem Fußboden lagen Dinge, die darauf hindeuteten, dass hier Kinder wohnten. Ein Fußball unterm Couchtisch und eine halbbekleidete Barbiepuppe vor dem Fernseher. Die Luft war stickig, und es roch nach Staub. Ganz und gar nicht so, wie Anders es erwartet hatte. Besonders repräsentativ war es nicht gerade beim werten Herrn Direktor Bogren.

Per-Henrik ging zu einem Schrank, der voller Flaschen stand, und schenkte sich ein Glas ein. Fragend sah er Anders Klintvall an, der ablehnte.

»Ich brauch jetzt einen«, erklärte Per-Henrik. »Furchtbar, diese Sache mit Torsten, ist schon verflixt beunruhigend.«

»Ist Ihre Familie daheim?«, fragte Anders.

»Sie sind in der Stadt, einkaufen. Meine Frau hat die Kinder mitgenommen. Ist besser, die Kinder von all diesem Elend hier abzuschirmen.«

Er leerte seinen Drink und goss sich sogleich einen neuen ein. Dann setzte er sich gegenüber von Anders in einen Sessel. Der Geruch von Naphthalin war unverkennbar – irischer Maltwhiskey. Anders wurde klar, dass er seine Fragen loswerden musste, solange Per-Henrik noch einigermaßen nüchtern war.

»Sie sagten beunruhigend. Was beunruhigt Sie denn? Was passiert ist, ist passiert. Selbstverständlich ist es furchtbar, das weiß ich sehr wohl.«

»Ja«, sagte Per-Henrik und rieb sich den Brustkorb.

»Mensch, hat der aber schön gewärmt! Ist aber auch 'ne gute Marke. Ich bin in der Tat beunruhigt, dass noch mehr solche eigenartigen Dinge passieren.«

Anders antwortete nicht, saß nur da und wartete, was als Nächstes kommen würde. Die Erfahrung hatte ihn gelehrt, dass es zwecklos war, auf eine Antwort zu drängen.

»Überprüft diese Mirjam!«, brauste Per-Henrik plötzlich auf und zeigte mit dem Whiskeyglas auf Anders. »Überprüft diese verfluchte Mirjam und ihre Freundin, diese durchgeknallte Hexe. Ich würde meinen Arsch darauf verwetten, dass sie was mit der Sache zu tun haben. Ja, anders kann es gar nicht sein.«

Seine Gedanken schweiften ab, und er schien mit einem Mal ganz weit weg zu sein.

»Welche Mirjam?«

Per-Henrik nahm noch einen Schluck.

»Mirjam Nordergrav. Es war so ruhig und beschaulich hier, bevor sie aufgekreuzt ist, aber dann hat es nicht lange gedauert, und es ging los. Geht mir beschissen seitdem. Seitdem! Haben Sie das kapiert, Sie Polizeiassistent, oder wie immer Sie auch heißen?«

Anders ignorierte seine letzten Worte und kam zurück auf das Wesentliche.

»Was beunruhigt Sie denn so an dieser Mirjam Nordergrav?«

»Ich weiß nicht, wie ich das sagen soll, aber man fühlt sich irgendwie beobachtet. Sie hätte nie zurückkommen dürfen. Mein Herz ist nicht gerade in der allerbesten Verfassung, das kann ich Ihnen sagen, und ich habe den Eindruck, dass es mir gesundheitlich schlechter geht, seit sie hierhergekommen ist und ihre Zelte in diesem alten, verrotteten Gebetshaus, oder was immer das sein soll, aufgeschlagen hat.«

»Kennen Sie sie von früher?«

Per-Henrik zuckte bei der Frage zusammen, was Anders Klintvall höchst seltsam fand.

»Was heißt schon kennen. Sie ist uns in der Firma ein wenig zur Hand gegangen, vor ungefähr zehn Jahren. Hatte nur einen Auftrag, ist nicht weiter der Rede wert, sie arbeitete nicht lange für uns, nur ein paar Monate. Dann hat sie einfach so holterdiepolter aufgehört.«

»Weshalb?«

»Wurde damit nicht fertig. Typisch Frauenzimmer eben. Überhaupt keine Ausdauer. Und wir durften dann hinter ihr aufräumen.«

»Aha, was hatte sie denn für eine Aufgabe bei euch?«

»Ach, nichts Besonderes. Hat ein paar Leute für einen Betrieb eingestellt, den wir eröffneten, ein Pflegeheim. Sie hat großkotzig behauptet, sie sei weiß Gott wie tüchtig, aber man hat ja gesehen, was daraus wurde.«

»Hat sie wirklich einfach nur aufgehört?«

»Nun ja, wir mussten sie selbstverständlich bitten, zu gehen. Und dann taucht sie nach all diesen Jahren einfach wieder auf. Und als wäre das nicht schon genug, hat sie auch noch diese grässliche Person mitgebracht.«

»Wen meinen Sie?«

»Tja, ich weiß natürlich nicht, wie sie heißt, aber sie sieht einfach teuflisch aus. Hab sie im Pflug gesehen. Meine Güte, kann die Wein saufen, dieses Weib. Beim Mittsommerfest auf der Pfarrwiese hat sie überall die Leute angequatscht. Und eines kann ich Ihnen sagen, Herr Wachtmeister, es war, als würde die Alte einen völlig durchschauen. Völlig! Verdammt unangenehm.«

»Haben Sie denn etwas zu verbergen?«

Per-Henrik grinste verunsichert.

»Zu verbergen, nein, ich glaub nicht. Was sollte das sein? Es war einfach nur entsetzlich unangenehm. Also, wenn ich Sie wäre, würde ich diese beiden Kapellen-Weibsstücke mal ganz genau unter die Lupe nehmen.«

»Das werden wir. Jetzt aber zu Ihnen. Was haben Sie vorgestern Abend gemacht?«

Per-Henrik schaute ihn erstaunt an.

»Na, nun aber mal halblang, soll das ein Verhör sein, oder was?«

Er leerte sein Glas und schielte erneut zur Bar. Der Mann hat wirklich ein Problem, stellte Anders insgeheim fest.

»Nein, wir gehen von einem Unfall aus, und da kann es hilfreich sein, bestimmte Dinge auszuschließen.«

»Und wenn ich mich weigere, zu antworten?«

Anders zuckte mit den Schultern. Verspürte Lust, diesen unsympathischen Geschäftsmann ein bisschen unter Druck zu setzen.

»Ich kann Sie natürlich auch mit aufs Revier nehmen. Sie können sich aussuchen, was Ihnen lieber ist.«

»Ach ja, das Revier. Wissen Sie, ich habe bis um ein Uhr nachts mit Ivan im Büro gesessen. Wir haben jede Menge Schwierigkeiten, seit Torsten sein Augenlicht verloren hat. Er hat sich um das ganze Kaufmännische gekümmert, und wer zur Hölle soll das jetzt alles machen? Wir haben geschuftet wie die Sklaven, kann ich Ihnen sagen.«

Anders Klintvall nickte. Was für ein anstrengender Mensch dieser Per-Henrik geworden war. Soweit er sich an die Zeit am Gymnasium zurückerinnern konnte, war er damals nicht so gewesen. Anders hatte ihn als netten Kerl in Erinnerung, den alle gemocht hatten, nicht zuletzt die Mädchen.

»Selbstverständlich«, sagte er. »Ist sicher nicht so leicht mit einem recht großen Unternehmen.«

»Genau, so ist es. Und außerdem haben wir noch einen Trauerfall zu beklagen.«

Sein Zeigefinger fuhr über seinen Augenwinkel.

»Wir haben einen Freund verloren, Ivan und ich. Einen lieben alten Freund, kann man das begreifen?«

Anders bemerkte, dass Per-Henrik allmählich vom Alkohol weinerlich wurde, und verspürte keine Lust, ihn zu trösten. Besser, er beeilte sich.

»Wissen Sie, ob Torsten unter Depressionen litt?«

Per-Henrik trank den Rest seines Drinks aus, hustete, stellte das Glas hin und wischte sich den Mund ab.

»Glauben Sie etwa, dass er Selbstmord begangen hat, oder was? Glauben Sie das wirklich?« Per-Henrik schnaubte. »Torsten doch nicht.«

»Ich muss schließlich versuchen, mir ein Bild zu machen.«

»Machen Sie sich nur weiter Ihr Bild, fragen und schnüffeln Sie herum. Torsten hätte sich niemals das Leben genommen, darauf würde ich meine Approbation verwetten.«

»Okay, ich werde Sie nicht länger belästigen, nur eine Frage noch. Als Sie nach ein Uhr nachts nach Hause gekommen sind, haben Sie da irgendetwas gesehen oder gehört?«

»Nee, ich bin schnurstracks ins Bett gegangen, um trotz allem noch ein paar Stündchen Schlaf zu bekommen. Außerdem fahre ich gar nicht an Torstens Haus vorbei, sondern komme aus der anderen Richtung.«

Er erhob sich und signalisierte, dass das Gespräch beendet war, indem er sich hinaus in den Flur begab. Anders folgte ihm. Auch er war erleichtert darüber, dass die Plauderstunde für dieses Mal vorbei war. Sollte das nicht reichen, würde er ihn aufs Revier bestellen.

»Herr Wachtmeister, Sie sollten sich wirklich diese Weibsbilder vorknöpfen. Die nehmen ziemlich oft den Weg zur Kneipe und sind überhaupt viel unterwegs. Was war es doch ruhig und beschaulich hier, bevor die beiden hierhergekommen sind.«

»Inspektor«, seufzte Anders Klintvall und verließ das Haus.

30

»Du Scheißkerl, du! Du falscher, aufgeblasener Lackaffe!«

Vor Schreck wie gelähmt starrte Mirjam Per-Henrik nach ihrem primitiven Ausbruch an. Er war verrückt, und sie hatte vor lauter Entsetzen geschrien. Dass sie nicht schon früher gemerkt hatte, dass er nicht ganz dicht war!

Völlig dreist war er einfach in die Kapelle eingedrungen. Nachdem diese Polizistin gegangen war, war Hervor mit Vendla zu einem Abendspaziergang aufgebrochen, um Johanniskraut für einen Beruhigungstee zu sammeln. Obwohl Mirjam vermutete, dass es vielmehr darum ging, daraus den speziellen Schnaps »Hirkum Pirkum« zu brennen.

Sie war also allein in der Kapelle und gerade dabei, aus den alten Brettern, die die Zimmermänner von den Wänden gerissen hatten, die Nägel zu entfernen, als sie die Kapellentür quietschen hörte und sich umdrehte. Da stand er, Per-Henrik, ihr ehemaliger Zögling und späterer Kollege. Ein guter alter Freund, der nicht mehr wiederzuerkennen war, der sie in eine ausgeklügelte finanzielle Falle gelockt und ihr deshalb fünf Jahre in größter Not und außerdem drei zusätzliche Jahre als Strafe für die verbleibenden Schuldnereinträge eingebrockt hatte. Und das in ihren besten Jahren, in denen sie eigentlich etwas ganz anderes verdient hätte. Da stand er nun und bedrohte sie.

»Wir wollen dich hier in Kajpe Kviar nicht haben, Mirjam!«, begann er seine wütende Tirade. Seine Stimme war unnatürlich hoch. »Was hast du hier zu suchen, verdammt?«

Er war betrunken, seine Aussprache undeutlich, und er hatte eine Fahne. Mirjam versagte die Stimme, sie ließ den Hammer sinken und fand sich für einen kurzen Moment in ihrer alten Rolle als Untergebene wieder. Die Subunternehmerin ohne rechtskräftigen Vertrag. Dankbar dafür, bei denen, die sie für ihre Freunde gehalten hatte, mitspielen zu dürfen. Ihr Bestes zu geben.

»Beruhige dich«, versuchte sie, mit unsicherer Stimme auf ihn einzuwirken.

»Was zum Teufel willst du hier in Kajpe Kviar, Mirjam? Du hast wohl Torsten ertränkt, hä?«, zischte er.

Verflixt aber auch, er war gefährlich, das sah sie. Und sie hatte eine Scheißangst, wo blieb Hervor nur? Er musste auf der Lauer gelegen und gewusst haben, dass sie allein war. Was sollte sie bloß tun? Sie musste resoluter auftreten, er durfte nicht merken, dass sie vor Angst am ganzen Leib zitterte.

Mirjam steckte den Hammer in ihren Werkzeuggürtel, verschränkte die Arme vor der Brust und holte tief Luft.

»Was gibt dir eigentlich das Recht, hier einfach so reinzuplatzen und mir Befehle zu erteilen? Das ist mein Haus, und ich wohne hier, solange ich will.«

Für den Bruchteil einer Sekunde wurde sein Blick unsicher. Sie hatte ihn eine Spur aus dem Gleichgewicht gebracht, das war nicht die fügsame Mirjam, die er kannte.

»Wir wollen dich hier einfach nicht haben, geht das nicht in deinen Kopf?«, fauchte er aufs Neue. »Du und diese Hexe, die du angeschleppt hast, ihr seid unheimlich! Nimm deine sieben Sachen und hau ab!«

Mirjam starrte ihn an. Er ging vor wie eine Dampfwalze, und auf seiner Stirn traten Schweißperlen hervor.

»Du führst irgendwas im Schilde, sonst hättest du doch nicht diese alte Ruine gekauft«, fuhr er fort und ließ den Blick in der Kapelle umherschweifen.

Das durfte einfach nicht wahr sein! Nach all diesen Jahren und allem, was er ihr angetan hatte. Der Hass wallte wie eine Flutwelle in ihr auf. Sie holte erneut tief Luft und nahm Anlauf.

»Und wenn ich mich weigere? Was würdest du dann tun, du widerwärtiger kleiner Dreckskerl?«

Sie spuckte die Worte nur so aus. Die Angst hatte sie wütend gemacht.

Seine Wimpern flatterten, eine kaum merkbare Reaktion nur, aber sie reichte aus, dass Mirjam sie registrierte. Dann blies er sich auf und erhob wieder die Stimme. Brüllte sie an.

»Ich weiß, wo deine Tochter wohnt, und auch deine Mutter. Nicht auszudenken, was das für ungeahnte Möglichkeiten eröffnet. *Paybackservice*, das sagt dir doch bestimmt was, oder etwa nicht?«

Mirjam hoffte, dass sie sich verhört hatte, die ganze Situation war völlig krank. Er ließ nicht locker. Schrie sie weiter an.

»Ich geb dir einen guten Rat: Zieh Leine! Sonst sorge ich dafür, dass du und deine Verwandten und Freunde im Sarg landen.«

»Willst du mir etwa drohen?«

»Das will ich wohl meinen! Und ob das eine Drohung ist, eine verdammte Scheißdrohung! Darauf kannst du verflucht noch mal wetten.«

Das war der Moment, in dem sie endgültig die Beherrschung verlor. Sie trat ein paar Schritte vor.

»Du Scheißkerl! Raus hier! Raus, aber sofort!«

Sie riss den Hammer aus dem Werkzeuggürtel und schwang ihn, als wollte sie damit zuschlagen. Erschrocken wich er zurück. Mirjam senkte die Waffe noch immer nicht. Er trat den Rückzug zur Tür an, blieb auf der Schwelle stehen und grinste unsicher.

»Du bist eine Versagerin, Mirjam. Die Versagerin des Jahrhunderts.«

Die Scheibe schepperte beunruhigend, als sie die Tür unnötig hart hinter ihm zuschmiss. Zitternd sank sie auf eine Bank und fing an zu weinen. Dass er Anna bedrohte, hätte sie fast zur Mörderin gemacht. Sie war nur eine Handbreit davon entfernt gewesen, ihm den Hammer auf den Schädel zu schlagen. Dieses Schwein hatte dermaßen kranke Züge. Per-Henrik wäre zweifelsohne imstande, sich etwas einfallen zu lassen, um Anna zu schaden. Das durfte einfach nicht geschehen.

31

Camilla Persson und Anders Klintvall waren den dritten Tag in Folge in Kajpe Kviar. Sie saßen im Pflug, und Gerhard hatte ihnen, umsichtig wie er war, einen ruhigen Ecktisch gegeben, im Grunde völlig überflüssig, wie Camilla fand, weil das Lokal jetzt, mitten am Tag, sowieso menschenleer war.

»Hast du gestern etwas herausgefunden?«, fragte Klintvall und biss in einen vorzüglich schmeckenden Hamburger. »Hmm, so einen habe ich zuletzt in New York gegessen. Und da verstehen sie wirklich was von Hamburgern!«

»Tja, das hängt ganz davon ab, was man herausfinden will«, sagte Camilla.

Sie hatte sich für einen leichten Salat entschieden und schielte nun neidisch auf den Burger ihres Kollegen. Groß und saftig lag er zwischen zwei krossen Burgerhälften. Dazu gab es eingelegte Gurken, rote Zwiebeln und eine reichliche Portion Pommes frites. Sein Essen sah wirklich lecker aus.

»Sylve Lagergren war genau an jenem Abend nicht in der Kneipe, als Torsten Utas um diesen Teich herumgeirrt ist, er hat also nichts gesehen.«

»Hm, und die beiden Frauen?« Klintvall schob einen Bissen seines Hamburgers in eine Backe, um gleichzeitig sprechen zu können.

»Hatten die nichts zu erzählen?«

»Nicht das Geringste. Sie waren an besagtem Abend ebenfalls nicht unterwegs. Ich war nicht so lange da. Sie waren dabei, zu tapezieren.«

»Zu tapezieren?«

»Ja, das schienen zwei wirklich tüchtige Frauen zu sein. Obwohl die eine ein wenig seltsam war.«

»Das muss diejenige gewesen sein, von der Per-Henrik geredet hat«, sagte Klintvall und stach die Gabel in seine Pommes frites.

Camilla bedauerte immer mehr, dass sie sich für den Salat entschieden hatte.

»Die andere kannte Torsten oberflächlich von früher, wusste, dass er geschieden war und Kinder hat.«

Klintvall saß eine geraume Weile schweigend da und

kaute, während Camilla missmutig in ihrem Salat herumstocherte.

»Ich denke, wir sollten noch einmal mit den Frauen reden. Sind Utas' Angehörige eigentlich benachrichtigt worden?«

»Aber ja, er hat drei Ex-Frauen, und ich hab mit allen dreien gesprochen. Drei Frauen, kannst du dir das vorstellen? Sie wollten es wiederum den Kindern mitteilen.«

Camilla erinnerte sich an das Gespräch mit Torsten Utas' Ex-Frauen. Dafür, dass sie eine Todesnachricht erhalten hatten, hatten sie eigenartig reagiert. So, als ob sie erleichtert gewesen wären. Gefühllos und distanziert.

»Wieso meinst du eigentlich, dass wir noch einmal mit den Frauen in der Kapelle sprechen sollten?«

»Nun ja, nicht, dass sie verdächtigt sind, aber dieser Per-Henrik, sehr unsympathischer Typ übrigens, hegt irgendeinen Groll gegen Mirjam Nordergrav. Einen verdammt heftigen Groll. Du hättest mal hören sollen, wie der ausgerastet ist.«

»Nanu, das klingt ernst.«

Camilla legte die Gabel auf den Teller und schob ihn zur Seite. Sie winkte Gerhard herbei.

»Ich geb's auf. Machen Sie mir bitte auch so einen köstlichen Hamburger? Gerne eine halbe Portion.«

»Selbstverständlich. Kommt sofort.«

Klintvall grinste beim Kauen.

»So, so, dir ist wohl das Wasser im Munde zusammengelaufen. Du wirst es nicht bereuen, das sag ich dir.«

»Was war denn jetzt mit dieser Mirjam Nordergrav?«, fragte Camilla und ging nicht näher auf den Spott ihres Kollegen ein.

»Nun, Per-Henrik hat ebenfalls bestätigt, dass sie vor langer Zeit für sie gearbeitet hat. Vor ungefähr zehn Jahren. Wie Per-Henrik sagte, gab's meistens nur Probleme. Er hat sich extrem darüber aufgeregt, dass sie hierhergezogen ist. Fühlt sich irgendwie beobachtet, er schien fast ein wenig Schiss zu haben, hatte ich den Eindruck.«

»Aha.«

»Und Mirjam Nordergravs Freundin, wie heißt die?«

Camilla zog ihren Notizblick aus der Gesäßtasche und blätterte zur entsprechenden Stelle vor.

»Hervor Isaksson.«

»Genau, Hervor, was für ein Name übrigens. Per-Henrik schien eine Scheißangst vor ihr zu haben.«

»Männer haben oft Angst vor starken Frauen«, antwortete Camilla und schenkte Gerhard, der gerade mit ihrem Hamburger kam, einen dankbaren Blick. Gierig machte sie sich darüber her.

»Vielleicht. Aber es könnte dennoch ratsam sein, von Hervor Isaksson und vor allem von Mirjam Nordergrav zu erfahren, wie das damals gewesen ist, als sie für die drei Männer gearbeitet hat.«

Camilla nickte.

»Anders, glaubst du nicht an einen Unfall? Glaubst du wirklich, dass jemand diesen armen Mann ertränkt hat?«

Sie hatte die Stimme gesenkt und Letzteres nur geflüstert, damit Gerhard es nicht mitbekam. Der schien allerdings vollauf damit beschäftigt, seinen Tresen abzuwischen.

Klintvall schluckte seinen restlichen Hamburger hinunter und tupfte sich den Mund ordentlich mit der Serviette ab.

»Eigentlich ist es ziemlich offensichtlich, dass es ein Unfall oder eventuell auch Selbstmord war. Der Kerl erblindet, kriegt 'nen Depri, gerät ins Gestrüpp, und – plumps! – fällt er hinein. Niemand ist in der Nähe, um zu helfen, und er kann nichts sehen.

Diese Löschteiche sind nicht tief, höchstens ein paar Meter, aber für ihn in seiner Situation hat's ganz einfach ausgereicht. Schlicht und einfach totales Pech.«

»Und die Wunde an der Stirn? Was hältst du davon?«

»Die kann er sich auch zugezogen haben, als er gestürzt ist. Nein, ich glaub nicht, dass etwas anderes mit im Spiel war. Aber es kann nicht schaden, etwas mehr über ihre gemeinsamen Geschäfte in Erfahrung zu bringen. Ich bin einfach ein bisschen neugierig geworden.«

Nicht weit entfernt schlenderte Hervor zur selben Zeit einen hübschen kleinen Weg entlang. Er führte durch Nadelwald, in dem das Gras üppig spross, und über steinigen Boden, der mit lilafarbenem, duftendem Thymian übersät war. Und hier und da ein Hagebuttenstrauch, dessen Beeren langsam reiften und sich rot färbten. Nicht mehr lange, vielleicht in ein paar Wochen, dann musste sie daran denken, sie zu pflücken. Im Ofen getrocknete Hagebutten dufteten himmlisch. Hervor machte einen weiten Schritt über einen Graben und bog auf einen ländlichen Fahrweg ein. Nachdenklich suchte sie langsam den Rand des Grabens ab, während sie an Mirjam dachte. Sie sorgte sich um ihre Freundin. Sehr sogar. Als Hervor gestern Abend nach Hause gekommen war, hatte sie Mirjam in völlig aufgelöstem Zustand vorgefunden. Dieser verdammte Schweinehund Per-Henrik war in die Kapelle eingedrungen und hatte sie aufs übelste bedroht. Hatte sogar gedroht, Mirjams Mutter umzubringen, was nicht das Schlimmste war, wie Hervor fand, aber, und das wog schwerer, er hatte auch gegen Mirjams Tochter drüben in Amerika eine Drohung ausgesprochen. Hervor war es eine Herzensangelegenheit, sich für sie einzusetzen, sie war sich nur noch nicht ganz schlüssig, welche Methode die beste war.

Sie holte ihre kleine Pflanzschaufel aus der Tasche ihrer Tunika und grub ein paar Pflanzen einer hochgewachsenen weißen Blume aus. Tatsächlich – Baldrian! Lateinisch Valeriana. Die Blütenblätter waren seltsamerweise eher graurosa als weiß. Diese Insel war eine Goldgrube. Endlich konnte sie all die Gewächse in natura sehen, deren Pflanzenwelt sie seit ihrer frühen Jugend so eifrig studiert hatte. Sie würde ein bisschen Baldrian mitnehmen und Mirjam davon ein Getränk zubereiten. Etwas davon in eine Dose legen und mit Wodka aufgießen. Mirjam würde schlafen wie ein Stein, und das hatte sie auch nötig, so beunruhigt, wie sie darüber war, dass Per-Henrik ihrer Tochter etwas antun könnte.

Hervor dachte über die Flüche nach, die sie im Laufe der Jahre ausgesprochen hatte. Angefangen hatte alles mit der Hageren Haldis in der Volksschule. Verdammte hochnäsige Pute! Sie war immer hinter ihr her und hänselte Hervor andauernd während der Pausen. »Arm und auch noch fette Wampe, dein Alter treibt's mit jeder Schlampe!«, skandierte sie, dass es nur so über den ganzen Schulhof schallte.

Hervor hatte es ihr, so gut sie vermochte, heimgezahlt, aber die Hagere Haldis hatte trotzdem nicht daran gedacht, aufzuhören. Schließlich hatte Hervor endgültig die Faxen dicke gehabt und für sich beschlossen, dass sie jetzt verdammt noch mal ihr Fett wegkriegen sollte. Sie hatte das Boot genommen, war zu der Insel im Fluss hinausgerudert und auf den höchsten Berg geklettert. Dort stellte sie sich hin und schrie:

»Hagere Haldis! Mögest du dir eines schönen Tages einen richtigen Prachtarsch von Kerl anlachen! Mögest auch du dir einen richtigen Prachtarsch zulegen!«

Jedes Mal, wenn sie Haldis' Schimpfworte satthatte, ratterte sie ihren Fluch herunter. Abwarten, dachte sie, du wirst schon sehen. Ich hab alle Zeit der Welt.

Die Jahre waren ins Land gegangen, und wie stand es heute um Haldis? Bevor Hervor aus Kuivalihavaara weggegangen war, hatte sie Haldis im Dorf gesehen. Sie hatte einen so fetten Arsch wie ein Flusspferd und besaß nicht mehr die Spur einer Ähnlichkeit mit dem schlanken Mädchen aus der Volksschule. Und sie hatte sich tatsächlich einen Prachtarsch von Kerl geangelt. Er machte nicht einen Finger krumm, um für seine Familie zu sorgen, sondern trieb sich fast immer nur im Wald und in der Kneipe herum.

Ja, ja, dachte Hervor und setzte sich für einen Augenblick auf einen Holzstapel am Wegrand. So kann's einem ergehen, wenn man die Klappe zu weit aufreißt. Vielleicht bestand in dieser Richtung eine Möglichkeit, sich für den beschissenen Psychoterror zu rächen, der Mirjam das Leben so zur Hölle gemacht hatte. Sie musste ihr helfen, so viel war klar. Hier kam es darauf an, alle Kräfte und alles Wissen zu mobilisieren. Per-Henrik war glatt dazu imstande, seinen Drohungen Taten folgen zu lassen. Er schien selbst am Rande des Zusammenbruchs zu stehen und könnte im Zweifelsfall lebensgefährlich werden.

Sie zog ihr Handy aus der Tasche und drückte die Kurzwahltaste. Wenig später hörte sie Ingrids Stimme am anderen Ende der Welt.

»Hallo, du, hör zu, jetzt wird's brenzlig, du musst mir helfen.«

Eine Amsel kam herangehüpft, blieb neugierig sitzen und blinzelte Hervor an.

»Hab ein Auge auf das Mädchen«, sagte Hervor zu ihrer Tochter. »Brunnsvik Soundso heißt der Ort, wo sie wohnt. Verflucht komischer schwedischer Name übrigens.«

Mit der rechten Hand fischte Hervor ein Stück Zwieback aus ihrer Tunika, den sie der Amsel hinwarf.

»New Brunswick war's! Genau, das war's! Nein, nein. Nordergrav heißt sie, Anna Nordergrav. Dürften nicht so viele im Telefonbuch stehen.«

»Schutzengel, ja, ganz genau. Sorge dafür, dass Anna sie eine Zeitlang um sich hat, aber sage ihr nichts davon. Beunruhige sie nicht.«

»Aber ja, ich tu, von hier aus, alles, was in meiner Macht steht, aber ich brauch alle Hilfe, die ich kriegen kann. Nutze die Kraft der Gedanken. Ich glaube nicht, dass Mirjams dafür ausreichen werden.«

Sie beendete das Gespräch mit ihrer Tochter und warf der Amsel den restlichen Zwieback hin. Jetzt aber! Jetzt würde sie zur Tat schreiten.

»Möge deine Seele in Terpentin ertrinken, Per-Henrik!«, brummelte sie wütend.

Als sie sich erhob, fiel ihr auf, dass sie nur ein kleines Stück vom Pflug entfernt war, das war ihr vorher noch gar nicht aufgefallen. Sie schien auf dem Weg gelandet zu sein, den Mirjam und sie an einem der ersten Abende kurz nach ihrer Ankunft auf der Insel entlangspaziert waren. Von ihrem Platz auf dem Holzstapel konnte sie sehen, wie sich die Tür des Pubs öffnete und zwei uniformierte Personen heraustraten und zu einem Polizeiwagen gingen.

32

Die Handwerker kamen immer so früh morgens, dass Mirjam es nur mit knapper Not vorher aus dem Bett schaffte. Die beiden fröhlichen und pfiffigen Gesellen waren seit Mittsommer bei der Arbeit und schienen fast alles selbst ausführen zu können. »Sie tun, was ihre Hände ihnen sagen«, sagte Hervor mit Bewunderung in der Stimme. »Und das ratzfatz.«

Die Burschen hatten Mirjams Entwürfe studiert, die sie flüchtig auf ein altes, ausgedientes Rollo skizziert hatte. Sie wünschte sich zwei kleine Schlafzimmer, was in dem großen Kapellenraum eigentlich mühelos zu bewerkstelligen sein müsste.

»Gewiss, gewiss«, sagten die Jungs und legten los.

Und natürlich sollte die hohe Decke erhalten bleiben, die einem unverkennbar das erhabene Gefühl gab, sich in einer alten Kapelle und nicht in irgendeinem stinknormalen Sommerhaus zu befinden.

»Gewiss, gewiss«, antworteten die Gesellen und legten sich mit Wasserwaage, Säge und Hammer ins Zeug.

Mirjam und Hervor begrüßten ihre Anwesenheit, sie

brachte aber auch einen Höllenlärm mit sich, und für Mirjam war es ein Ding der Unmöglichkeit, oben in ihrem Turmzimmer zu sitzen und Per-Henriks Schicksal heraufzubeschwören, wenn ihre Affirmationen dabei von munteren Hammerschlägen begleitet wurden. Auch Hervor war nicht erfreut. Sie brauchte Ruhe und Konzentration, um ihre mediale Begabung ausüben zu können, wie sie sagte. Ihre Kolumne musste wöchentlich in der Illustrierten erscheinen, und Hervor schluderte sie nicht einfach so hin oder flunkerte etwas zusammen. Sie machte ihre Arbeit mit Hilfe der Geisterwelt gründlich.

Nach ein paar Tagen mit den Zimmermännern hatten sie die Nase gestrichen voll und zogen los, um irgendwo auf der Insel einen Platz zu finden, an dem sie ungestört ihrer Arbeit nachgehen konnten. Ziellos fuhr Mirjam mit dem Auto kreuz und quer über das östliche Gotland, zu all den schönen Plätzen. Grogarnsberget, die Kalksteinsäulen in Folhammar, Ardreviken und Torsburgen, die Burganlage bei Kräklingbo, aber nirgends kam das rechte Gefühl auf, und überall tauchten darüber hinaus immer wieder Touristen auf. Entmutigt nahmen sie eine kleine Abkürzung. Vereinzelt säumten Höfe den Weg, und man sah Schafe und Lämmer hier und da. Hinter ihnen, bei einem bescheidenen Kuhstall, zeigte ein alter gelbroter Wegweiser in Richtung Wald.

»Anhalten!«, rief Hervor aus.

Mirjam legte mit ihrer kleinen roten Karre eine Vollbremsung hin.

»Zurücksetzen!«, kommandierte ihre Beifahrerin.

Mirjam legte, ohne zu protestieren, den Rückwärtsgang ein.

»Dahin!«, wies Hervor auf den Weg und sah zufrieden aus. »Da fahren wir runter, mein Gefühl sagt mir, dass das die richtige Stelle ist.«

»Woher willst du das wissen?«

»Na ja, es zuckt so verflixt in meinem kleinen linken Zeh.«

Mirjam fuhr vorsichtig ein paar Kilometer einen schmalen, mit Schlaglöchern übersäten Weg entlang, der sich zwischen Äckern, steinigem Boden und schönem Kiefernwald dahinschlängelte. An den Wegrändern standen die Sommerblumen in voller Blüte: Margeriten, Wilde Möhre und Zichorien. Am Ende des Weges trafen sie inmitten einer Art von Niemandsland auf eine kleine Lichtung mit einem natürlichen Parkplatz. Vor ihnen ragte eine steile Klippe auf. Zwischen den grauweißen Kalksteinklippen konnte man einen kleinen Pfad erkennen, der anscheinend seit Urzeiten nicht mehr betreten worden war.

»Vorgeschichtliche Burg Fornborg«, las Hervor auf der Touristenkarte, die sie dabeihatte.

»Da müssen wir rauf.« Sie deutete mit der Karte auf den Steilhang.

Sie schulterten ihre Rucksäcke und quälten sich den steilen Pfad hoch. Klammerten sich, um Halt zu finden, an den Felsbrocken fest und stolperten über die kräftigen, verschlungenen Wurzeln der Waldkiefern. Sie schleppten sich die Klippe hoch und kamen außer Atem oben an.

»Oh«, stieß Mirjam hervor. »Das kannte ich ja gar nicht.«

»Ich hab's doch gleich gesagt«, keuchte Hervor. »Ich hab gespürt, dass wir uns dem Paradies nähern. Du liebes bisschen, was für 'ne verdammte Menge Chlorophyll!«

Vor ihnen breitete sich ein schier unendliches, mit smaragdgrünem Gras bewachsenes Plateau aus. Man hätte meinen können, jemand habe hier auf der Fornborg einen Golfplatz angelegt, aber es war tatsächlich alles Natur. Die Wildkaninchen, die sich von Hervor und Mirjam gestört fühlten, stoben erschrocken in alle Richtungen davon. Auch die Aussicht war nicht zu verachten. Weit entfernt im Osten konnten sie das Meer sehen und in südlicher Richtung eine Reihe mittelalterlicher Kirchtürme.

»Von hier hat man einen guten Überblick«, sagte Mirjam, »nicht überraschend, dass das der perfekte Platz für eine vorgeschichtliche Burganlage war.«

»Und man kann sich gut vorstellen, was damals für ein reges Treiben hier herrschte, oder? Kräftige Männer mit Pfeil und Bogen und starke Frauen, die sich mit ihren alltäglichen Pflichten abmühten. Tobende Kinder in einfachen Kitteln, die nur mit einer Schärpe zusammengehalten wurden. Weise alte Männer und Frauen. Das ist der perfekte Ort, um in Kontakt mit den Geistern zu treten.«

Sie nahmen das Plateau in Augenschein und suchten sich dann jede einen Platz. Mirjam fand einen jungen Birkenstamm, gegen den sie sich lehnte. Sie wandte ihr sommersprossiges Gesicht der Sonne zu, setzte sich aber zur Sicherheit den Strohhut auf ihren Lockenschopf. Nicht zu viel und nicht zu wenig Sonne, das war für ihre helle Haut am besten. Ein gutes Stück entfernt hatte Hervor ihre Arbeit aufgenommen. Mirjam beachtete sie nicht weiter und konzentrierte sich stattdessen in Ruhe und Frieden darauf, mit der Kraft der Gedanken Per-Henriks Ende heraufzubeschwören. Das Dreckschwein sollte kriegen, was es verdiente, und deshalb würde sie ihren Beschwörungsformeln noch mehr Nachdruck verleihen. Sie war nach wie vor erschüttert von seinem Besuch und seinen Drohungen neulich abends. Mirjam ließ den Blick über die Landschaft schweifen und rief sich unterdessen all die erniedrigenden Situationen ins Gedächtnis, denen sie nach dem Zusammenbruch ihrer Firma ausgesetzt gewesen war. Einmal, kurz nachdem sie nach Kuivalihavaara gekommen war, wäre beinahe alles richtig in die Binsen gegangen.

Mirjam hatte an der Tankstelle vorsichtig die Zapfpistole herausgezogen und den Tankdeckel aufgeschraubt. Nicht mehr als fünfzehn Liter. Sie hatte aus ihrer Brieftasche die Tankkarte genommen, die sie, Gott sei Dank, ebenso wie den alten, rostigen Volvo hatte behalten dürfen. Für den Gerichtsvollzieher hatte ihre alte Karre keinen Wert besessen. Alles war ihr nicht genommen worden, ein paar das Leben erleichternde Habseligkeiten und ein kleines bisschen Würde waren ihr geblieben. Im Fach der Brieftasche, in dem die Geldscheine steckten, sah es schon magerer aus. Zwei Hundertkronenscheine, die bis zum Fünfundzwanzigsten reichen mussten, und bis dahin waren es noch drei Wochen. Eilig und ein wenig nachlässig dankte sie Gott für die Bohnen, die preiswerten Mohrrüben und ihren eigenen Einfallsreichtum, betrat Kuivalihavaaras Tankstelle und hielt ihre Tankkarte hin. Außer ihr befanden sich noch ein paar Kunden in dem kleinen Laden und suchten die Regale nach Waren ab.

Annemaj Rautio stand an der Kasse, starrte aus dem Fenster und kaute lustlos auf einem Kaugummi herum. Bedeckter Himmel und dichter Schneefall waren nicht ihr Ding, das konnte man ihr von weitem ansehen. Und dass sie Annemaj hieß, erst recht, man brauchte nur ihr Namensschild zu lesen.

»Hallo«, sagte Mirjam. »Ich hab an der Zwei getankt.«

»Hab's gesehen«, antwortete Annemaj gelangweilt und nahm die Tankkarte entgegen, »Sie sind doch die neue Ärztin, nich'?«

Sie schob die Karte in das Kartenlesegerät, während sie weiter auf ihrem Kaugummi herumkaute und Mirjam mit einer Miene betrachtete, aus der sich schließen ließ, dass sie es als ihr gutes Recht ansah, Mirjam einfach in irgendeine Schublade zu stecken.

»Ja, stimmt«, antwortete Mirjam heiter. »Bin seit drei Wochen hier.«

»Weiß ich«, sagte Annemaj und zog die Karte aus dem Gerät. »Hören Sie, die Karte ist gesperrt.«

»Was?« Mirjam fühlte, wie ihr der Schweiß ausbrach. Die Beine gaben unter ihr nach. Sie drehte sich um und merkte, dass die anderen Kunden stehen geblieben waren und dem Gespräch an der Kasse aufmerksam lauschten.

»Gesperrt? Wieso denn das?«, wisperte sie und dachte an das Bargeld in ihrer Brieftasche. Der letzte Rest, der noch für drei lange Wochen reichen musste.

»Nun«, sagte Annemaj Kaugummi kauend, »meist ist es irgendwas Kriminelles, wenn sie gesperrt wird, aber wenn das der Fall ist, steht das normalerweise immer auf dem Display.«

In Mirjams Kopf pochte es, als sie endlich zu ihrem Auto gelangte. Die Scham trieb ihr die Röte ins Gesicht. Sie hatte mit ihrem letzten Geld bezahlen müssen, und es hatte mit Ach und Krach gereicht. Mit Tränen in den Augen fuhr sie von der Tankstelle los. Verdammt, sie musste nach Hause. Sofort. Nach Hause, um sich in Ruhe auszuheulen. *Meist ist es irgendwas Kriminelles.* Die Worte der Kassiererin hallten in ihrem Kopf wider. Und wie sie die Blicke der Kunden gespürt hatte! Verfluchte Tankstellengesellschaft! Sie hätten sie zumindest vorher informieren können, dass sie die Karte sperrten. Und diese drei verfluchten Schweine von Chefs! Wenn die bloß wüssten, was sie ihr angetan hatten. Ivan zum Beispiel, wie konnte er nur? Und Per-Henrik? Torsten war ein richtiger Scheißkerl, von ihm hatte man wer weiß was erwarten können, aber die anderen beiden, hatten die überhaupt kein Gewissen? Sie legte an einer Kreuzung eine Vollbremsung hin, schlitterte ein Stück auf dem Neuschnee vorwärts und entging nur um Haaresbreite einem Zusammenstoß mit einem Monster von Schlepplaster, der aus einer Seitenstraße bog. Mit der Faust schlug sie hart aufs Lenkrad. Hass baute sich in ihr auf wie eine gigantische Flutwelle. Ich könnte sie alle umbringen, verdammt! Die streichen den Gewinn ein, der das Resultat meiner Aufbauarbeit ist. Diese Amateure hätten ohne meine Hilfe nicht einen roten Heller an diesem vornehmen Pflegeheim verdient. Und ich darf hier in der Hölle Lapplands schmoren und knausern und hungern und werde noch dazu als kriminell abgestempelt, dachte sie rasend vor Wut.

Die neue Ärztin ist kriminell, wusstet ihr das schon? Ja, doch, ganz bestimmt, ich hab's selbst gesehen, als sie versucht hat, mit der Tankkarte zu bezahlen. So würden es im Ort die Spatzen von den Dächern pfeifen.

Verfluchte Scheiße, ich werde mich rächen, dachte Mirjam und nahm die Kurve zum Parkplatz ein bisschen zu eng, so dass sie an einem Pfosten entlangschrammte. Was machte das schon? Sie war ja eh kriminell. Abgestempelt. Schuldig. Sie knallte mit ungeahnter Kraft die Autotür zu. Sie erschlagen! Ermorden! Zur Hölle mit den dreien! Verdammt, sie wollte nicht mehr zurückstecken und die andere Wange hinhalten. Sie würde ihnen ordentlich einheizen, auf die eine oder andere Art, und wenn sie dafür ihr Leben opfern musste.

Mirjam kehrte hoch oben auf der schönen, uralten Burg in die Gegenwart zurück. Sieben Mal hintereinander wiederholte sie, dass Per-Henrik sterben solle, und ruhte sich danach exakt sieben Minuten aus, bevor sie erneut begann, die Kraft der Gedanken zu beschwören. Auch diese Prozedur führte sie sieben Mal aus.

»Mögest du für immer von der Bildfläche verschwinden, Per-Henrik!«

Sieben war eine magische Zahl, und sie mochte sie, auch wenn es an und für sich keine Rolle spielte, ob sie es sieben oder siebenundsiebzig Mal sagte. Aber ihr Vater hatte sieben Knöpfe an seinem Talar gehabt, und zu Hause auf dem Pfarrhof hatten sie immer den siebenarmigen Leuchter angezündet, wenn Wochenende war.

Sie beendete die Affirmationen, legte sich auf den Rücken, entspannte sich und lauschte dem Rauschen des Windes um die Fornborg. Sangen nicht auch die Kronen der Kiefern ihre Beschwörungsformel? Und wie sie das taten! »Mögest du für immer von der Bildfläche verschwinden, Per-Henrik!« Der Buchfink schien ebenfalls einzustimmen, und die Kohlmeise übernahm mit ihrem eintönigen Tirilieren die Oberstimme. So wie eine alte, ausgeleierte Fahrradpumpe.

»Mirjam! Was ist das?«

Mirjam setzte sich auf und schaute zu Hervor hinüber, die mitten in dem kräftig sprießenden, saftigen Grün stand und etwas hochhielt, das wie ein Pilz aussah. Langsam ging Mirjam auf sie zu.

»Sind das Champignons?«

Hervor sah gespannt aus. Mirjam nahm den Pilz, drehte ihn hin und her, brach ein Stück vom Hut ab und pulte ein bisschen am Stiel.

»Von wegen, das ist ein Kegelhütiger Knollenblätterpilz. Das siehst du an der Knolle unten am Stiel. Die Lamellen haben auch eine andere Farbe als bei Champignons.«

»Da hol mich doch der Teufel, was du alles weißt! Wie kommt das?«

Mirjam lächelte und reichte Hervor das giftige Ding.

»Damit muss man sich in meinem Beruf auskennen. Mit einer Vergiftung, wenn man den hier verzehrt hat, ist nicht zu spaßen.«

»Was passiert dann?«

»Au Backe, das ist richtig heimtückisch, weißt du. Zuerst übergibt man sich und hat wahnsinnige Bauchschmerzen und Durchfall.«

»Herrje, stirbt man dann?«

»Nicht sofort. Das Tückische daran ist, dass man ein Stadium durchläuft, in der die Übelkeit und die Durchfälle verschwinden, und man fühlt sich wieder ganz gesund. Und dann schlägt die Mörderknolle wieder zu.«

»Die Mörderknolle?«

»Ja, so wird sie auch genannt. Das dritte Stadium zeichnet sich durch Nierenschmerzen und Magen- und Darmblutungen aus, dann ist es aus und vorbei. Der Betreffende wird bewusstlos und stirbt.«

Hervor grinste wie ein Honigkuchenpferd.

»Donnerlottchen, was für eine tolle Methode! Das hätte der Scheißkerl verdient!«

»Wen bei allen Geistern meinst du?«

»Na, Per-Henrik natürlich. Stell dir bloß vor, er würde sich vor Schmerz winden, mit Dünnschiss und allem, was dazugehört. Das geschähe ihm nur recht.«

33

Mirjam lehnte sich gegen den Türrahmen des neuen Gästezimmers und betrachtete zufrieden ihr Werk. Die letzte Tapetenbahn klebte an Ort und Stelle, so dass Hervor einziehen konnte. Irgendwann einmal, es musste jetzt Ewigkeiten her sein, hatte sie Tapezieren gelernt. Das war Ende der siebziger Jahre gewesen, als Annas Papa und Mirjam frisch verliebt gewesen waren und sich nichts anderes ausgemalt hatten, als auf immer und ewig zusammenzubleiben. Da hatte es noch keine dunklen Wolken gegeben. Aber sobald Anna geboren worden war, hatte er sein anderes Gesicht gezeigt. Als er sie das erste Mal schlug, verließ sie ihn. Nahm Anna mit und kehrte nie mehr zurück. Sie baute für sich und Anna ein neues Leben auf und musste erneut eine alte Wohnung tapezieren. Am Ende war sie ein richtiger Profi. Das Leben, allein mit Anna, war zwar ein hartes Überlebenstraining gewesen, aber es hatte funktioniert. Neben dem Mutterdasein hatte sie noch ihr Medizinstudium durchgezogen. Mit dem Kindsvater gab es keine Schwierigkeiten. Für Anna war das natürlich schade, allerdings hatte sie einen guten Kontakt zu ihrem Großvater, Mirjams Vater, und vor allem zu Aron gehabt. Aron war damals gerade frisch verheiratet, aber er und ihre Schwägerin hatten keine eigenen Kinder. Zu jener Zeit hatte Mirjam noch gedacht, dass der Kontakt zu Aron gut für Anna war, aber dann hatte er sich viel zu viel herausgenommen. Band Anna immer enger an sich, so dass sie ihre Sommerferien immer bei Onkel Aron verbrachte. Dann kam es, wie es kommen musste, als ihre Firma in die Brüche ging.

Mirjam sammelte ihre Tapezierbürsten und Rasierklingen zusammen und trug alles mit dem Eimer und dem darin enthaltenen restlichen Tapetenkleister in den Hauptraum der Kapelle. Mit Scheuereimer und -lappen wischte sie flugs über den alten Fußboden. So, Läufer drauf und rein mit dem Bett. Blieben nur noch die Gardinen.

Aus dem Augenwinkel sah sie vorm Fenster den Streifenwagen vorbeifahren. Schon wieder die Polizei. Die Gardinenstange rutschte ihr aus der Hand und fiel mit einem lauten Knall zu Boden. Das Auto hielt an und setzte vorsichtig zurück an den Graben vor der Kapelle. Mirjam zog sich langsam, Schritt für Schritt, ins Zimmer zurück und wischte sich mit dem Handrücken über die Stirn. Sank in der hintersten Ecke des Raumes auf den Boden und vergrub ihr Gesicht in den Händen. Der Motor erstarb. Sie wartete auf das Geräusch von ein oder zwei zuschlagenden Autotüren. Da hatte sie den Salat, jetzt war die Sache gelaufen, davon war sie fest überzeugt. Nur eine Frage von der Polizei, und sie würde alles gestehen. Gewiss doch, sie hatte ihn durch die Kraft der Gedanken zur Blindheit verdammt. Mit Worten hatte sie ebenfalls gesündigt. Bestimmt war es auch ihre Schuld, dass er bereitwillig direkt auf den Weiher zugesteuert war und sich ertränkt hatte. Gut, sie war in der Nähe umhergeschlichen, hatte ihn aber nicht angefasst. Nicht ein einziges Mal. Würden sie ihr Glauben schenken? Warum hatte sie bloß auf Hervors dummes Gerede über die Affirmationen gehört?

Schweißperlen bildeten sich auf ihrer Oberlippe. Weshalb kamen sie nicht rein? Wie lange wollten sie sie denn noch quälen, indem sie draußen herumstanden? Vielleicht sollte sie einfach hinausgehen und ihnen erzählen, wie es sich zugetragen hatte. Angriff war die beste Verteidigung. Aber sie war nicht imstande, sich vom Fleck zu rühren. Das Geräusch einer sich öffnenden Autotür drang an ihre gespitzten Ohren. Atemlos kauerte sie sich tiefer in die Ecke.

»Da ist es«, sagte Camilla. »Wirklich, ein gemütliches Haus.«

Anders Klintvall war ein bisschen zu weit gefahren, hielt das Auto an und setzte ein paar Meter zurück. Er beabsichtigte, die beiden Damen in der Kapelle nun richtig in die Mangel zu nehmen. Vielleicht war ja doch etwas Wahres an Per-Henriks Gefasel. Fakt war zumindest, dass sie Kontakt zueinander gehabt hatten, und Anders hatte vor, herauszufinden, was an diesen Geschäften dran war. Man konnte schließlich nicht ganz ausschließen, dass Mirjam Nordergrav irgendeine Art Verbitterung mit sich herumschleppte und sich rächen wollte. Vielleicht wusste sie viel mehr, als sie Persson gesagt hatte. Anders wusste, dass Perssons Verhörtechnik noch nicht die beste war. Jetzt würde er ihr mal zeigen, wie man die Leute unter Druck setzte.

Er öffnete die Autotür und setzte einen Fuß auf den Boden. Just in dem Moment klingelte sein Handy, und er holte es aus seiner Brusttasche.

»Hier Klintvall. Ach, was du nicht sagst, da hol mich doch der Teufel! Bist du ganz sicher? Okay, da hast du wohl recht, dann ist das die einzige Möglichkeit. Sicher, wir sind in einer halben Stunde auf dem Revier.«

Persson warf ihm einen fragenden Blick zu, als er das Mobiltelefon zurück in die Brusttasche stopfte. Er setzte seinen Fuß wieder in den Wagen, schlug die Autotür zu und ließ den Motor an.

»Der Fall ist abgeschlossen, Persson«, sagte er zur Antwort auf ihre unausgesprochene Frage. »Das war der Chef. Utas hatte 1,74 Promille im Blut und war sternhagelvoll, als er auf den Löschteich zutorkelte. Wir müssen der Sache nicht weiter nachgehen. Dass er ertrunken ist, war zweifelsohne ein Unfall, vielleicht auch Selbstmord, für den er sich Mut angetrunken hat.«

»Und seine Stirnwunde?«

»Sie haben Überreste eines Zweiges darin gefunden, wie ich schon angenommen hatte. Die Kriminaltechnik hat festgestellt, dass es sich um Schwarzdorn handelt.«

»Schwarzdorn?«

Anders Klintvall grinste.

»Schlehen also, diese teuflisch dornigen Sträucher, die wir hier überall haben. Nicht verwunderlich, dass er sich daran die Stirn aufgerissen und sich eine hässliche Wunde zugezogen hat.«

Mirjam hörte, wie die Autotür wieder zugeschlagen wurde und das Geräusch eines sich entfernenden Motors. Langsam, unendlich langsam kroch sie zum Fenster. Kniete sich hin und spähte über das Sims. Eigentlich müsste die Welt stehengeblieben sein, zu existieren aufgehört haben. Aber Sylves Hof lag da, wo er immer lag, die Schafe weideten wie üblich, und sie konnte Pettsons Alte auf ihrem Blumenfeld herumstochern sehen. Die platt gedrückten Grashalme am Feldrand deuteten als Einziges darauf hin, dass hier eben noch ein Polizeiwagen geparkt hatte. Hervor trällerte in der Küche, und der Duft von frisch gekochten Kartoffeln mit Dill stieg ihr in die Nase. Alles war wie immer.

34

Hervor musterte ihr Gesicht im Spiegel und zog die Bürste durch ihre grauen Haarsträhnen. Sie fasste die Haare zusammen und flocht sie rasch und geübt zu einem Zopf, den sie mit einem Haargummi fixierte. Noch ein bisschen Creme auf ihre mitgenommenen Hände – ihre geschickten Hände, die ihr schon so oft von großem Nutzen gewesen waren. Zwar taten sie ihre Wirkung, wenn sie jemanden damit berührte, aber ihre Verwünschungen waren fast noch besser. Eine Kombination aus beidem wäre das Allerbeste gewesen: Per-Henrik die Hand auflegen und dann zischen: »Mögest du in der Hölle schmoren, du Dreckschwein.« Aber so nah würde sie ihm wohl niemals kommen.

Sie trat auf die Stufen der Kapelle und schaute zum

Himmel hinauf. Ein guter Tag. Rund zwanzig Grad, schätzte sie, und bedeckt. Entschieden besser als sengende Hitze. Vielleicht könnten sie ja mal wieder einen kleinen Ausflug machen?

Sie fand Mirjam am Wasserhahn beim Verrichten ihrer einfachen, wenngleich erfrischenden Morgentoilette. Hervor stiefelte zu ihr hinüber.

»Du, Mirjam, wie wär's mit einer kleinen Spritztour in deine alte Heimat?«

Mirjam spritzte sich Wasser ins Gesicht, richtete sich auf und stellte den Hahn ab, griff danach nach dem Handtuch und drückte es gegen ihr Gesicht.

»In meine alte Heimat? Du meinst nach Hangvar?«

»Ja, oder wie zum Kuckuck dieser seltsame Ort auch immer heißt. Ich fände es interessant zu sehen, wo du aufgewachsen bist. Außerdem werd ich noch verrückt von diesem Gehämmer.«

Sie machte eine Geste in Richtung Küche, wo die Zimmermänner immer noch bei der Arbeit waren. Mirjam goss sich Wasser in ihren Zahnputzbecher und quetschte Zahncreme auf die Zahnbürste.

»Tja, warum nicht? Ich bin seit Ewigkeiten nicht mehr dort gewesen. Wir könnten sogar Papas Grab einen Besuch abstatten.«

»Mensch, ist ja toll! Dann haben wir auch so was wie einen Anlass. Und ob wir das Grab besuchen! Dann komm mal in die Hufe, damit wir loskönnen. Ist ein ganz schönes Stück bis dahin, könnt ich mir denken, jedenfalls mit gotländischem Maß gemessen.«

Mirjam fuhr, und Hervor saß daneben, mit der Brille auf der Nase und der Straßenkarte auf dem Schoß.

»Was meinst du, welche Strecke sollen wir nehmen?«, fragte Mirjam.

»Was ich meine? Wie soll ich das denn wissen, bitte schön? Willst du das nicht entscheiden?«

»Nein, übernimm du das. Wir könnten auf der Ostseite die Küstenstraße hochfahren und dann querfeldein über Lärbro oder aber quer über die Insel durch die Ortschaften und Richtung Tingstäde und Stenkyrka. Dann sind wir auf der Westseite, und von da aus ist es nur noch ein kleines Stück bis Hangvar.«

Hervor schob ihre Brille auf die Nase zurück, die heruntergerutscht war, studierte die Karte und brummelte dabei die Ortsnamen.

»Wir fahren quer über die Insel«, entschied sie. »Ich will sehen, wie Orte aussehen, die Lokrume und Hejnum heißen. Allein diese Namen beflügeln ja schon die Phantasie! Und die östliche Küstenstraße nehmen wir dann auf dem Rückweg.«

Sie fuhren ländliche Straßen entlang, die von fruchtbaren Äckern flankiert wurden. Die Saat schien jeden Moment aufzuplatzen, und das Weidegras sah vor lauter Wärme ganz vertrocknet aus. Zwischen Stenkyrka und Hangvar änderte sich das Landschaftsbild. Fruchtbarer Laubwald ging jäh in steinigen Boden mit dürrem Wacholder und Krüppelkiefern über.

»Hier sieht's verflucht noch mal aus wie in Lappland«, sagte Hervor, »nur schlimmer, das muss ich schon sagen. Und dabei hast du immer gemeint, der Wald in Kuivalihavaara wäre so mickrig. Was ist das denn?«

Mirjam nickte.

»Das ist steiniger, karger Boden, aber du musst doch

zugeben, dass der Wald in Kajpe Kviar ganz schön was hermacht, verglichen mit den Wäldern deiner Kindheit, meine ich?«

»Das kann ich verdammt noch mal nicht leugnen. Mir gefällt es ganz ausgezeichnet, hier auf den Feldern umherzustreifen und jeden einzelnen Grashalm umzudrehen. Ich finde das wirklich verflucht exotisch.«

Das kleine Örtchen Hangvar tauchte plötzlich vor ihnen auf, und Mirjam bog rechts zur Kirche ab. Hier und da säumten ein paar Häuser den Weg. Sie fuhren mit dem roten Mercedes das letzte Wegstück zum Friedhofsgelände hinunter und parkten auf dem Platz davor. Vor dem Nachbarhaus flatterte bunte Kinderwäsche auf der Leine, und auf dem Friedhof grub eine Dame mit Sonnenhut ein Beet um. Auf der Ostseite saß eine junge Frau da und zog auf einem Grabstein Buchstaben nach. Neben sich hatte sie Werkzeug, Farben und Pinsel aufgereiht. Bis auf das Gezeter von ein paar Elsterjungen war kein Laut zu hören. Hier herrschte Ruhe und Frieden, und Mirjam hoffte, dass Hervor sich ausnahmsweise einmal zurückhalten und nicht einfach drauflosplappern würde, wie sie es für gewöhnlich tat. Aber sie hätte sich deswegen keine Gedanken machen müssen. Es schien, als ob die Stille auf dem Kirchhof auf Hervors sonst heftiges Temperament eine beruhigende Wirkung hatte.

»Und hier bist du aufgewachsen?«, sagte sie mit gedämpfter Stimme und öffnete die kleine Friedhofspforte. »Donnerwetter, dieses Nest ist ja noch winziger als Kuiva. Kein Wunder, dass du keine Probleme hattest, bei uns oben im Norden zu wohnen.«

»Ja, klein ist es schon«, gestand Mirjam ein. »Aber

schau mal, da drüben kannst du zwischen den Laubbäumen den Pfarrhof sehen.«

Sie zeigte auf eine parkähnliche Wiese. »Da bin ich aufgewachsen, aber natürlich sind wir ständig zwischen Pfarrhof und Kirche hin- und hergelaufen. Auf der anderen Seite des Gotteshauses liegt übrigens die Schule.«

Sie folgten dem kleinen Kiesweg vor der Kirche, der unter ihren Füßen knirschte. Die alte Dame hob den Kopf und nickte freundlich. Mirjam ging mit Hervor im Schlepptau weiter und blieb vor einem hübsch gelegenen Grabstein stehen. Das Grab von Mirjams Vater. Neben dem Namen des Gemeindepfarrers war das Wort »Ehefrau« eingraviert, aber es fehlte noch die Inschrift mit dem Todesdatum.

»Aha, er wartet auf sie«, sagte Hervor trocken. »Wer hat denn die schönen Blumen gepflanzt? Ist dein Bruder so aufmerksam?«

Blühende Begonien und einige kleinere Lobelien schmückten das Grab.

»Nein, die Friedhofsgärtner kümmern sich um das Grab. Wie ich Aron kenne, kommt er nicht allzu oft hierher.«

Sie gingen weiter und betraten die Kirche. Sie war nicht besonders groß und ließ jeglichen Altarschmuck vermissen. Grund dafür ist sicher die zunehmende Anzahl an Kirchendiebstählen, dachte Mirjam. Sie schaute sich in der Kirche um und erinnerte sich an die unzähligen Male, als sie sich den Hintern auf der Kirchenbank breit gesessen und die alten Damen ihren rotlockigen Kopf getätschelt hatten. Sie ließ sich auf der vordersten Bank nieder. Ihr Vater hatte nicht hier in Hangvar begraben werden wollen, erinnerte sie sich. Er hatte einmal zu Mirjam gesagt, dass er seine ewige Ruhe lieber auf dem Friedhof in Hall gefunden hätte. Sowohl die Kirche als auch der friedliche Kirchhof dort gefielen ihm besser. Aber Aron hatte auf Hangvar bestanden. Es war doch wohl klar, dass er in seiner Heimatgemeinde, in der er als Pastor gewirkt hatte, begraben werden musste. Aron hatte seine Stimme erhoben und es auf einen großen Streit angelegt, aber Mirjam war einfach nicht in der Lage gewesen, dagegen zu protestieren. Sie hatte jedoch das Gefühl, dass ihr Vater keinen richtigen Frieden fand. Sie sollte Hervor auch Hall zeigen. Sie erhob sich von der Kirchenbank und folgte Hervors Beispiel, etwas ins Gästebuch zu schreiben. Bevor sie die Kirche verließen, zündete sie für ihren Vater eine Kerze an.

Hervor und Mirjam spazierten zum Pfarrhof. Mirjam wusste, dass er verkauft worden und mittlerweile in Privatbesitz war. Ein kleines Stück entfernt blieben sie stehen und bewunderten das prächtige Gotlandhaus.

»Alle Achtung!«, rief Hervor. »Du bist aber standesgemäß aufgewachsen.«

Ja, das stimmte. Aber schon früh hatte sie sich fortgesehnt. Fort von der Enge und Ruhe Hangvars und hinaus in die weite Welt. Fort von Aron, der dauernd alle terrorisierte. In der Stadt auf der Oberschule anzufangen war eine Erleichterung gewesen, und danach hatte es kein Zurück mehr gegeben. Nach ihrem Medizinstudium am Karolinska-Krankenhaus blieb sie eine Zeitlang in Stockholm, bevor sie nach Visby ins dortige Krankenhaus zurückkehrte, bis zu dem Tag, an dem sie Per-Henrik am Bahnhof in Stockholm über den Weg lief und jene unglückselige Entscheidung traf.

»Ich werde langsam hungrig«, erklärte Hervor. »Aber hier scheinen die Gastwirtschaften nicht so reichlich wie in Kajpe Kviar gesät zu sein. Du hast einen guten Tausch gemacht, Mirjam, daran ist nicht zu rütteln. Nur gut, dass du diesem Loch den Rücken gekehrt hast.«

»Ja, du hast recht, hier gibt's leider keine Wirtschaft, und anscheinend nicht einmal ein kleines, im Sommer geöffnetes Café im Gemeindehaus. Wir machen einen Abstecher nach Kapellshamn, das sind nur ein paar Kilometer, da müsste es irgendetwas geben.«

Mirjam kutschierte mit dem roten Benz langsam durch die Ortschaft Kapellshamn. Individuell gestaltete, entzückende kleine Häuser säumten die Dorfstraße. Die Fliederhecken hingen schlaff nach unten und dürsteten nach Wasser. Wann würde es endlich regnen? Hatte Hervor eigentlich versucht, Regen heraufzubeschwören, wie Sylve sie gebeten hatte?

»Da!«, rief Hervor aus und zeigte auf ein Gebäude, das wie ein weiteres, mittlerweile geschlossenes Geschäft aussah. »Da gibt's was zu futtern.«

Mirjam bog ab, parkte neben einem Buswartehäuschen und merkte, dass ein paar Männer vom Lokal aus sehnsüchtige Blicke in ihre Richtung warfen, die jedoch, wie sie annahm, dem Auto galten. Ihr hatte in den letzten fünfzehn Jahren keiner außer Sylve mehr schmachtende Blicke zugeworfen.

Das Café war neu und weiß gestrichen wie alle Lokale heutzutage. Sie fanden draußen einen freien Tisch, auf dem sich Geschirr mit Essensresten von früheren Gästen stapelte. Die Kellnerin im Teenageralter eilte mit belegten Brötchen und Quiches raus und rein und machte keinerlei

Anstalten, auf dem Rückweg zur Küche ihren Tisch abzuräumen. Hervor murrte und war schon fast so weit, sich als Tellerwäscherin zu verdingen und das Geschirr abzuräumen.

Ihre bestellte Quiche kam, und endlich bemerkte die junge Dame, dass es sich ein wenig schwierig gestaltete, sie zwischen all dem schmutzigen Geschirr abzustellen.

»Ja, toll sieht das hier aus«, sagte Hervor verdrossen und machte eine ausholende Handbewegung.

»Na, so was«, sagte das Mädchen ungerührt und lud sich ein paar Teller auf.

Hervor und Mirjam mussten erneut warten, bevor sie blitzschnell den Tisch gesäubert hatte, aber das machte nichts. Die Quiches waren abgekühlt, und als sie sie endlich essen konnten, schmeckten sie unwahrscheinlich gut.

Sie blieben lange im Schatten am Rande der Dorfstraße von Kapellshamn sitzen. Die Gäste, die überwiegend vom Festland zu sein schienen, verspürten keine Eile. Niemand sah sich imstande, bei dieser drückenden Hitze irgendetwas zu unternehmen. Mirjam holte Kaffee, und Hervor nahm sich eine Zigarette. Der Tag war so angefüllt mit neuen Eindrücken und aufgefrischten Erinnerungen gewesen, dass Mirjam nicht eine Sekunde lang an die drei Unternehmer und die Affirmationen gedacht hatte. Jetzt aber, als sie in Ruhe beim Kaffee saßen, drängten sich diese Gedanken wieder in ihr Bewusstsein.

»Hervor«, sagte Mirjam, »was die Affirmationen anbelangt, glaubst du, dass man sie immer vor sich hin sagen muss?«

Hervor machte einen Lungenzug und fing an zu husten.

»Wie meinst du das?«

»Ich frage mich nur«, sagte Mirjam, »ob man die Affirmationen unbedingt immer laut aussprechen oder denken muss? Oder ob man sie nicht vielleicht auch aufschreiben könnte?«

»Du meinst, man könnte sie auf kleine garstige Zettel kritzeln, zusammenfalten und ins Kaminfeuer schmeißen?«

»Na ja, vielleicht nicht gerade ins Kaminfeuer, obwohl das sicher auch keine schlechte Idee wäre. Nein, ich frage mich, ob man eine Person nicht mit einer Botschaft beeinflussen könnte. Flugblätter, Mails, anonyme Briefe, du weißt schon, was ich meine.«

Hervor nahm einen Flachmann aus einer der unzähligen Taschen ihrer Tunika und möbelte ihren restlichen Kaffee damit auf. Fragend hielt sie Mirjam die Flasche vor die Nase, die jedoch ablehnte.

»Ja, doch, das wäre sogar sehr gut denkbar. Du weißt gar nicht, wie nahe du damit der Geschichte der Magie kommst! Sich etwas auszudenken, das das betreffende Opfer ständig vor Augen hat. Eine Anzeige oder ein Flugblatt, wie du schon sagst. Es gibt heutzutage unendliche Möglichkeiten. SMS zum Beispiel. Früher hat man kleine böse Zettel geschrieben und sie vergraben. Natürlich vorzugsweise in einem Grab.«

»Mein Gott, wie eklig! Nun ja, ich werde darüber nachdenken«, sagte Mirjam kurz. »Jetzt machen wir uns aber auf die Socken. Tu mir einen Gefallen und drück die Kippe nicht auf dem Boden aus, der ist so wahnsinnig trocken.«

Mirjam meinte sich dunkel an eine nette kleine Küstenstraße zwischen Kapellshamn und Hallshuk zu erinnern. Sie fanden sie tatsächlich, fuhren sie ein Stück entlang und parkten dann auf einer Lichtung. Das glitzernde Meer lud zu einem nachmittäglichen Sprung ins kühle Nass ein. Das ist Freiheit, dachte Mirjam, als ihr Körper ins Wasser tauchte. Unbeschwerte Freiheit, etwas, von dem sie vor acht Jahren nur hatte träumen können.

Damals hatte sie sich auf ihre Isolationshaft vorbereitet, so hatte es sich zumindest angefühlt. Monatlich von viertausend Kronen zu leben war im Grunde kein Problem, aber das unbarmherzige Gericht hatte keine Rücksicht darauf genommen, ob man noch andere Schulden bei der Bank oder sonstige Kosten hatte, die nicht so schnell abgewickelt werden konnten. Die Gläubiger nahmen natürlich auch keinerlei Rücksicht. Das Auto hatte sie behalten dürfen, weil es alt war und für wertlos befunden wurde, aber es öfter zu benutzen konnte sie sich auch nicht leisten. Ihre größte Angst war, Zahnausfall oder graue Haare zu bekommen und in Lumpen herumlaufen zu müssen. Was Letzteres betraf, dankte sie im Stillen der Bezirksgemeinde, die sie zumindest mit Arbeitskleidung versorgte. Aber an einen Besuch beim Zahnarzt war nicht zu denken, stattdessen benutzte Mirjam emsig Zahnseide und Zahnbürste. Wenn sie wegen ihrer Kleidung und ihrer Frisur jammerte, rümpfte Hervor bloß die Nase.

»Wie kann man sich nur wegen einem solchen Quatsch den Kopf zerbrechen! Hier in Kuiva stellen wir keine großen Ansprüche an eine schicke Garderobe. Wir machen einfach einen Abstecher nach Luleå und gehen in ein Geschäft mit Secondhand-Klamotten. Da kennt dich kein

Schwein, und du kannst dir für ein paar hundert Kronen einen ordentlichen Vorrat an Kleidung kaufen. Und deine Haare, die sehen unmöglich aus! Dabei sind sie dein größter Schmuck. Trag sie doch einfach offen!«

»Ich kann es mir wirklich nicht leisten, nach Luleå zu fahren. Das sind immerhin fast dreihundert Kilometer pro Strecke.«

»Na, wenn das so ist, dann geh auf meinen Speicher. Schau dich dort mal um. Ich hab die Jahre über immer Stoffreste aufbewahrt, eigentlich für Flickenteppiche, aber ich würde meinen Arsch darauf verwetten, dass das heutzutage Vintage heißt, hab's in irgendeiner Zeitschrift gesehen. Echt supermodern!«

Hervor riss Mirjam aus ihren Überlegungen, indem sie ihr Wasser ins Gesicht spritzte.

»Weißt du, Mirjam«, sagte Hervor, »im Grunde ist deine Mordmethode, die verfluchten Schweine mit Hilfe der Kraft der Gedanken um die Ecke zu bringen, verflixt langwierig. Mit ein paar richtig anständigen Morden würde die ganze Sache viel mehr Pep kriegen. Wie bei Miss Marple zum Beispiel. Aber das kannst du dir bestimmt nicht vorstellen, oder?«

Mirjam starrte sie starr vor Schreck an.

»Du bist wohl nicht ganz bei Trost! Nein, das kommt ganz und gar nicht in Frage, da kannst du ganz beruhigt sein. Ich bin schließlich Ärztin.«

»Na ja«, seufzte Hervor, »du wirst das schon machen, da bin ich mir sicher.«

35

Die Tischlergesellen hatten ihre Arbeit beendet, und zwei kleine Schlafzimmer waren geschaffen worden. Im Kapellenraum hatten sie einen netten, praktischen Pelletofen installiert, den Hervor bereits vergötterte. Die ganze Küche war neu eingerichtet und alles in hübschen, sonnigen Farben gestrichen und tapeziert worden. Die jungen Burschen und Mirjam hatten sich gegenseitig geholfen. Mirjams eingelagerte Möbel trafen mit einem Umzugswagen ein, und die Möbelpacker erwiesen sich als ebenso geschickt wie die Zimmermänner. Mirjam musste einfach nur dastehen und Anweisungen geben, wo sie ihre alten Möbel hinhaben wollte.

»Endlich in einem richtigen Bett liegen!«, jubelte Hervor und bestand auf ein sofortiges Power-Napping.

Dieses Wort hatte sie von ihrer Tochter Ingrid bei einem ihrer langen Telefongespräche quer über den Atlantik gelernt. Und es konnte ja nicht schaden. Mirjam probierte auch ihr liebgewonnenes breites Bett aus, das mit Ach und Krach in dem kleinen Schlafraum Platz gefunden hatte. Acht lange Jahre hatte sie darauf verzichten müssen. Sie hatte es geschafft, und zwar mit Bravour!

Jetzt lief sie mit dem Staubtuch umher und wischte ihre Besitztümer ab. Probierte aus, wo sie am besten hinpassten, stellte einen Stuhl um, stellte ihn wieder zurück und breitete die hübschen alten Ripsteppiche aus, die vom Pfarrhof in Hangvar stammten. Sie passten hervorragend. Die Esszimmermöbel bildeten unbestreitbar den Mittelpunkt des Raumes. Auf den Tisch stellte sie eine schöne

Vase mit Wildblumen, und darüber hing ihre geerbte Petroleumlampe.

Das Turmzimmer sollte in Zukunft Arbeitszimmer werden, mit einer grandiosen Aussicht auf den Ort und nicht zuletzt auf Ivans Haus. Sie hatte ihn schon länger nicht gesehen, aber nach Torstens Tod hatten er und Per-Henrik gewiss jede Menge zu tun, viel in der Firma natürlich, und vermutlich waren sie auch zu einem nicht unerheblichen Teil mit der Organisation des Begräbnisses beschäftigt. Mirjam hatte jedoch nicht vor, Ivan davonkommen zu lassen. Der Schlüssel hing immer noch um ihren Hals, und es tat gut, ihn ab und zu anzufassen.

Mit frischer Energie stürzte Mirjam sich in die Arbeit, über die sie schon seit mehreren Tagen nachgedacht hatte. Papierkram. Auf dem Computer schusterte sie ein paar nette Flugblätter und kleine Klebezettel zusammen, auf denen kurze, einprägsame Botschaften prangten. Sie druckte einen Stoß davon aus und schloss zufrieden den Deckel ihres Laptops.

Mirjam wartete bis Mitternacht, bevor sie sich schwarzgekleidet hinaus in die Dunkelheit schlich. In einem Gemischtwarenladen in Bro, an dem Hervor und sie auf dem Weg nach Hangvar vorbeigekommen waren, hatte sie neue, geschmeidige Sportschuhe gefunden. Aus ihrem Versteck holte sie ein Paar Handschuhe, die sie sich überstreifte. Sie hätte ihr Vorhaben im Herbst, wenn es dunkel war, ausführen sollen, da wäre es um vieles einfacher gewesen, sich unbemerkt von einem Ort zum anderen zu bewegen.

Die Nacht war ruhig. Kein Vogel war zu hören, keine

Grillen zirpten. Noch immer warteten die Bauern auf den ersehnten Regen, das Gras war trocken, und die Büsche dürsteten nach Wasser. Von den Mooren stieg trotzdem feuchter Nebel auf und wälzte sich über die Äcker, und sie erinnerte sich, dass die Alten aus Hangvar ihn in ihrem Dialekt *Väit håpu*, springende weiße Mähre, genannt hatten. Sylves Schlafzimmerfenster war schwach erleuchtet. Er schien der Einzige zu sein, der noch wach war, alle anderen Höfe lagen im Dunkeln. Zügig eilte sie den überwucherten Pfad entlang, vorbei an Torstens traurigem dunklen Haus, wo immer noch das blauweiße Band der Polizei hing und nachlässig im Wind flatterte. Sie schlich weiter zu Per-Henrik. So leise es ging, hob sie den Deckel des Briefkastens an und schob ein paar Zettel hinein. Sachte, sachte. Der alte, rostige Kasten quietschte.

Dann klemmte sie einen Zettel unter die Scheibenwischer von Per-Henriks Auto, das auf dem Platz vor dem Kuhstall parkte, schielte zu den dunklen Fenstern hinüber und dachte an Gitte. Das arme Menschlein, das sich mit Per-Henrik herumschlagen musste. Möge sie sich einen Ruck geben und etwas gegen ihre Situation unternehmen.

Es glückte ihr, unbeobachtet am Pflug vorbeizukommen, in dem immer noch die Lichter brannten, und auf die Schnellstraße zu gelangen. Der Nebel war von den Feldern gekrochen und hatte sich in hauchdünnen Streifen über die Straße gelegt. Solange alles ruhig war, ging sie am Straßenrand entlang, sobald aber einzelne Autoscheinwerfer zwischen den Nebelschwaden aufflimmerten, verschwand sie im Straßengraben. Sie ging bis zum Firmengebäude von Care for Seniors und warf auch dort entsprechende Zettel in den Briefkasten. Auf Türen und Schaufenster klebte sie die kleineren Zettel. Nach getaner Arbeit schlich sie zufrieden im Schutz von Pettsons Kuhstall nach Hause in die Sicherheit der Kapelle. Hervor stand draußen auf den Stufen und rauchte.

»Hast du eine Nachtschicht eingelegt?«, fragte sie mit gedämpfter Stimme.

»Ja.«

»Alles in Ordnung?«

»Alles in Ordnung. Ich leg mich aufs Ohr. Gute Nacht.«

»Dann schlaf gut.«

Mirjam wollte gerade die Tür vor der Sommernacht schließen, als Hervor sich diskret räusperte. Mirjam blieb im Türrahmen stehen.

»Ich glaub, du solltest dich vor Sylve in Acht nehmen«, sagte Hervor und deutete mit einem Kopfnicken auf das erleuchtete Fenster ihres Nachbarn.

36

Per-Henrik drehte das Autoradio auf volle Lautstärke und trat das Gaspedal durch. Er ließ die Schnellfähre hinter sich und fuhr vom Hafen aus die Anhöhe hoch. Rechts von ihm spiegelte sich Högklint im Wasser, eine beeindruckende Klippe. Im Seitenfenster blitzte die Sonne auf, die langsam hinter dem Horizont versank.

Er war einer der Ersten gewesen, die von der Fähre gefahren waren, und deshalb war es ihm gelungen, den Touristenstrom hinter sich zu lassen. Er nahm mit Schwung die Verkehrskreisel und fuhr kurz darauf auf gerader Strecke an Skrubbs Trabrennbahn vorbei. Ein paar Pferde weideten auf den Koppeln, sie ruhten sich am Tag nach den Rennen aus. Ein anderes Bild bot sich hier an Renntagen, da herrschte reges Leben und Treiben, mit vielen Leuten und prächtigen Pferden.

Die Woche war anstrengend gewesen, mit zahlreichen Touren und Kundenbesuchen. Per-Henrik freute sich, jetzt übers Wochenende nach Hause zu kommen. Nicht zuletzt hatte ihm eine nette Dame die Woche versüßt, aber sie hatte ein bisschen zu ernste Absichten erkennen lassen, so dass er es für die beste Lösung hielt, sich diskret und ohne viel Aufhebens zurückzuziehen. Ab und zu hatte er natürlich auch an Torsten gedacht, der auf so tragische Weise ertrunken war, das machte ihnen definitiv einen Strich durch die Rechnung. Ganz schön mies von ihm, ihn und Ivan einfach im Stich zu lassen.

Aus dem Augenwinkel schielte er auf das zerknüllte Flugblatt, das auf dem Beifahrersitz lag. Es hatte, als er vor ein paar Tagen von daheim aufgebrochen war, unter dem Scheibenwischer geklemmt. Er strich den Zettel mit seiner Rechten auf seinem Schoß glatt und versuchte gleichzeitig, das Auto ordentlich in der Spur zu halten. Dann hob er den Zettel auf Höhe des Lenkrads. Aufgrund der abnehmenden Lichtverhältnisse bereitete ihm das Lesen gewisse Schwierigkeiten: MEHR ARBEITEN! MEHR SCHAFFEN! DIE ARBEIT BEFREIT!

Sieben Wörter. Schwarze Buchstaben auf weißem Grund. Er hatte sie schon früher gesehen, hatte aber keine Ahnung, welche Organisation hinter dem verwegenen

Aufruf stehen könnte. Mehr arbeiten! Weise Worte, fand Per-Henrik und knipste die Innenraumbeleuchtung aus. Die Arbeit schenkte ihm jede Menge Freiheit. Ein ähnlicher Zettel hatte an der Mauer ihres Büros in Kajpe Kviar geklebt. IHRE ARBEIT – UNSERE HERZENSANGELEGENHEIT hatte darauf gestanden. Im Briefkasten hatte er einen weiteren gefunden. ARBEIT BEFREIT! Gar keine schlechte Idee.

Sich selbst gegenüber gestand Per-Henrik sich natürlich gerne das große Maß an Freiheit zu, das ihm die Festlandsreisen ermöglichte. Keine jammernde und nörgelnde Gitte und keine klammernden Kinder. Er musste schlicht und einfach nur an sich denken. Und Energie hatte er, genauso viel wie die Pferde, die auf Skrubbs Trabrennbahn Preisgelder hereingaloppierten.

Er legte den Zettel auf den Beifahrersitz zurück und fischte eine Verpackung aus seiner Hosentasche. Drückte eine kleine runde weiße Tablette heraus, die er auf einmal hinunterschluckte. Sauste an der Zuckerraffinerie von Roma vorbei, ohne die Geschwindigkeit auf fünfzig zu drosseln. Die alten Schornsteine der Zuckerfabrik ragten wie ein Skelett in den Abendhimmel. Zucker wurde dort nicht mehr verarbeitet, aber dafür hatten sich jede Menge andere Unternehmen angesiedelt. Er musste grinsen, als er daran dachte, wie er als Kind in den Abwasserbecken der Zuckerraffinerie schwimmen gelernt hatte. Dürfte nicht allzu gesund gewesen sein.

Ein Stückchen weiter die Straße hinunter standen die Parkplätze vor den Supermärkten Konsum und ICA noch leer. In nur einer Viertelstunde würde hier reger Betrieb herrschen, wenn erst einmal der Touristenstrom von der

Fähre hier angelangt war, um auf dem Weg zu ihren Sommerhäusern das Abendessen einzukaufen.

Übermorgen war das Begräbnis von Torsten, Gott habe ihn selig, was an sich schon traurig genug war. Jetzt hatte er nur noch Ivan, an den er sich, was die Firma anbelangte, halten konnte, aber zum Glück war er nicht so dumm, wie Per-Henrik zuerst befürchtet hatte, nicht im mindesten. Den kaufmännischen Teil, über den Torsten stets streng gewacht hatte, würden sie mit Sicherheit unter sich aufteilen und bewältigen können, das dürfte nicht das Hauptproblem sein. Ivan war ja von Haus aus Kaufmann, und niemand war unersetzlich, auch Torsten nicht. *The show must go on.*

Als er vor seinem Hof vorfuhr, hatte sich die Dunkelheit über den Ort gelegt, und Per-Henrik vergaß fürs Erste seine düsteren Gedanken. Erstaunt betrachtete er die alten Giebelfenster des Kalksteinhauses. Nirgends brannte Licht. Na ja, es war allerdings auch schon ziemlich spät. Gitte und die Kinder waren sicher schon zu Bett gegangen. Sie hatte versucht, ihn ein paarmal auf dem Handy zu erreichen, aber er hatte sich gar nicht erst die Mühe gemacht, zurückzurufen. Die Arbeit ging vor, das musste sie verstehen. Er schlug die Autotür zu, stiefelte den knirschenden Kiesweg zum Haus hinauf und nahm mit drei ausgreifenden Schritten die Steintreppe. Zu spät entdeckte er das Gepäck vor der Tür und stolperte blindlings darüber. Die Autoschlüssel fielen ihm aus der Hand und in den Rosenbusch unten an der Treppe.

»Verdammte Scheiße!«

Er sah zwar nicht das Geringste in dieser Finsternis, aber es gelang ihm trotzdem, sich aufzurappeln. Sie hätte ja zumindest die Außenbeleuchtung anlassen können! Er zog die Türschlüssel aus der Hosentasche und schaffte es mit Hilfe der kleinen, pfiffigen Minitaschenlampe, die an seinem Schlüsselring befestigt war, den Schlüssel ins Schloss zu stecken. In drei Sekunden würde sich das elektrische Licht über die Treppe ergießen. Er versuchte den Schlüssel umzudrehen. Er drehte sich nicht. Noch einmal. Nein. Es ging nicht, er konnte ihn nicht umdrehen.

»Was ist das für ein Mist hier? Gitte! Mach auf, verdammt noch mal!«

Er wurde jetzt lauter. Donnerte gegen die Tür. Kein Lebenszeichen. Er zerrte den Schlüssel aus dem Schloss und ließ seine Taschenlampe über das Zeug auf der Treppe schweifen. Seine Wut machte ehrlichem Erstaunen Platz, als er plötzlich zwei Gepäckstücke sah. Seinen teuren Koffer aus Aluminium und eine hässliche, alte kleinere Tasche aus Lederimitat. Am Koffer baumelte ein Zettel. Per-Henrik schnappte nach ihm und las ihn im Schein der Taschenlampe, wobei seine hochgezogenen Schultern langsam herabfielen.

Er sank auf die Treppe, öffnete geistesabwesend seine Aktentasche, kramte eine noch nicht angebrochene Whiskeyflasche hervor und nahm einen großen Schluck. Las erneut den Zettel.

Versuch nicht, zurückzukommen. Ich habe das Schloss ausgetauscht und will mich scheiden lassen. Nimm deine sieben Sachen und hau ab! Gitte

Das durfte einfach nicht wahr sein. Was fiel ihr ein, ihn einfach auszusperren, zum Teufel? Das war schließlich der Hof seiner Väter, und sie konnte nicht einfach so darüber bestimmen, verflucht. Was war sie doch für ein falsches Stück! Seine Hände zitterten, die Flasche glitt in seine Aktentasche, kippte um, und der teure Whiskey übersäte Papiere und Urkunden mit Flecken. Was war bloß in seine Gitte gefahren? Er machte sich daran, die Dokumente mit einem blendend weißen Taschentuch trockenzutupfen, was es nicht viel besser machte. Und das ausgerechnet jetzt, wo Torsten gestorben war, und überhaupt! Er musste wenigstens an seinen dunklen Anzug kommen. Warum musste sie ihm so was einbrocken, verdammt noch mal? Und noch dazu mitten in der Nacht! Dabei hatte er doch immer sein Bestes gegeben, um ein guter Vater und Ehemann zu sein. Wo sollte er nun hin? Er tupfte sich mit dem whiskeydurchtränkten Taschentuch den Augenwinkel ab und schneuzte sich. Nahm noch einen Schluck, bevor er die Flasche verschloss, sie zurück in die Aktentasche stopfte und die Tasche dann zumachte. Packte seinen Aluminiumkoffer und ließ die hässliche braune Reisetasche stehen, die konnte ihm gestohlen bleiben. Er warf Koffer und Aktentasche ins Auto, setzte sich rein und wollte den Motor anschmeißen. Der Wagenschlüssel, wo hatte er den bloß hingetan? So'n Mist aber auch, der blöde Schlüssel war ja in die Büsche geflogen, als er über das Gepäck gestürzt war. Sollte er jetzt etwa auf allen vieren im Schein der Taschenlampe herumkriechen und ihn suchen? Den Teufel würde er tun! Dieses Vergnügen wollte er seiner Angetrauten nicht gönnen, dass sie vom Fenster aus Zeugin des jämmerlichen Bildes wurde, das er dabei abgab. Zornig zerrte er sein Gepäck aus dem Auto und knallte die Tür zu.

In der Dunkelheit wanderte Per-Henrik kilometerweit die Landstraße entlang bis zu ihrer Firma in Kajpe Kviars altem Laden. Den Aluminiumkoffer zog er schwankend hinter sich her. Mag sein, dass ihn jemand sah, aber das war ihm scheißegal. Es war schließlich nicht seine Schuld. Gitte hatte ihn ausgesperrt und sich geweigert, ihn reinzulassen. Das war aber auch zu blöde, jawohl!

»Was hab ich denn verbrochen, verdammt?«, murmelte er immer wieder wie ein Mantra vor sich hin. »Womit hab ich das bloß verdient?«

In dieser Nacht schlief er zusammengerollt wie ein Kind auf der Couch im Büro, mit zwei Zeitungen als Decke. So fand Ivan ihn am nächsten Morgen.

37

Die Strahlen der Morgensonne tasteten sich in Ivans verwilderten Garten vor, trafen auf die Rosenrabatte und brachten mit ihrer verschwenderischen Wärme die nächtlichen Tautropfen auf den duftenden Blütenblättern zum Verdunsten. Hummeln und Bienen flogen blitzgeschwind in die Blütenkelche hinein und hinaus und labten sich am Nektar.

Inmitten dieser Pracht hatte Ivan seinen ausladenden Körper auf einem blau gestrichenen Stuhl geparkt. Neben ihm auf dem Tisch stand ein Glas Fliederbeersaft, an dem er hier und da nippte. Aus dem Haus drang ausnahmsweise mal kein Laut. Julija war am Abend zuvor mit den Kindern, Enkeln und Schwiegereltern nach Kroatien gefahren, und Ivan beabsichtigte, in ein paar Wochen für einen kleinen, wohlverdienten Urlaub nachzukommen. Trotz Torstens brutalem Tod und der anstehenden Beerdigung war Julija gefahren, weil es so geplant gewesen war. Und es war ja auch nicht unbedingt notwendig, dass sie wegen dieser Sache blieb, auch wenn er in einer Stunde wie dieser ihre Unterstützung und ihren Trost willkommen geheißen hätte.

Die letzte Zeit war so seltsam gewesen. Die Freude, Mirjam wiederzusehen, war von Entsetzen und Kummer überschattet worden. Zuerst war Torsten erblindet. Dabei hatte Ivan ihm doch gesagt, dass er zum Arzt gehen sollte. Dann stolperte er in diesen widerlichen Tümpel. Ivan hatte nicht einmal gewusst, dass er existierte, so gut war er hinter dem Dickicht und den Sträuchern verborgen. Und über diese Polizisten, die ihn alles Mögliche fragten, war er auch nicht sonderlich erbaut. Nicht, dass er etwas zu verbergen hätte, aber es war ganz einfach beschwerlich. Warum konnten die Dinge nicht so bleiben wie immer? Torsten, Per-Henrik und Ivan. Gute Geschäfte und regelmäßige Einkünfte. Nette Bekanntschaften und immer etwas zu plaudern. Jetzt war alles nur noch unsäglich einsam, leer und trist.

Er seufzte schwer und rieb sich den Bauch. Es war erst eine Stunde her, dass er sich Eier mit Speck zum Frühstück gebraten hatte. Trotzdem knurrte sein Magen lautstark. Er sollte natürlich noch warten. Per-Henrik hatte ihm letztens, als er seinen Blutdruck kontrolliert hatte, irgend so einen öden Diätplan hingepfeffert. Puh, einfach nur langweilig und fade, dauernd Mohrrüben und Kohl. Ausgerechnet Kohl, von dem er immer so schrecklich unangenehme Blähungen bekam. Wäre besser, wenn er sich einfach einweisen und dünnoperieren lassen könnte.

Ivans Essgewohnheiten hatten sich radikal geändert, als er in den sechziger Jahren nach Schweden gekommen war. In Västerås machte er Bekanntschaft mit Schweinefleisch und Zwiebelsoße, Griebenwurst und Makkaroni in Mehlschwitze, Pfannkuchen mit Marmelade, Sahnesoßen, braunen Bohnen und Rindswurst. Die Kopenhagener der Schwestern Eriksson waren ihm unvergessen. Ivan war jung und leicht beeinflussbar, und schon nach ein paar Wochen war das Verlangen nach dem gesunden Essen der Mittelmeerregion wie weggeblasen. Zwar aßen sie Blitva, Sarmas und Salate zu Hause und grillten ab und zu Cevapcici, aber in der Kantine der ASEA-Metallwerke gab es für die ganze Mannschaft ausnahmslos schwedische Küche.

Mit einem Lächeln auf den Lippen versank er in Erinnerungen an seine Jugendzeit in Västerås. Seine nicht abgeschlossene kaufmännische Ausbildung aus seinem Heimatland nutzte ihm in Schweden nichts, aber er war trotzdem nicht ohne Arbeit gewesen, weil er zu den Gastarbeitern gehört hatte. Zusammen mit Julija hatte er gespart und geknausert, hatte sich nebenbei selbständig gemacht und für seine Landsleute die Buchführung und Steuererklärungen erledigt. Und dann war er irgendwann Per-Henrik und damit auch Torsten begegnet. Gerade zur rechten Zeit hatten sie zu dritt ihr Unternehmen gegründet, und alles entwickelte sich prächtig. Ivan hatte eine stattliche Summe beiseitelegen können, und vor fünf Jahren verwirklichten er und Julija sich ihren Traum von einem eigenen Sommerhaus in Kroatien, auf einer schönen Insel vor Split. Hoch oben auf einem Felsen in einer Bucht, und unten das Mittelmeer. Und direkt vor ihrem

Haus wuchsen Mandel- und Feigenbäume. »Den Schweden« nannten sie ihn auf der Insel. Ivan fühlte sich hingegen hin- und hergerissen. Was sein Herz betraf, das für Kroatien schlug, war es herrlich, in seine alte Heimat zu kommen, aber hier in seinem Rosengarten in Kajpe Kviar verspürte er zweifelsohne größeren Frieden. Doch diese Zeit lief unweigerlich ab, das wusste er. Das Leben war wie im Fluge vergangen, und wenn es in ein paar Jahren Zeit fürs Rentnerdasein war, hatten sie geplant, für immer nach Kroatien zurückzuziehen. Fort von seiner Rosensammlung. Julija würde nichts anderes dulden, für sie war das Leben auf dem Land in dieser gotländischen Einöde einfach nur langweilig und konnte nur durch viel Geld abgemildert werden.

Ivan erhob sich und wanderte langsam zwischen seinen Rosenrabatten umher. Nahm eine wunderschöne große gelbe Blüte mit rosafarbenen Rändern und knipste sie mit der Gartenschere ab. Vergrub die Nase darin und sog den Duft ein. Die Rose der Rosen, Gloria Dei, auch Peace-Rose genannt. Wunderbar. Hervor war kürzlich bei ihm gewesen, hatte Interesse bekundet und sich mit ihm über die Schönheit der Blumen unterhalten. Auch sie war eine hingebungsvolle Blumenfreundin, wenngleich sie sich besser mit Kräutern als mit seinen edlen Gartenrosen auszukennen schien.

Auf der Insel, zu Hause in Kroatien, war der Boden karger und trockener. Noch hatten sie es nicht mit Rosen probiert. Hier in dem kalkhaltigen Boden gediehen sie gut, sogar die Wand des Kuhstalls vom Bauer nebenan zierten Rosen. Ivan ging zurück zu seinem Stuhl, setzte sich schwerfällig und keuchend und trank seinen restlichen Saft. Vielleicht würde der sein Hungergefühl ein wenig dämpfen. Vor dem morgigen Begräbnis musste er es ruhig angehen lassen und sich ausruhen. Heute Abend würde nichts aus ihrem Pub-Besuch im Pflug werden, das wäre irgendwie nicht passend. Ivan musste seine Mahlzeit wohl alleine einnehmen und eine Flasche guten Rotwein entkorken. Vielleicht Pasta kochen, eventuell mit einer Sahnesoße und gehobeltem Pecorino. Aber vorher wollte er mit dem Auto in die Firma fahren. Das Alleinsein machte ihn schwermütig. Er konnte zumindest darauf hoffen, dass Per-Henrik da war, und wenn nicht, würde wenigstens die Zeitung im Briefkasten liegen und ihm Gesellschaft leisten.

Von seinem Platz aus hörte er die Gartenpforte quietschen und sah erstaunt auf. Mirjam. Sie war auf jeden Fall die Rose der Rosen, diese wunderbare Frau. Julija musste entschuldigen, aber Mirjam war die Madonna in Person, sie besaß eine naturgegebene Schönheit. Sie lächelte, winkte und deutete auf den Korb, den sie über dem Arm trug.

»Ivan!«, rief sie. »Frühstück! Ich hab gezuckerte Krapfen mit Schokoladensoße gemacht. Du magst doch sicher welche?«

Mirjam hatte eine Zeitlang mit Ivan zusammengesessen, geplaudert und seinen Rosengarten bewundert, der wirklich außerordentlich schön war, besonders jetzt im Hochsommer.

Kurz darauf winkte sie ihm zu, schloss die Pforte und ließ den leeren Korb in der Hand baumeln. Wie überrascht er gewesen war, dieser Blödmann. Sah er denn nicht ein, dass er sich seinem sicheren Tod entgegenfraß? Jedenfalls allmählich.

Das Wetter war immer noch trocken und schön, aber ihr fiel auf, dass sich im Osten dunkle Wolken auftürmten. Vielleicht würde jetzt endlich der ersehnte Regen kommen. Als sie das Klappern eines alten Fahrrads vernahm, ging sie an den Wegrand und drehte sich um. Gitte kam in hohem Tempo angeradelt und nahm sich nicht einmal die Zeit, anzuhalten.

»Hallo!«, rief Mirjam.

Gitte fuhr weiter und kam ein wenig ins Schwanken, als sie ihren Kopf drehte.

»Hallo! Ich hab ihn rausgeschmissen!«

»Was?«

»Ich hab ihn vor die Tür gesetzt, das Schloss ausgetauscht und so weiter. Er kommt nicht mehr rein.«

38

Am Tag von Torstens Beerdigung hatte der Himmel seine Schleusen geöffnet. Die Wolken hingen tief über der Ortschaft, und es goss in Strömen. Der Regen war nach der wochenlangen Trockenheit äußerst willkommen.

Mirjam ließ das Rollo mit einem Knall hochsausen und betrachtete das traurige Schauspiel. Sylves Weide war die reinste Schlammsuppe, und von seinem Misthaufen, auf den der Regen einprasselte, spritzten die Tropfen auf die Zementplatten, so dass alter Dung und Urin in Bächen darüberflossen und ein tristes, gestreiftes Muster bildeten.

Er freute sich sicher über einen solchen Tag, dachte sie, hatte er doch wochenlang auf seinen Regenmesser geschielt und vergebens nach einem Millimeter Regenwasser Ausschau gehalten. Heute würde er dafür belohnt werden.

»Wie zum Teufel wollen die heute die Beerdigung abhalten?«, fragte Mirjam Hervor, als sie einen Moment später mit ihr in der Küche saß und frühstückte. »Auf dem Friedhof kann man ja keinen Schritt tun, das ist doch ein völlig hoffnungsloses Unterfangen. Und ausgerechnet heute soll Torsten mit allem Brimborium bestattet werden, wie Sylve mir erzählt hat.«

Hervor beschmierte ihr Brot dick mit selbstgemachtem Frischkäse.

»Verflucht und zugenäht, ist ja kaum auszuhalten, wie teilnahmsvoll du klingst. Hast du vor, hinzugehen?«

»Nicht direkt, aber indirekt sozusagen. Ich hab ein Grab, um das ich mich kümmern muss, und das zufälligerweise unbedingt heute, aber ich werde Gummistiefel anziehen. Daran sollten die Trauernden lieber auch denken.«

Hervor trank in großen Schlucken ihren selbstgebrühten Kaffee aus und schmierte sich eine neue Stulle. Mirjam nippte am Saft.

»Welches Grab? Du hast doch gar keine Verwandten, die dort liegen?«

»Mir doch egal. Aber, wenn du's unbedingt wissen willst, es gibt da ein vergessenes Grab in der südöstlichen Ecke des Friedhofs, nur ein kleines Stück von Torstens neu ausgehobenem Grab entfernt.«

»Und da musst du ausgerechnet heute hin?«

»Ja, kein Mensch stattet ihm einen Besuch ab, ist das nicht traurig? Ich werde mein gutes Herz sprechen lassen und es ein wenig herrichten.«

»Hm, also ich werde auf jeden Fall zur Beerdigung gehen«, sagte Hervor. »Darf doch nicht versäumen, einen Blick auf deinen ehemaligen Bruder zu werfen. Und das Spektakel um diesen Torsten will ich mir auch nicht entgehen lassen. Gibt es danach nicht auch noch umsonst etwas zu futtern?«

Ein paar Stunden später läuteten die Kirchenglocken Torstens letzte Reise ein. Mirjam hockte vor dem vergessenen Grab in der südöstlichen Ecke des Friedhofs. Als sie neulich in der Stadt gewesen war und im Laden der Heilsarmee eingekauft hatte, hatte sie einen alten beigen Trenchcoat und einen ebenso beigen Omahut erstanden. Diese alten Klamotten hatte sie jetzt angezogen. Neben ihr auf dem Boden lagen in einer abgewetzten Segeltuchtasche Pflanzschaufel und Pflanzen. Diejenigen, die Mirjam unter Umständen bemerken würden, würden sie für ein altes, vertrotteltes Weib halten, das nicht ganz bei Trost war, ausgerechnet ein Grab zu bepflanzen, während gleichzeitig ein Begräbnis stattfand.

Der Regen hatte wundersamerweise nachgelassen und zeitweilig sogar aufgehört. Aber die schweren Wolken waren nicht weit entfernt, es würde noch mehr regnen, so viel war sicher.

Mirjam sah, wie sie aus der Kirche zogen. Junge Männer mit ernster Miene trugen den Sarg mit Torstens Leichnam. Seine Söhne, vermutete sie. Und vielleicht die Söhne von Freunden. Wenn er denn überhaupt welche gehabt hatte, was Mirjam stark bezweifelte. Die Sargträger trugen T-Shirts, auf deren Rückseite in protzigen Buchstaben das Care-for-Seniors-Firmenlogo aufgedruckt war. Diese Ganoven nahmen auch wirklich jede Gelegenheit wahr, um für sich zu werben! Hinter dem Sarg ging Per-Henrik, schwer auf Ivans Arm gestützt. Sein zusammengefalteter Regenschirm hing ihm über den Arm, und in der Hand hielt er ein kleines Handbukett. Ivan fuhr sich unaufhörlich mit einem Taschentuch übers Gesicht. Waren es Schweiß oder Tränen? Dahinter folgte eine große, schwarzgekleidete Gesellschaft von Ex-Frauen, Freunden, Verwandten und Ortsansässigen. Hervor, Sylve und Vendla waren die Letzten. Aron in seinem Talar lief auf der Seite aufgescheucht hin und her wie ein Hütehund, der versuchte, seine Schar zusammenzuhalten.

Da sah Mirjam plötzlich, wie Hervor aus der Menge ausscherte. Sie schlängelte sich an all den Schwarzgekleideten vorbei, ging nach vorne zu Per-Henrik, legte ihm sanft den Arm um den Rücken und wandte ihm ihr Gesicht zu. Erstaunt und argwöhnisch schaute er sie an. Hervor strich leicht über seinen Rücken, bevor sie ihn losließ und zurück ans Ende der Trauergemeinde ging. Was machte Hervor da eigentlich?

Der Pfarrer sammelte die Trauernden um das Grab, signalisierte den jungen Männern diskret, wie sie mit dem Sarg verfahren sollten, und beobachtete unruhig, wie sie ihn sachte in die Grube hinabließen. Auf ein Zeichen hin holten sie ihre Gurte ein und rollten sie auf. Sie verbeugten sich gemeinsam und traten ernst beiseite. Der Kirchendiener hatte sie gut gedrillt.

Aron stimmte einen Psalm an. Seine pflichtgetreue

Gattin sang gemeinsam mit Per-Henriks Beinahe-Ex-Frau, der Kantorin, laut und schrill mit. Die übrigen Versammelten stimmten zögerlich ein.

Auf deinen Abschied, Herr, ich trau, darauf mein' letzte Heimfahrt bau; tu mir die Himmelstür weit auf, wenn ich beschließ mein Lebenslauf.

Mirjam summte die ihr vertraute Melodie mit, während sie für die niedlichen blauen Pflanzen kleine Löcher grub. Nach einem kurzen Gebet, das nur als ein Gemurmel an ihre Ohren drang, war es Zeit für die Angehörigen, Abschied zu nehmen.

Mirjam änderte ihre Sitzhaltung ein wenig und drehte sich, um besser sehen zu können. Niemand schien Notiz von ihr zu nehmen. Die Kinder und Ex-Frauen gingen zuerst an das offene Grab, dann folgten Torstens Geschäftspartner. Ivan und Per-Henrik traten mit ihren Handbuketts heran. Beide waren zutiefst ergriffen. Von ihrer Stelle aus konnte Mirjam Ivans Tränen erahnen und Per-Henriks verzerrtes Gesicht sehen. Er wirkte schwer getroffen.

Vereinzelt begannen Regentropfen zu fallen. Donner grollte beunruhigend über dem Kirchendach.

»Ein letzter Abschiedsgruß für Torsten«, erklärte Per-Henrik trübsinnig, streckte die Hand aus, in der er den Regenschirm hielt, und warf ihn ins Grab. Ein leises, hörbares Einatmen ging durch die Gemeinde. Aron sah aus, als würde er am liebsten im Boden versinken. Per-Henriks Gesicht verzerrte sich zu einer grotesken Maske. Er lehnte sich vor und streckte die Arme gen Grab. Ein Blitz fuhr über den Himmel. Das plumpsende Geräusch, als sein Körper auf den Sarg aufschlug, ging in einem ohrenbetäubenden Donnerknall unter. Mirjam richtete sich mit der Pflanzschaufel in der Hand auf.

»Was, bei …«, rief Aron aus.

»Bei allen Teufeln der Hölle meinst du«, redete Mirjam leise vor sich hin. »Ich hab dich früher schon fluchen gehört, Brüderchen.«

»… allen Geistern!«, fuhr der Pastor fort.

Ivan brach in wimmerndes Schluchzen aus. Per-Henriks Frau, die Kantorin, und ihre Kinder drängten sich dicht aneinander und glotzten mit großen Augen auf das Grab.

Sylve stürzte hin, packte Kirchendiener Norrby und einen anderen kräftigen Bauersmann, den Mirjam nicht kannte. Gemeinsam rutschten sie vorsichtig in das matschige Grab und waren nicht mehr zu sehen. Einen Augenblick später sah Mirjam Sylves Kopf auftauchen. Er schüttelte ihn.

»Nee, sieht ganz so aus, als ob er tot ist.« Er krabbelte aus dem Grab und reichte den anderen beiden eine helfende Hand, damit sie aus der Unterwelt emporsteigen konnten.

»Wir müssen den Notarzt verständigen, aber sie werden wohl nichts mehr für ihn tun können.«

Da unten lag Per-Henrik, und Mirjam wusste sofort, was Sache war: Einnahme von Medikamenten und Alltagsstress, zu viel Alkohol, und dann seine verzerrten Gesichtszüge am Grab. Selbst aus der Entfernung war sie sich todsicher, was die Diagnose betraf: Herzinfarkt. Und ihre Affirmationen waren ganz bestimmt nicht daran schuld. Eigentlich sollte sie den Gabardinemantel abwerfen, zum Grab stürmen, hinabspringen und eine Herzdruckmassage durchführen. Seine Atemwege frei machen.

Kämpfen. Kämpfen. Nicht nachlassen. Leben retten. Durchhalten, bis die Jungs vom Rettungsdienst kamen.

Sie spuckte neben den Grabstein ins Gras und wandte sich wieder dem Bepflanzen zu. Setzte eine Blume in die Erde, häufte neue Erde an und klopfte sie mit der Schaufel fest.

»Per-Henrik, du mieses Schwein«, wisperte sie. »Da liegst du nun und hast es ganz allein dir selbst zuzuschreiben. Ich habe nicht das Geringste damit zu tun. Friede sei mit dir.«

39

Guten Tag, Mirjam. Endlich ist auch mir zu Ohren gekommen, dass du auf die Insel zurückgezogen bist.«

Aron sah sie wie ein anonymes Mitglied seiner Gemeinde und nicht wie seine eigene und einzige Schwester an. Sie standen draußen auf dem Kapellengrundstück. Aron war, am selben Tag, an dem Torsten begraben worden war und eine Amtshandlung sich zu einem göttlichen Spektakel ausgewachsen hatte, überraschend gegen Abend bei ihr vorbeigekommen. Aron sah noch genauso langweilig wie auf dem Begräbnis ihres Vaters aus, wo sie ihn zum letzten Mal gesehen hatte. Fade und humorlos. Blankgeputzte Schuhe. Sie nickte ihm zu und setzte ihre Arbeit fort. Momentan war sie dabei, ihrer Laube aus Flieder einen schönen Formschnitt zu verpassen. Dass sie sich einen schlechten Tag dafür ausgesucht hatte, weil die Sträucher immer noch nass waren, merkte sie spätestens, als sie ständig Wasserspritzer abbekam, aber das würde sie Aron bestimmt nicht auf die Nase binden.

»Das ist wohl kaum die passende Zeit für so etwas, oder?«, sagte Aron und deutete mit dem Kopf zu ihrer Heckenschere. »Das macht man doch im Frühjahr.«

»Sicherlich«, antwortete sie. »Aber das ist mir scheißegal. Was willst du?«

Sie war sich ganz sicher, dass er etwas im Schilde führte, sonst hätte er nie im Leben vorbeigeschaut.

Aron antwortete nicht. Stattdessen erdreistete er sich, die Kapelle zu umrunden und sie prüfend zu mustern. Beugte sich hinunter, unterzog den Boden einer genaueren Betrachtung und murmelte irgendetwas von mangelnder Durchlüftung. Trat zurück an den Rand ihres Grundstücks, verschränkte die Hände hinterm Rücken und begutachtete das Dach.

»Scheint immerhin ein gutes Blechdach zu sein. Aber Dachrinnen hast du keine.«

Mirjam legte die Heckenschere ins Gras und stiefelte zu ihm hinüber.

»Lieber Herr Bruder, sag endlich, was du willst, oder hau ab.«

Einen Augenblick lang sah er verängstigt, geradezu furchtsam aus. Dann setzte er ein salbungsvolles Lächeln auf.

»Ist ja gut, ganz ruhig, Mirjam. Ich wollte dir nur Grüße von Anna ausrichten.«

Acht Wörter nur, und er hatte sie bravourös auf ihren Platz verwiesen. Sie trafen sie wie ein Speer mitten ins Herz. Grüße von Anna. Wann waren sie ihr zuletzt zuteil geworden?

»Ach so.«

Sie spürte, wie sie am ganzen Leib zitterte. Warum musste er um jeden Preis ihre einzige Tochter mit Beschlag belegen? Er hätte sich ja gefälligst eigene anschaffen können, mit dieser vertrockneten Zwiebel von Eheweib. Oder ein Kind adoptieren. Anna war ihr Fleisch und Blut und nicht Arons. Sie spürte, wie die Wut in ihr hochkochte.

»Ja, ihr geht es beneidenswert gut da drüben in New Jersey.«

»Oh, das weiß ich«, flunkerte Mirjam.

Sie war wirklich in Rekordzeit eine Weltmeisterin im Lügen geworden.

Er hob erstaunt die Augenbrauen.

»Ach so, ich dachte, ihr hättet gar keinen Kontakt mehr?«

»Aber ja doch, ich halte doch wohl engen Kontakt zu meinem Kind.«

Er schien verwirrt, erwiderte aber nichts. Stattdessen nickte er in Richtung Kapelle.

»Die hast du sicher für'n Appel und 'n Ei bekommen, oder? Sonst hättest du dir bestimmt kein Haus kaufen können.«

Er war unvergleichlich. Ihr schoss der Gedanke durch den Kopf, die Heckenschere aufzuheben und sie geradewegs in ihn hineinzurammen, aber sie besann sich. Musste daran denken, wie kurz sie davor gewesen war, Per-Henrik den Hammer auf den Schädel zu hauen.

»Du brauchst dir um deine kleine Schwester keine Gedanken zu machen, Aron. Ich komme zurecht und bin besser gestellt, als du es dir von deinem erbärmlichen Pastorengehalt jemals erträumen könntest. Und ich habe auch Vergnüglicheres zu tun, als in einer Tour Leichen unter die Erde zu bringen, was ja deine Hauptaufgabe bei diesem Scheiß-Sommerjob zu sein scheint.«

Angesichts ihres vulgären Ausbruchs bekreuzigte er sich. Holte tief Luft und sammelte sich.

»Und Mama, hast du sie mal im Pflegeheim besucht? Sie hat gesagt, dass sie dich sehr vermisst.«

Du liebe Zeit, was war das bloß für ein scheinheiliger Mensch! Was fiel ihm ein? Jetzt hob sie für alle Fälle doch die Heckenschere auf.

»Was du nicht sagst«, erwiderte sie, trat einen Schritt näher an Aron heran und schnippte ein paarmal mit der Schere in die Luft. Er wich zurück. »Mama vermisst mich, sagst du. Du sollst nicht lügen, Aron, das hast du doch bestimmt schon in der Sonntagsschule gelernt, oder? Mama hat mich nicht einen Dreck vermisst, kann ich dir sagen! Sie weiß nicht einmal mehr, wer ich bin. Der Einzige, über den sie andauernd etwas wiederkäut, ist ihr alter Gatte, den sie Aron nennt. Man fragt sich schon, was ihr eigentlich für eine Beziehung habt.«

Aron rang keuchend nach Luft.

»Mirjam!«, brüllte er.

Sie ließ ihn brüllen und beobachtete stattdessen mit einem gewissen Vergnügen, wie er sich ängstigte und quälte.

»Aber eines hat sie zumindest getan. Sie hat mir ihren Segen für meinen Aufenthalt auf der Insel und mein Vorhaben gegeben. Zieh Leine, Aron, und kümmere dich um deine Begräbnisse, denn es werden bestimmt noch mehr.«

Sie hatte eigentlich erwartet, dass er eine große Szene machen würde, die in ganz Kajpe Kviar zu hören wäre, aber er versetzte sie in Erstaunen. Schwer atmend verschwand er in seinem blanken Audi, knallte die Tür zu und legte einen Kavalierstart hin.

Hervor kam wie aus dem Nichts. Sie hatte bestimmt die ganze Zeit hinter der Kapelle gestanden und gelauscht.

»Pfui Teufel dem Höllenfürsten«, rief sie hitzig aus. »Möge der Weihnachtsmann seine Pyjamahose vollkotzen!«

40

Von dreien noch einer, besser wär' keiner«, brummelte Hervor vor sich hin. »Ich muss schon sagen, wir feiern Cocktailparty am laufenden Band. Wer zum Teufel hätte gedacht, dass unsere Feierlaune einfach nicht abreißt.«

Ein paar Tage mussten sie allerdings mit ihrer Party warten. Es wäre nicht passend gewesen, am selben Tag zu feiern, an dem Torsten begraben worden war. Und das war auch ein Glück, war doch just an dem Tag dieser humorlose Pastor in ihren Garten eingefallen. Arme Mirjam, dass sie sich mit so einem Griesgram von Bruder herumschlagen musste. Aber wie sie schon zu Hervor gesagt hatte, man konnte sich seine Verwandtschaft nicht selbst aussuchen.

Jetzt stand Hervor in der Küche an dem großen Klapptisch und bereitete belegte Brote zu. Butter drauf, dann alle möglichen Leckereien. Sie war selbst zum Fischerdorf

Sysne gefahren und hatte Krabben gekauft, geräucherte und frische. Geräucherte hatte Hervor noch nie zuvor versucht, vielleicht lohnte es sich ja, sie einmal zu probieren. Sie biss in eine hinein und machte sich mit dem Geschmack vertraut. Na ja, ging so, mit geräucherter Maräne oder Saibling war das nicht zu vergleichen. Ein Stück wilden Ostsee-Lachs hatte sie auch gekauft. Ein komischer Ausdruck übrigens, dieses »wild«. Hervor ging mit einem Mal auf, dass man alle Fische, die sie in ihrem Leben aus dem Fluss Torne rausgezogen hatte, wild nennen konnte. Als ob es sich dabei um irgendeine vermaledeite Jagd mit Fallen oder Schlingen handelte. Sie schüttelte den Kopf und schnitt die Butterbrote in kleinere Häppchen. Verzierte sie mit Krabben, Fisch und ein paar Büscheln Dill. Diese Inselbewohner waren wirklich ein bisschen drollig. Sie schnitt Gotlandbrot auf, beschmierte die Scheiben mit Meerrettich, belegte sie mit dünnen Scheiben italienischem Schinken und lächelte zufrieden.

»Verflixt gelungenes cross cooking, wenn ich mich selbst loben darf.«

In der Küche zu arbeiten war schön, man konnte so gut dabei nachdenken. Der Fisch hatte sie darauf gebracht, darüber nachzugrübeln, ob sie Lappland vermisste, aber das konnte sie nicht unbedingt behaupten. Zwar war es an und für sich nicht schlecht da oben, aber ständig dieser verfluchte Kampf gegen die Kälte und all das. Hier war das Leben irgendwie einfacher. Sie brauchte bloß raus zum nächstgelegenen Feldrand eilen, und schon fand sie die richtigen Kräuter für ihre Hausmittelchen. Sie hatte kürzlich auch bemerkt, dass jetzt am Grabenrand die Kratzbeeren reiften. Wie hatte Vendla sie noch gleich genannt? Irgendwas mit Psalm und Gesängen. Ach ja, genau, Psalmbeere, und die Marmelade, die man daraus kochte, aß man dann zu so 'ner Art Gotlandpfannkuchen, wie Vendla ihr beigebracht hatte.

Nein, noch zog sie nichts nach Lappland. Sie fragte sich insgeheim, was Mirjam wohl nach Erledigung ihrer Geschäfte hier im Ort plante. Sie hatten noch nicht darüber gesprochen, aber Hervor überlegte, ob Mirjam nicht vielleicht beabsichtigte, hierzubleiben. Sie könnte sicher eine Stelle im Krankenhaus in Visby bekommen, das dürfte aufgrund ihres ausgezeichneten Examens nicht allzu schwierig sein. Aber das war im Grunde nicht das, was Hervor in ihrem tiefsten Inneren fühlte.

Was sie betraf, so reifte langsam die Lust in ihr heran, ihrer Tochter in Amerika einen Besuch abzustatten, und wer weiß, vielleicht konnte sie Mirjam ja dazu bewegen, mitzukommen. Schließlich ging es darum, dort nach ihrem allerliebsten Goldstück zu suchen. Was war es doch für ein höllisches Glück, dass Ingrid ihr in Amerika geholfen hatte. Jetzt konnte Mirjam auf alle Fälle beruhigt sein, dass ihrer Tochter da drüben nichts zustoßen würde. Per-Henrik hatte sein Fett weggekriegt, und das war, weiß Gott, ein Segen.

Mirjam, die in die Küche kam und die Hände zusammenschlug, unterbrach sie bei ihren Gedankengängen.

»Meine Güte, was du für tolle Schnittchen machst! Soll ich dir helfen und sie auf ein Tablett legen?«

Mirjam holte ein paar alte versilberte Tabletts aus dem Schrank und breitete eine blau gelbe sommerliche Serviette darauf aus, bevor sie Hervors Kunstwerke darauf anrichtete.

»Wen wollen wir denn heute Abend einladen, was meinst du?«, fragte Hervor. »Oder sollen wir allein die Gläser erheben?«

Mirjam antwortete nicht sofort. Sie richtete die letzten Stücke an und drehte sich dann zu Hervor um, wobei sie die Mundwinkel zu einem verschmitzten Lächeln verzog.

»Ich wüsste da jemanden«, sagte sie.

»Ach nee, diesmal also nicht Sylve und Vendla?«

»Nein, nachher fangen die noch an, sich darüber zu wundern, weshalb wir andauernd Geburtstag feiern. Das kommt nicht so gut an.«

Hervor räumte die Krabbenschalen und die Lachsreste weg, tat sie in eine Schüssel und stellte sie draußen vor die Tür. Wie sie bemerkt hatte, kam des Nachts regelmäßig ein Igel vorbei und schlug sich den Bauch voll. Sie wusste zwar nicht, ob er auch Fisch und Schalentiere mochte, aber man konnte es ja mal ausprobieren.

Sie blieb einen Augenblick in der Abendsonne vor der Tür stehen und rauchte eine halbe Zigarette.

»Na, an wen denkst du?«, rief sie zu Mirjam hinein. »An die niedliche kleine Polizistin?«

»Ganz und gar nicht«, antwortete Mirjam. »Wie Sylve mir berichtet hat, hat die Polizei hier im Dorf fertig spioniert. Per-Henriks Fall war ja nichts anderes als ein schnöder Herzinfarkt, verursacht durch Stress und die Belastung nach Torstens tragischem Tod. Es gab ja nicht wirklich etwas zu ermitteln. Ich hätte auf dem Friedhof aus zehn Metern Entfernung den Totenschein ausstellen können.«

»Hmm. Das kannst du mir nicht erzählen. Wenn mich nicht alles täuscht, trägst du an seinem Dahinscheiden einen nicht unwesentlichen Anteil.«

Mirjam setzte ein strahlendes Lächeln auf.

»Papperlapapp, du abergläubische Trine, ist ja wohl klar, dass das nicht an meinen Affirmationen gelegen hat. Aber ich muss zugeben, dass es ein gutes Gefühl gewesen ist, sie auszusprechen, selbst wenn sie als Mordmethode nichts taugen.«

»Nun ja, früher oder später wirst du's schon noch kapieren«, brummelte Hervor. »Seine Frau hatte jedenfalls Schwein, dass es erst gar nicht zu einer Scheidung gekommen ist, jetzt erbt sie wenigstens den ganzen Krempel. Na, und wen willst du nun zu unserem kleinen Gartenfest einladen? Ich sterbe, ach, was sage ich, ich platze vor Neugier!«

»Ivan«, sagte Mirjam und lachte. »Ivan darf mitfeiern und Sekt trinken und Schnittchen mampfen. Er wird sicher nicht nein sagen. Wir sagen einfach, dass wir meinen Namenstag feiern.«

Hervor band sich ihre Schürze ab und hängte sie an einen Haken.

»Du hast es wirklich faustdick hinter den Ohren, Mirjam«, sagte sie. »Natürlich laden wir Ivan ein. Hopp, hopp, zieh dir einen hübschen Rock an, ich lauf sofort hinüber und bitte ihn, zu kommen, man muss ihn schließlich etwas aufmuntern, den armen Kerl.«

Hervor brachte Ivan mit in den Garten der Kapelle, aber das war's dann auch schon. Sie stützte ihn am Arm, während sie langsam näher kamen.

»Du wirst schon sehen, Ivan, dass es dir gleich bessergeht, wenn du erst mal in Gesellschaft guter Freunde bist«, sagte sie freundlich. Insgeheim dachte sie natürlich etwas ganz anderes und hätte es am liebsten auch geäußert.

»Du vermaledeite Fieslingsgeburt!« wäre passend gewesen, aber sie überlegte es sich anders und sagte stattdessen etwas viel Aufrichtigeres.

»Pass bloß auf, sonst platzt du noch!«

Sie tätschelte liebevoll seinen Arm und ließ die Hand noch ein bisschen länger darauf ruhen. Er lächelte schwach.

»Ja, ja, so fühlt sich das tatsächlich an. Als ob Körper und Seele entzweigerissen würden. Du hast aber heiße Hände, Hervor.«

Sie lachte wohlmeinend.

»Meine Hände sind magisch, zum Teufel, natürlich sind sie da heiß!«

Mirjam kam ihnen entgegen und umarmte seinen ausufernden Körper. Sie stellte fest, dass er richtiggehend elend aussah, und dazu hatte er ja auch allen Grund. Nichts erinnerte mehr an sein altes joviales Ich.

»Mir ist gerade etwas schwermütig zumute, Mirjam.«

»Ich weiß. Aber du bist bei Freunden, wir lassen dich nicht im Stich. Es tut dir nicht gut, unter solchen Umständen allein zu sein.«

»Du bist wirklich lieb, Mirjam, und auch Hervor, das hab ich vom ersten Moment an gedacht.«

Nach dem Regen an Torstens Beerdigung war die Wärme zurückgekehrt, so dass sie jetzt draußen auf ihren wackeligen Gartenmöbeln sitzen konnten. Mirjam hatte den Gartentisch hübsch gedeckt, ein Tischtuch aufgelegt und Gläser, Häppchen und Sekt hingestellt. Vereinzelt hatte sie Windlichter angezündet, die sich als wirkungsvoll erwiesen, wenn es dunkel wurde. Schön sah das aus, und sie war ganz stolz auf ihre Kapelle.

Ivan visierte eine hellgrün gestrichene Kapellenbank an, die breit und solide aussah.

»Nein, nicht auf die Kante!«, schrie Mirjam. »Setz dich um Himmels willen in die Mitte, sonst kippt sie, und du stürzt um!«

Er sah sie erschrocken an, tat aber, was sie sagte. Mirjam und Hervor standen da wie zwei Salzsäulen, als er in der Mitte der Bank Platz nahm, die zwar ordentlich knackte, aber hielt.

»Sehr sonderbare Konstruktion«, erläuterte Mirjam und zuckte entschuldigend mit den Schultern. »Muss viele Wipp-Unfälle gegeben haben, als hier noch Gottesdienste abgehalten wurden.«

Ivan hatte den Sekt entdeckt und hob die Flasche hoch. Sein niedergeschlagenes Gesicht leuchtete auf.

»Ah, ein spanischer Cava! Die Damen haben Geschmack.«

»Tja«, sagte Mirjam, »es ist natürlich nicht das Beste vom Besten, nicht wie Champagner.«

»Per-Henrik ist das alles verdammt noch mal gar nicht wert«, flüsterte Hervor Mirjam ins Ohr.

»Was feiert ihr denn, wenn man fragen darf?«, sagte Ivan und goss sich unaufgefordert ein Glas Schampus ein.

»Wir feiern Mirjams Namenstag«, ergänzte Hervor schnell.

Jetzt fragt er bestimmt gleich, welcher Name das ist, und das weiß ich verflixt noch mal nicht, dachte Mirjam. Sicher Ulrik oder Sixten oder so. Ach nein, das war ja Anfang August.

Aber Ivan hatte kein tiefer gehendes Interesse an den Namen, die im schwedischen Kalender standen. Er hob sein Glas, brachte einen Toast auf das Namenstagskind aus und nahm sich von Hervors sagenhaften Schnittchen. Der Anblick von Speis und Trank hatte ihn zeitweilig aus seinem Trübsinn gerissen.

Im Garten zu sitzen und in der Dunkelheit ausgelassen zu feiern war herrlich.

Mirjams Windlichter verwandelten das Grundstück in einen verwunschenen Märchengarten, und diese besondere Stimmung sorgte dafür, dass Ivan für einen Moment die furchtbaren Ereignisse vergaß, die er unlängst hatte verkraften müssen. Stattdessen verlor er sich in wunderbare Erinnerungen an seine Kindheit in Kroatien, und Mirjam dachte, dass sie das niemals erlebt hätte, wenn Per-Henrik und Torsten noch am Leben gewesen wären.

»Ivan benötigte diesen Abend«, wisperte Hervor Mirjam zu, »er wird nicht mehr viele solcher unbeschwerten Abende erleben.«

Auf dem kleinen Weg waren mit einem Mal energische Schritte zu hören, und in der Dunkelheit zeichnete sich der Umriss eines Mannes ab.

»Ach nee, da schau an, guten Abend, ihr lieben Leut'!« Sylves vertraute Stimme. Hervor und Mirjam luden ihn eilig ein, ihnen Gesellschaft zu leisten.

»Soso«, sagte Sylve und setzte sich. »Hier wird ja ständig gefeiert. Gibt's heute auch einen besonderen Anlass?«

Er hatte sich dicht wie möglich neben Mirjam gesetzt, und sie musste sich widerstrebend eingestehen, dass es ein schönes Gefühl war.

»Wir feiern …«, fing sie an.

»… Namenstag«, fiel Hervor ihr schnell ins Wort. »Es gibt schließlich immer irgendetwas zu feiern, oder?«

»Namenstag«, sagte Sylve und nickte Hervor dankend zu, die ihm Cava eingegossen hatte. »Da darf man sich ja geehrt fühlen.«

»Es ist doch wohl nicht Sylve, oder?«, rief Mirjam erschrocken.

»Sylve nein, nein, der steht, glaube ich, noch nicht mal im Kalender.«

Mirjam sah beunruhigt zu Ivan hinüber, aber er schien den Mund mit Gott weiß was vollzuhaben und kümmerte sich nicht um Sylves Gequassel.

»Wie würdest du denn heute heißen?«, fragte Hervor.

»Folke«, sagte Sylve. »Das müsstet ihr doch eigentlich wissen, wo ihr so ein tolles Fest veranstaltet. Und außerdem hat die Kronprinzessin heute Geburtstag.«

41

Die Luft flimmerte schon am frühen Morgen vor Hitze. Sie war so feucht, wie Mirjam es zuletzt vor langer Zeit auf einer Reise nach Südostasien erlebt hatte. So war der ganze Juli gewesen, bis auf den Platzregen an jenem Tag, an dem Torsten beerdigt worden war und Per-Henrik so unverhofft und drollig seinen Abgang machte. Es wollte einfach nicht regnen.

Mirjam ließ sich auf einem der Gartenstühle nieder, um sich zum Frühstück Dickmilch und Kaffee schmecken zu lassen. Hervor kam mit der Zeitung vom Briefkasten. Fieberhaft schlug sie die Anzeigenseite auf und strich sich dabei eine Schnitte Brot. Mirjam konnte ein paar Farbfotos von hübschen Brautpaaren und einige Todesanzeigen erkennen.

»Meine Güte, wie viele ankündigen, dass sie anlässlich ihres fünfzigsten Geburtstags keinen Besuch empfangen!«, stieß Hervor aus.

Sie biss vom Gotlandbrot ab und las: »Es wird freundlichst und nachdrücklichst darum gebeten, anlässlich meines Geburtstags von jeglicher Art der Aufwartung abzusehen. Bin verreist.«

»Heiliger Strohsack, wie kann man nur so blöd sein! Aber hier, schau mal, hier ist jemand, der zu einer Feier einlädt! Wie wär's, wollen wir hingehen?«

Mirjam legte für einen Moment ihren Löffel auf den Rand der Schale mit Dickmilch und lachte.

»Du hast ja nicht alle Tassen im Schrank! Was würden sie von uns denken? Wir fahren einfach so nach Eksta oder Hörsne und beglückwünschen eine wildfremde Person. Unvergleichlich!«

»Ach was, das kapieren die doch gar nicht. Wir sagen irgendetwas wie ›Du erinnerst dich doch sicher an mich‹. Du kannst das auf Gotländisch sagen. Äußerst glaubwürdig, will ich meinen.«

Mirjam schüttelte bloß den Kopf und löffelte ihre Dickmilch weiter. Lange Zeit waren nur Hervors Schlürfen und das Stakkato der Elsterjungen zu hören, die von ihren Vogeleltern beigebracht bekamen, was es hieß, zu fliegen. Der Wind säuselte leicht in der Fliederlaube, und ein paar Bienen flogen an der Kapellenmauer hin und her.

»Jetzt hör dir das an!«, platzte Hervor heraus und hätte beinahe ihre Kaffeetasse umgeschmissen. »Hier ist ein Bericht über Per-Henriks Beerdigung, und verflucht ausführlich noch dazu.«

»Mensch, jetzt lies doch endlich vor, um Himmels willen! Ich bin ganz Ohr.«

Mirjam schob das Frühstückstablett zur Seite und lehnte sich in den Stuhl zurück. Wie unheimlich leicht es gewesen war, Per-Henrik zu beseitigen, sie hatte sich kaum anstrengen müssen. Hatte nur intensiv an seinen Schwächen gearbeitet, den Rest hatte er selbst besorgt. Hätte Mirjam nicht eingegriffen, hätte er sicher auch kein langes Leben gehabt. Es waren bestimmt eher seine Krankheiten für seinen Tod verantwortlich als Mirjams drohend ausgesprochene Affirmationen.

Hervor rückte ihre Brille zurecht und fing an, laut in ihrem tornedalischen Tonfall vorzulesen.

»Der Begräbnis-Gottesdienst für Per-Henrik Bogren wurde am Samstag, den 6. August, in der Kirche von Kajpe Kviar abgehalten. Organistin war Gitte Bogren, die als Eingangsmusik ›Amazing Grace‹ spielte, eine schottische Volksweise.«

»Was, Gitte hat gespielt? Das war aber ein feiner Zug von ihr. Na ja, bedenkt man, dass ihr erst fünf vor zwölf aufgegangen ist, dass sie mit Per-Henrik nicht mehr zusammenbleiben will, hat sie ihm hiermit wohl einen letzten Dienst erwiesen, die arme Seele.«

Hervor nickte.

»Aber, sag mal, Mirjam, dieses ›Amazing Grace‹, ich bilde mir ein, dass der Text besser zu Torsten gepasst hätte, Moment, wie ging der noch gleich?« Sie summte und grübelte, probierte unterschiedliche Worte aus, kam aber nicht drauf.

»Ich weiß, was du meinst!«, Mirjam erhob sich vor lauter Eifer und sang mit tiefer Altstimme:

I once was lost but now I'm found, was blind but now I see.

Sie ließ sich wieder auf den Stuhl plumpsen und musste kichern.

»Ja, das hätte vorzüglich gepasst. Haben sie das nicht gespielt, als Torsten begraben wurde? Wenn ich diese Berichte so lese, kommt es mir vor, als würden die das andauernd spielen.«

Hervor schüttelte den Kopf und las weiter.

»Danach wurde gemeinsam der Psalm 98 gelesen, *Singet dem Herrn ein neues Lied, denn er tut Wunder. Er schafft Heil mit seiner Rechten und seinem heiligen Arm.*«

»Hab ich den etwa ausgesucht?«, warf Mirjam dazwischen.

»Wohl kaum, das wird dein leiblicher Bruder gewesen sein, hör zu: Zelebrierender Geistlicher war der stellvertretende Pastor Aron Nordergrav, der seine Andacht auf den Brief des Paulus an die Philipper, 2, 16, aufbaute, *Dass ich nicht vergeblich gelaufen bin noch vergeblich gearbeitet habe.*«

Mirjam lachte so herzhaft, dass eine eintönig singende Kohlmeise, die in der Nähe des Frühstückstisches gesessen hatte, erschrocken das Weite suchte.

»Wie passend von Aron!«

Hervor las weiter.

»Die beiden Kinder von Per-Henrik Bogren sangen

›Mit Fried' und Freud' ich fahr dahin‹, begleitet von ihrer Mutter.«

Die armen Kinder, gab's denn kein Lied, das sich besser für Kinderstimmen geeignet hätte?

»Als Ausgangsmusik erklang ›Gotländische Sommernacht‹ auf der Trompete. Der Sarg wurde von den Mitgliedern des Golfclubs getragen, und beim Hinabsenken wurde ›Breit aus die Flügel beide, o Jesu, meine Freude‹ gesungen.«

»Ach«, klagte Mirjam, »das kann ich nun also nicht mehr bei meiner Beerdigung verwenden, schade, daran hatte ich nämlich gedacht, aber dann muss ich mir eben etwas anderes überlegen.«

»Aber das solltest du dir erst mal anhören, pass auf, jetzt kommt das Beste!« Hervor schob die Brille hoch, die ihr von der schweißüberströmten Nase gerutscht war, und las: »Die Gedenkstunde fand im Gemeindehaus statt. Viele Reden wurden gehalten, und es gab unter anderem Spenden zugunsten von Kajpe Golfclub, Gotlands Pfadfindern und an den Verein Gotländischer Wildkaninchen.«

»Gibt es wirklich einen eigenen Verein für diese Wildkaninchen?«

»Scheint so. Es sei denn, Per-Henrik hat ihn erfunden, um dadurch noch ein kleines Extra-Sümmchen zu kassieren, würde mich nicht wundern. Was Per-Henrik anbelangt, wäre meiner Meinung nach eine Spende an den Verein Gotländische Schafsköpfe passender gewesen. Ein kleiner Club, der vom Aussterben bedroht ist, er hatte nur drei Mitglieder, von denen nur noch eines am Leben ist.«

»Nicht mehr lange«, sagte Hervor und faltete die Anzeigenseite zusammen. »Der Club wird seine Pforten bald dichtmachen müssen, er ist sozusagen unausweichlich dem Tode geweiht, wie immer der auch aussehen mag. Da hast du mein Wort drauf.«

»Wie kannst du dir bloß so sicher sein?«

Hervor legte den Anzeigenteil beiseite und blätterte den Lokalteil durch.

»Na, du siehst doch, wie es bisher gelaufen ist. Zwei Tote seit unserer Ankunft.«

Mirjam schlug mit der Faust auf den Gartentisch.

»Mensch, Hervor, das hat alles natürliche Ursachen, versteh das doch! Okay, okay, ich muss zugeben, dass es ein herrliches Gefühl war, ihren Tod herbeizuwünschen, aber das ist nicht mein Werk, ganz bestimmt nicht. Nein, nein, das kannst du mir nicht weismachen.«

»Soso, aber erinnerst du dich denn nicht an jenes Mal, als du betrunken warst und wir über Voodoo geredet haben?«

»Betrunken?«

»Ganz genau. Betrunken. Und was ist geschehen? Torsten ist erblindet und in diese Pfütze gestolpert. Per-Henriks Herz hat versagt. Man treibt mit dem Übersinnlichen keinen Schabernack, Mirjam. Ich glaub, was ich glaub, die Zukunft wird es zeigen.«

Hervor lehnte sich zurück und hielt sich die Zeitung vor die Nase. Das Thema war ausdiskutiert, das konnte Mirjam sehen. Wahr oder nicht wahr, sie würde zu Ende bringen, was sie sich vorgenommen hatte: Ivan weiterhin mit Leckerbissen mästen. Gott möge ihr verzeihen, aber es war wirklich bemerkenswert, wie gut ihr dieser Sommer tat.

42

Zwar hatte Ivan bei ihrem Gartenfest neulich abends ein bisschen Spaß gehabt und einen kleinen Aufschub erhalten, aber Mirjam wusste, dass es ihm ohne seine Mitstreiter verflixt dreckig ging, weshalb ein wenig die Schuld an ihr nagte. Solchen Gefühlen durfte sie jedoch nicht freien Lauf lassen. Deshalb verbarg sie sie im tiefsten Winkel ihres Herzens.

Stattdessen richtete sie einen Korb mit Leckereien her und spazierte die kurze Strecke zu Ivans Haus hinüber. Im Kühlschrank hatte sie eine himmlische Quiche entdeckt, die Hervor aus fetter Sahne, Butter und Pilzen zubereitet hatte. Mirjam hatte auch selbstgebackenes Brot, Käse und etwas von der salzigen Butter eingepackt. Zum Nachtisch sollte es fetttriefende Kopenhagener geben, die sie in der Gefriertruhe gefunden hatte. Dann noch eine Flasche guten deutschen Wein, den sie zum Essen trinken würden, und zu den Gebäckteilchen gab es eine Kanne Kaffee. Nicht die allerschlimmsten Kalorienbomben, es hätten noch mehr sein können, aber wenn's nötig war, musste sie eben wiederkommen.

Mirjam nahm den Weg durch die große Eingangstür der Kapelle und ließ im Vorbeigehen schnell eine Affirmation auf ihre störrische Rose regnen.

»Ich habe eine einzigartige, schön blühende Rose.«

Sie schnaubte wegen ihres Einfalls und eilte weiter.

Ivan saß träge in seiner Küche. Auf der Spüle stapelte sich der Abwasch von mehreren Tagen, und auf drei Stühlen lagen Weinkartons, die, wie Mirjam annahm, leer waren. Es gehörte nicht viel dazu, zu schlussfolgern, dass ihr guter alter Freund auf dem besten Wege war, sich zu einem vollblütigen Tetra-Pak-Alkoholiker zu entwickeln. Die ganze Küche zeugte davon, dass hier ein Strohwitwer hauste.

Nicht ganz überraschend war Ivan gerade beim Essen, als sie kam. Auf seinem Teller befand sich ein typisches Mikrowellengericht, es sah aus wie Wiener Schnitzel mit Kartoffeln und Erbsen. Nirgends eine frische Zitronenscheibe oder eine pikante Sardine. Traurig stocherte er in seinem Essen herum. Sein zeltartiges T-Shirt zierten Rotweinflecken. Mirjam beförderte einen leeren Weinkarton auf den Fußboden und setzte sich.

»Na, mein Guter, wie geht's?«

Sie neigte den Kopf zur Seite und hoffte inständig, dass sie einigermaßen teilnahmsvoll aussah. Ivans Tränen kullerten unablässig mitten hinein in sein Mikrowellengericht.

»Entsetzlich. Wie soll ich das bloß schaffen? Meine Freunde sind tot.«

Er weinte und schluchzte herzzerreißend. Sie ließ ihn in Ruhe, ließ ihn seine Tränen vergießen, bis sie verebbten und in langgezogene Seufzer übergingen, und sah sich derweil in der Küche um. Was hätte Ivans kleine zierliche Julija wohl dazu gesagt?

»Hast du mit Julija gesprochen?«, fragte sie.

Ivan nickte.

»Kommt sie denn her?«

»Nein, ich soll zu ihnen fahren, aber ich weiß wirklich nicht, ob ich dazu imstande bin.«

»Und die Firma«, sagte sie »wie wirst du damit fertig?«

Er brach erneut zusammen und schüttelte zwischen Weinkrämpfen den Kopf.

»Überhaupt nicht, sie liegt einfach brach. Wie soll das auch gehen?«

Mirjam ergriff seine speckigen Hände und sah ihm fest in die Augen. Sein Zustand kam ihr schmerzlich bekannt vor.

»Die Leute müssen ihre Gehälter bekommen«, sagte sie. »Rechnungen, Steuern, Arbeitgeberbeiträge und anderes müssen bezahlt werden. Du reißt dich jetzt zusammen und siehst zu, dass jemand das regelt. Du kannst jemanden einstellen, der sich darum kümmert.«

Er warf ihr aus rotgeränderten Augen unter fleischigen Lidern einen flehenden Blick zu.

»Dich, Mirjam?«

»Nun ja, das weniger. Ich habe zwar außerordentlich viel Erfahrung, aber gib mir lieber die Nummer deines Steuerberaters oder Anwalts, dann werde ich etwas in die Wege leiten. Du hast nicht die Kraft dazu. Ruhig Blut. So, jetzt schmeiß dieses fade Mikrowellengericht weg und iss stattdessen etwas aus dem Korb, den ich mitgebracht habe. Danach wird's dir gleich viel bessergehen. Armer Ivan.«

Sie streichelte ihm über die Wange.

»Alles wird gut werden, Ivan, auf die eine oder andere Weise wirst du deine Ruhe finden.«

Eine Dreiviertelstunde später kehrte sie in die Küche zurück. Sie hatte ein langes Gespräch mit dem Anwalt von Care for Seniors geführt, der ihr zugesichert hatte, einen oder mehrere Leute zu engagieren, die schon ab morgen die Büroarbeit in der Firma in Kajpe Kviar übernehmen würden. Herrgott noch mal, das war doch keine große Sache, Dienstleistungen konnten gekauft werden. Niemand war unersetzlich. Wenn es die Lage nun mal erforderte.

»Und jetzt lässt du Arbeit Arbeit sein, Ivan«, sagte Mirjam bestimmt.

»Denk einfach ein paar Tage lang nur an dich. Danach kannst du ja vielleicht zu deiner Familie fahren und dich ausruhen.«

Der Wein hatte schon seine Wirkung getan, und Mirjam sah, dass Ivan die halbe Flasche ausgetrunken hatte, während sie telefoniert hatte. Jetzt war der perfekte Zeitpunkt, sich ihren eigenen Interessen zu widmen.

»Du, Ivan«, setzte sie an, »es gibt doch trotzdem noch Anlass zur Freude.«

»Wirklich?«, sagte er und schaute sie mit großen, rotgeränderten Augen an.

»Ja, du weißt doch, unser kleines Geheimnis, unseren kleinen Schatz. Du hattest mir zu Beginn des Sommers versprochen, mir zu erzählen, wo er sich befindet, wenn wir einmal unter uns sind.« Sie füllte sein Glas nach, das er in einem Zug leerte.

»Allerliebste Mirjam«, lallte er. »Natürlich erzähl ich dir davon. Komm und schau …«

Er stand schwankend auf und torkelte auf unsicheren Beinen ins Wohnzimmer. Zeigte mit seinem dicken Finger auf den Fußboden in der einen Ecke und stieß dabei gegen den Tisch, so dass der gotländische Weihnachtskerzenständer, der mit gelöschten, halb heruntergebrannten Kerzen daraufgestanden hatte, umstürzte. Es war so einer mit gekräuseltem Seiden- und blankem Glanzpapier. Mirjam hatte selbst irgendwo einen. Sie stellte den Kerzenleuchter wieder auf den Fuß und wunderte sich insgeheim, weshalb er den weihnachtlichen Kerzenständer mitten im Sommer dort stehen hatte.

»Dann wär da noch der Schlüssel, du müsstest den Schlüssel haben«, sagte er und zeigte ein Stück weiter auf den Kachelofen. »Eijeijei, mir geht's wirklich nicht gut, ich glaub, du musst selbst danach suchen.«

Dann ging er geradewegs zum Sofa, wo er einfach zusammenklappte. Bevor Mirjam es überhaupt schaffte, zu reagieren, schnarchte er schon wie ein alter Rasenmäher, den jemand vergeblich versuchte, in Gang zu kriegen.

Sie betrachtete den Kachelofen. Er hatte ihr etwas damit sagen wollen. Vorsichtig öffnete sie unten die Luken und guckte hinein. Völlig leer und sauber ausgekratzt, vermutlich war der Ofen länger nicht in Gebrauch, durfte vielleicht nicht mehr betrieben werden. Sie schloss die Messingluken wieder und ließ ihren Blick nachdenklich um die Feuerstelle schweifen. Ganz unten auf der rechten Seite saß ein weiterer kleiner Messingdeckel, anscheinend eine Art Ventil oder Rußluke. Sie versuchte ihn aufzumachen, aber er saß gründlich fest. Aus der Küche holte sie ein Tischmesser als Werkzeug und hebelte mit aller Kraft. Endlich gab der Deckel nach. Als sie die Hand ins Loch schob, bekam sie ihn sofort zu fassen. Den Schlüssel. Sie betrachtete ihn liebevoll, nahm das Band ab, das sie um den Hals trug, und verglich beide Schlüssel miteinander. Sie waren identisch. Nun hatte sie beide! Rasch fädelte sie Ivans Schlüssel auf das Samtband, band es wieder um und befestigte den Messingdeckel auf dem Kachelofen. Zufrieden warf sie einen Blick auf Ivan. Das war unverschämt einfach gewesen. Jetzt würde sie ihm noch ein paar Tage geben. Und dann war es so weit, den Schatz zu heben. Vielleicht war Hervors Prophezeiung ja richtig, und ihm blieb nicht mehr viel Zeit. Sie musste sich nur beeilen, aus ihm herauszubringen, wo sie suchen musste. Eile tat not, sogar sehr.

»Gute Nacht, Ivan«, flüsterte sie und schlich sich aus dem Haus.

»Du hast die Zimmermänner nicht beauftragt, den Fußboden auszubessern?«

Sie kam gerade völlig außer Atem von Ivan, als sie Sylve entdeckte, der im Kapellenraum stand und auf den wippenden Fußbodenbrettern herumtrat. Er musterte die Wände und die neuen kleinen Räume, die die gotländischen Gesellen so flink und ordentlich zusammengezimmert hatten. Mirjam starrte auf die Fußbodenbretter.

»Sie haben wirklich gute Arbeit geleistet. Ich glaub, ich werde sie im Winter auch kommen lassen. Ein paar Sachen bei uns müssten mal aufgemöbelt werden. Die Küche kann man ja nicht gerade modern nennen.«

Mirjam hörte nicht so genau hin. Wie verhext schaute sie auf die Bretter. Sylve wippte immer noch auf den Dielen hin und her.

»Mirjam, du hörst mir ja gar nicht zu. Wo bist du mit deinen Gedanken?«

Sie zuckte zusammen.

»Was? Äh, ja. Sicher doch, sie haben das hübsch und ordentlich hinbekommen.«

Sylve seufzte und setzte wieder seine typisch besorgte Miene auf.

»Ich hab vom Fußboden gesprochen. Du hast den Jungs nicht gesagt, dass sie sich den Fußboden anschauen sollen. Möglich, dass unter diesen beiden Brettern hier etwas ausgebessert werden muss.«

Die Fußbodenbretter! Natürlich, das war's! Endlich ging ihr ein Licht auf. Ivan hatte mit seinem fleischigen Finger auf den Fußboden in der Ecke gezeigt. Konnte ihr allergrößtes Geheimnis vielleicht dort liegen?

Wenn Sylve nur endlich verduften würde, dann könnte sie zurückgehen und nachsehen. Sie musste versuchen, ihn loszuwerden. Sie brannte darauf, die Suche nicht mehr auf die lange Bank zu schieben.

»Ja, aber nicht dieses Jahr. Du ahnst ja nicht, wie viel Arbeit es war, hier alles in Ordnung zu bringen. Ich glaube, der Fußboden hält noch einen Winter.«

Sylve feuerte ein Lächeln ab. Er war wirklich charmant, und sie fühlte sich in seiner Nähe sichtlich wohl, aber Mirjam durfte nicht weich werden. Sie hatte jetzt keine Zeit für ihn. »Schönes Bettgestell«, sagte Sylve und machte eine bedeutungsvolle Geste mit dem Kopf zu Mirjams kleinem Schlafzimmer mit dem breiten Bett. »Platz genug für zwei.«

Er lachte erneut.

»Gewiss«, antwortete Mirjam ungeniert. »Aber du weißt auch, was ich gesagt habe. Ich hab jetzt keine Zeit.«

Konnte er nicht endlich Leine ziehen? Sie musste Ivans Fußboden untersuchen. Ungeduldig trat sie von einem Bein auf das andere. Sylve kam näher und umfasste ihre Schultern.

»Aber wann dann, Mirjam? Wie lange muss ich warten?«

Sie brachte ihn zum Schweigen und schob ihn freundlich, aber bestimmt in die Küche zu Hervor.

»Guck dir an, wie schön ihnen die Küche gelungen ist. Hervor braut ihre Zaubertränke jetzt sogar auf dem Elektroherd, was sagst du dazu? Nicht übel, was?«

Hervor brummelte, dass sie das gewiss nicht tat. Zaubertränke wurden am besten über offenem Feuer gebraut, aber den einen oder anderen Absud, ein Schönheitswässerchen und Arzneien konnte sie unter Umständen auch auf dem neuen, praktischen Elektroherd zubereiten.

Es dauerte eine Ewigkeit, bis Sylve endlich ging. Er redete und redete, und Hervor unternahm auch nichts, um ihn zur Eile anzutreiben. Sie bot ihm Kaffee an und erkundigte sich, welche Fortschritte die Ferkel machten und wann die Schafe geschoren werden sollten. Manchmal machte Mirjam ihre Geschwätzigkeit ganz verrückt. Schließlich musste er sich dann aber doch seiner Arbeit auf dem Hof widmen, und Mirjam konnte sich zu guter Letzt auf den Weg machen.

In Ivan Pazic' Haus war alles dunkel. Nicht eine Lampe brannte, und Mirjam nahm an, dass er immer noch schlief. Die erschütternden Ereignisse hatten seine eh schon zerrüttete Kondition angegriffen, und er schien sich nur noch dem Essen, Trinken und Schlafen zu widmen. Sein Leben hatte jeglichen Sinn verloren.

Seltsam, dass er nicht nach Kroatien gefahren war oder zumindest seine Frau gebeten hatte, zurückzukommen, aber er war wohl noch nicht einmal in der Lage, das in Angriff zu nehmen.

Sie stiefelte ums Haus. Nicht eine Menschenseele. Vorsichtig versuchte sie, die Hintertür zu öffnen. Sie war unverschlossen. Mirjam schlüpfte hinein und fand sich in einer Art Kücheneingang wieder. Von dort, wo sich die Toilettentür befand, verbreitete sich ein Geruch von Scheiße. Voller Unbehagen hielt sie sich mit Daumen und Zeigefinger die Nase zu und unterdrückte einen Brechreiz. Nicht überraschend, dass ihm schlecht von all dem war, was er in sich hineinstopfte.

Sie schlich leise weiter und betrat unbemerkt das Zimmer, in dem der Kachelofen stand und wo sie den Schlüssel gefunden hatte. Vom Sofa kamen langgezogene, durchdringende Schnarchlaute. Dann konnte sie also ungestört zu Werke gehen. Nicht, dass das unbedingt eine Rolle spielte, Ivan hatte ihr schließlich bereitwillig Auskunft erteilt, aber sie musste sich ja auf keine unnötigen Risiken einlassen. Sie ging zu der Ecke, auf die er gezeigt hatte, und machte das Gleiche wie Sylve: Sie trat auf den Fußbodenbrettern hin und her. Nichts bewegte sich. Hatte Ivan sie reingelegt? Oder hatte sie ihn in ihrem Eifer falsch verstanden?

In der anderen Zimmerecke wiederholte sie ergebnislos dasselbe Manöver. Was sollte das denn jetzt, zum Kuckuck? Mirjam stand in der Mitte des schummrigen Zimmers auf dem Fußboden und fragte sich, was sie jetzt machen sollte.

Er hatte in die linke Ecke gezeigt. Sie ging erneut dorthin und trat auf den Brettern herum. Befühlte die darüberliegende Fußbodenleiste. Sie saß ganz locker, man musste sie nur wegnehmen. Sie steckte ein paar Finger unter die Dielen und konnte ein kurzes Stück von dem Brett anheben. Dass sie nicht gleich bemerkt hatte, dass es sich nur um das Ende eines Brettes handeln konnte! Sie tastete mit den Fingern von unten das Brett ab und stieß auf das Kästchen.

»Jippie«, flüsterte sie.

Sie wagte nicht nachzusehen, ob der Inhalt noch darin war. So leise wie möglich legte sie das Brett zurück und befestigte die Fußbodenleiste und huschte dann den gleichen Weg aus dem Haus, den sie gekommen war.

Unschlüssig stand sie vor der Kapelle und grübelte darüber nach, was sie mit ihrem wiedergefundenen Schatz machen sollte. Von weitem sah sie Sylve, der seine abendliche Runde über den Hof drehte. Flink öffnete sie die Autotür ihres Mercedes und kroch auf den Rücksitz. Sie hebelte und zerrte an der Polsterung der Rückbank. Verdammter Mist, wie fest die saß! Blöde, störrische Verriegelung. Endlich erwischte sie das Ende des Riemens, konnte den Sitz hochklappen und das Kästchen daruntergleiten lassen. Sie schob die Sitzbank zurück, kroch aus dem Auto und knallte die Tür zu. Als sie sich aufrichtete, sah sie sich Sylve direkt gegenüber.

»Hallo«, sagte sie atemlos und strich sich eine Haarsträhne aus der Stirn.

»Hallo«, sagte er in einem freundlichen, sanften Ton. »Kann ich dir irgendwie helfen?«

43

Mirjam kämpfte sich durch den Urwald. Ein garstiger Fichtenzweig verfing sich in ihren Locken und blieb darin hängen. Sie riss und zerrte und versuchte loszukommen.

Der Zweig wuchs sich zu Klauen aus, die sich gierig ihrem Hals entgegenreckten und ihre Haut streiften. Ihr eine Wunde rissen. Sie weinte und schrie und schlug sie weg. Konnte sich befreien und rannte strauchelnd weiter. Sie prallte gegen Baumstämme. Irrte umher. Die Zweige des Waldes spielten. Sangen schrill. Lauter. Stärker. Unerträglich. Sie presste die Hände auf die Ohren und eilte weiter. Zwischen den Bäumen leuchtete etwas auf. Das musste der See sein. Während sie lief, riss sie sich den Pulli vom Leib. Öffnete den BH. Verzog das Gesicht wegen des gellenden Geräuschs. Hüpfend streifte sie sich die Jeans ab. Bald würde das kühle Wasser des kleinen Waldsees ihren Körper reinigen. Wenn es doch bloß nicht so entsetzlich in ihren Ohren dröhnen würde …

Mirjam öffnete ihre Augen und blinzelte. Da war es wieder, das Geräusch. Es dauerte einen Moment, bevor sie begriff, dass ihre Flucht durch den Wald nur ein Traum gewesen war. Ein Traum, in den sie sich zurücksehnte, um das reinigende Bad in dem dunklen Waldsee nehmen zu können. Andererseits ein scheußlicher Traum, dem sie verzweifelt zu entkommen versuchte. Die Jagd durch den Wald, das Entsetzen, das Geräusch. Endlich verstand sie und griff nach dem Telefon.

»Mirjam«, murmelte sie schläfrig.

Für eine Sekunde herrschte Stille am anderen Ende, bevor eine Stimme wie eine süße Musik an Mirjams Ohr drang.

»Mama, ich bin's, Anna!«

Mirjam presste den Hörer dichter ans Ohr. War mit einem Mal hellwach. Der Waldsee und die schrecklichen klauenartigen Zweige waren plötzlich wie weggeblasen.

»Anna! Oh! Ist was passiert? Wie spät ist es?«

Durch den Hörer vernahm sie das melodische Lachen ihrer Tochter. Das herzliche Lachen, das sie so liebte und bewirkte, dass Wärme ihren Bauch durchströmte. Niemand konnte so schön lachen wie Anna, ihre geliebte Tochter.

»Ja, Mama, es ist etwas passiert!«

Mirjams Blut gefror zu Eis. Was war bloß passiert? Sie setzte sich kerzengerade im Bett auf.

»Mama, du bist Oma eines wunderbaren kleinen Jungen geworden! Ich rufe von der Entbindungsstation an. Er ist gerade erst eine Stunde alt.«

Ihre Kehle schnürte sich zu. Die Worte lagen ihr auf den Lippen und wollten heraus, aber sie wusste nicht, was sie zuerst sagen sollte. Was sagt man in so einem Augenblick? Die unterschiedlichsten Gefühle wurden in ihr wach. Die Erinnerung an den Duft eines neugeborenen Babys kam ihr in den Sinn. Ein kleiner Junge. Annas kleiner Junge. Und auch ein bisschen Mirjams.

»Mama, bist du noch da? Freust du dich denn nicht? Er ist so niedlich! Ich wollte dich zuerst anrufen.«

Ihr gelang es endlich, sich zu sammeln.

»Liebste Anna, und ob ich mich freue! Oh, wie herrlich! Ich war nur so gerührt. Wusste nicht …«

»Nein, Mama, ich weiß, wir bereden das alles demnächst. Niemand in Schweden wusste davon. Wir haben viel nachzuholen.«

Der Rotz rann Mirjam in dünnen Rinnsalen über die Oberlippe. Sie langte nach einem Papiertaschentuch auf ihrem Nachttisch und schielte zur Uhr. Halb vier morgens. Sie war Oma geworden, und noch nicht einmal

Aron hatte es gewusst. Jetzt war es endlich an ihr, zu triumphieren!

»Ja«, pflichtete sie ihr bei und schneuzte sich. »Wir bereden das später. Ach, wie bin ich froh! Geht's dir gut?«

Anna versicherte ihr, dass es ihr prima ging, genauso wie dem Jungen und dem Vater des Kindes. Tom hieß er übrigens, Annas Ehemann. Mirjam hatte noch nicht mal gewusst, dass Anna geheiratet und eine Familie gegründet hatte. Sie hatten nach all diesen Jahren so vieles miteinander zu besprechen.

Nachdem sie Papier und Stift hervorgekramt und Größe, Gewicht und Kopfumfang des Babys notiert hatte, war sie beinahe wieder die Alte.

»Ich möchte, dass du herkommst, Mama«, sagte Anna. »Ich wünsche mir das so sehr. Tom und ich würden dir Geld schicken, damit du dir die Reise leisten kannst. Magst du?«

Das Lachen kam wie aus dem Nichts, und Mirjam konnte gar nicht mehr damit aufhören. Die Freude, die Sorge, der Schock und ihre mittlerweile solide finanzielle Lage gipfelten in einer fast hysterischen Reaktion.

»Mama, was hast du denn? Hör auf zu lachen, natürlich helfen wir dir mit den Reisekosten.«

Sie schluckte und schaffte es endlich, ihrem Freudenausbruch Einhalt zu gebieten.

»Anna, natürlich komme ich! Irgendwie, so schnell ich kann, da gibt's nur noch eine klitzekleine Sache, die ich zuerst erledigen muss. Geld braucht ihr unter keinen Umständen zu schicken. Ich hab so viel, dass ich wunderbar damit auskomme. Wir haben wirklich jede Menge aufzuholen, Anna. So vieles ist inzwischen passiert.«

Als das Gespräch beendet war, schlug Mirjam ihre Bettdecke zur Seite und stand auf. Ihr neues Schlafzimmer war wunderbar. Die Wände zierten gelbgestreifte Tapeten, deren Farbe sich in den sonnengelben Baumwollgardinen wiederholte. Abgesehen vom Bett war nur Platz für einen kleinen antiken Stuhl, der früher auf dem Pfarrhof in Hangvar gestanden hatte. Daneben hatte Mirjam ein paar praktische Haken an die Wand geschraubt. Sie nahm den Morgenrock ab und tappte in die Küche. Hervor fällte im Schlaf Bäume, so klang zumindest das regelmäßige, kräftige Schnarchen, das aus ihrem Zimmer drang. Ein Gedanke jagte den nächsten. Anna hatte angerufen. Mirjam war Oma geworden. Sie hatte einen entzückenden kleinen Enkelsohn und einen unbekannten Schwiegersohn mit Namen Tom. Das mit dem Baby war toll, aber das Beste war gewesen, zum ersten Mal seit acht Jahren wieder Annas Stimme zu hören. Kaum zu glauben, wie verkehrt die Dinge manchmal zwischen Menschen laufen konnten, die sich eigentlich liebten. Was für ein Glück, dass kleine Babys gelegentlich zur gegenseitigen Annäherung beitrugen. Der kleine Knabe würde beizeiten noch erfahren, welche Großtat er vollbracht hatte.

Sie bewegte sich leise, um Hervor nicht zu wecken. Aus dem Kühlschrank holte sie eine Packung Saft und schenkte sich ein Glas ein. Während sie trank, sah sie aus dem Fenster und bemerkte, dass der Nebel immer noch in dünnen Schleiern über den Feldern lag. Im Osten zeichnete sich die Sonne als ein schwacher Streifen ab. Ein herrliches Wetter, um draußen allein spazieren zu gehen.

Als sie kurz darauf in der Morgendämmerung den alten Feldweg entlangwanderte, ordneten sich ihre Gedanken.

Und ob sie nach Amerika fahren wollte. Der kleine Junge sollte seine Oma kennenlernen. Aber was vor allem zählte, war, Anna wiederzusehen. Wie wunderbar von ihrem kleinen Mädchen, ein Kind auf die Welt zu bringen. Klar, überall auf der Welt gebaren jeden Tag wunderbare Mütter Kinder, aber es war schon etwas ganz Besonderes, wenn es sich dabei um die eigene Tochter handelte.

Bevor sie fuhr, musste sie aber noch ihren Auftrag ausführen. Mit den anderen beiden war es gelaufen wie geschmiert, auch wenn ihr nach wie vor nicht ganz klar war, wie es sich eigentlich zugetragen hatte.

Sie genoss die frische Morgenluft und ihren einsamen Spaziergang. Oma, kaum zu glauben. Und sie hatte das Vergnügen, nach ewigen Zeiten endlich wieder Mama sein zu dürfen.

Ivans Schicksal war aber noch nicht besiegelt, und das wollte sie zuerst erledigt wissen. Wollte es zumindest versuchen. Er hatte ganz schön fertig ausgesehen, als sie sich letztens getroffen hatten.

Am Wegrand waren die dunkelblauen Psalmbeeren herangereift, und sie pflückte ein paar von ihnen und steckte sie sich in den Mund. Sie schmeckten lecker und süß. Hervor hatte sich bestimmt schon einen großen Vorrat davon angelegt. Und vielleicht würde sie Safranpfannkuchen machen. Das schmeckte am besten zu diesen Beeren.

Ob sie schon heute Abend zu Ivan gehen sollte? Sich heimlich in seinen Garten schleichen und auf der Lauer liegen sollte? Beobachten, was er so trieb und in welchem Zustand er sich befand. Genau das würde sie machen, entschied sie.

44

Die Augustnacht war herrlich warm. Ein samtiges Dunkel, aber dennoch nicht pechschwarz. Himmel und Erde wurden von einem sagenhaften Vollmond erhellt. Mirjam hatte sich auf geheime Mission begeben, und Hervor zögerte nicht lange und nahm die Gelegenheit wahr, die Kraft des Mondes zu tanken. Sie setzte sich auf einen Gartenstuhl und knöpfte ihre Tunika am Hals auf, schlug den Stoff zur Seite und ließ ihre braungebrannte Haut von den Strahlen des Mondes berühren. Nahm seine Kraft in sich auf. Zwar sollte man eigentlich gar keine Kleidung tragen, das wusste sie wohl, aber alles hatte schließlich verdammt noch mal seine Grenzen. Wer wusste schon, ob Sylve nicht plötzlich zwischen den Büschen hervorspringen und sie überraschen würde. Oder sie von seinem Fenster aus beobachten würde. O nein! Den Halsausschnitt und die Arme zu entblößen musste reichen. Sie ließ die Hände im Schoß ruhen und wandte ihre Handflächen dem Mondlicht entgegen. Fixierte den tiefgelben Himmelskörper mit ihrem Blick und übermittelte ihre Wünsche.

Die Sehnsucht, von hier fortzugehen, hatte in ihren Gedanken hartnäckig Wurzeln geschlagen und war nach Mirjams Telefongespräch mit ihrer Tochter noch stärker geworden. Hervor freute sich unglaublich für Mirjam. Gönnte ihr von ganzem Herzen, dass sie wieder den Kontakt zu Anna gefunden hatte und Großmutter geworden war. Aber das hatte zugleich auch ihre Sehnsucht geweckt. Ingrid und sie hatten sich schon lange nicht mehr gesehen, und jetzt war es vielleicht an der Zeit. Bisher waren es immer Ingrid und Steven gewesen, die nach Schweden gekommen waren, aber weiß der Geier, vielleicht war sie jetzt mal an der Reihe, nach Amerika zu fahren. Bisweilen hatte sie allerdings auch das Gefühl, dass es nicht schaden könnte, wieder nach Kuivalihavaara zurückzukehren. Könnte ein Spaß werden, herauszufinden, wie es um das alte Waldstück stand. Es hatte schon Ingrids Urgroßvater gehört, aber inzwischen war es sicher in das Eigentum von diesem feigen Revierförster übergegangen, Ingrids sogenanntem Vater. Wie sich jener Teil der Verwandtschaft über das Waldstück geärgert hatte! Hervors Mutter hatte auch nicht gerade mit Worten gespart, als sie erfuhr, was der Revierförster Hervor eingebrockt hatte. Und dann hatte er noch nicht einmal wie ein Mann dafür geradegestanden.

»Dieser verfluchte Schurke!«, hatte ihre Mutter geschimpft. »Er hätte für das, was er angerichtet hat, büßen müssen. Dass sie auch immer so leicht damit davonkommen.«

Ingrid wurde im April des Jahres geboren, in dem Hervor sechzehn wurde. Im Frühsommer, als der Schnee schmolz, nahm sie das kleine Mädchen mit zu der Schonung, die sie im Sommer zuvor bepflanzt hatten. Nach der Bodenbereinigung wuchsen in den Furchen die kleinen Kiefern, die sie mit angepflanzt hatte. Grün, kräftig und äußerst lebensfähig. Sie ließ den Blick über das ganze Gebiet schweifen. Hielt das kleine Mädchen hoch, so dass sie es auch sehen konnte.

»Hier siehst du die Scholle deiner Vorfahren, kleine Ingrid«, sagte sie. »Scher dich bloß nicht darum; was man von solchen Leuten erbt, schenkt keine Freude.«

Dann murmelte sie ein paar kaum hörbare Beschwörungsformeln, drückte das Mädchen eng an sich, drehte sich auf dem Absatz um und ging davon.

Ein hübscher junger Wald sollte dort nie mehr wachsen.

»Du musst deine Gaben vorsichtig gebrauchen, Hervor«, sagte ihre Mutter, als sich das mit der missratenen Schonung in der Gegend herumgesprochen hatte. »Die Schwarzen Künste darfst du nur im Notfall anwenden. In diesem Fall war es allerdings gerade richtig für diesen Grünschnabel.«

Nein, Kuivalihavaara konnte warten. Zuerst war Amerika an der Reihe. Sie krempelte ihre Ärmel herunter und schloss die Knöpfe am Hals. Zündete sich eine Zigarette an und inhalierte ein paarmal, bevor sie die Kippe zwischen Daumen und Zeigefinger ausdrückte. Hustete leicht und ging ins Haus.

Sie zog ihren Koffer unterm Bett hervor und fing damit an, ihre Sachen hineinzulegen. Ihre geliebten Pflanzen wickelte sie in zwei Paar riesige Unterhosen. Die sibyllinischen Wahrsagungen und die Karten schlug sie in ein Handtuch ein. Die Weinflaschen musste sie wohl zurücklassen, denn es war sicher nicht erlaubt, sie mit an Bord des Flugzeugs zu nehmen. Kleidung besaß sie nicht viel, sie zusammenzufalten ging schnell. Zuoberst in den Koffer legte sie einen Zweig Strandbeifuß, den sie sorgsam in Seidenpapier eingewickelt hatte. Als sie ihrer Meinung nach alles Notwendige eingepackt hatte, schob sie den Koffer wieder unters Bett, setzte sich vor Mirjams Computer und begann zu tippen.

Mirjam tastete sich in der Augustnacht vorwärts. Dass an diesem kleinen, sich dahinschlängelnden Pfad keine Straßenlampen standen, war ihr Glück. Zwar schien der Mond heute Abend sehr hell, aber die schattenwerfenden Bäume und Sträucher verbargen dennoch ihre schwarzgekleidete Gestalt. Der Weg bis zu dem alten Birnenbaum vor Ivans Fenster war nicht weit, trotzdem musste sie leise und vorsichtig gehen. Wenn sie Pech hatte, konnte sie Sylve oder Ivans Nachbarn von gegenüber begegnen.

Von weitem sah sie, dass in Ivans Wohnzimmer Licht brannte. Für den Bruchteil einer Sekunde war sie drauf und dran, den Weg durch die Gartenpforte zu nehmen, erinnerte sich aber gerade noch rechtzeitig, wie entsetzlich sie neulich gequietscht hatte, als sie die Krapfen vorbeibrachte. Stattdessen hob sie ein Bein über den Zaun und stemmte die Füße gegen eine Querstrebe, um nicht auf den bösen spitzen Latten zu landen. Dann das zweite Bein rüber und sie konnte die Füße aufs Gras setzen. Jetzt waren es nur noch ein paar Meter bis zum Baum. Sie tastete mit ihren Händen nach dem Stamm und befühlte ihn. Immer, wenn sie Ivan besucht hatte, hatte sie sich eingeprägt, wie der Birnenbaum aussah, und sich genau ausgerechnet, wo sie ihre Hände und Füße hinsetzen musste. Sie streckte sich nach dem ersten Ast und begann hinaufzuklettern. Schon bald saß sie, den Rücken gegen den Stamm gelehnt, auf einem kräftigen Ast und rang nach Atem. Als Kind hatte sie Aron immer mit Leichtigkeit im Bäumeklettern geschlagen, aber das war mindestens vierzig Jahre her, und auch wenn sie immer noch gelenkig war, war es anstrengend. Mit den Jahren hatte sie auch einen größeren Respekt vor Höhen entwickelt, und sie wagte es absolut nicht, hinunterzuschauen. Zwei Meter waren abgrundtief für sie. Stattdessen hielt sie den Blick konzentriert auf Ivans Wohnzimmer gerichtet. Das Astwerk war so licht, dass sie fast ungehindert hindurchgucken konnte, selbst aber von den Blättern verdeckt wurde.

Ivan saß wie hingegossen auf dem Sofa. Es war unmöglich, ein anderes Wort für das Bild zu finden, das sich Mirjam bot. Hingegossen. Shorts von gigantischem Ausmaß saßen unter einem ebenso gigantischen Bauch. Aus den Hosenbeinen guckten Schenkel hervor, die wie zwei schwabbelnde Wackelpuddinge aussahen. Sein kurzärmliges Hemd war ganz und gar aufgeknöpft und entblößte Ivans behaarten Oberkörper und zwei fette Männerbrüste. Seine Hand wanderte ununterbrochen zwischen seinem Mund und einer Schale hin und her, die er auf dem Schoß hielt. Chips, vermutete Mirjam. Kalorienbomben. Transfettsäuren. Gar nicht gut. Ab und zu trank er einen großen Schluck aus seinem Weinglas. Auf dem Tisch entdeckte Mirjam noch mehr Schalen und Schüsseln mit allerlei Naschzeug. Dippsoßen, Baisers, Süßigkeiten und – Herrje … lag da nicht auch ein Haufen Speckpfannkuchen? Hervor musste ihm einen Besuch abgestattet und ihn damit versorgt haben. Nun ja, es war schwer, genau zu erkennen, ob sie mit Speck waren, aber Pfannkuchen schienen es auf jeden Fall zu sein. Und inmitten dieses Buffets thronte der gotländische Weihnachtskerzenständer, von dessen sieben mit Seiden- und Glanzpapier geschmückten Armen ein herrliches Licht ausging.

Das Monster auf dem Sofa stopfte die Leckereien in sich hinein. Aß, um sich über sein Dasein als Strohwitwer und sein einsames Leben als letzter Überlebender der drei Unternehmer hinwegzutrösten. Ein Zeugnis menschlichen Verfalls. Eine Studie über Völlerei, Trunksucht und Leid. Eigenartig, dass es seiner Julija egal war, wie es ihm ging. Eigenartig und traurig. Mirjam fühlte eine Träne in ihrem Augenwinkel, als sie daran dachte, was für ein netter Mensch er eigentlich gewesen war. Aber nichtsdestoweniger war er mitschuldig an ihren Qualen, und da durfte es kein Parteiergreifen geben – gleiches Recht für alle.

Ivan hatte ebenso wie die anderen dazu beigetragen, dass sie ein Leben in bitterster Armut führen musste. Ein viel zu hartes Leben. Er war nicht unschuldig daran, dass sie haushoch verschuldet beim Gerichtsvollzieher gelandet war.

In jener Nacht nach ihrem ersten Besuch beim unbarmherzigen Gericht war sie ruckartig aufgewacht. Sie hatte Herzrasen, und ihr tat alles weh. Hatte dieser Gerichtsvollzieher nicht in gereiztem Ton irgendetwas von Gehaltspfändung gesagt? Welch verheerendes Wort. Mirjam krabbelte schweißgebadet aus dem Bett. Sie war aufgeregt und versuchte, sich mit einer kühlen Dusche zu beruhigen. Bezog das Bett frisch und kehrte mit einer Tasse Milch dorthin zurück, um zur Ruhe zu kommen. Gehaltspfändung. Im Klartext würde das bedeuten, dass jede einzelne Gehaltsabrechnung eine kleine Zeile aufweisen würde, aus der hervorging, dass jeden Monat automatisch eine stattliche Summe an Mirjam vorbei direkt ans Amtsgericht überwiesen wurde. Was würde ihr neuer Arbeitgeber davon halten? Wie vertrauenswürdig würde sie dann noch als Bezirksärztin sein? Die Gerüchte würden ihr vorauseilen, bevor sie noch in dem kleinen Dorf weit oben in Lappland eingetroffen war.

»Wir sollen eine neue Ärztin bekommen. Ach, wirklich? Prima. Schon, aber die scheint nichts zu taugen. Ihr sitzt der Gerichtsvollzieher im Nacken. Ihr Gehalt wird gepfändet. Ist ja nicht zu glauben! Hat sie etwas verbrochen?«

Sie wusste gut, dass man es in der Provinz mit der Schweigepflicht nicht so genau nahm. Und nicht nur dort – ihr war nur zu bewusst, wie viel Mist überall herumerzählt wurde. So war es in ihrer Kindheit gewesen, bei der Arbeit, und manchmal beteiligte sie sich sogar selbst daran und trug zu dem dummen Gerede bei.

Mirjam kam nicht vor dem ersten Hahnenschrei zur Ruhe, als die Vögel ihr morgendliches Konzert anstimmten, und sie wachte mit bleischwerem Schädel auf. Aber ihr war trotz allem noch ein allerletzter Strohhalm eingefallen, an den sie sich klammern konnte. Sie schnappte sich das Telefon und dachte dabei voller Trübsinn, dass das immerhin noch ihr gehörte. Die Rechnung hatte sie ordnungsgemäß bezahlt. Diesmal zumindest.

Glücklicherweise erreichte sie gleich den jungen Gerichtsvollzieher beim unbarmherzigen Gericht und präsentierte ihm ihren durchdachten Vorschlag.

»Lieber guter Mann«, appellierte sie an sein Verständnis. »Geben Sie mir die Chance, zu beweisen, dass ich meine Schulden selbst abbezahle. Eine Gehaltspfändung würde meine Arbeit zunichtemachen und meinen Ruf zerstören, und dann hätte ich überhaupt keine Möglichkeit mehr, das Geld zurückzuzahlen.«

Der treue Diener des Staates schwieg einen Moment

lang. Einen mörderisch langen Moment, dachte Mirjam. Durch den Hörer hörte sie seine schweren Atemzüge. Sie musste immer wieder nervös schlucken und fuhr sich mit der Zunge über die Lippen.

»Sagen wir mal so«, setzte er an und räusperte sich. »Sie bekommen sechs Monate Zeit, mich davon zu überzeugen, dass Sie von sich aus das Geld überweisen. Danach treffen wir eine neue Entscheidung. Jedenfalls klingt es nach Ihren Worten so, als gehörten Sie zu den Zahlungswilligen.«

Mirjam hätte beinahe einen Knicks gemacht, und wäre sie ihm direkt gegenübergestanden, hätte sie ihn sogar umarmt.

»Ich versprech's«, sagte sie. »Sie werden sehen, dass Sie die richtige Entscheidung gefällt haben. Ich werde Sie nicht enttäuschen.«

Sie legte den Hörer auf, sank auf den nächstbesten Stuhl und ließ ein paar Schimpfwörter über die drei Firmeninhaber los. Solche furchtbaren Ängste und so viele Probleme, die es zu lösen galt, weil sie dermaßen rücksichtslos mit ihr umgesprungen waren. Und dann ihre eigene verdammte Dummheit. Hätte sie auf einem Vertrag bestanden, bevor sie vorschnell große Investitionen für das Pflegeheim in Danderyd getätigt hatte, und wäre sie nicht so naiv gewesen, hätte ihr Leben mit Sicherheit ganz anders ausgesehen. Außerdem war sie bestimmt nicht die Einzige, sondern nur eine von vielen, die Opfer deren Geschäftsmethoden geworden war.

Mirjam wandte sich von ihren trübsinnigen Erinnerungen ab und konzentrierte sich wieder auf Ivans Wohnzimmer.

Ivan stellte die Schale weg, packte die Armlehne und fing an, vor- und zurückzuschaukeln, um sich mit Schwung aus dem Sofa erheben zu können. Er stand auf und fegte mit seinem Hinterteil das Weinglas um. Das dunkelrote Getränk breitete sich über den ganzen Tisch aus und floss dann die Tischkante hinunter, aber davon schien er keine Notiz zu nehmen. Einen kleinen Augenblick später öffnete er die blaue Haustür, das Licht aus dem Flur ergoss sich über die Treppe, und Mirjam konnte sehen, wie er sich seitwärts durch die Tür schob. Sie kauerte sich gegen den Baum und versuchte, sich so unsichtbar wie möglich zu machen. Er war jetzt sehr nahe, nicht mehr als ein paar Meter trennten sie. Er keuchte angestrengt. Selbst wagte sie noch nicht einmal zu atmen.

Ivan hantierte mit den Händen unter seinem Bauch herum, und kurz darauf hörte sie, wie er von der Treppe aus direkt in die Rudbeckien pinkelte, die gerade erst aufgeblüht waren. Dann befreite er sich von der Luft im Darm, furzte laut und deutlich und rülpste anschließend. Mirjam versuchte Augen und Ohren davor zu verschließen, um nicht Zeuge seiner zutiefst persönlichen Angelegenheiten zu werden. Nachdem die Tür erneut geschlossen worden war und die Treppe wieder im Dunkeln lag, stieß sie einen Stoßseufzer aus und veränderte ihre Haltung. Ihr Steißbein schmerzte vor Anspannung und weil sie so unbequem gesessen hatte. Vorsichtig stand sie auf und hielt sich an einem kräftigen Ast fest.

Bevor Ivan wieder ins Sofa sank, ging er ans Fenster, um die Nachtluft hereinzulassen. Die Kerzenflammen flackerten im Windzug. Dann schlug er sich weiter den Bauch voll. Nahm sich aus den Schüsseln und Schälchen und kaute und kaute ohne Unterlass. Zwischendurch schenkte er sich aus einem Tetra-Pak Wein ein und war mit der Sauferei inzwischen so weit fortgeschritten, dass er jedes Glas in einem einzigen Zug leerte. Er kratzte sich an Bauch und Brust. Fasste sich auch ein paarmal in den Schritt. Kicherte ein bisschen. Kratzte sich erneut die Wampe und lachte vor sich hin. Das muss ja ordentlich jucken, dachte Mirjam, die mit großen Augen vom Birnenbaum aus zusah. Ivan lachte immer lauter. Er konnte nicht mehr alle Tassen im Schrank haben! Nicht nur besoffen, sondern komplett durchgedreht. Sie vermochte nicht, weiter hinzugucken. Wandte ihren Blick ab und meinte, einen Schatten zwischen den Büschen zu sehen. Das bildete sie sich bestimmt nur ein. Jemand, der sich langsam zurückzog. Die Panik stieg in ihr hoch, wollte sich an ihr festkrallen. Sie hielt dagegen. Ivans groteskes Gelächter. Eine schemenhafte Gestalt zwischen den Büschen.

Dann verstummte Ivan abrupt. Seine Hände zuckten noch einmal, bevor sein Körper erstarrte. Ivan lag mit offenem Mund ins Sofa zurückgelehnt da. Schnappte ein paarmal nach Luft, so wie ein Fisch auf dem Trockenen. Die Schalen wurden nicht länger angerührt, der Wein ebenfalls nicht. Aus den Leckereien aber stieg eine Flamme auf.

Eine kleine Flamme, die zu einer größeren heranwuchs. Die Kerzen brannten herunter, und das gekräuselte Papier rings um den Leuchter wurde im Handumdrehen verzehrt. Die Flamme suchte sich ihren Weg, flackerte umher, leckte mal hier, mal da. Erfasste das Tischtuch und eine Tageszeitung. Bald leckten immer größere Flammen an der Sofakante, näherten sich Ivan, zupften spielerisch an seinen Shorts. Das Fenster schwang auf und zu, Nachtluft wehte herein und gab den rotgelben Feuerzungen neue Nahrung, die größer wurden und sich weiter ausdehnten.

Mirjam rutschte vom Baum hinunter. Sie hatte nicht vor, dazubleiben, bis der Gestank gegrillten Fleisches in den Rosengarten zog. Der Schweiß trat ihr auf die Stirn, das Luftholen fiel ihr schwer. Dieser blöde Idiot. Was wollte er auch mit einem Kerzenleuchter mitten im Sommer? Sie machte große Schritte, musste so schnell wie möglich verschwinden.

Was hätte sie tun sollen? Ivan zu Hilfe eilen? Wohl kaum. Seine Zeit war abgelaufen, früher oder später hätte er sich sowieso totgefuttert. Hätte sie ins Haus stürzen sollen? Eine Gardine herunterreißen. Versuchen sollen, das Feuer zu ersticken. Leben zu retten. Mund-zu-Mund-Beatmung zu machen. Dafür war es jetzt zu spät. Sie hatte seinen letzten Atemzug durch das geöffnete Fenster nicht nur gesehen, sondern auch gehört. Wie der Mund am Lebensende nach Luft schnappte, nach Atem rang, kämpfte und schlussendlich gezwungen war, aufzugeben. Jetzt liebkosten die Flammen Ivans Körper, knabberten an seiner Shorts und spielten mit seinem Hemd. Für Ivan war alle Hoffnung umsonst.

Wie die Gartenpforte quietschte, verfluchter Mist aber auch! Sie machte sie, so leise es ging, zu. Hinter sich hörte sie das Prasseln des Feuers, sah, wie sich der Flammenschein im Rosengarten spiegelte. Ein widerlich stinkender Rauch zog aus dem Fenster. Sie zwang sich, den Kopf abzuwenden. Das Zimmer, in dem er gesessen hatte, schien gänzlich in Flammen zu stehen. So schnell ging das. Wenn sie jetzt bloß keiner sah. Nicht, dass sie etwas getan hätte. Sie hatte nur in dem alten Birnenbaum gesessen und war Zeugin der seltsamsten Art zu sterben geworden, die man sich denken konnte. Ihr Hals schmerzte. Sie musste husten, unterdrückte aber den Reiz. Es war der Stress, der sie heiser machte, nicht der Rauch. Hinter ihr zersprang mit einem Knall eine Fensterscheibe. Keuchend erreichte sie die Kapelle und schlüpfte hinter die Tür und in Sicherheit. Stürmte geradewegs auf Hervor zu, die vorm Ofen saß und auf den Computer auf ihrem Schoß eintippte. Sie hatte Gummistiefel an, das verrückte Huhn, registrierte Mirjam trotz aller Aufregung. Warum in Herrgotts Namen saß sie bloß in ihren ewigen Gummistiefeln vor dem heißen Ofen?

»Um Himmels willen, Hervor, es brennt!«

Hervor klappte langsam den Laptop zu, viel zu langsam, wie Mirjam fand.

»Es brennt? Ja wo denn?«

Jetzt stand sie immerhin auf, wie konnte sie nur so gelassen sein?

»Also, Ivan, dieser Blödmann, hat einen Kerzenleuchter umgestoßen! Ich habe alles gesehen. Wie er sich zu Tode gegessen hat. Und dann hat er diesen verzierten Kerzenständer umgeschmissen.«

Woher nahm Hervor bloß diese Ruhe? Sie selbst hyperventilierte schon vor Schreck.

»Sich zu Tode gegessen?«

Kapierte sie denn gar nichts? Es brannte, verdammt! Das Feuer könnte sich ausweiten. Andere könnten zu Schaden kommen, Sylve, die Kapelle. Ihr gelang es nicht, auch nur einen einzigen klaren Gedanken zu fassen. Mirjam sank auf den nächstbesten Stuhl und schluchzte, ohne dass Tränen kamen.

»Was sollen wir tun? Es brennt!«, wimmerte sie hilflos.

Hervor ging zur Kapellentür, öffnete sie und sah das Spektakel und die Rauchwolken.

»Das ist ja ein starkes Stück, wie schnell sich das ausgebreitet hat«, brummelte sie.

Dann machte sie die Tür wieder zu, baute sich vor Mirjam auf und rüttelte sie unsanft an den Schultern.

»Jetzt reiß dich zusammen, Mensch! Ganz ruhig, geh jetzt hinauf ins Turmzimmer und leg diese Tarnkleidung ab. Zieh dir irgendwas Passenderes an, Pyjama und Morgenrock zum Beispiel. Und dann machen wir Folgendes …«

45

Es dauerte eine Ewigkeit, bis die Feuerwehr eintraf, fand Mirjam. Sie stand im Morgenrock in Sylves Melkkammer und passte auf, dass der Wasserschlauch nicht abknickte. Durchs Fenster konnte sie die Blaulichter und Hervor sehen, die gestenreich die Autos auf ihren kleinen Weg dirigierte. Sylve spritzte Wasser auf die Erde und die Bäume vor Ivans Haus, das lichterloh in Flammen stand. Auf das Gebäude zu spritzen war sinnlos, aber so konnte er zumindest versuchen zu verhindern, dass die Flammen auf das Nebengebäude und die Kapelle übergriffen. Pettson und Hemlin waren herbeigeeilt und hatten dafür gesorgt, dass Sylves Hühner und Schweine aus dem Stall getrieben wurden. Die Schafe liefen bereits auf der Weide umher und blökten ängstlich wegen der Rauchwolken.

Als Sylve sah, dass die Feuerwehrleute mit ihrer Arbeit begannen, rief er Mirjam zu, dass sie das Wasser abstellen solle, und ging zu den Tieren, um sie zu beruhigen. Mirjam drehte den Hahn zu und machte sich auf den Weg zu Hervor, die mit dem Feuerwehrhauptmann sprach. Zwischen Mirjams Kapelle und Ivans Haus standen drei Feuerwehrautos, ein Polizei- und zwei Krankenwagen. Die blinkenden Lichter tauchten die ganze Umgebung in einen gespenstischen blauen Schein. Die Feuerwehrmänner waren mittlerweile mit den Löscharbeiten in vollem Gange. Die Sanitäter hielten sich abwartend im Hintergrund. Ein Polizist ging einem weiteren Auto entgegen und kümmerte sich darum, dass es Abstand hielt. Mirjam sah, dass es sich um das Pressefahrzeug von *Gotlands Allehanda* handelte, die schnell Lunte gerochen haben musste.

»Befindet sich jemand im Haus?«, fragte der Feuerwehrmann, der Hervor und Mirjam gegenüberstand.

Hervor nickte.

»Ist anzunehmen, aber wir können nicht hundertprozentig sagen, ob er zu Hause war.«

Sie zog eine Zigarettenschachtel aus der Tasche und zündete sich in aller Ruhe einen Glimmstengel an, was der Typ von der Feuerwehr missbilligend zur Kenntnis nahm.

»Nur eine Person also, nicht mehr? Sind Sie ganz sicher?«

Hervor war diejenige, die drauflosschwatzen musste,

Mirjam stand stumm wie ein Fisch neben ihr. Sie fröstelte in ihrem dünnen Morgenrock, trotz der Hitze, die vom Brandherd ausging.

»Ja, die anderen Familienmitglieder sind im Urlaub, was für ein verdammtes Glück! Es befinden sich doch keine Kinder im Haus, oder, Mirjam?«

Mirjam nickte nur. Sie hatte kaum einen Ton herausgebracht, seit sie sich in ihrem Turmzimmer umgezogen hatte. Sie hatte Hervors Aufforderung einfach mechanisch befolgt.

»Geh in dein Zimmer«, hatte sie gesagt. »Geh und zieh dir was Passenderes an. Dann tust du so, als ob du aus dem Fenster guckst und die Flammen entdeckst. Du kriegst natürlich einen Riesenschreck und schreist, dass es brennt. Aber mach ein bisschen dalli! Ich setze einen Notruf ab.«

Wie ein gehorsamer Sklave hatte sie getan, was Hervor gesagt hatte, und war danach zu Sylves Hof hinübergeeilt, um ihn und Vendla zu wecken. Auch da hatte sie noch keinen Ton herausgebracht, selbst nicht, als Sylve sie gebeten hatte, den Schlauch im Blick zu behalten, damit er nicht abknickte und sich bog. Manchmal konnte das passieren, das hatte er schon früher erlebt, und dann war der Wasserzufluss unterbrochen. Er hatte gesprengt und dabei geflucht. Die Hitze war unerträglich, aber er kämpfte mit allen spärlichen Mitteln, die ihm zur Verfügung standen. Die Männer unternahmen einen Versuch, sich der brennenden Hölle zu nähern, um Ivan rauszuholen, mussten aber einsehen, dass es zu spät dafür war. Innerhalb weniger Minuten hatte das ganze Zimmer in hellen Flammen gestanden.

Hervor hakte sich bei Mirjam unter, wandte sich von dem Feuerwehrmann ab, der sich anderen Aufgaben widmen musste, und führte sie zu einem von Sylves Gartenstühlen, die weitab von der Hitze des Feuers standen.

Vendla hatte Kaffee gekocht, Gotlandbrötchen hergerichtet und einen ganzen Kanister Fliederbeersaft aufgetischt, um den Durst zu löschen. Das war ihr praktischer Beitrag anlässlich dieser entsetzlichen Katastrophe. Genau so will ich sein, dachte Mirjam, und nicht so ein erbärmliches Würstchen wie jetzt. Wie konnte aus mir bloß eine handlungsfähige Ärztin werden? Ich sollte verflucht noch mal meine Approbation zurückgeben.

Sylve kam vom Kuhstall. Er trug immer noch nur Jeans und kein Hemd, und Mirjam ertappte sich dabei, dass sie trotz dieses Chaos daran denken musste, wie schön es gewesen war, an Mittsommer seinen muskulösen Oberkörper zu streicheln. Ich bin ja nicht ganz dicht, verdammt noch mal, dachte sie. Muss mich zusammenreißen, wie Hervor schon sagte. Aber dennoch zitterte sie am ganzen Körper, und ihre Zähne schlugen aufeinander, ohne dass sie etwas dagegen tun konnte. Sylve setzte sich neben sie, legte einen Arm um ihre Schultern und zog sie an sich.

»Ist ja furchtbar, wie du frierst«, sagte er freundlich. »Willst du vielleicht einen Pulli von mir leihen?«

Sie schaffte es nicht einmal, zu antworten. War auch gar nicht nötig. Vendla hatte schnell geschaltet und holte aus dem Haus eine Decke, in die Sylve sie sanft einwickelte, bevor er wieder seinen Arm um sie legte. Dieser schreckliche Schüttelfrost kam tief aus ihrem Inneren und war nicht nur durch das Feuer genährt worden, sondern auch durch das Vertiefen in Gedanken und diese höllischen

Affirmationen. Irrlehren, Werkzeuge des Teufels. Was sollte bloß daraus werden? Ihr neugeborenes Enkelkind hatte eine Oma bekommen, die fast, ohne darüber nachzudenken, am laufenden Band Leute umbrachte. Armer Junge.

»Wie habt ihr das Feuer entdeckt?«, fragte Vendla.

Hervor tunkte das Brötchen in den Kaffee und schlürfte ihn hinunter.

»Das war Mirjam«, antwortete sie, ohne mit der Wimper zu zucken. »Was für ein Heiden…, oder wie man das auch immer bezeichnen will, dass Mirjam gerade im Turmzimmer war und es gesehen hat. Von dort aus hat man einen so verdammt guten Blick auf Ivans Haus, nicht wahr?«

Sie tauchte ihr Brötchen erneut in den Kaffee, verschlang es und spülte mit noch mehr Kaffee nach.

»Mirjam hat mir zugeschrien: Hervor, es brennt! Feuer! Und ich hab hopplahopp die Feuerwehr verständigt. Aber, Mannomann, wie lange es gedauert hat, bis die gekommen sind, also wirklich. Die haben sich verflucht noch mal Zeit gelassen mit dem Ausrücken!«

»Findest du?«, sagte Sylve und nutzte die Gelegenheit, sachte Mirjams Schulter zu reiben. »Ich fand, sie sind ziemlich fix gewesen, hat nicht viel mehr als fünfzehn Minuten gedauert, nachdem du angerufen hattest, und sie müssen immerhin ein Stück fahren.«

»In Kuiva kommt die Feuerwehr in null Komma nichts. Die haben sogar einen Preis dafür bekommen, weil sie so verdammt schnell ausrücken.«

»Ach, tatsächlich? Na ja, das habt ihr Mädels auf alle Fälle fein hingekriegt.«

Hervor, ausgebufft, wie sie war, errötete sittsam, und

Mirjam saß immer noch stumm vor Staunen da, beeindruckt von Hervors Talent, sich die Wahrheit so zurechtzuzimmern, wie sie ihr passte. Und sie hatte bisher nicht einmal Gelegenheit gehabt, Hervor das Unerhörte zu erzählen. Ivans letzte Fressorgie, als er sich kitzelte und kratzte und hysterisch auflachte, bis er plötzlich einfach das Atmen einstellte. Sie konnte Hervor die Geschichte seines Todes wohl erst bei Morgengrauen erzählen, wenn sie beide wieder allein in der Kapelle waren.

»Ja, das war wirklich flink und geistesgegenwärtig von euch«, pflichtete Vendla ihm bei. »Nee, jetzt find ich wirklich, dass wir ’nen kräft’gen Schluck brauchen. Meint ihr nicht auch? Ich geh mal rein und hol den Schnaps.«

Einen Augenblick später saß jeder von ihnen mit einem Glas schönem rotem Johanniskrautschnaps da. Sylve schaute seine Mutter fragend an.

»Das is’ mein eigener Hirkum Pirkum, damit hast du überhaupt nichts zu schaffen, Jung’! Nicht, dass wir einen erfreulichen Anlass hätt’n, auf den wir anstoßen könnten, aber trotzdem, Prost alle miteinand’!«

Sie erhoben ihre Gläser. Mirjam sah Hervor direkt in die Augen. Hervor blinzelte ihr fast unmerklich zu und formte die Lippen zu einem »Prost«. Mirjam hatte ihr Ziel erreicht, es war vollbracht. Aber ob das gut war oder nicht, darüber war sie sich jetzt in diesem Moment nicht klar. Ihr Kopf fühlte sich wie leergefegt an.

Lange saßen sie da und schauten dem Kampf der Feuerwehrleute zu. Von weitem schien es, als sei es ihnen geglückt, ein Ausbreiten des Feuers auf die anderen Zimmer – bis auf Ivans Wohnzimmer und das im ersten Stock – zu verhindern. Als Mirjam darüber nachdachte, was von Ivans Körper wohl noch übrig war, lief ihr erneut ein Schauer über den Rücken. Sie hatte das früher schon gesehen. Ein sehr kleiner, geschrumpfter und ausgetrockneter Körper, ohne jegliche Flüssigkeit. Ein Großteil des Skeletts intakt und gelegentlich noch von Resten verkohlter, straff gespannter Haut bedeckt. Ein anderer Arzt, nicht Mirjam, würde den Totenschein ausstellen, der nichts über die tatsächliche Todesursache aussagen würde.

»Mit Fettleibigkeit in Zusammenhang stehende Komplikation. Der Patient starb aufgrund überhöhten Konsums von Essen und Alkohol sowie eines großen Maßes an Hysterie.«

»Jetzt sind alle drei tot«, sagte Mirjam tonlos und kippte den letzten Schnaps hinunter.

Sie erntete erstaunte Blicke. Sylve, der ihr verdutzt das Gesicht zuwandte, Vendla, die mit dem Schnaps auf halber Strecke zum Mund innehielt, und Hervor, die einen tiefen Zug nahm und einen langen Hustenanfall vom Stapel ließ. Sie hatten sich vermutlich schon an ihr durch den Schock hervorgerufenes Schweigen gewöhnt, und plötzlich fing sie an zu reden.

»Ja«, sagte Hervor angestrengt und versuchte ihre Fassung wiederzugewinnen, wobei sie die Kippe auf einer Untertasse ausdrückte, »jetzt sind alle drei tot, und eines ist sicher, das ist verdammt schnell gegangen!«

46

Mirjam stieg nach der brennenden Dramatik des gestrigen Abends benommen aus dem Bett. Sie schielte zur Uhr und sah, dass es schon elf war. Nicht allzu überraschend, hatten sie doch beinahe die ganze Nacht Wache gehalten, während die Hälfte von Ivans hübschem Holzhaus niedergebrannt war. Der Wind war nur schwach gewesen, was die Löscharbeiten erleichterte. Die trockene Wetterlage in diesem Sommer war das eigentliche Problem gewesen. Man konnte das Ausmaß der Katastrophe, wenn noch dazu ein starker Wind geweht hätte, nur erahnen. Sie gähnte, zog sich den Morgenrock über, steckte ihre Füße in die Pantoffeln und ging aus dem Zimmer.

Sie blieb ein Weilchen auf der Außentreppe stehen und atmete den abgestandenen nächtlichen Brandgeruch ein. Der Nachwuchs der Nachtigall probierte in der Fliederlaube das Fliegen aus. In der Ferne hörte sie die Sägen auf den Höfen kreischen. Ein Vorbote des Herbstes. Von klein auf war Mirjam damit vertraut, dass der Sommer bald zu Ende und es wieder Zeit für die Schule war, wenn die Sägen erklangen. Es war ein willkommenes Geräusch gewesen, hieß es doch, die Klassenkameraden wiederzusehen und nicht länger die Zeit mit Aron verbringen zu müssen.

Sie ging ein paar Schritte auf den kleinen Weg hinaus, um den Brandplatz besser in Augenschein nehmen zu können. Die eine Hauswand war ganz schwarz und verkohlt, man konnte direkt die herabgestürzten Balken und die übrige Verwüstung sehen. Ein Bild des Jammers, drum herum ein blauweißes, flatterndes Absperrband. Und immer noch waren Feuerwehrleute vor Ort. Soeben stiegen die beiden Polizisten, die sie schon vorher getroffen hatte, aus dem Polizeiauto, der ältere Mann und die junge Frau mit dem blonden Pferdeschwanz. Sie waren in Begleitung von zwei Männern in Zivil, die sich jetzt Schutzanzüge anzogen. Mirjam vermutete, dass es sich bei den beiden um Kriminaltechniker handelte, die jedes noch so kleine Rußteilchen des durch das Feuer zerstörten Hauses unter die Lupe nehmen würden. Ihr Herz machte einen Satz. Sie kehrte in ihr Zimmer zurück und wühlte im Kulturbeutel. Hier tat ein Betablocker not, na ja, eine halbe Tablette würde vielleicht reichen. Außergewöhnliche Tage erforderten außergewöhnliche Maßnahmen, dachte sie und spülte eine halbe Tablette mit einem Rest abgestandenem Wasser hinunter, das noch auf dem Stuhl neben ihrem Bett stand.

Auf einmal wurde ihr bewusst, wie still es im Haus war. Von Hervor war kein Mucks zu hören. Weder ihre vertrauten langgezogenen Schnarchlaute noch ihr Murren und Stöhnen, wenn sie über einem Horoskop saß oder irgendwelches verlorene Zeug suchte. Und erst recht nicht das Geräusch von Hervors neuester Leidenschaft, dem Tippen auf dem Computer. Unglaublich, wie schnell sie das gelernt hatte! Mirjam war richtig stolz auf sie.

Mirjam ging in die Küche, um ihre Freundin ausfindig zu machen und sich mit ihr lang und breit über die nächtlichen Ereignisse auszutauschen – noch hatte Hervor ja gar nicht erfahren, was unmittelbar vor der Feuersbrunst geschehen war. Als sie gestern endlich zu Hause ankamen, waren sie vor Müdigkeit geradewegs ins Bett gefallen.

Die Küche sah leer, sauber und adrett aus. Mirjam befühlte die Kaffeekanne, sie war kalt und der Kaffeesatz geleert. Niemand schien an diesem Morgen Kaffee gekocht zu haben. Na, dann war Hervor bestimmt auf dem Plumpsklo. Sie hatten sich sicher verpasst, das geschah gar nicht so selten, gab es in der Kapelle doch zwei Ausgänge. Da durfte sie natürlich liebend gerne sitzen, aber sicherheitshalber nahm Mirjam trotzdem den Weg durch die Küchentür und schaute auf dem Plumpsklo nach. Der Haken war von außen vorgelegt, und keine Hervor antwortete, als sie nach ihr rief. Wo steckte sie bloß, zum Henker?

Sie ging wieder rein und klopfte an Hervors Schlafzimmertür. Als sie keine Antwort erhielt, drückte sie ängstlich die Klinke hinunter. Das Zimmer war leer und ebenso sauber und adrett wie die Küche. Von Hervor fehlte jede Spur. Was sollte das bedeuten? Mirjam legte sich auf den Fußboden und schaute unters Bett. Hervors Koffer war weg. Verschwunden. Was zum Henker! War sie etwa abgehauen und hatte Mirjam allein gelassen? Mirjam blieb auf dem Fußboden sitzen. Zwei Fliegen umkreisten sich gegenseitig auf der Fensterscheibe. Sausten hin und her, bevor sie für einen Augenblick zur Ruhe kamen und auf einer Fenstersprosse sitzen blieben. In der Ferne hörte sie Stimmen auf dem Brandplatz. Hervor war abgehauen, ohne ein Wort zu sagen. Hatte sie einfach im Stich gelassen. Trotz der nächtlichen Aufregung hatte sich dieser Morgen so gut angefühlt, sie war energiegeladen aufgewacht und überhaupt nicht so voller Angst wie nach Torstens Tod. Und jetzt war sie allein. Verlassen.

Sie rappelte sich auf, ging hinaus und setzte sich auf die Treppenstufen in die Sonne. Die Tablette tat langsam ihre

Wirkung und verhinderte trotz der niederschmetternden Tatsache, dass Hervor gegangen war, eine tiefer gehende Verzweiflung. Weit entfernt verrichteten die Sägen fortwährend ihre eintönige Arbeit. Sylve flitzte kreuz und quer über seinen Hof und trieb die Tiere nach dem nächtlichen Durcheinander wieder in den Kuhstall.

Es wehte eine leichte Brise, die einen schwachen Duft mit sich trug, und da entdeckte sie mit einem Mal die Rose. Der kleine widerspenstige Rosenstrauch, der den ganzen Sommer über nicht geblüht hatte, hatte Blüten getrieben! Drei schöne volle Blüten nickten ihr von ihren zerbrechlichen Stengeln aus zu.

»Oh«, war das Einzige, was sie herausbrachte. »Oh, wie schön!«

Mirjam trat näher heran und vergrub ihre Nase in einer Blüte, sie verströmte ein honigsüßes, dezentes Parfüm. An einem der herabhängenden Triebe war mit einem roten Papierband ein Zettel befestigt. Der hatte doch vorher nicht da gehangen? Sie hatte ihn jedenfalls nicht gesehen. Vorsichtig löste sie das Band, faltete den Zettel auseinander und las:

»Na, glaubst du jetzt endlich an deine Kräfte, verdammt? H.«

Im selben Moment klingelte in der Kapelle das Telefon, und Mirjam eilte hinein, den Zettel zwischen den Fingern.

»Ja?«

Das war Hervors herbe Stimme am anderen Ende! Konnte man sich über etwas mehr freuen?

»Wo steckst du bloß?«, fragte Mirjam beunruhigt.

»Ich verdufte.«

»Du verduftest? Von der Insel? Aber du kannst doch nicht einfach abhauen und mich hier zurücklassen? Gerade jetzt?«

Alles in ihr lehnte sich dagegen auf, dass sie hier allein ohne Hervor bleiben sollte. Nicht jetzt, nicht nach all dem, was geschehen war. Das war hundsgemeiner Verrat, einfach so plötzlich abzuhauen. Mirjam war ohne Hervor ein Nichts in diesem ganzen Affirmationswirrwarr, ein Nichts! Und diese Polizisten, die waren sicher hier aufgekreuzt, um sie zu verhören, um ihr Vorhaltungen zu machen und Fragen zu stellen, damit würde sie allein schlicht und einfach nicht fertig werden.

Hervor gluckste am anderen Ende des Hörers, so wie sie es immer tat.

»Nein, nein, damit kommst du natürlich nicht klar. Aber du könntest ja einfach mitkommen.«

Mirjam seufzte schwer.

»Ach so! Wieder nach Kuiva, was? Das werde ich unter keinen wie auch immer gearteten Umständen tun! Acht Jahre in dieser Lappland-Hölle haben wirklich gereicht.«

»Wer hat denn gesagt, dass ich nach Kuiva will, zum Teufel?«, brüllte Hervor drauflos. »Und überhaupt, Lappland-Hölle! Du sprichst von meiner Heimat, merk dir das!«

»Okay, okay, entschuldige. Ich habe einfach angenommen, dass du dahin wolltest.«

»Jawoll, eine Entschuldigung ist wirklich angebracht.«

Sie klang kurz angebunden und leicht verletzt. Mirjam wollte sich um nichts in der Welt mit ihr streiten. Wollte einfach nur, dass sie zurückkam. Sie holte tief Luft.

»Wo willst du denn hin?«

Endlich hörte sie Hervors heiseres Lachen. Nachtragend war sie nicht.

»Nach Amerika natürlich!«

»Amerika?«

Mirjam kam sich wie ein einfältiger Schafskopf vor. Klar, dass sie nach Amerika und zu ihrer Tochter wollte. Dasselbe hatte Mirjam ja auch vorgehabt und Anna versprochen. Bald, aber nicht gerade heute.

»Und du musst mitkommen, Mirjam.«

»Mitkommen?«

Sie plapperte weiterhin wie ein Idiot einfach alles nach und stellte fest, dass das Telefongespräch mehr und mehr einer fruchtlosen einseitigen Kommunikation ähnelte. Aber Hervors abrupter Aufbruch hatte sie so mitgenommen, dass ihr kein vernünftiges Wort mehr über die Lippen kam.

»Ja, es ist an der Zeit, dass du deine Anna aufsuchst und dein Leben in Ordnung bringst. Erst recht jetzt, wo sie ihr Kind bekommen hat. Das hast du ihr übrigens versprochen.«

Sicher, genau das hatte sie Anna versprochen. Und ihre Mission in Kajpe Kviar war beendet, sie könnte auf der Stelle losfahren.

»Du kommst jetzt mit mir«, sagte Hervor. »Bleib einfach nur für ein paar Wochen. Du hast doch Annas Adresse?«

»Ja, die habe ich natürlich.«

»Wenn's immer noch schwierig sein sollte, kannst du bei Ingrid wohnen, das weißt du ja.«

»Aber die Kapelle? Und das Auto?«

Hervor schnaubte über ihre lahmen Einwände.

»Ganz einfach. Du gibst Sylve die Schlüssel und bittest ihn, ein Auge auf die Kapelle zu werfen. Gib ihm auch die Reserveschlüssel fürs Auto. Dann fährst du mit dem Mercedes zum Flieger, und er kann ihn dann später dort abholen. Ich bin überzeugt davon, dass er sich nur zu gerne hinter das Steuer deines entzückenden Autos setzen wird. Das Mannsbild läuft rum und bildet sich ein, dass du ihn heiraten wirst. Haha! Verliebt bis über beide Ohren, aber da wird nichts draus, er soll sich bloß nichts vormachen.«

Mirjam grübelte über Hervors Vorschlag nach. Klar war das möglich. Wäre momentan vielleicht nicht der schlechteste Zeitpunkt, Kajpe Kviar eine Zeitlang zu verlassen. Und es handelte sich ja schließlich nur um ein paar Wochen.

»Und die Tickets?«

»Nach Amerika?«

»Ja, die kann man ja nicht im Handumdrehen besorgen.«

»Ach, das hab ich schon erledigt, weißt du. Ich wusste, dass du mitkommst! Auch ich habe die Kraft der Gedanken beschworen und noch dazu gelernt, Tickets per Mausklick zu bestellen!«

Was für ein Teufelsweib, dachte Mirjam, Hervor hatte nicht nur im Handumdrehen nichts gelernt, mit der neuen Technik umzugehen, sondern auch noch ein bisschen Hokuspokus mit ins Spiel gebracht. Sie erhob sich von ihrem Platz am Telefontisch.

»Wann fliegen wir?«

»Der Flug von Stockholm geht morgen«, antwortete Hervor. »Ich bin hier in Visby. Komm so schnell, wie du kannst.«

Hervor war unvergleichlich. Einfach so abzuhauen. Volle Kraft voraus.

»Na, was ist jetzt?«, hörte sie Hervors Stimme erneut.

»Ich komme selbstverständlich mit. Du kannst doch nicht einfach ohne mich fliegen. Tschüs!«

Sie legte, ohne auf die Antwort zu warten, den Hörer auf und machte sich ans Packen.

47

Mirjam fand, dass sie ihrer Mutter trotz allem noch einen Besuch abstatten musste, bevor sie sich auf den Weg in die USA machte. Wenn sie einen Zahn zulegte, schaffte sie das auch, und sie würden die Abendmaschine nach Stockholm bekommen. Sie würde zwar nicht lange weg sein, aber trotzdem.

Mit Müttern ist das so eine Sache, dachte Mirjam. Auch wenn sie noch so fordernd und schwierig waren, hatte man ein schlechtes Gewissen, wenn man sie nicht besuchte oder von sich hören ließ. Im Sommer war sie nicht ein Mal bei ihr gewesen. Nicht mehr seit dem Besuch, bei dem ihre Mutter sie so deutlich dazu ermutigt hatte, die drei Unternehmer zu beseitigen. Jetzt war ihr Auftrag ausgeführt, und wenn ihre Mutter auch nur annähernd bei Verstand war, könnte Mirjam ihr vielleicht davon erzählen.

Sie parkte beim Supermarkt ICA Atterdag vor dem Südtor. Hervor hatte sie erneut angerufen und Mirjam wissen lassen, dass sie sich dazu entschlossen hatte, ihren Nachmittag den Steinen und Gebeinen in Gotlands historischem Museum Fornsalen zu widmen. Mirjam sollte sie dort in einer Stunde treffen. Das kurze Stück zum Pflegeheim ging Mirjam zu Fuß. Zumindest das hatte Aron gut hinbekommen, stellte Mirjam fest und neigte für einen Sekundenbruchteil dazu, ihrem Bruder Wohlwollen entgegenzubringen. Er hatte sich darum gekümmert, dass ihre Mutter einen Platz in diesem schönen Heim bekommen hatte. Mirjams Mutter hatte sogar ein Zimmer mit Ausblick auf den Hafen und konnte das Anlegen und Ablegen der Schiffe beobachten.

Mirjam überquerte den Innenhof. Noch immer standen die Rosen in voller Blüte. Ein paar alte Damen saßen mit ihrem Rollator da und schauten zu, wie sich ein Möwenpaar um ein Stück Brötchen stritt. Ein älterer Herr zupfte zielsicher die Blätter von einem halbverwelkten Fliederbusch. Die Fliederbäume hatten unter der Trockenheit des Sommers ziemlich gelitten und ließen im Sonnenschein traurig die Blätter hängen.

Mama saß nicht wie sonst in ihrem Stuhl. Sie lag im Bett, mit halb hochgestellter Rückenlehne. Ihre Augen waren geschlossen. Mirjam fand, dass sie blasser und magerer als beim letzten Mal aussah, was der Ärztin in ihr einen Stich versetzte. Vielleicht hätte sie etwas unternehmen sollen? Aber ihre Mutter war in die Jahre gekommen, und es gab nicht mehr viel, was man für sie tun konnte. Für sie war es bald an der Zeit, weiterzuwandern und sich wieder mit ihrem Ehemann, dem seligen Pastor, zu vereinigen.

Mirjam berührte ihre Mutter leicht an der Schulter, sie fühlte sich knochig und zart unter ihrer Hand an.

»Mama, ich bin's, Mirjam.«

Die Pastorenwitwe schlug langsam die Augen auf, blinzelte ein paarmal und schloss sie wieder. Mirjam unternahm einen zweiten Versuch.

»Mama, ich bin's, Mirjam. Wie geht es dir?«

Die alte Frau öffnete ihre Augen und kam jetzt richtig zu Bewusstsein.

»Mirjam?«, sagte sie und machte Anstalten, sich aufzurichten.

Mirjam stellte das Kopfteil vorsichtig mehrere Stufen höher. Ihre Mutter wirkte zerbrechlich, als ob sie bei jeder heftigeren Bewegung in Stücke zu fallen drohte.

»Ja, Mirjam, deine Tochter.«

»Meine Tochter? Habe ich eine Tochter?«

»Aber ja.«

»Wie schön. Wie alt bist du denn, mein Kind?«

»Dreiundsiebzig«, hätte Mirjam am liebsten geantwortet, denn es war ja sowieso für die Katz, aber sie entschied sich dafür, bei der Wahrheit zu bleiben.

»Dreiundfünfzig, Mama.«

Ihre Mutter lächelte.

»Na, dann bist du ja schon ein großes, tüchtiges Mädchen.«

Mit intensivem Blick starrte sie Mirjam an, als ob sie jemanden oder etwas suchte, sagte aber nichts und seufzte friedlich.

»Mama«, sagte Mirjam. »Erinnerst du dich noch daran, dass ich letztens hier war und dir von diesen drei bösen Männern erzählt habe, die ich töten wollte?«

»Was heißt hier schon erinnern? … Ich weiß es nicht mehr.«

»Jedenfalls …«, fuhr Mirjam fort und wischte ihrer Mutter einen Speichelfaden weg, der ihr aus dem Mundwinkel gelaufen war, »… jedenfalls hast du gesagt, dass ich sie umbringen sollte. Sie beseitigen, hast du gesagt. Genau das.«

Ihre Mutter zeigte den Ansatz eines Lächelns.

»Das habe ich gesagt? Wie tüchtig von mir.«

Ihre Stimme klang spröder, seitdem Mirjam sie zuletzt besucht hatte.

»Jetzt sind sie tot«, sagte Mirjam. »Alle drei sind tot.«

Ihre Mutter machte ein paar kurze Atemzüge, und die Augen fielen ihr erneut zu. Im Zimmer breitete sich Ruhe aus. Mirjam lehnte sich auf dem Besucherstuhl zurück. Diese sinnlosen Treffen mit Mama. Damals, als Mirjam noch klein gewesen war, hatte sie immer Aron den Rücken gestärkt. Für jeden Streit und Zank bekam Mirjam die Schuld in die Schuhe geschoben. Jetzt war diese Frau dement und erkannte sie noch nicht einmal. Das war einfach undankbar. Dass sie hierherkam, geschah aus purem Pflichtgefühl und war nicht eine Unze wert. Sie würde sich mies fühlen, durch und durch mies, wenn sie von hier wegging.

Ihre Mutter seufzte erneut auf. Öffnete die Augen und lächelte Mirjam beinahe freundlich zu.

»Du bist mir vielleicht ein Mordsmädchen!«, sagte sie ruhig. »Sie alle drei umzubringen. Ja, das muss ich wirklich sagen.«

Tags darauf standen Hervor und Mirjam im lärmenden Gewühl von Stockholms Flughafen Arlanda. Die Schlange vor der Sicherheitskontrolle war lang, aber sie hatten noch genügend Zeit, bis ihr Flugzeug nach New York ging.

Sylve war niedergeschlagen gewesen, als sie sagte, dass sie verreisen würde, seine Miene hatte sich allerdings aufgehellt, als sie ihm versprach, dass er ihr Auto abholen und es in den Wochen, in denen sie fort war, hegen und pflegen dürfe.

»Da hast du's«, hatte Hervor gesagt, »Männer ticken doch so was von einfach! Man muss ihnen nur ein Spielzeug geben, mit dem sie sich trösten können, und schon scheint wieder die Sonne.«

Mirjam legte ihre Handtasche aufs Band und das Handy und die Schlüssel in einen kleinen Kasten und passierte die Sicherheitsschleuse. Lautstark begann es zu piepen, dabei hatte sie doch so gründlich ihre Taschen geleert. Der Mann vom Sicherheitsdienst ließ seinen Detektor über ihren Körper wandern und wies sie dann an, ihre Schuhe auszuziehen. Verdrossen kniete sie sich hin und löste die Schnürsenkel ihrer Sportschuhe, trat aus ihnen heraus und legte sie aufs Band, bevor sie erneut versuchte, die Schleuse zu passieren, worauf es erneut lospiepte. In dem Moment klingelte ihr Telefon in dem kleinen Kasten auf dem Band. Sie erkannte es an dem eigenwilligen Klingelton, eine alte freikirchliche Melodie, die sie, nicht ohne gewisse musikalische Schwierigkeiten, einprogrammiert hatte.

O du Lamm Gottes, du hast auf Golgatha herrlich gesieget. Amen, halleluja! Du hast erworben Heil für die ganze Welt und du hast aufs völligste gezahlt das Lösegeld. Du riefst mit lauter Stimm durch 's Todes Nacht: »Es ist vollbracht! Es ist vollbracht!« Der Mann vom Sicherheitsdienst verzog seine ernste Miene kein bisschen, stattdessen ließ er erneut den Detektor über ihren Körper wandern.

»Mein Telefon klingelt«, setzte sie vergeblich an und dachte dabei, dass sie jetzt, wo sie bessergestellt war, unbedingt ihren Klingelton ändern musste. Das versteinerte Gesicht verharrte mit dem Detektor an ihrem Hals.

»Und was haben wir da?«

Er machte eine grimmige Miene und klang fast verärgert. Es war ja nicht ihre Schuld, zum Kuckuck, dass sie auf Socken dastand und piepte.

Mirjam griff sich schuldbewusst an den Hals und fand das Samtband mit den kleinen Schlüsseln. Sie hatte völlig vergessen, die Schlüssel abzunehmen. Mirjam durfte endlich passieren, nachdem sie den Mann davon überzeugt hatte, dass die Schlüssel zu ihrem Tagebuch gehörten. Sie riss ihre Habe an sich und meldete sich am Telefon. Zu spät natürlich. Sie überprüfte die Nummer, die ihr aber nicht bekannt vorkam.

Hervor stand hinter der Sicherheitskontrolle, wartete auf sie und beschwerte sich lauthals darüber, dass Mirjam auf Strümpfen durch die Schleuse hatte gehen müssen.

»Was für ein Scheißtyp«, sagte sie. »Was, bitte, hättest du denn in den Schuhen verstecken sollen, in Gottes Namen? Da kann man doch verdammt noch mal nichts reintun, so wie das drücken würde.«

Mirjam konnte ihr nur zustimmen, während sie murrend wieder ihre Schnürsenkel zuband.

Ihr Handy brummte erneut.

»Scheibenkleister«, sagte Mirjam. »Mir ist wegen diesem Mister Stoneface dahinten ein Anruf entgangen. Ich hör nur kurz die Mobilbox ab, und dann nehmen wir einen Drink an der Bar.«

»Das wird aber auch höchste Zeit«, antwortete Hervor. »Wir haben schließlich noch gar nicht auf Ivans Dahinscheiden angestoßen.«

Mirjam rief die Nachricht ab, und das Herz lief ihr über. Sie lächelte bis über beide Ohren, und Tränen stiegen ihr in die Augen. Sie ließen sich nicht unterdrücken. Hervor hielt ihr wohlmeinend ein Papiertaschentuch hin. Schon nach einmaligem Hören konnte sie die Nachricht auswendig.

Hallo, Mama. Ich wollte nur sagen, dass wir jetzt zu Hause sind, der Kleine und ich. Ich umarm dich, Mama-Schatz!

Mirjam legte auf, starrte auf das kleine Gerät und wischte sich die frisch kullernden Tränen ab. Ein sagenhaftes kleines Teil, das vom anderen Ende der Welt eine wundervolle Nachricht übermittelt hatte.

»Worum ging's denn? Du bist ja ganz durch den Wind.«

Mirjam streichelte mit dem Zeigefinger über das Display und strahlte über das ganze Gesicht.

»Das war Anna«, sagte sie, immer noch erstaunt. »Mein Enkel ist nach Hause gekommen, verstehst du!«

Die schroffe, aber herzensgute Hervor nahm sie fest in die Arme.

»Donnerwetter, was für tolle Neuigkeiten! Phantastisch!«

Sie schritten auf die Bar zu und bestellten sich jede ein

Glas Champagner. Diesmal echten Champagner und keinen spanischen Cava. Schnittchen gab's dieses Mal nicht, eine Schale mit gerösteten Erdnüssen musste reichen.

»One for the road«, wie Hervor gelernt hatte.

»Prost!«

»Und einen auf Ivan, Gott habe ihn selig«, sagte Mirjam. »Und auf dich! Was mich betrifft, so ist von nun an Schluss mit den Affirmationen. Ich habe jetzt anderes zu tun. Hat man erst einmal ein Enkelkind, beginnt ein neuer Lebensabschnitt.«

»Auf dass du Oma geworden bist, Mirjam!« Hervor hob ihr Glas aufs Neue.

»Und was für eine Oma der Junge bekommt«, antwortete Mirjam und nahm einen Schluck von dem perlenden Getränk. »Eine Oma, die kraft ihrer Gedanken drei stattliche Herren ermordet hat! Nicht gerade das beste Vorbild. Ich meine, wenn man davon ausgeht, dass es funktioniert hat.«

Hervor leerte ihr Glas bis auf den letzten Rest und unterdrückte mehr schlecht als recht einen kleinen Rülpser.

»Hast du den Rosenstrauch gesehen?«, fragte sie.

Mirjam lachte.

»Ja, Mensch, das ist geradezu unglaublich! Bist du sicher, dass du ihn nicht den ganzen Sommer über kräftig gedüngt hast?«

»Nie und nimmer, ich schwör's. Das lag an deinen kraftvollen Beschwörungen, ganz sicher. Damit ist nicht zu spaßen, das hab ich dir doch gesagt. Meine Mutter hat mir das auch immer wieder eingeprägt, ich solle vorsichtig mit meinen Fähigkeiten umgehen und sie richtig einsetzen.«

Trotzdem komisch, so dürr wie dieser kleine Strauch ausgesehen hatte. Jedes Mal, wenn Mirjam daran vorbeigegangen war, hatte sie ihn mit einer Beschwörungsformel bedacht. Na ja, ein bisschen Wasser hatte er auch bekommen, anders wäre es bei diesem trockenen Sommer gar nicht gegangen.

Eine Lautsprecherstimme verkündete, dass es Zeit war, zum Gate zu gehen, und so suchten sie ihr Handgepäck zusammen und machten sich auf den Weg.

Plötzlich packte Hervor Mirjam am Arm.

»Hast du daran gedacht, den Mülleimer zu leeren? Das muss man machen, sonst stinkt's zum Himmel.«

»Aber dafür hast du doch gesorgt. Die Küche war so sauber, dass man vom Fußboden hätte essen können. Der Müll war weg und die Kaffeekanne leer.«

Andere Reisende, die schwere Tüten mit Alkohol und Parfüm trugen, drängten sich an ihnen vorbei.

»Und der Kühlschrank? Hast du alles weggeschmissen, was zu riechen anfangen könnte?«

Mirjam schaute sie nachsichtig an.

»Klar doch. Sei nicht so eine Glucke, Hervor, ich weiß zufällig auch, wie man einen Haushalt führt. Ich hab das weggeschmissen, was wir nicht aufgegessen haben. Und die Mülltonne hab ich an die Straße gestellt, damit Sylve keine Umstände damit hat.«

»Auch die Quiche aus dem Kühlschrank?«

»Du meinst die mit den Pilzen? Aber die habe ich neulich Ivan gebracht. Der hat sich so was von gefreut, musste er doch nicht weiter dieses öde Mikrowellengericht essen.«

Hervor gackerte vergnügt und wühlte sich weiter durch

die Menschenmassen zum Gate. Plötzlich rann Mirjam ein eiskalter Schauer über den Rücken.

»Hervor! Du hast doch wohl um Himmels willen nicht die Mörderknolle in der Quiche verarbeitet, oder?«

»Die Mörderknolle?«

»Ja, dieser Giftpilz, den ich dir im Sommer gezeigt habe. So was darfst du nicht machen, Hervor! Sag, dass es nicht wahr ist!«

Hervor blieb so abrupt stehen, dass zwei wütende Schlipsträger direkt in sie hineinliefen.

»Wie kannst du das nur glauben, zum Teufel? Das ist doch wohl klar wie Kloßbrühe, dass ich so etwas nicht mache, da hättest du ja aus Versehen mit draufgehen können! Die Kraft der Gedanken und der ein oder andere Fluch, das ist mein Metier, aber das war's dann auch schon. Na gut, na gut, hier und da mache ich, wenn nötig, auch ein bisschen von den Schwarzen Künsten Gebrauch. In dieser Quiche war bloß dieser Riesenpilz, wie immer der sich auch schimpft. Himmlisch gut übrigens.«

Mirjam umarmte Hervor.

»Riesenschirmpilz. Verzeih, Hervor, ich glaub, ich bin völlig durcheinander, das war einfach alles ein bisschen zu viel für mich.«

»Ja, ja, schon gut. Obwohl es bestimmt lustig gewesen wäre, wenn Ivan, dieser Scheißkerl, sich in die Hosen gemacht und wie ein Reiher gekotzt hätte, aber er hat auf alle Fälle sein Fett weggekriegt. Komm jetzt, Mirjam! Wir fliegen nach Amerika!«

48

»Ich finde das seltsam«, brummte Polizeiinspektor Anders Klintvall, während er die Arme vor der Brust verschränkte und sich in den Stuhl zurücklehnte.

Seine Kollegin konnte sehen, dass sich zwischen seinen dichten, blonden Augenbrauen eine tiefe Falte gebildet hatte.

»Was denn«?

Polizeiassistentin Camilla Persson war hereingekommen, in jeder Hand einen Kaffeebecher. Den einen stellte sie Klintvall hin, pustete über ihre Finger und ließ sich mit dem anderen Becher im Besucherstuhl nieder, während sie auf die Fortsetzung wartete.

»Findest du es etwa normal, Persson, dass diese drei Unternehmer alle im Laufe eines einzigen Sommers gestorben sind?«

»Ungewöhnlich ist das natürlich schon, da muss ich dir zustimmen.«

»Und nicht ein verdammter Hinweis darauf, dass es sich um ein Verbrechen handelt«, fuhr Klintvall fort. »Alles so verflucht gewöhnlich. Haben wir vielleicht etwas übersehen? Ich begreif's nicht.«

Camilla stellte ihren Kaffeebecher ab, fasste sich an den blonden Pferdeschwanz und korrigierte den Sitz des Haargummis. Die Todesfälle in Kajpe Kviar. Sie musste an den attraktiven Bauern in dieser kleinen Gemeinde denken.

»Was sollen wir denn übersehen haben? Nenn mir ein einziges Beispiel.«

»Was weiß ich. Wenn ich's wüsste, würde ich's sagen, aber es ist irgendwie viel zu auffällig, um nur auf einem Zufall zu beruhen. Alle drei, einer nach dem anderen.«

Camilla hatte wieder einmal versucht, einen ordentlichen Kaffee zu machen, es war jedes Mal ein einziger Kampf. Dass sie einfach nicht lernte, wie man richtig Kaffee kochte. Das nächste Mal würde sie den Automaten ausprobieren, das war so sicher wie das Amen in der Kirche.

»Aber Klintvall, soweit ich weiß, haben wir wirklich alle Möglichkeiten in Betracht gezogen. Torsten Utas war blind und sternhagelvoll. Er war vermutlich schwer niedergeschlagen, wegen dieser Geschichte mit dem Augenlicht. Gründe genug, um zu ertrinken.«

»Ja, ja, ich weiß.«

»Und Per-Henrik Bogren hatte ein schwaches Herz, das haben sowohl seine Frau als auch der Gerichtsmediziner bestätigt. Die Aufregung war ganz einfach zu viel für ihn. Erwähntest du nicht, dass er auch Alkoholprobleme hatte?«

»Ja, den Eindruck machte es zumindest.«

»Und außerdem sind schon früher Leute bei Beerdigungen zusammengebrochen und gestorben. So außergewöhnlich ist das gar nicht.«

»Nee, sicher, das stimmt schon. Aber der Letzte im Bunde, dieser Pazic, wie passt das in deine Argumentation? Hätte nicht zumindest das Brandstiftung sein können?«

»Schon, aber das war's nun mal nicht«, antwortete Camilla. »Die Untersuchung der Techniker hat schließlich keinerlei Spuren zutage gebracht, die darauf hindeuten, dass jemand das Feuer gelegt haben könnte. Und von dem armen Kerl war ja auch nicht mehr viel übrig. Als ich mich mit ihm nach Utas' Tod das erste Mal unterhalten habe, ist mir sofort aufgefallen, wie wahnsinnig dick er war. Und er hat sicherlich auch ganz schön gebechert. Wir haben ja einige von diesen Tetra-Paks in der Küche gefunden.«

»Und Glas von Weinflaschen neben den Überresten des Leichnams«, ergänzte ihr Kollege. »Ich verstehe nicht, wie Leute sich dermaßen besaufen können.«

Anders Klintvall seufzte schwer und machte sich daran, seinen Kaffee zu trinken. Schluckte den Inhalt in zwei Zügen hinunter und stellte den Becher mit einem Knall ab. Er verzog sein Gesicht zu einer Grimasse.

»Wer zum Teufel hat den denn gekocht?«

Sie fasste das als eine rhetorische Frage auf und antwortete nicht.

»Natürlich erscheint nach deiner Beschreibung alles in jeder Hinsicht logisch«, sprach Klintvall weiter, »und ich muss dir auch recht geben. Wir können nichts übersehen haben.«

Er trommelte gereizt mit den Fingern auf den Schreibtisch. Camilla wartete.

»Ich hab da nur so ein Gefühl«, fuhr Klintvall fort.

»Im Laufe eines einzigen Sommers kann einfach nicht so viel auf einmal in ein und demselben Dorf geschehen. Drei Todesfälle, die alle irgendwie miteinander in Verbindung stehen, und noch dazu drei ziemlich dramatische Todesfälle. Das Ganze wirkt geradezu … wie soll ich sagen …?«

»Übernatürlich«, schlug seine junge Kollegin vor.

»Genau, du sagst es, aber so was gibt's nicht, das weiß ich. Das kann nicht der Grund dafür sein.«

Camilla stand auf und nahm die beiden Kaffeebecher.

»Vergiss diesen ganzen Mist aus Kajpe Kviar«, sagte sie. »Es gibt neue Leichen, mit denen wir uns beschäftigen müssen.«

Der Polizeiinspektor richtete sich auf und lehnte sich über den Tisch. Starr sah er seiner Kollegin in die Augen.

»So? Und warum zum Teufel erfahr ich nichts davon?«

Sie musste über ihn lachen.

»Beruhig dich! Jetzt weißt du's ja«, sagte sie. »Der Kommissar hat mich gerade eben erst darüber informiert und mich gebeten, dich zu unterrichten. Aber hier kommt man ja nicht zu Wort, so wie du loslegst.«

»Wo sind denn die Leichen?«

»An zwei Stellen sozusagen. Die eine Hälfte im Sumpf von Tingstäde und die andere bei Vändburg im Hafen. Los geht's, Klintvall! Am besten, wir überprüfen, ob die Teile zusammenpassen.«

Kajpe Kviar, Gotland
September 2008

Stimmt das wirklich?«

Sylve schaute Mirjam tief in die Augen.

Sie hatten mittlerweile den windigen Kirchhof verlassen und waren zum Pflug gegangen, und dort, in einer abgeschiedenen Ecke, hatte Mirjam ihm die ganze Geschichte erzählt.

»Ich schwör's«, sagte sie, »genau so ist es gewesen. Ich glaub, ich hab nicht ein Detail vergessen.«

Sylve betrachtete sie mit einer ernsten und freundlichen Miene.

»Möchtest du noch ein bisschen?«

Sie hatten sich ein gutes Abendessen aus leicht gesalzenem Ostsee-Lachs und Kartoffeln in Mehlschwitze schmecken lassen. Dazu gab's Weißwein. Mirjam wunderte sich darüber, dass Sylve anscheinend ein kleiner Feinschmecker geworden war. Sie war davon überzeugt gewesen, dass er niemals etwas anderes als Bier und vielleicht noch den einen oder anderen Schnaps dazu trank. Sie drehte ihr leeres Glas in der Hand.

»Ja, ich denke, ich könnte tatsächlich noch ein Glas Wein vertragen, der war lecker. Was ist das für eine Sorte?«

»Tja, ich glaub, der hieß Petit Chablis, es war auf jeden Fall irgendetwas Italienisches.«

»Vermutlich Chablis, und das klingt in meinen Ohren französisch.«

»Möglich, aber er sollte auf jeden Fall italienisch sein.«

Gerhard brachte ihnen zwei neue gekühlte Gläser.

»Aber hast du denn gar nicht gewusst, dass ich dir beinahe auf die Schliche gekommen wäre?«

Sylve sah sie forschend an. Mirjam schüttelte den Kopf und nahm einen Schluck von dem guten Wein.

»Nein, nie. Hätte ich geahnt, dass jemand hinter mir herschleicht, wäre ich entweder vor Schreck gestorben oder hätte niemals meine Affirmationen ausgeführt. Es hat viele Gründe gegeben, die mich haben zaudern lassen. Unter anderem habe ich wahnsinnige Angst im Dunkeln.«

Sylve verzog den Mund zu einem gutmütigen Lächeln.

»Angst im Dunkeln? Du? Das glaub ich nun wirklich nicht, nee.«

»Doch, aber warte, jetzt erinnere ich mich! Einmal hab ich deutlich deine Stallseife gerochen. Aber da bist du mir nicht gefolgt. Du warst auf dem Rückweg vom Pub. Du warst mir so nahe, dass ich die Hand ausstrecken und dich hätte anfassen können.«

»Hättest du 's bloß getan. Ich hätt' nicht nein gesagt.«

Er setzte wieder sein vertrautes, charmantes Lächeln auf.

»Und Hervor, was ist aus ihr geworden? Sie hat mir sogar einmal die Zukunft vorhergesagt.«

Mirjam stellte ihr Glas ab. Das war ein sehr leckerer Wein, und sie fühlte sich angenehm entspannt.

»Wir sind, wie du weißt, gemeinsam in die USA geflogen. Hervors Tochter wohnt da und auch meine Anna. Darauf hatten wir beide uns schon lange gefreut. Wir hatten Erfolg, das muss ich sagen.«

»Wir?«

»Ja, Hervor hat aufgrund ihrer Gaben ein kleines Vermögen angehäuft. Sie bezahlen dort mehr für solche Art von Dienstleistungen. In den USA scheint nichts unmöglich. Ich habe davon gelebt, ihr als Assistentin zur Hand zu gehen.«

»Assistentin? Hervors Assistentin? Du bist ja eine verrückte Nudel.«

»Mensch, das war toll! Ich kann inzwischen ziemlich gut Extrakte einköcheln und Fragen über verlorengegangene Gegenstände beantworten. Außerdem hat sie einen Dolmetscher gebraucht. Ihr Englisch war, zumindest anfangs, auf wenige Worte beschränkt.«

»Nicht schlecht! Dann ist aus dir jetzt also so eine Art Medizinfrau geworden. Aber betreibt Hervor die Geschäfte jetzt ganz allein? Ist das nicht viel zu anstrengend?«

Mirjam musste herzhaft lachen.

»Junge, Junge, du solltest sie bloß mal sehen. Aus Hervor, die sonst meistens in ihren unvorteilhaften sackartigen Klamotten herumlief, ist *over there* eine entzückende Dame geworden. Ihre ewigen Tunikas hat sie begraben. Ihre Tochter hat sie zu einer richtigen *Grand Old Lady* herausgeputzt, und sie verdient viel Geld. Jede Menge

Geld! Ich glaube, dass sie nie mehr nach Schweden zurückkommen wird.«

»Das ist aber schade. Weißt du eigentlich, was sie gesagt hat, als sie mir die Zukunft prophezeit hat?«

Mirjam schüttelte den Kopf.

»Nein, nein, das hätte sie nie erzählt, das war Ehrensache für sie. Völlige Diskretion.«

»Sie sagte, dass ich heiraten würde, wenn ich schon ziemlich alt wäre, und zwar eine Frau, die ich schon viele Jahre lang liebe.«

»Wie schön für dich. Einen Toast auf die Liebe!«

»Aber verstehst du denn nicht, Mirjam!« Er legte seine Hand auf ihre. »Damit hat sie dich gemeint.«

»Du und ich …? Nein, nein.«

Sylve nahm seine Hand nicht weg, und sie ließ sie ebenfalls liegen. Er schaute ihr weiterhin tief in die Augen.

»Und dein Geständnis? Darum kommst du nicht herum, Mirjam. Ich bin der Einzige, der weiß, was du getan hast. Außerdem bin ich mitschuldig, weil ich dich nicht daran gehindert habe, obwohl ich dich gesehen habe. Ich habe deinetwegen sogar die Polizei angelogen.«

Verblüfft starrte sie ihn an. Er hatte recht. Sie teilten ein großes Geheimnis und würden es bis ins Grab miteinander teilen. Sie war für immer an Sylve gebunden. Und trotzdem hatte sie fast nichts getan – nur gedacht, dass Torsten erblinden sollte. In den Löschteich war er schließlich von ganz allein gestolpert. Per-Henrik hatte sie mit Zetteln Feuer unterm Hintern gemacht, aber was war daran falsch? Genau genommen gar nichts. Ivan hatte sie zum Essen eingeladen, und das war schließlich fast so etwas wie ein Akt der Barmherzigkeit.

»Und außerdem«, fuhr Sylve fort, »weiß ich mittlerweile genau, wie das mit diesen Affirmationen geht, denn das hast du mir erzählt.«

Ihr gefiel der Triumph in seiner Stimme nicht, ganz und gar nicht. Das Leben war viel zu schön, so wie es jetzt war, und sie hatte ganz bestimmt nicht vor, Bauersfrau in Kajpe Kviar zu werden.

»Soll das heißen, dass du mich anzeigen wirst, wenn ich dich abweise?«

Ängstlich starrte sie ihn an.

Ein Grinsen erschien auf seinem Gesicht.

»Nee, jetzt weiß ich ja schließlich, wie man's macht. Ich werd dir gedanklich einfach den Tod auf den Hals hetzen! Fändest du es denn so schrecklich, mit mir zu leben?«

Mirjam zog ihre Hand weg und antwortete nicht auf die Frage. Sie hatte ihn immer attraktiv gefunden, aber sein Leben entsprach nicht ihrer Vorstellung von Leben, so einfach war das. Sie wollte nicht, und jetzt hatte er sie in die Enge getrieben.

Sylve schob seinen Teller zur Seite, lehnte sich zurück und verschränkte die Arme vor der Brust. Er sieht immer noch verdammt gut aus, dachte Mirjam.

Aber Hervors Weissagungen mussten ja wohl nicht immer zutreffen.

»Etwas hast du vergessen zu erzählen«, sagte er.

»So. Was denn?«

»Diesen Schatz, hast du ihn jemals gefunden?«

Sie nippte wieder an ihrem Wein und seufzte vor Erleichterung, dass er zumindest für den Moment von dem Thema Heirat abließ.

»Oh, Sylve«, lachte sie. »Stimmt ja, der Schatz. Wenn

du wüsstest, wer ihn die ganze Zeit über bewacht hat!« Sie lachte und lachte und konnte überhaupt nicht mehr aufhören. Sylve guckte so dermaßen dumm aus der Wäsche, während er sie fragend anglotzte. Endlich gelang es ihr, sich zu beherrschen, und sie wischte sich mit der Serviette die Tränen ab.

»Wo ist mein Auto?«, kicherte sie.

»Der Mercedes, ja, der steht in der Scheune, da hat er die ganze Zeit gestanden. Ich hab ihn natürlich ab und zu mal gefahren, es ist nicht gut für ein Auto, wenn es so lange nicht bewegt wird.«

»Lass uns zur Scheune gehen. Ich will ihn sehen.«

In Sylves Scheune roch es gut nach sommerlichem Heu. Mirjam schielte zum Heuboden hoch und musste an ihr ein paar Jahre zurückliegendes Schäferstündchen denken. Sylve folgte ihrem Blick und lächelte voller Hingabe.

Mitten in der Scheune stand ihr schöner Mercedes, blitzblank und prachtvoll, Sylve hatte sich gut um ihn gekümmert. Sie tätschelte leicht den Lack, öffnete die Autotür und kroch auf den Rücksitz.

»Was hast du vor?«

»Wart's nur ab, du wirst schon sehen.«

Mirjam suchte nach der Verriegelung, zog und zerrte daran, bis sie den Sitz losbekam. Sie klappte die Rückenlehne zurück und tastete. Das Kästchen lag noch genau da, wo sie es damals in aller Eile, als Sylve sie beinahe dabei erwischt hätte, versteckt hatte. Sie holte es heraus und legte es in seine Hände. Vorsichtig knotete sie das Samtband auf, das sie um den Hals trug, steckte einen der Schlüssel ins Schloss und drehte ihn um.

Nebenan, Wand an Wand mit der Scheune, grunzten die Schweine im Stall. Der Wind pfiff durch die schmalen Ritzen der Scheunenwände. In der Ferne war das Geräusch von Pettsons Säge zu hören. Der Herbst ist da, dachte sie gedankenversunken und hob den Deckel des Kästchens an. Sylve rang nach Atem.

»Du liebe Zeit, was für eine Menge Heu!«

»Du sagst es. Ivan und ich waren nicht unbedingt auf den Kopf gefallen.«

»Aber wie …? Mensch, das ist ja furchtbar, wie die Schweine quieken!«

Er nahm ein Bündel Scheine und blätterte sie durch.

»Ganz ehrlich verdient sind sie nicht, das muss ich zugeben.«

»Du heiliger Strohsack, wie habt ihr das bloß zusammenbekommen?«

»Er hat die Patienten besorgt, meistens Landsmänner von ihm. Ich habe sie untersucht und behandelt. Sie haben nur allzu gerne dafür bezahlt.«

»Aber dass er das Geld nicht angerührt hat. Er hat ja alles für dich aufbewahrt.«

»Ivan Pazic hatte irgendwelche Flausen im Kopf, dass aus uns beiden mal was werden könnte. Völlig abwegig, weil er verheiratet und ich nicht interessiert war, aber er hatte ganz einfach eine Schwäche für mich, und das wurde zu einem lustigen Spielchen zwischen uns. Es ist nichts Ernstes gewesen.«

Sylve blätterte die Tausend- und Hundert-Kronen-Scheine durch.

Die Schweine schrien.

»Wie viel mag das sein?«

»Knapp eine halbe Million Kronen, nehme ich an. Du liebes bisschen, was für ein leicht verdientes Geld das war.«

»Was hast du damit vor?«

Mirjam nahm Sylve die Scheine aus der Hand, legte sie wieder in das Kästchen und verschloss den Deckel. Es war am besten, es wieder an seinen Platz zu legen.

»Ich hätte kein schlechtes Gewissen, wenn ich es für mich selbst beanspruchen würde, als Trostpflaster für all den Mist, den sie mir eingebrockt haben. Aber ich brauche das Geld nicht. Ich habe eingehend darüber nachgedacht und will damit eine Stiftung für die armen Menschen gründen, die ohne eigenes Verschulden beim unbarmherzigen Gericht gelandet sind.«

»Eine Stiftung?«

»Ja, hinter dem, was die Leute als Schlamperei verurteilen, verbergen sich jede Menge menschlicher Schicksale. Menschen, die krank geworden oder wie ich aufs schlimmste betrogen worden sind. Sie sollen aus der Stiftungsmasse eine finanzielle Stütze beantragen können, um ihren Lebensmut wiederzufinden. Vielleicht ist das für sie eine Hilfe, wieder auf die Beine zu kommen, oder ein kleiner Beitrag für Kleidung oder Essen. So hab ich mir das jedenfalls gedacht.«

»Nicht schlecht. Damit ist das Geld tatsächlich zu was nütze. Du bist wirklich ein netter Mensch, Mirjam.«

Sie machte die Autotür zu, drückte auf den Funkschlüssel und steckte ihn in die Tasche. Sie musste wieder an Sylves Heiratsantrag denken. Da stand er in der Scheune, der Schweinehirte, und schaute sie so verdammt verliebt an. Die verfluchten Schweine quiekten und schrien, als wären sie auf dem Weg zur Schlachtbank. Sie seufzte schwer und knöpfte sich ordentlich ihr rotes Cape zu. Sylve streichelte ihr mit seiner rauhen Arbeitshand die Wange. Keiner konnte seinem Schicksal entrinnen, das wusste sie in ihrem tiefsten Inneren. Sie hatte sich bloß eingebildet, über ihren Lebensweg selbst bestimmen zu können. Was die drei Firmeneigner betraf, hatte das anscheinend funktioniert, deren Schicksal hatte sie in ihren Händen gehalten, wenn sie Hervor Glauben schenken durfte. Aber was sie selbst anbelangte, sah sie ein, dass Sylve recht hatte – sie teilten ein grausiges Geheimnis. Aus der Nummer kam sie nicht mehr heraus.

Wenn doch bloß Hervor hier wäre! Sie hätte ihr bestimmt einen Rat erteilen können. Hätte geflucht und geschimpft und alle männlichen Dreckschweine auf Gottes grüner Erde verflucht. Hätte unendlich viele Beispiele aufgezählt, in denen Männer nur Unglück gebracht hatten. Hätte in aller Hast eingeflochten, dass ihr Schwiegersohn eine rühmliche Ausnahme war, und eine kraftvolle Verwünschung vorgeschlagen.

Da geschah es. Im Stall krachte es, die Schweine schrien, und durch das geöffnete Scheunentor konnte Mirjam sehen, wie drei dicke Schweine querfeldein über den Misthaufen in Richtung Kapelle stürmten.

»Verhextes Vieh!«, brüllte ihr Bauer und stürzte auf demselben Weg hinterher.

Mit weit offenstehendem Mund sah Mirjam, wie er mit dem einen Sportschuh auf dem glitschigen Mist ausrutschte. Er fuchtelte mit den Armen. Brachte eine Forke zum Kippen, die im Misthaufen gesteckt hatte. Stürzte kopfüber auf die Zementplatte. Wie viele Male hatte sie ihm zugeschaut, wie er dort auf festen Beinen Dung geschaufelt hatte. Das Geräusch des Aufpralls war hart und dröhnend. Einer der fiesen Zacken der Mistforke hatte sich unerbittlich in seine Schläfe gebohrt. Der Stiel fiel auf den Zementboden und hüpfte ein paarmal auf und ab. Und dann war es plötzlich still.

Die Schweine standen auf Mirjams Rasen und wälzten sich hin und her. Ihre Ringelschwänzchen zitterten fröhlich. Ihr Bauer war ihnen scheißegal. Mirjam öffnete den Mund, um zu schreien. Heraus kam nur ein ersticktes Wimmern.

»Zum Kuckuck, Sylve, ich hab doch nur gedacht …«

Danksagung

Jetzt, nachdem ich meinen ersten Roman geschrieben habe, weiß ich, dass so ein Buch nicht ohne die Hilfe verschiedenster Personen möglich ist.

Allen voran Elisabeth Sigurdson aus Mora, die mir während des ganzen Entstehungsprozesses mit Ideen und Kritik zur Seite gestanden hat. Was hatten wir einen Spaß zusammen! Roger Johansson aus Skinnskatteberg hat mir sehr realistisch und pietätvoll alles über Großbrände und den Tod durch Verbrennen erzählt. Sofia Balic aus Malmö hat das Buch gegengelesen und fachliche Fehler korrigiert, und Karolina Lundström aus Kiruna hatte schließlich die zündende Idee für den perfekten Romantitel. Die Abteilung für Verkehrssicherheit der Polizei Kiruna hat die polizeilichen Dienstgrade beigesteuert, und Kriminalinspektor Jouni Mäkinen des zuständigen Dezernats hat mich mit sachkundigen Informationen über Ertrinkungsopfer versorgt. Mamma Sigrid hat mir Mut gemacht und Kaffee vorbeigebracht, wenn ich auf Gotland beim Schreiben saß. Katja Tydén von *Natur & Kultur* hat mir wertvolle Ratschläge gegeben, von denen der Text wirklich profitiert hat.

Sollte jemand meinen, sich in dem Roman wiederzuerkennen, so kann ich nur sagen, dass das ganz unmöglich ist, denn alle Figuren sind frei erfunden. Nur Hervor hat ein lebendiges Vorbild, und die Betreffende weiß das auch.

Herzlichen Dank euch allen! Herzlichen Dank für eure Unterstützung! Es war so toll, mit euch zusammenzuarbeiten!

Västerås, Sommer 2008
Marianne Cedervall